Modern Princess

모던 프린세스

모던 프린세스 Modern Princess

초판 1쇄 찍은 날 | 2016년 3월 24일
초판 1쇄 펴낸 날 | 2016년 3월 30일

지은이 | 홍윤정
펴낸이 | 예경원

편집 | 유경화 · 안유진

펴낸곳 | 예원북스
등록번호 | 제396-2012-000132호
등록일자 | 2012. 7. 25
YRN | 제1-0138호

주소 | 경기도 고양시 일산동구 호수로 646-24 위너스21 Ⅱ 206A호 (우) 10401
전화 | 031-819-9431 팩스 | 031-817-9432
http://cafe.naver.com/yewonromance
E-mail | yewonbooks@naver.com

ISBN 979-11-5845-090-8 03810

※ 이 도서의 국립중앙도서관 출판시도서목록(CIP)은 서지정보유통지원시스템 홈페이지(http://seoji.nl.go.kr)와 국가자료공동목록시스템(http://www.nl.go.kr/kolisnet)에서 이용하실 수 있습니다.

19세 미만 구독 불가

Modern Princess

YEWONBOOKS ROMANCE STORY

홍윤정 장편 소설

모던 프린세스

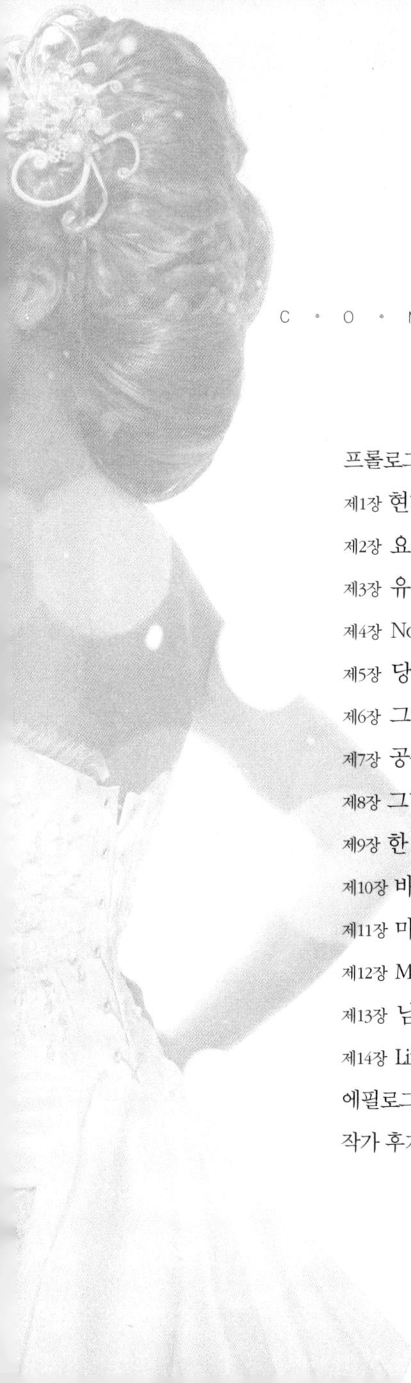

C • O • N • T • E • N • T • S

프롤로그

"뭐부터 시작해야 하지?"

지현규는 침실 한가운데에 서 있는 여자에게 물었다. 맨발에 노란 커트 머리, 몸에 달라붙은 핫팬츠와 셔츠 차림의 여자는 모든 면에서 기준 미달이었다. 서양 배우 졸리를 연상케 하는, 저 육감적인 입술만 빼면.

"그런 걸 왜 물어요……?"

여자는 어수룩하게 말하며 고개를 갸웃거렸다. 그는 날카롭고 매서운 시선을 여자의 입술에 꽂았다. 칠칠맞게 여자는 입술 근처에 바닐라 아이스크림을 묻히고 있었다.

꾸무럭꾸무럭 심기가 불편해졌다.

처음 만났을 때부터 느꼈던 바, 이 여자, 이소이는 사람 복장 터트리는 데에 특별한 재주를 갖고 있었다. 가만히 앉아서도 사람을 돌게 만드니 재주도 보통 재주가 아니다. 그녀의 무엇이 이토록 화나게 하는지는 모르겠다. 어쩌면 특유의 어눌한 말투 때문일 수도, 백치미의 전형이라는 사실 때문일 수도 있다. 그는 멍청한 걸 딱 질색하니까. 멍청한 '여자'는 더 싫어하고, 멍청하면서 예쁜 '여자'는 거의 혐오하는 수준이다.

이소이는 멍청하면서도 예쁘고 몸매가 끝내주는 여자였다.

"물어보는 게 뭐?"

"……."

"당신이 뭘 잘 모르나 본데, 이런 건 원래 상의해서 결정하는 거야. 서로의 취향을 존중하는 거지. 대화하지 않으면 상대가 뭘 좋아하는지 어떻게 알겠어?"

"아아……."

"물론 이기적인 남자들은 안 그래. 모든 걸 자기 취향대로 결정하지. 여자가 뭘 원하는지 궁금해하지도 않아. 제멋대로 판단하고 일을 진행시키고서는 그것을 남자다움이란 말로 그럴싸하게 포장하지. 그런 남자는 제대로 된 남자가 아니야. 미개한 짐승이지. 설마 그동안 만났던 남자들이 죄다 짐승이었던 건 아니지?"

"키스예요."

"뭐?"

질문과 동떨어진 답이 날아오자 현규는 인상을 팍 찌그러뜨렸다. 이소이는 개구리 왕눈이처럼 커다란 눈망울로 빤히 바라보며 어깨를 으쓱했다.

"내 취향 말이에요. 키스부터 하는 게 취향이라고요."

이만 본론으로 들어가자는 듯 그의 장황한 설명을 싹둑 자르는 말이었다.

부아가 불끈거렸다. 심술이 올라왔다. 이소이를 상대할 때면 늘 그러하듯 이번에도 또 성질이 불끈불끈 용솟음쳤다. 현규는 평정심을 유지하기 위해 어금니를 지그시 사리물었다. 그리고서 빵긋 입술 끝을 끌어 올렸다.

"이를 어쩌나. 키스 쪽은 내 취향이 아닌데. 난 뭐든 꾸무럭거리는 걸 싫어하거든. 노래도 전주가 길면 안 들어. 원래 서론이 길면 본론이 허섭스레기 같은 법이야. 목표에 집중하기 위해선 쓸데없이 중간 단계에서 시간을 지체해선 안 돼. 당신도 알다시피 이 밤의 본질은 키스가 아니잖아?"

"아, 해보세요."

"뭐?"

"입 벌리고 아, 해보시라고요."

또다. 구구절절 설명하면 뜬금포를 날려 사람 벙찌게 만드는 거.

얘기 중에 입을 벌려보라니 이런 밑도 끝도 없는 말이 어디 있나? 어이가 없다. 대체 자신의 말을 어디로 들었는지 궁금타. 여기서 제일 어이없는 건 자기 자신이다. '이 여자 미쳤나?' 생각하면서도 순순히 입을 벌려주고 있으니까.

이소이가 싸구려 향수를 풍기며 몸을 기울였다.

브래지어를 하지 않은 가슴골이 훤히 들여다보였다. 거의 반사적으로 눈을 감았다. 이번엔 아이스크림 향이 후각을 공격했다. 당혹스럽게도 이소이의 입술이 연상되었다.

섹시한 입술. 보고 있으면 침이 고이는, 먹음직스러운 입술.

그 입술에 묻은 아이스크림을 핥는다. 그 도톰한 윗입술을 입안에 머금는다. 혓바닥을 내밀어 입술과 입술 사이를 파고들어…….

색즉시공 공즉시색(色卽是空 空卽是色)!

"샴페인 냄새뿐이네요."

이소이가 다시금 앞뒤 없는 소릴 중얼거렸다. 후각을 괴롭히던 향기들이 멀어져 가자, 현규는 그제야 긴장을 풀고 눈을 뜰 수 있었다. 그새 이소이는 적당한 거리를 두고 물러서 있었다.

"무슨 헛소리야?"

"그냥 키스해도 된다고요. 냄새 안 나니까 걱정하지 말고."

"당신 눈엔 내가 입 냄새 걱정하는 걸로 보여?"

"그럼 왜 키스를 기피하는 건데요? 취향이 아니란 핑계는 대지 마세요. 안 믿으니까. 키스를 싫어하는 남자는 지금껏 본 적이 없어요. 아! 혹시 지켜야 할 지조 같은 거 있어요?"

"지조?"

"그렇다면 이해해 드릴게요."

"뭘 이해한다는 거야? 지조는 또 뭐고?"

"사랑하는 사람하고만 키스한다, 뭐 그런 생각이라면 이해된다고요. 그럴 수 있다고 생각해요. 소설에서 많이 봤어요."

헛소리를 주절거리며 이소이가 티셔츠 아랫단을 움켜쥐었다. 당장 벗으려는 듯. 눈에 불똥이 튀는 것을 느끼며 현규는 다급히 제지했다.

"지금 뭐 하는 거야?"

"본론으로 들어가자면서요."

"당신이 생각하는 본론은 이건가? 옷 벗는 거?"

"옷을 벗어야 섹스를 하죠."

이소이가 아무렇지도 않게 '섹스'를 언급하자 현규의 얼굴은 단번에 시뻘게졌다.

이 빌어먹을 놈의 여자는 최소한의 창피함이나 수치심도 없나 보다. 대강은 예상했고 각오도 했지만 이렇게 노골적으로 나올 줄은 상상도 못했다. 현규는 두 눈을 번뜩이는 것으로 고강도의 불쾌감을 표시하며 빈정거렸다.

"이봐, 이소이 씨. 젊은 아가씨가 이상한 선입견이 있으시네. 옷을 벗어야만 섹스를 할 수 있다는 건 대체 어느 시대 사고방식이야? 조선시대? 삼국시대? 아니면 구석기시대인가? 머린 장식품이 아니야. 본래 목적에 맞게 뇌를 굴려서 생각이란 걸 해보라고. 상상력을 발휘해 보란 말이야."

"……."

"21세기에선 창의력이 생명이야. 당신처럼 구태의연하고 지루한 스타일은 도태되는 게 세상의 이치지. 그 예쁜 얼굴 하나 갖고는 절대로 남자를 붙잡아두지 못해. 특히 나 같은 남자는."

"못해도 3년은 갈걸요."

"웃기시네."

"정말이에요. 인터넷에서 봤어요."

"3일! 더 이상은 못 쳐줘. 안 쳐줘. 알아들어?"

"그럼 그렇게 생각하시든지요."

이소이는 갈비뼈 근처까지 걷어 올렸던 옷자락을 슬그머니 내려놓더니, 또다시 복장 터지는 무표정으로 대답했다. 현규는 할 말을 잃었다. 그토록 모욕을 당했는데도, 이토록 무덤덤하다는 것은 자신이 모욕당했다는 사실조차 인지하지 못했다는 뜻이었다. 진실로 최강 뇌청순인 것이다.

대체 자신이 어쩌다가 이런 여자와 옥신각신하는 불쌍한 처지가 되었을까?

불과 10분 전, 그들은 각자 나름대로의 쾌락에 빠져 행복감에 젖어 있었다.

현규는 술집에서 조달한 아름답고 쭉쭉빵빵한 여자들과 음주가무 중이었고, 소이는 냉동식품들과 밑반찬들을 내놓고 거창하게 식사를 즐기고 있었다. 오늘 낮, 신성한 성당에서 팔짱을 끼고 '검은 머리가 파뿌리가 되도록 아끼고 사랑할 것'을 '성부와 성자와 그리스도 성신의 이름으로' 맹세했지만 어느 누구도 그 일을 신경 쓰지 않았다. 그는 먹고 마시고 취하기 위해 애썼고, 소이는 그런 그를 싹 무시했다.

그러다가 사달이 나버렸다.

"네 이노옴!"

예고도 없이 등장한 지원호 옹은 눈앞에 펼쳐진 퇴폐적이고도 비윤리적인 행태에 진노하여, 영혼 밑바닥서부터 끌어 올린 완벽한 진성 날벼락을 사랑해 마지않는 손자에게 내리꽂았다.

“당장 저 헐벗은 처자들을 끌어냇!”

노기 창창한 그는 수행원들을 시켜 현규의 손님들(?)을 모조리 쫓아내 버렸다. 그리곤 때마침 주방에서 나오는 손자며느리를 향해 거침없이 일갈했다.

“대체 이게 뭐 하는 짓이냐? 갓 결혼한 신부가 신방을 차려야 할 이 시간에, 왜 거기서 나오는 게야? 네 임무가 뭔지 잊었느냐?”

“어…… 아니요.”

안쓰러울 정도로 딱 얼어붙은 채 소이는 겨우 한마디 했다. 입술에 묻은 아이스크림을 혓바닥으로 냉큼 훔쳤다. 맨발인 것이 민망한지 두 엄지발가락을 꼼지락꼼지락 교차시켰다. 지원호는 이 소이의 몰골을 위아래로 훑어보며 신경질적으로 혀를 찼다.

“쯧쯧쯧! 옷차림이 그게 뭐냐? 아까 내보낸 계집들만큼이나 민망하구나. 신혼 첫날밤에 입을 옷이 그것뿐이더냐? 결혼식 준비를 위해 내가 네게 상당한 액수의 돈을 지불했던 걸로 기억하는데!”

“첫날밤용 옷을 사긴 샀습니다, 할아버님. 입으려고 했었죠. 하지만 현규 씨가 손님들을 데려오는 바람에…….”

듣던 현규, 그 즉시 여자를 노려보았다.

‘이 여자가 방금 모든 책임과 잘못을 내게 전가한 것 맞아?’

말도 안 된다. 아주 웃기는 일이다. 여자들을 데려와 먼저 도발한 것은 맞지만, 그녀도 딱히 불평불만을 내비치지 않았었다. 그가 그러든지 말든지 혼자 느긋하게 밥해먹고 후식까지 챙겨먹지 않았던가! 그랬던 주제에 어떻게 모든 책임을 그에게 떠넘길 수가 있나?

"장롱에 잘 넣어두었습니다, 할아버님. 필요할 때 언제든지 입을 수 있게요."

소이는 남자라면 누구나 살살 녹을 달콤한 미소를 지으며 싹싹하게 말했다. 거짓말이다. 현규가 확인해 본 바, 그녀의 장롱 내부에는 짧고 손바닥만 한 것들 천지였다.

"너흰 지금 신혼부부로서, 또한 지씨 집안의 장손 부부로서 직무 유기 중이다. 하루라도 빨리 수태하여 집안의 대를 이을 생각은 않고, 신방을 차려야 할 첫날밤에 술집 계집애들을 데려와 이런 망나니 같은 짓을 벌이다니……!"

생각하면 할수록, 말을 하면 할수록, 혈압이 치솟는 모양이었다. 지원호는 점점 더 크게 소리치다가 한순간 우뚝 멈추더니만 갑자기 뒤통수를 부여잡았다. 현규는 깜짝 놀라 달려들었다.

"할아버지!"

"걱정하는 척하지 마라, 이 녀석."

원호는 자신을 부축하려는 손자의 손길을 냉혹히 뿌리치며 그를 야려 보았다.

"정말로 할아비가 걱정되었다면 진작부터 저 방에 들어갔어야지. 신랑이 첫날밤 신부에게 마땅히 해야 할 '그 일'을 하고 있었어야지!"

"설마 그 때문에 들르신 거세요? 제가 첫날밤에 해야 할 '그 일'을 하는지, 안 하는지 확인하시려고?"

"와봤기에 망정이지! 안 그랬으면 어쩔 뻔했누? 어서 방으로 들어가거라. 너희의 임무를 충실히 이행하도록 해!"

지독한 노인네 같으니.

속으로 중얼거리며 현규는 흘러내린 머리카락을 쓸어 넘겼다. 있는 대로 솟구치는 짜증을 누르고 이소이를 돌아보았다. 기가 차게도 그녀는 천하태평, 다시금 아이스크림에 열중하고 있었다. 통탄할밖에 없었다. 저런 백치랑 결혼해야 했던 불운을 저주하고 또 저주할밖에 없었다. 그는 말 그대로 속수무책이었다.

"어서 들어가지 않고 뭣 해? 꼭 불호령을 내려야만 말을 듣겠느냐!"

그리하여 지씨 집안 장손, 지현규와 그의 미심쩍은 아내, 이소이는 즉석해서 신방을 차리게 되었다. 엽기적이게도 지원호 옹께서는 아직 거실에 앉아 계신다. 손자 부부가 신혼 첫날밤을 치를 때까지 자리를 지킬 것이라니 그들은 꼼짝없이 베이비 생산 활동에 나서야만 했다.

그러니까 한마디로 '헬(Hell)'.

그는 지옥 불에 떨어진 기분이었다.

"뭐 하는 거야?"

생각에 빠져 있던 그는 일순 정신을 차렸다. 이소이가 그의 바지 지퍼를 내리고 있었다!

신경이 앞쪽으로 확 쏠렸다. 이성의 지배를 받지 않는, 매우 즉각적이고 본능에 충실한 신체 부위가 단번에 불길에 휩싸였다. 황급히 여자의 손목을 걷어냈다.

"지금 제정신이야?"

"본론으로 들어가고 싶다면서요. 그걸 꺼내야 다음 단계로 넘어가죠."

"뭐?"

꼬르륵 뒤로 넘어가시겠다. 어떻게 여자 입에서 이런 말이 나올 수가 있나. 수많은 여자들을 만나왔지만 이토록 천박하고 닳아빠진 여자는 처음이었다. 란제리 전문 모델이라더니. 하는 짓은 모델이 아니라 직업여성이다. 매춘부와의 결혼이라…….

참으로 판타스틱하다.

"이봐, 이소이 씨……."

"네, 지현규 씨."

"후우—"

길게 숨을 토했다. 다시 길게 들이마셨다가 천천히 내쉬었다. 동시에 섹스와는 전혀 상관없는 생각을 떠올렸다. 서울 도시미관 사업 계획표를 머릿속에 그려봄으로써, 속옷 안에서 아프도록 발길질을 해대는 '본능의 노예'를 잠재우기 위한 일차적 노력을 기울였다. 그러나 묵직해진 놈은 시간이 갈수록 묵직해질 따름이었다. 잠자기는커녕 점점 더 깨어나고 있었다.

"좋아, 이소이."

현규는 신경질적으로 말을 씹어뱉었다.

"당신이 이겼어."

"……네?"

무슨 소리인지 못 알아먹겠다는 듯 이소이는 고개를 갸우뚱했다. 두 눈이 호기심으로 반짝였다. 그 눈이 하도 깨끗하고 영롱하여 아주 잠깐, 이 여자가 생각만큼 타락한 여자가 아닐지도 모른다는 생각이 들었다. 어리석은 착각이다. 이소이는 매춘부다. 천박하고 상스럽고 본데없다. 결혼도 분명히 그의 재력을 보고 받아들였을 것이다.

"키스부터 하자고."

그는 분노로 점철된 거친 손길로 이소이를 낚아챘다.

제1장 현대판 씨받이

소이가 지원호 회장으로부터 놀라운 제안을 받은 건 불과 3주 전의 일이었다.

"내 손자와 결혼해 주면 돈을 주겠네."

"네?"

맨 처음엔 귀를 의심했다. 그다음엔 조심해야 한다는 경각심이 들었다. 요새는 노인 중에도 사이코들이 꽤 있다. 동료였던 화연도 돈 많은 노인네의 집에 갇혀 지내다가 3개월 만에 겨우 탈출하지 않았던가. 서럽게 울던 화연을 보며 분노를 금치 못했던 소이였다.

조심스럽게 가재미눈으로 주변을 훑었다. 도주로를 살펴두는 것이었다. 커피숍 주인장에게 도움을 청하는 것이 가장 빠르고 안전한 길일 테지만, 이 노인네에게 뒷돈을 받아먹었을 가능성이 적지 않으니 역시 튀는 게 상책이었다.

"결혼해서 증손자를 낳아주게. 사내아이든 계집아이든 상관하지 않음세."

"저기요, 할아버지. 전 여기…… 음, 아주 썩 괜찮은 일거리가 있대서 나온 거거든요. 지원호 회장님 맞으세요?"

"내가 지원호일세."

"정말 명지그룹 지원호 회장님이 맞다고요?"

"신분증이라도 보여줘야 믿어주겠나?"

의심 많은 그녀가 썩 마음에 드는지 지원호는 뿌듯하게 미소 지었다. 거짓됨이라곤 전혀 느낄 수 없는, 순박하기만 한 웃음이었지만 소이는 의심을 풀 수 없었다. 다시금 빠르게 입구를 훑으며 조심스럽게 대화를 이어나갔다.

"할아버지 손자분과 결혼해서 아기를 낳는 것이 '일거리'란 말인가요?"

"맞네. 그게 바로 내가 자네한테 맡기고픈 일일세."

"음…… 죄송합니다만 할아버지, 그 일은 저와 맞지 않는 것 같아요. 저에 대해서 어떻게 아시고 연락해 주신 건지는 모르겠지만 전 할아버지께서 생각하시는 그런 종류의 사람이 아니에요."

"백억을 주겠네."

괜한 화를 당할까 조심조심 거절하려는 순간, 갑자기 지원호가 선빵을 날렸다.

백억?

일억도, 십억도 아닌 백억?!

"그 정도면 자네가 평생 먹고살 수 있지 않겠나?"

먹고살기만 하겠나. 그 돈이면 그동안 수없이 느껴왔던 좌절을 더 이상 느끼지 않아도 되었다. 어쩔 수 없이 포기해야 했던 수많은 일들을 다 이루고도 남을 것이다.

엄청난 갈등과 함께 의구심이 밀려들었다. 이 노인의 신원이 정확하지 않다는 것, 진짜 명지그룹 회장이래도 '손자와 결혼해서 증손자를 낳아주면 백억을 주겠다' 는 제안은 해괴해도 보통 해괴한 게 아니라는 것이 그 핵심이었다.

그의 손자라면 재벌 후계자를 의미했다. 뭐 하나 부족함 없이 살아왔을, 그야말로 완벽한 대한민국의 황태자. 그런 남자가 이런 결혼을 원하는 이유는 뻔하다. 신체적, 혹은 정신적 불구이기 때문에. 하반신을 못 쓰거나 정신연령이 너무 낮아 도저히 자력으로는 여자를 임신시킬 수 없는 사람일 것이다. 그래서 이 할아버지는 일종의 '씨받이' 를 고용하려는 것이 틀림없었다. 적당한 처자를 찾을 수 없어서 돈으로 손자며느리 사려는 거다.

갑자기 이 대목에서 궁금증이 일었다.

몸을 파는 것과 '씨받이' 의 차이점은 과연 무엇인가?

"자네, 계좌번호가 어찌 되나?"

소이의 얼굴에서 지독한 갈등을 발견한 지원호가 넌지시 물었다.

"아무 조건 없이 지금 당장 십억을 입금해 주겠네."

"……네……?"

말문이 턱 막혔다. 백억만큼은 아니지만 십억도 큰 액수였다. 보통 사람들은 평생 뼈 빠지게 일해도 한번 만져 볼까 말까 한 목돈이다. 그걸 아무 조건 없이 주겠다고? 도대체 왜?

"아가씨가 나를 만나주고 내 터무니없는 얘기도 들어주었잖나. 후한 대접을 받았으면 그만한 대가를 치러야지. 나는 자네가 이렇게 만나준 것만으로도 감사하네. 엎드려 절을 하고 싶은 심정이야."

"무슨 엎드려 절까지……?"

"난 자네가 마음에 쏙 들어. 물론 처음부터 그랬던 건 아닐세. 고졸에 가정 형편 좋지 못했던 것까진 그렇다 쳐도, 자네의 직업은 나도 쉽게 받아들일 수가 없었네. 자네를 손자며느리로 받아들이는 것이 과연 잘하는 일인지, 확신이 서질 않았지."

"예에……."

"하지만 나는 핏줄은 무시 못한다는 확고한 신념을 가졌네. 자넨 타고난 품질이 우수한 처자일세. 난 결코 이번 선택을 후회하지 않을 것이네."

"품질이라니요?"

"아…… 품성! 품질이 아니라 품성을 말하려던 거였네. 말이 잘못 나왔어. 허허허!"

지원호는 이상하리만치 눈을 빛내며 씩, 친절하고 사람 좋은 미소를 지어 보였다.

모든 게 미심쩍었지만 반신반의의 마음으로 계좌번호를 불러주었다. 속으론 노인네가 분명 '뻥카'를 날렸을 거라고 생각했다.

말이 십억이지. 그 어마어마한 돈을 아무 이유 없이, 단지 대화를 나눠주어 고맙다는 이유만으로, 타인에게 줘버리는 사람이 세상 천지에 어디 있겠는가. 당연히 내뺄 것이라 예상했다.

한데…….

"일, 십, 백, 천, 만……."

억! 십억!

정말 십억이 들어왔다. 불과 십 분 만에.

휴대폰으로 잔액을 확인한 소이는 눈을 왕방울만 하게 뜨고, 턱이 빠져라 입을 벌렸다. 왔다 갔다 흔들리던 마음이 순식간에 고정됐다.

"나머지 구십억은 자네가 내 증손자를 낳아주는 즉시 통장에 이체하겠네. 어떤가? 내 제안을 받아들이겠나?"

"구십억……."

구억도 아니고, 십구억도 아닌 구십억을 가질 수가 있다니!

내게 그런 일이 생긴다니!

한참 동안이나 눈만 껌벅거렸다. 심장이 벌렁벌렁 뛰었다. 너무나도 놀라워서 이성적 판단을 내리는 것 자체가 불가능했다. 돈 앞에선 멀쩡한 사람도 눈이 뒤집어진다더니, 그녀가 딱 그 짝이었다.

일단은 천천히 숨을 골랐다. 지금 자신에게 필요한 것은 '찬찬한 생각'이라고, 마음으로 되뇌었다. 이런 중차대한 일을 쉽게 결정하는 건 바보 같은 일이라며 흥분하는 자아를 달래고 또 달랬다. 하지만 통장 잔고란에 찍힌 숫자를 볼 때마다 휙휙 눈이 돌아갔다. 숨이 막히고 심장이 맹렬히 뛰어댔다. 소이는 헉헉, 미친 듯이 숨을 몰아쉬며 뇌에 신선한 공기를 공급하기 위해 애썼다.

그 우스꽝스런 광경을 지켜보던 지원호는 회심의 미소를 지었다. 12살 때 서울로 상경한 이래, 그는 지금껏 자신에게 온 기회를 한 번도 놓친 적이 없었다. 이번에도 마찬가지로 기회를 잡을 것이다. 그는 적당한 때에 마지막 일격을 가했다.

"밖에 변호사가 대기 중이네. 지금, 우리의 약속을 문서로 남기고 공증받도록 하지. 어떤가?"

며칠 뒤, 소이는 지현규로부터 연락을 받았다. 그는 긴히 나눠야 할 얘기가 있으니 만나자는 뜻을 전해왔다. 피할 이유가 없었기에 약속을 잡았다.

약속 장소에는 생각보다 멀쩡한 남자가 나타났다. 속으로 '휘유' 하고 휘파람을 불었다. 작달막한 키에 주먹코, 배불뚝이, 곰보 자국의 험한 피부, 신령님을 연상케 하는 기다란 눈썹 등, 외모 꽝인 지원호와는 달리 지현규는 키가 크고 날씬한데다 수려한 외모까지 겸비한 남자였다. 이렇게 멀끔한 사람이 어쩌다가 강제로 결혼하는 신세가 된 것인지, 내심 궁금해질 정도.

'뭔가 사정이 있겠지.'

신경 쓰지 않았다. 관심두지 않기로 했다. 그쪽에 무슨 사정이 있는지, 왜 그토록 많은 돈을 제시했는지는 알고 싶지 않았다. 알 필요도 없다. 돈을 받고 임무만 완수하면 된다고 생각했다. 이렇게 된 이상 돈만 생각하기로 했다. 무슨 일이 있어도 지현규의 아기를 낳고 구십억을 마저 받아낼 셈이었다.

아직 태어나지 않은 아기에게는 죄책감을 느낀다. 아무 죄 없는 아기는 태어나자마자 엄마와 분리될 것이기에. 모친을 일찍 여의고 알코올 중독자이자 도박꾼이었던 아버지 밑에서 자랐던 소이로서는 몹시 가슴 아픈 일이었다. 그러나 자신과는 180도 다른 인생을 살아가게 될 것이기에 괜찮다고 생각했다. 아기는 명지그룹 후계자로 수많은 혜택과 부를 누릴 것이다. 란제리 모델 엄마와 사는 것보다 그편이 훨씬 고급진 삶이란 것은 너무도 분명했다.

공증된 계약서에서, 지원호는 '출산 후 이혼' 시 언제든지 아기를 만날 수 있는 '상시 면접권'을 보장했다. 대신 죽을 때까지 계약 내용을 외부에 발설해선 안 된다. 특히 손자인 지현규에게는 무슨 일이 있어도 비밀을 지켜야 했다.

"단도직입적으로 얘기하지."

지현규는 앉자마자 차갑게 입을 열었다. 안녕하십니까, 저는 아무개입니다와 같은 인사 절차는 훅 건너뛴 채였다. 거칠고 무례한 그의 태도에 소이는 미간을 찌푸렸다. 그러자 지현규는 보란 듯이 더욱 험악하게 인상을 구기며 윽박질렀다.

"난 당신 같은 여자랑은 결혼 안 해."

"……."

"내 할아버지께서, 그래, 당신 할아버지와 각별한 사이였다는 얘긴 들었어."

"네?"

"아니야?"

지현규는 격렬히 눈을 부라리며 물었다. 물론 아니다. 그녀는 불과 며칠 전까지 지원호를 한 번도 만난 적이 없었다. 하지만 지금 아니라고 말하면 상황은 걷잡을 수 없이 나빠질 것이 틀림없었다. 별수 없었다. 거짓말하는 수밖에.

"……맞아요."

"힘겹고 외로운 객지 생활을 하던 내 할아버지로서는 당신 할아버지가 몹시 고마운 존재였다더군. 친피붙이처럼 세심하게 돌봐주고 신경 써주셨다고 들었어. 우리 할아버지가 사경을 헤맬 때 당신 할아버지가 발 벗고 나서셨다는 말도. 덕분에 큰 병원에서 치료받았고, 그래서 완쾌될 수 있었다는 말에는, 나도 감사한 마음이 들었지. 생명의 은인이라는 말에도 조금은 공감이 되었어."

"예에."

손자를 납득시키기 위해 지원호 옹이 참 애썼구나, 생각하며 고개를 끄덕였다. 끝까지 들을 필요도 없었다. 대충 감이 왔다.

생명의 은인이었던 소싯적 친구와 '사돈 맺자'는 약속을 했던 두 조부.

하지만 어찌어찌하다 연락이 끊기고, 그사이 자식들은 장성해 결혼을 해버렸다!

하지만 그들에겐 아직 손자손녀가 남아 있었으니…….

뭐 대충 이런 스토리가 아닐까. 흔하고 뻔한 사연이지만 그나마 제일 그럴싸하다. 이런 우스꽝스러운 사연이 아니고서야 요즘 같은 세상에 강제 결혼이 웬 말이겠는가.

"안됐지만 난 이미 결혼할 여자가 있어."

"아아."

하긴. 이런 잘난 남자한테 아직 임자가 없다는 게 말이 안 되긴 하지. 남자의 상태가 너무 멀쩡할 때부터 알아봤어야 했다. 묘한 실망감이 들었다.

이거 대체 무슨 심리이지?

"민주정치연합 알지? 거기 차기 대권 유력후보인 양정필 의원의 딸이야."

"예에……."

"내가 수주하려는 거대 개발 사업이 있는데, 서울시가 직접 마스터플랜을 세우고 추진 중인 아주 획기적인 중장기 프로젝트야. 그걸 따내기만 하면 우리 회사는 향후 10년간은 그 누구도 넘볼 수 없는 위치에 올라 있을 거야. 양정필 의원의 다음 행보가 서울시장인지 대권인지는 아직 정해지지 않았어. 하지만 무엇이 되었든지 간에 대한민국을 내 손아귀에 넣게 되는 건 기정사실인 거지."

"아아……."

"저쪽은 내게 대한민국을 제시했어. 그쪽은 내게 뭘 해줄 수 있지? 아아! 뭐, 굳이 대답하지 않아도 돼. 이미 너무도 자알 아니까. 낫띵(Nothing)! 아무것도 해줄 수 없다. 맞지? 내가 왜 당신과 결혼할 수 없는지도 잘 알겠고. 음?"

"그 여자를 사랑하세요?"

열렬했던 그의 설명을 다 들은 후 그녀가 던진 질문은 몹시 뜬금없었다.

현규는 미간에 더 깊은 주름을 잡고서 잠시 생각해 보았다. 대체 무엇을 알아내고자 저딴 괴이한 질문을 던진 것일까, 하고.

그는 물론 그 여자를 사랑한다. 양정필의 딸, 양효주는 사랑하지 않을 수 없는 조건을 두루두루 모두 갖춘 신붓감이었다. 미모, 집안, 재력에 권력까지. 무엇 하나 부족한 것이 없는 여자였다. 그런 여자를 제쳐 두고 삼류 모델 따위와 결혼할 수는 없었다. 절대로 그런 손해나는 짓은 안 할 것이다.

"당연히 사랑하……."

사랑한다고 자신 있게 말하려는 찰나였다. 상대방 여자가 두 눈을 반짝 뜨며 '네?' 하고 물었다. 돈 한 푼 없는 고아에 란제리 모델 일로 생계를 잇는다는 여자가. 눈이 밤하늘처럼 유난히 푸르렀다. 헤엄쳐도 좋을 만큼 크기도 하다. 현규는 그 눈을 멍하게 바라보며 입술을 꿈틀거렸다.

"사랑……."

양효주를 사랑해.

그 여자의 배경, 재산, 힘을 사랑해. 그녀의 모든 것을 사랑한다고. 그러니 어서 사랑한다고 말해. 당당히 선언하란 말이야!

숨이 턱밑까지 차올라 있었다. 심장이 쿵쿵 빠른 박자로 뛰었다. 손끝으로 지끈거리는 이마를 짚었다. 입안이 텁텁하다고 중얼거리며 찬물을 들이켰다. 신체리듬이 엉망이었다. 좋은 징조는 아니다. 그는 여자에 관한 한 평정심을 잃은 적이 없었고, 지금은 서서히 잃어가는 중이었으므로. 설마 이 여자한테 휘둘리고 있는 걸까?

'아니야. 내 눈은 그리 낮지 않아.'

성미가 불끈거렸다. 분기에 찬 눈길을 여자에게 던졌다. 그녀는 아직도 멀뚱멀뚱 그를 빤히 바라보고 있었다. 도대체 저놈의 눈은 왜 저리 반짝거린담. 조명의 조작 아니야? 심통 맞게 천장 조명을 째려보았다. 조작 따윈 없었다. 한참 동안 여자를 노려본 후에야 인정했다. 그녀가 섹시하다는 사실을.

천박한 직업에 용납할 수 없는 배경을 지닌 가난뱅이 여자지만 섹시했다. 커다랗고 동그란 눈 모양도, 과하달 만큼 두툼한 입술도, 새하얀 피부와 가느다란 팔다리도, 티셔츠 쪼가리로는 숨길 수 없는 대형 사이즈의 가슴도. 남자라면 누구나 이 여자 앞에서 침을 흘릴 것이다. 그도 어쩔 수 없는 남자라서 입에 침이 고였다. 아랫도리는 진작부터 발정하고 있었다.

"아닌가 보네."

이소이가 혼잣말을 중얼거렸다. 신경이 예민해질 대로 예민해진 현규는 기다렸다는 듯이 태클을 걸었다.

"뭐가 아니라는 거야?"

"사랑 말이에요. 그 국회의원의 딸을 사랑하는 건 아닌가 보다고요."

"무슨 소리야? 난 양효주를 사랑해. 아주아주 무진장 사랑해. 당신 같은 여자와는 비교도 할 수 없을 만큼 많은 걸 해줄 여자니까."

"아아."

별다른 반론 없이 그녀는 고개를 끄덕였다. 수긍하는 제스처였다. 하지만 그녀의 눈은 다른 걸 말하고 있었다. 조롱. 그녀는 마치 그를 '이치에 안 맞는 것을 무턱대고 우기는 5살짜리 꼬마' 인 양 바라보고 있었다. 욱했다. 과잉반응이라는 걸 알면서도 버럭 소리쳤다.

"사랑해! 사랑한다고! 사랑한단 말이야!"

"네에, 그러시겠죠."

돌겠다. 아주 미쳐 돌아가시겠다.

현규는 흘러내리지도 않은 머리카락을 손가락으로 마구 쓰셔대며 윽박지르다시피 말했다.

"난 말이야. 신의와 약속을 아주 중히 여기는 사람이거든? 그 여자와 이미 결혼하기로 약속했어. 무려 날짜까지 잡아놨다고. 당신 같은 여자 때문에 내 사업과 인생이 걸린 중차대한 결혼을 파투낼 순 없어. 내 말 알아듣겠어?"

"맞아요. 약속은 정말 중요하죠."

절대로 말을 듣지 않을 것 같던 여자가 갑자기 모든 걸 인정하고 받아들였다.

예스! 좋아.

잘됐다. 아주 잘된 일이니 환호해야 마땅하다.

한데 왜 이렇게 힘이 빠지지? 웬일인지 신나지 않았다. 오히려 김만 샜다. 딱히 뭘 기대한 적도 없는데 왜 이런 기분을 느끼는 것인지 이상했다. 이해가 안 된다. 현규는 찝찝한 기분으로 인상을 팍 쓰며, 재킷 안주머니에서 지갑을 꺼냈다.

"그럼 이 일은 없었던 걸로 하지."

만 원짜리 지폐를 탁자 위에 내리꽂고 자리에 일어났다. 그때, 커피 잔만 빙빙 돌리고 있던 이소이가 입을 열었다. 너무나 또렷이, 명백한 의미를 담아.

"나도 약속했어요."

"뭐?"

"나도 그쪽 할아버지와 약속했다고요. 그쪽과 결혼하기로."

"이봐!"

"약속은 소중하다면서요. 지켜야 하는 거라면서요."

커피 잔만 물끄러미 응시하던 그녀가 조용히 고개를 들었다. 눈과 눈이 마주쳤다.

현규는 크게 숨을 들이켰다. 급격히 분노가 치솟아 입에 담지도 못할 욕설이 머릿속을 떠돌았다. 당장 그것들을 육성으로 뱉어내 여자를 모욕감에 치떨게 하고픈 욕망이 샘솟았다. 지현규가 얼마나 무서운 남자인지, 함부로 욕심내면 얼마나 다칠 것인지, 똑똑히 깨닫게 해주고 싶은 원초적 욕구가 득시글득시글 끓어올랐다.

"그래서, 어쩌자는 거지?"

최대한 이성적으로 물었다. 분노를 억누르느라 힘겹게 질문을 던진 그와는 달리 이소이는 사뭇 가볍게 답했다. 이보다 쉬운 문제는 없다는 듯이.

"그쪽이 할아버지를 설득하세요."

❖

설득은 실패했다. 최선을 다했지만 팔순 노인의 고집을 꺾을 순 없었다. 분노하고 애원하고 간청했지만 끝끝내 지원호의 결정은 뒤집어지지 않았다. 마지막 카드로 '연을 끊겠다'는 초강수를 띄웠지만 노인은 무려 '그러려무나'라는 대답을 내놓았다.

"회사는 어떡하시려고요? 설마 이종사촌 강현이한테 물려주려는 건 아니시죠? 그놈은 개망나니예요. 유학 간답시고 미국으로 날아가 10년째 마약에 찌들어 사는 놈이잖아요."

"굳이 누군가에게 물려줄 필요는 없다고 생각한다. 내 경영철학을 그대로 이어받은 네가 맡아준다면 그보다 더한 기쁨은 없겠지. 하지만 세상사가 어디 마음먹은 대로 된다더냐. 현실 경영에선 돌발적인 상황과 걸림돌에 항시 대비해야 하는 법이다."

"돌려서 말씀하지 마시고 직진하세요. 대체 그게 무슨 뜻입니까?"

"회사를 사회에 환원하겠다는 뜻이야."

"네?!"

"기업에는 사회적 책임이 있다. 기업 이윤을 사회에 환원시키는 건 윤리적인 측면이나 불평등 완화라는 인류애적인 가치를 위해서라도 꼭 필요한 일이야. 나는 일찍이 주식의 일부를 사회 재단에 기부할 것이라고 공언했었다. 그것이 기업가로서 사회에 대한 책무를 소홀히 하지 않는 길이라 여겼지. 사실 자식들에게 증여하는 것보다 그편이 훨씬 가치 있는 일이라고 생각한다."

"할아버지."

"이제 네가 나의 뜻을 거스른다 하니 일부가 아닌 전부를 기부해도 상관없다는 생각이 드는구나. 내가 재산을 희사하면 적어도 내 이름과 우리 가문은 후대에 길이 길이 남지 않겠느냐?"

"할아버지!"

"반대로, 네게 넘겼을 때 내게 돌아오는 이익은 무엇이냐? 아무것도 없다. 재벌의 세습적 족벌경영이라는 비난만 날아올 게야."

"……."

"나는 젊은 시절, 뼈 빠지게 일해서 지금의 명지를 일궜다. 거기에 비하면 넌 그저 감나무 밑에서 떨어지는 감만 받아먹은 형국이야. 내가 평생에 걸쳐 이룬 성공을 땀 한 방울 흘리지 않고 받아갔으면서, 손자며느리마저 내 마음대로 볼 수 없게 만들다니. 이게 정녕 합당한 논리라는 게냐?"

"도대체 그 여자가 뭔데요? 뭔데 할아버지께서 논리까지 들먹이시는 건데요? 왜 하필 그 여자여만 하는 거냐고요!"

명지그룹을 사회에 환원할 거라는 조부의 말에 현규는 눈앞이 캄캄해졌다. 결코 있을 수 없는 처사였다. 그는 아장아장 걸음마 할 때부터 후계자 수업을 받아왔다. 지금껏 '명지그룹' 이라는 하나의 목표만을 위해 살아왔고, 앞으로도 그래야 했다.

떨어지는 감만 받아먹었다는 조부의 말은 명백한 평가절하다. 현규는 입사 이래 수많은 가시적 성과를 이뤘다. 그룹 중진들이 젊디젊은 그에게 괜히 꼼짝 못하는 게 아니다. 그는 업무 추진 능력이 탁월하다. 인재를 골고루 활용할 줄도 안다. 업무 환경을 획기적으로 바꾸고 사무실에 활력을 불어넣은 덕에 현장 인기도 좋다. 윗선에서는 벌써부터 그를 차기 회장감으로 손꼽을 정도로 리더의 덕목들을 완벽히 갖춘 그였다.

현규는 필사적으로 의문을 제시했다. 하지만 돌아온 답은 황당하기 짝이 없었다. 그가 이소이와 결혼해야만 하는 이유가 글쎄, 독립투사의 자손이기 때문이란다!

"만주에서 독립운동을 했던 애국자 집안이다. 이소이 양에게는 고귀한 피가 흐르고 있어. 그런 아가씨를 종부로 들이는 것이야말로 우리 집안을 빛내는 길이다. 아주 영광스러운 일이지."

"독립운동을 그 여자가 했던 것도 아니잖아요. 그저 태어나 보니 조상이 독립투사였을 뿐. 그게 그 여자의 고귀함과 무슨 상관이에요?"

"피는 못 속이는 법이다. 혈통은 중요해."

"효주 씨도 좋은 혈통을 가졌어요. 그 집안은…… 아, 물론 친일파였다는 의심을 받고는 있죠. 하지만 어쨌든 대대로 명망 있는 가문이었어요. 지금도 엄청난 권력가고요. 대를 이어 머슴 노릇했던 우리 집안과는 비교도 할 수 없을 만큼 훌륭하단 말입니다."

"그 아가씬 이혼녀다. 가문과 상관없이 이혼녀는 절대로 안 돼."

"호적은 깨끗하잖아요. 결혼식만 올렸을 뿐 첫날밤도 치르지 않았답니다. 전, 어…… 효주 씨를 사랑합니다. 저에게 어울리는 여잡니다. 집안, 교양, 미모, 모든 걸 다 갖췄어요. 제가 원하는 타입이라니까요."

"네 취향 따윈 관심 없다. 날 설득하기 위해 여자를 사랑한다는 헛소리를 할 필요도 없어. 네가 정말 그 아가씨를 사랑한다고 해도 내 입장은 달라지지 않는다. 내 보기엔 천하에 제일 멍청한 짓이지만, 사랑한다면 계속 사랑하도록 하렴. 만나고 싶으면 만나. 미련이 있는데 굳이 잊으라 하진 않으마. 하지만 결혼은 안 된다. 결혼만은 내가 고른 처자와 해야 해."

"도대체 이게 무슨 억지세요?"

"잔소리 말고 선택해. 회사냐, 여자냐? 이소이와 결혼해 명지그룹을 물려받을 것이냐? 아니면, 양효주와 결혼해서 낙동강 오리알 신세가 될 게냐?"

"전…… 평생 그렇겐 못 살아요."

"평생은 안 된다?"

"이건 제 인생입니다. 죽을 때까지 그런 여자와 살 순 없다고요!"

"그 말은, 평생이 아니라면 결혼할 수도 있다는 뜻이냐?"

"……."

전투는 현규의 일방적인 패배로 끝이 났다. '1년간의 단기 결혼'으로 조율했다지만 이소이와 결혼해야 하는 사실에는 변함이 없었고, 설상가상으로 '자손 번식을 위해 최선을 다한다' 는 세부사항까지 수락해야 했으니 현규에게는 오로지 상처뿐인 전투였다.

명지그룹이 딜의 주체로 떠올랐을 때부터 예감했던 패배다. 현규는 원래 명지그룹을 위해서라면 무슨 짓이든 할 수 있는 사람이었다. 그 치명적인 약점을 이용해 조부는 그에게 결혼을 명했다. 거절할 명분은 없었다. 명지그룹을 차지하기 위해선 조부의 뜻을 수용할 수밖에 없었다. 그것이 천박한 여자와의 결혼일지라도.

3주 후, 성당에서 간단히 결혼식을 올렸다.

평일 정오에 치러진 식에는 신부님과 지원호 옹, 들러리들만 참석했다. 신랑 들러리로는 현규의 오랜 친구이자 변호사인 황기주가, 신부 들러리로는 소이의 '아는 언니' 이자 현(現) 동거인인 하영신이 나서주었다. 식은 시종일관 조용하고 엄숙한 분위기에서 진행되었다. 신랑 신부는 웃지 않았고 다른 참석자들도 모두 침울한 기색이 역력했다. 기주만 재미있어 죽겠다는 듯 시종일관 싱글벙글하여 현규의 심기를 불편하게 만들었다. 뭐니 뭐니 해도 압권은 사진사의 등장이었다.

"자! 다들 여기 보세요! 옆에 서신 들러리님들, 더 활짝 웃어주세요. 네, 좋습니다! 신랑 신부도 마찬가지. 스마일—"

현규는 미소 비스무리한 것을 지으며 생각했다. 사진 속의 신랑에게선, 살인자의 것 같은 살벌한 눈과 공포심을 자아내는 썩소만을 발견하게 될 거라고. 신부를 흘낏 보았다. 그녀 역시 썩 즐거운 기색은 아니었다. 사진사의 주문 때문에 억지로 웃음기를 내비치고 있을 뿐.

기분이 급격히 나빠졌다. 일생에서 가장 행복해야 할 순간이 어쩌다가 이토록 시시하고 우울해진 걸까 생각하니 너무도 분하고 화가 났다.

'예쁘긴 더럽게 예쁘네.'

순백의 신부는 순수하고 아름다웠다. 그와 동시에 아이러니하게도 섹시했다. 그레이스 켈리를 연상시키는 레이스 소재의 롱슬

리브 웨딩드레스는, 그 자체만으로는 성스러우리만치 우아하고 단아했지만 이소이가 입자마자 세상에 둘도 없는 에로틱하고 관능적인 드레스가 되었다.

"이번엔 신랑 신부 컷입니다. 좀 더 다정하게 붙어주세요."

사진사가 또다시 주문했지만 신부는 꼼짝하지 않았다. 어쩔 수 없이 그가 움직였다. 게걸음으로 다가서며 신부를 째려보았다. 그녀는 사진 찍는 데엔 별관심이 없는 듯 하영신과 모종의 시선을 주고받는 중이었다. 둘의 표정으로 짐작컨대 '이런 결혼은 왜 했니?' 와 '어쩔 수 없었어. 내겐 돈이 절실했거든. 이 남자는 봉이야' 였다.

심통이 꾸무럭거렸다.

"들러리의 안색이 몹시 안 좋군. 이 결혼이 못마땅한가 보지?"

현규는 신부에게만 들리도록 아주 작게 중얼거렸다. 신부는 어깨를 움찔하고는 한참 동안 꼼짝하지 않았다. 뭐가 그리 당당한지 정수리를 꼿꼿하게 세운 채였다. 현규는 계속해서 말을 이었다.

"혹시 반대했나? 만약 그랬다면 양심이 살아 있는, 근래 보기 드믄 아가씨로군. 당신한테 저런 양심적인 지인이 있다니 놀라워. 멘토로 삼지 그랬어. 그랬다면 정신 나간 노인을 꼬드겨 부자가 되는 것보다는 훨씬 더 건전한 삶의 목표를 세웠을 텐데 말이야."

"……."

"다른 하객은 없나? 왜 저 여자 혼자지? 결혼식이 너무 썰렁하잖아. 누가 보면 신부가 사회 부적응자인 줄 알겠어. 인간관계에 문제가 있는 사람들은 보통 돈으로 하객을 동원하잖아. 그렇게라도 하지 그랬어?"

"신랑 측 하객도 없긴 마찬가지인데요."

신부는 조용히 대꾸하더니 사진사가 '신랑 신부, 이쪽을 보세요!' 하자 눈을 들었다. 정면으로 사진사를 바라보며 빙긋 소박한 미소를 짓는다. 가식임이 훤히 보였다. 현규는 똑같이 거짓 미소를 띠고는, 완벽한 복화술을 자랑하며 신부의 멘탈을 사정없이 공격했다.

"나야 일부러 안 불렀지. 친구들한테 결혼 사실을 알릴 생각이 전혀 없거든. 당신과의 결혼은 쫑 나는 그날까지 아무도 모르게 할 거야. 황기주는 친구지만 나와 내 할아버지의 변호사이기도 해. 내가 결혼한다는 사실을 나보다도 더 먼저 알았지. 초대하고 싶어서 초대한 게 아니라 어쩔 수 없이 초대한 거란 말이야."

"피차일반이에요."

소이는 여전히 인형 같은 미소를 지은 채 입술을 꿈틀거렸다. 복화술 중임을 까맣게 잊고 현규는 휙 그녀를 돌아보았다.

"뭐?"

"나 또한 주변 사람들한테 비밀로 했다고요. 결혼한 게 딱히 자랑은 아니잖아요?"

"웃기시네. 이봐. 난 명지그룹 후계자야. 당신 같은 여자가 나 같은 남자와 결혼했는데, 어째서 자랑이 아니야? 당신은 봉 잡은 거야. 로또에 당첨된 거라고. 사람들한테 떠들어야지. 명지그룹 후계자와 결혼하게 됐다고 사방팔방 소문을 내야지. 그래야 정상 아니야?"

"내가 그러길 바라요?"

사진사가 잠시 사진을 확인하는 사이, 소이도 그를 보았다. 오늘 처음으로 얼굴을 마주 대하는 순간이었다. 그놈의 조신한 신부 노릇을 하느라 그녀는 결혼식 내내 두 눈을 반쯤 내려뜨고 있었다.

"미쳤어? 난 저 사람들의 눈과 귀를 다 틀어막고 싶은 사람이야. 이 결혼에 대해서 아는 모든 사람들의 입을 꿰매 버리고 싶은 사람이라고. 그나마 다들 입이 무거워서 안심이지."

"그럼 됐어요. 내 친구도 사실을 발설하지 않을 거예요. 이 결혼을 처음부터 반대했거든요. 앞으로도 쭉 찬성으로 돌아설 것 같지 않고요. 최대한 빨리 깨끗한 상태에서 이혼해야 한다고 주장하는 친구이니 자기 입으로 결혼 사실을 떠들진 않겠죠."

"듣다 보니 상당히 기분이 나빠지네. 당신 친구, 반응이 왜 그 모양이지? 내가 어디가 어때서?"

"……?"

"난 재벌이야. 당신은 모델 나부랭이고. 기울어도 한참 기운 결혼이란 말이지. 할아버지한테 노망기만 없었어도 내가 당신 같은 여자와 결혼하는 일은 절대 없었어. 다시 말하지만 난 부자야. 당신 통장 잔고의 수백 배가 넘는 돈을 가진 부자. 당신은 나 때문에 노난 거라니까?"

"나도 알아요. 당신이 얼마나 돈이 많은 사람인지. 그 때문에 할아버지한테 쩔쩔매는 것도요."

"내가 쩔쩔맨다고? 저 노인네한테?"

현규는 허허 웃었다. 말도 안 된다는 듯. 하지만 정곡을 찔린 나머지 간담이 서늘해지고 기분은 나락으로 떨어졌다. 이런 여자에게서 무시를 당했다고 생각하니 자존심이 무참히 깨졌다. 분노의 눈을 하객석으로 돌렸다. 맨 앞에 지원호 옹이 두 손으로 지팡이를 짚은 채 근엄하게 앉아 있었다.

부글부글 끓었다. 저 노인네 때문에 이게 무슨 쪽팔림인지 화가 머리끝까지 났다. 그 와중에도 백치 이소이는 색기 어린 미소를 슬쩍 내비치며 심히도 백치스럽게 되물었다.

"아니면 왜 사랑하는 여자를 두고 나와 결혼하는데요?"

"그건……!"

입을 열었지만 할 말은 없었다. 왜냐하면 이소이의 말이 다 옳으니까.

그는 찐따다. 간통죄가 폐지되고 동성애자들의 결혼이 합법화되는 최첨단 21세기에, 할아버지가 정해준 여자와 강제 혼인 중인 찐따. 심지어 그에겐 결혼할 여자도 있었다. 모든 면에서 이소이와는 비교도 할 수 없이 우월한 신붓감이!

현규는 일주일 전 양효주에게 결혼 사실을 알렸던 순간을 떠올렸다. 효주가 맨 처음으로 보인 반응은 '활짝 웃음' 이었다.

"어머머! 상의도 없이 결혼 날짜를 앞당기면 어떻게 해? 날 깜짝 놀라게 해주려고 그랬구나? 이런 야만스러운 로맨티시스트 같으니!"

그의 결혼이 곧 자신의 결혼이라 착각하여 애교스럽게 앙탈을 부린 것이었으나, 그것은 곧 분개와 앙심으로 점철된 괴성으로 변하였다.

"죽여 버리겠어! 날 이렇게 비참하게 만들다니 기필코 죽여 버리고 말 거야! 이렇게 모욕당하고도 가만히 있을 줄 알아? 내가 그리 만만해 보여? 절대 가만 안 둬. 내가 얌전히 행복을 빌어줄 거라고 생각했다면 오산이야!"

"이, 이것 봐, 효주 씨……."

"뭘 봐! 보긴 뭘 보라고! 얼마나 잘난 여자와 결혼하는지는 모르겠지만, 그 여자 때문에 나를 버린 걸 후회하게 만들어주겠어. 아빠한테 다 말해 버릴 거야. 당신 회사 무너뜨려 달라고 부탁할 거야. 회사 끝장나면 꼴좋겠네! 그때 가서 후회해 봤자 소용없을걸. 빈털터리가 되어서 찾아와 봤자 안 받아줄 거니까."

여자가 한을 품으면 오뉴월에도 서리가 내린다고 했던가. 약혼자의 결혼 소식을 전해 들은 양효주는 게거품을 물었다. 평소의 유순하고 온화한 모습은 온데간데없이 사라지고, 오직 복수의 화신만이 남아 그를 향해 날카로운 혀를 휘둘렀다.

깜짝 놀랐다. 불끈 쥔 두 주먹을 이리저리 휘두르며 필사의 결의를 다지는 양효주는 자신이 생각했던 이상적인 아내와는 멀어도 단단히 멀어 보였다. 너무도 식겁하여 잠시 잠깐 결혼이 파투 난 게 다행이라고 생각했을 지경이었다. 하나, 분노로 활활 타오르던 그녀의 눈에서 눈물이 주르륵 흘러내리자 죄책감이 밀려왔다. 어찌 됐든 그는 효주에게 몹쓸 짓을 저질렀다. 그는 가해자이고 효주는 피해자였다.

이 사태의 원흉은 저 노친네와 이소이이고.

"결혼 축하해, 친구!"

사진사가 물러나고 들러리들이 다가왔다. 기주는 활짝 웃는 낯이었다. 우거지상인 신부 측 들러리와는 완연히 대비되는 모습. 현규는 모든 사정을 알면서도 저딴 반응을 내비치는 십년지기 베프, 기주를 죽일 듯이 노려보았다. 물론 기주는 이에 전혀 아랑곳하지 않았다.

"진짜 잘 어울리네! 선남선녀. 완벽한 한 쌍이야. 그렇죠, 영신 씨?"

"아, 뭐, 네……."

억지로 대답하는 영신에게선 못마땅한 기색이 역력했다. 그런데도 기주는 헤헤거리며 소이를 향해 칭찬을 줄줄 늘어놓았다.

"신부가 절세미인이시네요. 제가 지금까지 본 신부 중에서 가장 아름다우십니다. 이럴 줄 알았다니까요. 현규가 어렸을 때부터 굉장히 눈이 높았거든요. 웬만한 여자는 거들떠도 안 봤답니다. 그래서 다들 제일 아름다운 아내를 맞이할 거라고들 했었죠."

"별말씀을요. 고맙습니다. 기주 씨도 멋지세요."

"에이! 뭐 이 정도 가지고요. 오늘은 기본만 한 겁니다. 신랑보다 더 멋지면 민폐이니까요. 나중에 따로 한번 봬요. 그땐 제가 한껏 멋을 부려보겠습니다. 보고 반하시면 안 됩니다, 소이 씨."

어쭈? 기주 씨, 소이 씨?

현규의 눈이 순식간에 가늘어졌다. 눈동자가 기민하게 기주에게로 왔다가 소이에게로 갔다. 황기주는 여자 후리기 선수답게 느끼하고 유들유들했고, 이소이는 이에 장단을 맞추며 생글거렸다. 결혼식 내내 유지해 오던 긴장된 태도와는 전혀 다른 모습이었다. 이소이를 상대할 때면 늘 그래 왔듯 이번에도 원인을 알 수 없는 심통이 불끈 일어섰다.

"결혼 정말 축하드립니다. 행복하세요. 다시 한 번 말씀드리지만 정말 아름답습니다. 피부도 고우시고 키도 크시고 또……."

기주가 말끝을 흐리며 손동작으로 몸매가 죽여준다는 표시를 하자 심통지수는 금세 최고 기록을 갱신했다.

눈에 불이 붙었다. 콧김이 훅훅 쏟아졌다. 그는 마음속으로 참을 인(忍) 자를 염불 외듯 외었다. 하지만 속이 진정되기는커녕 더욱 부글거렸다. 거기에 기름을 붓듯 기주가 자꾸만 신부를 흘끗거리는 광경이 눈에 들어오자 현규는 더 이상 참을 수가 없는 지경에 이르렀다. 그는 아무도 모르게 놈에게 다가가 이렇게 속삭였다.

"적당히 해라. 큰코다치기 전에."

이후 모든 일정이 마무리될 때까지 기주는 앞만 보았다. 곁눈질은 결코 하지 않았다. 실실거리는 웃음도 스톱되었다. 대화는 당연히 금지. 입도 벙긋 못하였다. 현규는 모두와 헤어져 자동차에 오르고 나서야 비로소 마음의 평화를 얻었다.

신부는 비교적 조용했다. 쾌재를 부르는 분위기도 아니었지만 도살장에 끌려가는 황소 같지도 않았다. 조금쯤은 편안해 보이는 것도 같았다. 힘들고 복잡한 결혼 절차가 마무리되었으니 이제는

다 잘 풀릴 것이라 생각하는 듯했다.

콧방귀를 뀌었다. 이소이가 이 결혼을 낙관적으로 점친다면 그건 아주 잘못된 판단이라고 말해주고 싶었다.

'결혼? 까짓것, 해주지 뭐.'

이소이의 피가 얼마나 고결한지는 모르겠지만 노친네가 그토록 바라는 일이라니 원대로 해드리자. 하지만 자식까지는 아니다. 그건 있을 수 없는 일이었다. 현규는 이소이와 자식을 낳고 알콩달콩 백년해로할 생각이 눈곱만큼도 없었다. 결혼을 최소 1년간만 유지하면 자연스럽게 명지그룹이 손에 들어오는데, 뭣 하러 그런 한심한 짓을 하겠는가.

이소이와 '무늬만 부부'가 될 것이다.

법적으로의 혼인 관계만 유지하고 육체관계를 맺지 않을 것이다. 독립투사의 자손이라는 이유만으로 지현규라는 봉을 잡은 이소이는 1년 내내 독수공방할 거라는 말씀.

생각만 해도 기분이 좋아졌다. 명지그룹을 미끼로 그를 막다른 골목까지 몰아붙인 조부, 돈에 혹해 이 우스꽝스러운 결혼을 받아들인 영악한 이소이, 두 사람 모두에게 빅엿을 날려줄 수 있는 최고의 아이디어라는 생각이 들었다.

현규는 비긋이 미소를 지었다. 머릿속에는 이소이가 '지현규의 마누라' 자리에서 스스로 물러나는, 훈훈한 광경이 유쾌한 시트콤처럼 펼쳐지고 있었다.

제2장 요부(妖夫)의 아내

독수공방 계획은 하루도 안 돼 엎어지고 말았다. 그는 신방이 차려지는지를 직접 확인코자 불시에 습격한 조부에 의해 어쩔 수 없이 이소이와 첫날밤을 치러야 하는, 반인륜적이면서도 빌어먹고 젠장맞을 상황에 놓이게 되었다.

"당신이 이겼어. 키스부터 하자고."

현규는 소이를 빠르고 강하게 낚아채며 중얼거렸다. 가녀린 여체를 품에 안고 키스를 퍼부었다. 아이스크림의 단맛과 바닐라 향이 느껴졌다.

기다렸다는 듯 입술이 열렸다. 축축하고 따뜻한 그녀의 내부는 기대 이상으로 아늑하고 달콤했다. 짜릿함이 치솟았다. 성마르게 티셔츠 자락을 들쳤다. 놀랍도록 매끄럽고 따스한 맨살이 손에 닿았다. 단순한 터치였음에도 불구하고 미치도록 흥분되었다. 그녀의 허리를 더욱 바짝 끌어당겨 안았다. 그녀의 하체를 아랫도리에 대고 강하게 눌렀다. 에로틱 전기가 몸에서 연쇄반응을 일으켰다. 눈앞이 아찔해졌다. 맥박이 수치를 갱신했다. 급박함에 내몰려 그녀의 등을 다급히 어루만졌다. 섬세한 여인의 피부가 거친 사내의 손에 쓸리고 비벼지고 문질러졌다. 그러는 동안에도 연거푸 그녀의 입술을 파고들었다.

반바지 앞단추를 따고 엉덩이께로 손을 밀어 넣었다.

소이에게서는 희미한 신음 소리가 흘러나왔다.

"음……."

그녀가 그의 와이셔츠를 움켜쥐었다. 어지럽게 배회하던 그의 손길이 잠시 움직임을 멈추었다. 혹시라도 그녀가 자신을 거부하면 즉시 손을 떼기 위해서였다.

하나, 그는 곧장 넝쿨 같은 여인의 팔에 휘감겼다. 여자는 적극적으로 다가왔다. 고개를 기울여 대담하게 키스를 해오는 여자에게선 그 어떤 거부감도 느낄 수가 없었다. 알 수 없는 안도감을 느끼며 그는 천천히 탐험을 재개했다.

이소이의 정글은 뜨거웠다. 촉촉하고 얇고 섬세했다. 단단히 세운 손끝으로 그곳을 부드럽게 마사지했다. 동그라미를 그리다가 선을 그었다. 좌우로 움직여 색칠하다가 상하로 움직여 지우개질을 했다. 더 빨라지지도, 느려지지도 않는 일정한 간격의 마찰이 한참 동안 이어지자 조개처럼 딱 달라붙은 몸이 서서히 벌어졌다.

조금씩 느슨해지면서 틈이 생겼다. 보드랍게 흐느적거리는 속살이 서서히 경계를 풀고 문을 열었다. 중지를 쑥 밀어 올렸다. 겉길을 타고 올라가 중앙에 우뚝 선 감각 꽃술을 만났다. 붉은 이파리를 부드럽게 비비자 여체는 움찔하며 몸을 빼려 한다. 현규는 물론 그냥두지 않았다. 그는 그녀를 힘차게 붙당겨 더욱 바짝 품에 안았다. 압도적인 힘의 우위는 그녀를 바위에 붙은 껌딱지 신세로 만들었다.

"으음……."

쾌감의 격통이 잔인하리만치 달콤하게 소이를 덮치고 있었다. 그녀는 쓰러질 듯 흐느적거리며 움켜쥔 옷자락이 비틀렸다. 허벅지가 벌어지고 종아리가 그의 허리에 감겼다.

현규는 한 팔로 그녀를 온전히 지탱하고서 끊임없이 비단길을 공략했다. 세로로 열린 길에서 여인의 정글을 비비고 누르고 짓뭉갰다. 부드럽게 펼쳐진 꽃잎을 자극했다. 통통하게 부어오른 이파리를 문질렀다. 깊고 깊은 숲 속 옹달샘에서 달콤한 꿀물이 후드득 흐르자, 그는 주저하지 않고 중지를 밀어 넣었다.

"흣!"

검지가 합류했다. 뒤이어 약지도.

"흐으으읏……!"

입구가 찢어질 듯 한껏 벌어졌다. 최대치인 양 힘겹게 벌린 채 욱신욱신 그를 죄었다.

현규는 천천히 원을 그렸다. 감각세포가 몰려 있는 좁고 뜨거운 동굴 속을 느릿느릿 파헤쳤다. 겹겹이 쌓인 내벽을 열고 그 통로를 조금씩 넓혀갔다. 단단하면서도 부드러운 그의 움직임은 소이를 쾌락의 세계로 인도했다.

"흐읏, 읏……!"

거의 꼭대기까지 도달한 듯 그녀는 계속해서 신음했다. 그는 그녀의 입술을 잘근잘근 씹었다. 사탕처럼 혀로 굴리다가 힘차게 빨았다. 짜릿한 감각과 아이스크림 향기에 배인 타액이 입안으로 흘러들어 왔다. 꿀꺽. 두 사람 분의 타액을 넘겼다. 목젖이 꿀렁거리자 에로틱한 느낌이 배가된다. 욕망에 취한 몸이 바지 안에서 몸부림을 쳐댔다. 본능적으로 허리를 움직였다. 천과 천을 사이로 하체가 부딪쳤다.

"흣! 아앗……!"

셔츠 자락이 더욱 세차게 비틀렸다. 그는 손목을 더욱 세차게 움직였다. 얕고 빠르게 치다가, 깊고 길게 파고들었다. 이미 충분히 넓혀진 통로는 그를 완벽히 머금고 감쌌다. 깊숙이 들어가 안착하고 그곳을 부드럽게 휘젓자 소이는 속절없이 비명을 내질렀다.

두 사람은 어느새 침대에 거꾸러졌다. 매트리스에 등을 대고 쓰러진 소이의 위로 그가 덮치듯 떨어졌다. 두 사람의 눈이 마주쳤다. 소이의 얼굴은 새빨갰다. 비정상적으로 커다래진 눈은 당혹감과 함께 순수한 욕망이 너울거리며 떠 있다. 마치 숫처녀처럼 몹시 순진한 모습이었다. 당연지사 진짜일 리는 없었다.

"다음 단계는 뭐지?"

현규는 욕망을 적나라하게 드러낸 목소리로 물었다. 이소이는 질문의 의도를 알아채지 못한 듯 그를 빤히 바라보기만 했다. 재차 물었다.

"키스 다음 단계 말이야. 뭐냐고?"

"……."

"가슴?"

현규가 묻자 소이는 훅 숨을 들이켰다. 가슴이 높이 떠올랐다. 시선이 절로 거기로 향했다. 평범한 면 티셔츠에 둘러싸인 가슴은 잔뜩 부풀어 있었다. 꿀꺽 침을 삼켰다. 핏대가 절로 섰다. 아랫도리가 한층 묵직해졌다. 한층 짙어지는 그의 눈빛에서 낌새챈 듯 소이는 재빨리 제 가슴을 가렸다. 핏, 냉소를 터트렸다.

"왜? 갑자기 겁이 나시나? 날 감당할 수 없을까 봐?"

"그게 아니라……."

"당신은 날 욕심냈어. 날 갖길 원했고, 성공했어. 이제 난 당신 거야. 당신 마음대로 해도 돼. 뭘 망설이는 거지? 손을 뻗어. 그러면 나를 만질 수도, 가질 수도 있으니까."

"……."

"어서 유혹해. 날 가져가. 평생 벗어나지 못하게 내 혼을 쏙 빼놓으라고."

"……."

"어서."

현규는 점잖게 재촉하며 눈앞에 선하게 펼쳐지는 예상 그림을 점검했다. 아마도 이소이는 작위적인 신음 소리나 노골적인 초대, 저돌적인 스킨십으로 유혹하려 들 것이다. 그는 그딴 싸구려 제스처에 흔들리지 않을 자신이 있었다.

여자의 계획적인 유혹에는 늘 냉정하고 가혹하게 대처해 왔던 그다. 이번에도 그럴 것이다. 이소이로 하여금 버림받은 기분을 느끼도록 할 것이다. 서러워 밤새도록 눈물 흘리게 만들 것이다. 완벽한 좌절감과 패배감으로 인해 배겨나지 못하게 만들 거다. 그리하여 종국에는 이 결혼을 스스로 포기하게 만들고 말 것이다.

오랜 망설임 끝에 그녀가 움직였다.

유혹은 손을 치우는 것으로부터 시작되었다. 풍만하게 솟은 가슴이 또다시 모습을 드러냈다. 티셔츠 천 쪼가리 아래로 두 개의 돌기가 뾰족 도드라져 있었다. 거친 숨소리가 방 안을 휘휘 돌았다. 하지만 그들 모두 그것이 누구의 숨소리인지 구분해 내지 못했다. 그는 오로지 위아래로 흔들리는 가슴에만 집중했고, 그녀는 그의 눈치를 살피는 데에만 급급해 있었다.

"이게 다야?"

현규는 더 이상 움직이지 않는 소이를 채근했다. 그녀는 또다시 느려터진 속도로 셔츠의 아랫단을 끌어 올렸다. 날씬한 아랫배와 배꼽이 드러났다. 다음엔 새하얀 속살과 비교적 앙상한 갈빗대가, 그다음엔 브래지어를 하지 않은 맨가슴이 나타났다.

훅, 거칠게 숨을 들이켰다.

눈앞에서 고강도 탄성의 공처럼 완벽한 원형의 가슴이 관능미를 뽐냈다. 와인빛의 먹음직스러운 알맹이와 에로티시즘의 정점이랄 수 있는 붉은 유륜이 실핏줄들과 함께 매혹적으로 얽혀 있다. 아름다운 예술품을 보았을 때처럼 감탄이 절로 나왔다. 미친 듯이 욕구가 팽창했다. 눈앞에서는 알맹이가 점점 부풀었고, 바지

속에서는 본능의 하수인이 부풀었다. 현규는 속으로 욕설을 뇌까렸다.

"더 해요?"

소이는 티셔츠를 벗고 눈치를 살폈다.

지현규는 아까부터 정지 상태였다. 손가락 하나 까딱하지 않은 채 그녀를 매섭게 지켜보기만 했다. 점점 더 험악하게 구겨지는 인상만 아니면, 눈을 뜬 채 잠이 들었다고 생각했을 것이다. 그녀의 맨살이 드러나면 드러날수록 기분이 나빠지는 듯하였다. 소이는 아주 잠깐 이대로 포기할까 생각했다.

지현규와 섹스하느니 차라리 죽는 게 나을 것 같았다. 섹스란 인간이 나누는 대화 중 가장 친밀하고 성스러운 것이다. 단순히 몸을 나누는 것이 아닌, 마음과 영혼을 나누는 소중한 의식이었다. 자신을 인간 이하로 취급하는 남자와 그러한 의식을 치를 수는 없었다. 아마 끔찍할 것이다. 굴욕적으로 제압당하여 죽을 만큼 고통스러울 게 틀림없었다.

물론 키스는 좋았다.

너무 과할 정도로.

소이는 그 과함이 마음에 안 들었다. 너무 야만적이고 짐승 같다. 그런 통제 불능의 남자는 그녀의 취향이 결코 아니다. 소이는 좀 더 안전한 남자를 선호했다. 전혀 위협적이지 않아서 두려움에 떨지 않아도 될 만한 남자.

"해."

그가 명령을 내렸다. 소이는 용기를 끌어모아 가까스로 핫팬츠의 지퍼를 내렸다.

지이익—

새하얀 면 팬티가 드러났다. 그의 볼이 씰룩거렸다. 두 눈은 과하리만치 빛났다. 그것이 욕망이라는 것쯤은 소이도 알 수 있었다. 지하 암반까지 추락했던 자신감이 조금씩 되살아났다. 천천히 엉덩이를 실룩거리며 바짓단을 아래로 끌어 내렸다.

그는 팬티 중앙의 거뭇한 곳에 시선을 고정시키고 있었다. 그녀가 몸을 꿈틀댈 때마다 그 눈가가 실룩거렸다. 바지를 다 벗고 팬티에 손가락을 걸 때는 심각하게 가늘어졌다. 그리고 그 얇은 천 쪼가리를 확 끌어 내릴 때에는…….

"그만둬!"

현규가 갑자기 손목을 거머쥐었다. 잘생긴 얼굴이 그녀의 코앞으로 훅 들어왔다. 불처럼 이글거리는 눈동자와 공격적으로 드러낸 이가 그녀를 위협하기 시작했다.

"당신 문제가 뭔지 알아?"

"……."

"너무, 천박하다는 거야."

그는 움켜쥐었던 것만큼이나 거칠게 손목을 뿌리치고서 방을 나가 버렸다.

쾅! 벼락같은 굉음을 내며 문이 닫혔다.

소이는 그제까지 심장에 모아두었던 숨을 길게 내쉬었다. 두 눈을 미친 듯이 깜빡여 보았다. 떨리는 손을 가슴에 대어보았다. 심장이 쿵쾅쿵쾅 뛰고 있었다. 비정상적이랄 정도로 너무 빨리. 원인 불명의 떨림이었다. 이게 대체 뭐지?

소이는 희미하게 눈살을 찌푸리며 힘없이 손목을 떨구었다.

방을 박차고 나선 현규는 회까닥 눈이 뒤집히는 것을 느꼈다. 고집불통과 억지의 상징, 혈통과 출신에 대한 광적인 집착으로 말미암아 손자를 삼류 모델과 결혼시킨 미치광이 노인네, 지원호가 거실 소파에 떡하니 앉아 TV 뉴스를 챙겨 보고 있었다.

사태를 이 지경으로 만들어놓은 장본인이시면서!

순식간에 이소이에 대한 욕구불만과 스스로를 향한 경멸이 조부에 대한 분노로 치환되었다.

"제발 좀 그만하세요! 진짜 노망나셨어요?"

"말조심해라, 지현규."

손자의 모습을 훑으며 지원호는 심드렁하니 대답했다. 말본새는 저래도 효심만큼은 누구 못지않게 지극함을 알기에 나올 수 있는 반응이었다.

원래 지씨 집안 남정네들의 특징이 '여린 마음씨와 불같은 성정' 이다. 화가 나면 저렇게 미친놈처럼 날뛰기 일쑤이지만 근본적인 심성은 곱고 여린 편이다. 현규도 비록 조폭 못지않은 난폭한 혀를 지녔으나 어려서부터 개미 새끼 한 마리 죽이질 못했던 인정 많은 녀석이었다. 강자 앞에선 강한데 약자 앞에선 한없이 약해지는 타입이랄까. 때문에 노약자와의 대결에서는 필패한다. 원호가 이 싸움에서 승리를 확신하는 것도 바로 그 때문이었다.

"할아비한테 노망이라니. 진짜 노망나서 지하철 노숙자에게 명지그룹을 줘버려야 정신을 차리겠냐?"

"아니면 뭐란 말입니까? 처음 보는 여자와의 결혼을 강요하시질 않나. 잠자리를 하는지, 안 하는지 감시하겠다질 않나. 요즘 시대에 이게 말이나 되는 일입니까? 있을 수 있는 일이에요? 이건 진짜 해외 토픽감이라고요!"

"해외 토픽감은 내가 아니라 네놈이다. 신혼 첫날밤 신방에 계집들을 불러들여 흥청망청 즐긴 놈이 세상천지에 너 말고 또 누가 있겠어?"

"그거야!"

"다 안다. 네놈이 무슨 속셈인지, 앞으로 어쩔 셈인지. 내가 제시한 1년간의 결혼을 순순히 받아들일 때부터 이미 예상했던 일이야."

"제, 제가 뭘요?"

현규가 움찔한다. 최소한의 양심은 있는 게지. 지원호는 콧방귀를 뀌며 속으로 혀를 찼다.

현규가 아무리 용을 써도 이번에는 그가 승리할 것이다. 현규는 그가 짜놓은 거미줄에 제대로 걸렸다. 아무리 발버둥을 쳐도 벗어날 수 없을 것이다. 그는 '필사의 각오로 임하는 사람은 그 누구에게도 지지 않는다'는 자신의 신념을 떠올리며 비긋이 미소를 지었다.

"대충 기간만 채울 요량이겠지. 비록 내게는 증손자를 낳아주기 위해 최선을 다하겠다고 약속했지만 그게 어디 확인 가능한 일이더냐? 날마다 합방을 하나, 안 하나 감시하지 않고서야 네 녀석이 노력을 하는지 안 하는지 내가 어찌 알겠어? 나중에 가서 '노력했지만 수태되지 않았다' 고 발뺌하면 나로서도 도리가 없는 게지. 교활한 네 녀석은 그럴 것임을 치밀히 계산하여 내 제안을 받아들였을 것이야. 안 그러냐?"

"그거야 어쩔 수는 일이죠. 원래 임신은 인력으로 안 돼요."

"사람의 의지로 안 되는 일은 없다. 간절히 원하면 이루어지는 법이야. 네 바람과 노력이 절실하다면 분명 기간 내에 안사람을 수태시킬 수 있을 게다. 그러려면 약속한 대로 최선을 다해야겠지."

"할아버지."

현규는 관자놀이를 누르며 두 눈을 질끈 감았다. 머리가 지끈거렸다. 도대체 조부의 눈에 뭐가 씌워져 이런 황당한 일들을 줄줄이 벌이시는지 알 수가 없었다.

정말로 치매 검사를 받아봐야 하는 걸까?

"네 안사람을 절대로 함부로 대하지 마라. 고귀한 혈통을 타고난, 아주 귀한 아가씨이니라. 내게, 또한 네게 그 귀한 혈통을 나눠 줄 귀인이니 그 아일 홀대해서는 절대 안 된다. 알겠느냐?"

"제발요, 할아버지. 그놈의 혈통은 좀 빼고 말씀해 주세요."

"아껴주어라. 마음을 다해 아껴줘. 너와 함께하는 동안엔 최선을 다해서 보살펴 주거라. 훗날 떠올렸을 때 행복한 추억으로 기억되도록, 아끼고 위해줘. 혹시라도 그 아일 불행하게 만든다면 각오하는 게 좋을 게야. 내가 가만두지 않을 것이니."

"네네! 여부가 있겠습니까? 고귀한 혈통을 물려받은 여자이니 대대로 머슴 집안 장손인 저는 아씨 마님 수발드는 마당쇠처럼 굽실굽실 잘 알아 모셔야 마땅하겠지요. 참나, 무슨 재벌 집안이 이래? 아무 배경도 없는 여잘 며느리랍시고 들여놓고서 공주님처럼 떠받들며 살라니. 할아버지 제정신 맞으십니까?"

"어찌 됐든 당분간은 네 여자다. 네가 아무리 발버둥을 쳐도 그것만은 부인할 수 없어. 그 아인 정식으로 네 호적에 네 아내라는 이름으로 올라갈 거고, 네 피를 이은 아이를 낳을 게다. 법적으로 정식 아내이자, 네 아이의 어미가 될 네 안사람이란 말이다. 자고로 옛말에, 제 여자 눈에서 눈물 빼는 것만큼 사내로서 쪽팔리는 일은 없다고 했다."

"알겠어요, 알겠습니다. 저 여자 눈에 눈물 나는 일, 절대로 만들지 않겠습니다. 됐습니까?"

"날마다 네 안사람한테 확인할 게다."

원호는 심술궂게 한마디 덧붙였다. 시종일관 불손하게 구는 손자를 골려먹기 위한 말이었는데, 예상대로 녀석은 금세 인상을 굳혔다.

"뭘요?"

"밤마다 네가 남편으로서 제 할 일을 잘하는지, 못하는지."

"할아버지!"

벼락같은 괴성이 아파트의 휑한 공간을 흔들었다. 원호는 손자의 분노를 본체만체하곤 아파트 내부를 쓱 훑었다. 2년 전 현규가 독립하면서 매입한 이 아파트는 너무 넓고 썰렁했다. 아늑함이 없달까. 사내 혼자 살아서인지 '집'이라는 느낌이 별로 안 들었다.

놈을 어서 장가보내야겠다고 결심한 것도 바로 그 때문이었다.

색시를 얻었으니 이제 이곳도 조금은 따뜻해지겠지.

아이의 흔적으로 어질러지고 망가지기 시작하면 더더욱 밝고 따스한 곳이 될 것이다. 그 생각을 하니 한층 흐뭇해졌다.

"더 있다가는 무슨 봉변을 당할지 모르겠구나. 나는 이만 가보마."

"잘 생각하셨습니다. 안녕히 가십시오."

현규는 지팡이를 짚고 힘겹게 일어서는 할아버지를 향해 차갑게 대꾸했다. 평소였다면 달려들어 부축해 드리고 밖에서 대기 중인 비서진들을 불러들였을 것이다. 하지만 지금은 그럴 마음이 눈곱만큼도 없다. 조부에 대한 효심이나 동정심 따위는 삼도천을 건넌 지 오래였다.

"명심해야 한다."

원호는 두어 걸음을 힘겹게 떼다가 재차 손자를 돌아보며 경고했다.

"결혼 생활에 충실하거라. 한 가정의 가장으로서, 아녀자의 지아비로서 맡은 바 의무를 다하도록 해."

"결혼 생활에 충실하겠습니다. 한 가정의 가장으로서, 아녀자의 지아비로서 맡은 바 임무를 다하겠습니다."

"오늘과 같은 일은 결코 반복되어선 안 된다. 그 헐벗은 계집들을 또다시 집 안으로 끌어들이는 날엔, 명지그룹은 곧바로 사회환원 절차를 밟게 될 것이야. 알아듣겠냐?"

"다른 여자들은 절대 거들떠도 안 보겠습니다. 앞으로 1년 동안은 오직 아내만을, 저 여자만을 위해 살겠습니다. 됐죠? 이제 만족하시겠죠?"

"약속할 수 있겠느냐?"

"제 명예를 걸고 약속드립니다. 앞으로 1년 동안 제게 여자는 오직 저 여자뿐이에요."

선언하는 현규는 단호하고도 결연했다. 얼핏 믿음직했다. 큰 탈 없겠구나 싶은 생각도 들었다. 하지만 녀석은 지현규다. 늘 감언이설로 어른들을 안심시켜 놓고 뒤에서 온갖 하고픈 일들을 다 했던, 엉큼하고 음흉하고 교활하기 짝이 없는 자신의 손자.

녀석은 결혼으로부터 탈출할 모종의 계획을 세울 것이다. 영악한 녀석이니만큼 명지그룹과 자유, 둘 모두를 손에 넣을 비법을 고안해 내겠지. 지원호는 반란을 예상하고도 가만히 앉아 있을 사람이 아니었다. 실은 진작부터 손자의 몸부림을 무력화시킬 초강력 절대공략법을 생각해 두었다.

자고로 영웅호색(英雄好色)이라 하였다. 혈기 왕성한 남자 중의 남자, 지현규를 결혼이라는 굴레에 주저앉힐 필승의 비책은 오로지 색(色)뿐이다.

"그래. 그러겠지. 그래 보이는구나."

지원호는 싸악 미소를 지었다. 그리고는 음흉하기 짝이 없는 시선을 아래쪽으로 뚝 떨어뜨렸다. 현규의 바지 앞섶이 심히도 '낯뜨겁게' 불룩 솟아 있었다. 역시 예상대로 이소이는 벌써부터 현규를 손에 넣고 쥐락펴락하고 있는 게다.

원호는 턱을 문지르며 '에헴' 하고서, 얼굴이 새빨개진 손자를 향해 점잖고 묵직한 충고를 건네주었다.

"파자마로 갈아입는 게 좋겠구나, 손자야."

❖

「미래희망 산부인과입니다. 의뢰해 주신 검사 결과가 나왔으니 수일 내에 내원하여 상담해 주시기 바랍니다.」

명지개발건설 본사 로비로 들어서는 도중, 소이는 문자메시지를 받았다. 결혼 전 '수태할 수 있음을 의학적으로 검증받아 오라'는 지원호의 요구에 부응, 간단한 부인과 검사를 받은 적이 있었는데, 그 결과가 이제 나왔으니 확인하라는 것이었다.

아마도 특별할 게 없을 것이다. 그녀는 12살에 초경을 치른 이래 한 달도 거른 적이 없었다. 남들 다 겪는 생리증후군도 없고 생리통도 심하지 않다. 살면서 크게 아팠던 적도, 수술이나 사고를 당한 적도 없다. 섹스 경험은 두 번이 전부였고, 모두 피임을 했었다. 그마저도 2년 전의 일이었기에 현재는 깨끗하다. 게다가 그녀에겐 다산(多産)이라는 가족력이 있었다. 모친은 무려 17살에 소이를 잉태해 20살이 되기 전까지 5번이나 더 임신을 했었다. 극심한 스트레스로 다섯 번 모두 자연유산이 되는 불운을 겪었는데, 부친은 늘 그런 아내에게 '참으로 임신 하나만큼은 기똥차게 잘되는 체질'이라고 했었다. 모친을 닮았다면 소이 또한 임신이 기똥차게 잘되는 체질일 것이다.

문제는 지현규다. 기회를 전혀 주지 않는 지현규.

그는 결혼식 이후 4일이 지난 현재까지 그녀의 근처에 얼씬거리지 않았다. 잠도 따로 잤고, 출퇴근도 그녀가 깨기 전에 출근하여 잠든 후에 귀가했다. 이는 분명한 회피였다. 틀림없이 키스 실력이 최악임을 확인한 지현규가 일부러 섹스를 피하는 것이다.

착잡했다. 계약금으로 무려 십억 원이라는 큰돈을 지출한 지원호 회장을 생각하면 죄스럽기도 하다. 그토록 많은 돈을 지불하고도 증손자를 얻지 못한다면 노인은 크게 상심할 것이다. 어쩌면 충격을 받은 나머지 중병을 얻게 될지도. 이미 착수금을 톡톡히 챙긴 만큼 소이는 지원호에게 꼭 보답하고 싶었다. 빠른 임신으로.

하지만 지원호는 철벽을 칠 뿐이고.

그렇다고 이쪽서 먼저 덮칠 수는 없을 뿐이고.

"죄송해요, 할아버지. 본의 아니게 무위도식해서."

혼잣말을 중얼거리곤 휴대폰을 다시 내려다보았다. 병원에서 날아온 메시지를 다시 읽으니 심란함이 가중되었다.

"잠자리를 못하는데 검사 결과가 무슨 소용이람."

한숨을 내쉬며 휴대폰을 가방에 넣었다.

집에서 가져온 서류를 가슴에 안았다. 오전에 빨랫감을 찾으러 집 안을 뒤지다가 우연히 서재 테이블에서 발견한 것이었다. 빳빳한 금빛 봉투에 잘 싸매진 정갈한 모양새가 첫눈에도 범상치 않아 보였다. 혹시 중요한 서류를 실수로 빠뜨린 것은 아닌지 걱정돼 확인차 현규에게 전화를 걸어보았으나, 그를 알현하는 건 전화상으로도 쉽지 않았다. 한참 만에 윤 실장이라는 사람이 받더니 '오늘 당장 필요한 서류입니다. 번거롭겠지만 회사로 가져와 주세요' 라고 했다. 별수 있나? 중요한 서류라는데 가져다줘야지.

"지현규 씨 만나러 왔는데요."

데스크로 다가가 용건을 말했다. 건물 내부로 들어가기 위해선 직원용 출입증이 필요해 보였다. 직원이 아닌 소이는 데스크의 도움을 받아야만 들어갈 수 있었다. 쪽진 헤어와 남색 정장을 깔끔하게 차려입은 여직원은 친절했다.

"지현규 사원 말씀이십니까? 어느 부서이신지 말씀해 주시면 연락해 드리겠습니다."

"부서는 잘 모르겠고, 여기 사장이라던데요?"

"저희 사장님을 만나러 오셨단 말씀이십니까?"

데스크 여직원의 안면에 박제돼 있던 미소가 살짝 굳었다. 당황한 여직원은 스리슬쩍 눈동자를 위아래로 굴렸다. 민망할 정도로 커다란 입술이 프린트된 싸구려 티셔츠, 허벅지 대부분을 드러낸 핫팬츠, 김칫국물 얼룩이 묻은 에코백, 샛노란 염색 머리와 새빨간 립스틱. 누가 봐도 소이는 사장의 고급스런 취향과는 백억 광년쯤 멀어 보였다. 여직원도 단 몇 초 만에 진실을 간파한 듯 금세 생글거리는 얼굴로 되돌아왔다.

"약속이 되어 있으신가요?"

"아마도요."

"비서실에 확인해 보도록 하겠습니다. 성함이 어떻게 되시죠?"

"이소……."

이름을 말하려다 말을 멈추었다. 생각해 보니 비서는 자신의 이름을 모르는 것 같았다. 솔직히 상사의 아내로 인지하는 것 같지도 않았다. 가까운 친구들에게조차 결혼에 대해 말하지 않은 지현규이니 당연히 회사에도 알리지 않았을 것이다.

아주 잠깐이지만 심술궂은 생각이 들었다. '나는 지현규의 아내이다' 고 사실을 폭로하여 그의 격조 높은 사회생활에 재를 뿌릴까 보다 싶은. 금세 포기했다. 얼마나 쪽팔리면 숨기기에 급급하겠나 싶으니 인간적으로 안됐다는 생각이 들었다. 아무래도 이 일은 조용히 넘어가는 게 상책일 것 같았다.

"비서실에선 제 이름을 잘 모를 거예요. 고용된 지 얼마 안 됐거든요."

"아! 가사 도우미시군요?"

고용인이라는 말에 여직원은 멋대로 도우미라고 추측했다. 딱히 틀린 말은 아니었다. 결혼 후 신혼집에서 한 일이라곤 밥하고 빨래하고 청소하는 일뿐이었으니까. 대답하기 애매하여 긍정도 부정도 하지 못했다. 그사이 여직원은 사장 비서실과 내선 통화를 했다.

소이는 턱을 손으로 괴었다. 요즘 유행하는 댄스곡을 흥얼거리다가 손톱으로 리듬에 맞췄다. 하이힐 발끝으로 바닥을 톡톡 찍어대며 휙휙 주변을 둘러보았다. 구석에 서 있는 안전요원이 칙칙, 무전을 주고받는 모습이 눈에 들어왔다. 빤히 바라보자 시선을 눈치챈 요원이 이쪽을 돌아보았다. 눈이 마주치자 응원 차원에서 빙긋 눈웃음을 지어주었다. 요원이 흠칫 놀라더니 얼굴을 붉히며 눈을 내리깔았다. 그때 여직원이 이쪽을 돌아보았다.

"죄송합니다만. 사장님께선 현재 가사 도우미 없이 생활 중이시라는데요."

"네?"

예상치 못했던 답변이 날아오자 소이는 당황했다. 두 눈을 휵 떴다.

"며칠 전에 해고하시고 지금은 혼자 계시다는데, 그쪽은 누구시죠? 어떻게 찾아오셨죠?"

지현규가 가사 도우미 없이 생활 중이라는 말은 맞다. 그에게는 가사 도우미가 필요 없다. 새로 생긴 아내가 가사를 모조리 도맡아 해결해 주니까.

소이는 가사 도우미가 아니라 지현규의 아내이다.

아내라고 밝힐 수 없는 아내.

"어…… 전……."

"……?"

"그러니까, 전 이 서류를 전해 드리려고……."

"서류라고요?"

수상쩍은 단어가 귀에 들어오자 여직원은 득달같이 추궁했다. 안면 근육에 프로페셔널하게 장착돼 있던 상냥함과 친절함은 온데간데없어졌다. 최근 산업스파이 때문에 회사가 발칵 뒤집히고, 그 때문에 보안팀과 데스크팀이 연일 초비상 체제였기에 저절로 날이 섰다. 뒤숭숭한 사내 분위기상, 신원 불명의 여자가 접근해 서류 운운하는 지금의 상황은 절대로 예삿일로 넘길 수 없었다.

"어디 한번 볼까요?"

여직원이 소이를 제법 날카롭게 응시하며 척, 손을 내밀었다. 서류를 내놓으라는 제스처다. 달리 어쩔 수가 없어 소이는 슬그머니 내주었다. 여직원은 두툼한 파일을 봉투에서 꺼내 눈으로 훑기 시작했다. 저쪽에서 업무를 보던 남직원이 곁으로 다가왔다.

"뭐예요?"

"맞네. 우리 회사 서류 맞아."

여직원이 심각하게 중얼거렸다. 그리고는 사뭇 비장하고도 매서운 눈초리로 소이를 노려보았다.

"이거 어디서 났죠?"

"네? 아, 그게 저……."

"보안팀 부를까요?"

그녀가 속 시원히 답을 못하자 남직원이 여직원에게 물었다.

소이는 지그시 입술을 깨물었다. 일이 이상하게 돌아가고 있었다. 분위기로 보아 자신이 의심받는 듯한데, 그건 도무지 말이 안 되는 일이다. 어떤 마누라가 남편 회사의 주요 서류를 빼돌리겠는가? 또 빼돌렸으면 왜 여기까지 가져왔겠나? 그런데도 사원들은 '서류가 왜 회사로 돌아왔는가?' 보다는 '왜 이 여자가 가지고 있나?' 에 초점을 맞추고 자꾸만 그녀를 몰아가려 했다. 식은땀이 솟았다. 위기감이 배가되었다. 이대로라면 지현규와 경찰서에서 해후하는 불상사가 벌어질지도 몰랐다. 정말이지 그런 창피한 상황만큼은 무슨 일이 있어도 피하고 싶었다.

"지현규 씨와 통화하게 해주세요. 아니면 그 윤 실장이라는 분이라도요. 그분과는 아까 전에 통화했었거든요. 이 서류를 갖다 달라고 하신 분도 바로 그분이세요."

"비서실장님께선 현재 자리를 비우신 상태입니다."

"네?"

"그래서 지금은 그쪽 말이 사실인지 아닌지 확인해 드릴 수 없어요. 사실 확인이 불가능한 상황에서는 당연히 사장님과 직접 통화하게 해드릴 수 없습니다. 그러니 어서 스스로 말씀해 주십시오. 그쪽은 누구죠? 이 서류는 어떤 경로로 손에 넣으신 거죠?"

오, 이런…….

빠져나갈 구멍이 없었다. 사실을 말해야만 하는 것이다. 하지만 그러면 지현규는 가만있지 않을 것이다. 노발대발 생난리를 피울 게 분명하다. 소이는 급격히 초조해져 입술을 잘근거렸다. 눈동자를 갈지자로 왔다 갔다 했다. '아내' 가 아닌 다른 그럴싸한 핑계를 생각하기 위해 머리를 굴리고 또 굴렸다. 하지만 그딴 게 떠오를 리는 없었다.

"이봐요. 우리도 그쪽 분께서 스파이일 거라곤 생각하지 않아요."

당황한 게 역력한 그녀가 조금은 안돼 보였나 보다. 여직원이 목소리를 낮추고는 차근차근 회유하기 시작했다.

"우연히 서류를 손에 넣으셨겠죠. 우리 직원이 지하철에 흘렸다거나 커피숍에 두고 나왔을 수도 있으니까요. 그걸 습득하신 후, 고맙게도 직접 이렇게 찾아오신 것일 수도 있겠죠. 여기까지 온 김에 사장 얼굴이라도 보자, 뭐 그런 마음이셨을 거예요. 그러실 수 있어요. 이해합니다. 워낙 저희 사장님께서 잘생긴 사업가로 세상에 널리 알려진 분이잖아요. 데스크에 있다 보면 그런 여자분들 종종 뵙니다. 저희들 선에서 모두 차단시키죠."

"아아."

"이런 식의 접근은 옳지 않아요. 잘못해서 스토커로 오인받으실 수도 있습니다. 저희 사장님께서 겉보기엔 유하고 젠틀해 보이지만 생각보다 매몰찬 구석이 있으세요. 이렇게 서류를 빌미로 만남을 요구했다는 걸 알면, 분명히 경찰에 넘기려 하실 겁니다."

"예에."

"서류의 습득 경위만 정확히, 상세히 얘기해 주십시오. 그렇게만 해주신다면 더 이상의 책임은 묻지 않겠습니다."

"습득 경위요?"

"어디서 어떻게 이 서류를 손에 넣으신 것인지만 말씀해 주세요. 그럼 사장님께도 알리지 않고, 경찰서에도 넘기지 않겠습니다."

"음, 사실은……."

"사실은?"

"사실은……."

훌쩍. 나오지도 않은 코를 들이마셨다. 여직원이 상체를 숙이며 귀를 쫑긋 세웠다. 옆에 서 있던 남직원도 마찬가지. 눈동자를 흘끔 굴려보니 예의 보안요원까지 엿듣고 있었다. 소이는 코를 한 번 더 들이마셨다. 두 눈을 팔랑팔랑 깜빡이고는 데스크의 흰 광택을 뚫어져라 노려보았다.

"……그 사람과 함께 살아요."

"네?"

여직원이 두 눈을 홉뜬다. 자신이 뭘 단단히 잘못 들었다고 생각하는 듯. 소이는 머리꼭지를 벅벅 긁었다. 멀뚱멀뚱 자신을 쳐다보는 여섯 개의 눈동자를 피해 어색한 웃음을 파아— 지었다. 안타깝게도 마주 웃어주는 이, 하나 없었다. 다시 무표정으로 돌아와 소이는 무덤덤하게 같은 말을 반복했다.

"지현규 씨 말이에요. 그 사람과 한집에 산다고요."

"저기요! 사실대로 말하면 정상참작 해드린다고 말씀드렸죠? 왜 이미 들통난 거짓말을 또 하는 거예요? 사장님께선 현재 가사 도우미 없이 생활하신다고요! 당신이 잘못 짚었다니까요?"

인내심의 한계를 느끼는 듯 여직원은 소리를 높였다. 대부분이 명지개발건설 직원일 것이 분명한 행인들이 흘낏거리기 시작했다. 호기심이 동한 이들은 아예 걸음을 멈추고 구경하기도 했다. 이러다가는 회사 전 직원들 앞에서 커밍아웃하게 될지도 모른다는 두려움에 떠밀려 소이는 개미만 한 목소리로 중얼거렸다.

"전 가사 도우미가 아니에요."

"뭐라고요?"

제대로 알아듣지 못한 여직원이 상체를 더 바짝 낮췄다. 남직원도 따라 들이댔다. 보안요원도 목을 쭉 늘이며 청력을 쫑긋 세웠다. 소이는 푹 한숨을 내쉬었다. 어깨를 한번 으쓱하고서 이보다 더 웃긴 얘긴 없다는 듯 히죽거렸다.

"와이프라고요. 지현규 와이프."

제3장 유부녀

"그 순간 직원들 표정을 네가 봤어야 했어. 아주 어마무시했지. 데스크 완전 초토화! 전세가 단번에 역전됐다니까. 으으! 다시 떠올려도 소름 끼치게 짜릿하네."

현규는 긴히 논의할 문제가 있다며 찾아온 기주를 살벌하게 노려보았다. 촌각을 다투는 긴박한 문제래서 바쁜 와중에서도 시간을 내주었더니만. 녀석은 사장실에 들어서자마자 이소이의 '데스크 통과 사건'을 들먹여 지금까지 장장 20분 동안 쉬지도 않고 떠들어대는 중이었다. 이소이가 직원들과 실랑이를 벌일 때, 하필 기주가 로비에 있었던 게 화근이었다.

"맨 처음엔 다들 긴가민가하더라. 그럴 수밖에. 넌 불과 석 달 전만 해도 시사 파이낸셜 지(誌)가 뽑은 '대한민국 미혼녀가 신랑

감으로 가장 탐내는 비즈니스맨' 넘버원이었잖냐. 그저 얼굴이 화보라는 이유만으로 주간지에 단골로 등장하고, 언론이 가장 주목하는 재벌가의 자제, 그게 바로 너 아니냔 말이지. 바보가 아닌 이상 직원들도 알았을 거야. 네가 정말로 결혼이란 걸 했다면, 그 넌덜머리 나는 기자들이 회사 로비에 진을 치지 않았을 리 없다는 걸. 소이 씨의 정신 상태를 의심하는 것 같았어."

"……."

"근데 천사 같은 소이 씨는 그 억울하고 분한 상황에서도 미소를 잃지 않더라. 자기를 의심하는 직원들한테 너무도 너그럽고 상냥하게 대응하더라고. 사장에게 직접 확인해 보시면 될 일이라고 정중히 요구하대? 그리고선……."

"거기서부턴 나도 알아. 내가 직접 직원과 통화했으니까."

꼴불견에 가까운 기주의 말을 뚝 끊으며 현규는 짜증스레 중얼거렸다. 30분이나 지났건만, 비서실로부터 '아내분께서 회사 로비에 와 계시답니다'는 전언을 받았을 때의 충격이 아직도 생생했다. 보고하는 강 비서도, 보고받는 현규도 민망하고 당황해 한참이나 우물쭈물했었다.

"네가 진짜 아내라고 인증을 해주자 삽시간에 분위기는 반전……."

"인증해 준 적 없어. 당장 이소이를 올려 보내라는 말 이외에는 아무 소리도 안 했단 말이야. 그 여자와 결혼했다는 말은 입도 벙긋 안 했다니까."

"아무튼 그래서 난리가 난 거야. 로비가 아주 명절 재래시장처럼 시끌벅적해졌다니까. 사장님이 유부남이다, 웬 여자와 몰래 결혼했다더라, 그 대단한 분이 결혼을 몰래한 데에는 특별한 이유가 있는 것 아니겠느냐, 혹시 속도위반인가? 등등."

"네 대뇌 망상으로 쓴 소설 잘 들었다. 이제 그만 닥쳐 줄래?"

"소설이 아니라 팩트야, 팩트. 그 자리에 있던 모든 사람들이 네 결혼을 진실로 받아들였어. 분위기가 그랬다니까!"

"황기주."

"충격적이긴 한가 보더라. 다들 얼이 쏙 빠져 버린 걸 보면. 특히 여직원들의 좌절이 이만저만이 아니었어. 어쩌다 대한민국 최고의 미혼남 지현규가 방년 서른 살에 품절남이 되어버린 것인가! 순식간에 주변이 눈물바다로 변해 버렸지."

"방년이 무슨 뜻인지나 알고 쓰는 거냐? 무식한 새끼."

현규는 불과 입지(立志)의 나이에 변호사씩이나 된 천재가 왜 법률 외적인 면에서는 저토록 저능한 것인가 통탄하며 혀를 찼다. 늘 그러하듯 기주는 전혀 굴하지 않았다.

"하지만 소이 씨의 무엇이 네 마음을 녹였을까에 대해서는 일치단결이더라. 워낙 특출하잖아. 납득이 되는 거지. '그런 미녀를 어떤 남자가 무시할 수 있겠냐? 명지개발건설의 크롬하트, 지현규도 별수 없는 남자다. 이소이를 보자마자 단번에 사랑에 빠진 것이 분명하다!' 라고 한마음 한뜻으로 생각하는 것 같았어."

"무슨 말 같잖은 소리야?"

현규가 발끈하며 두 눈을 치켜떴다. 쉴 새 없이 움직이던 기주의 입이 딱 멈추었다. 그러더니 두 눈을 빛내며 몹시도 수상쩍은 미소를 싸악 지었다.

"네가 안 녹았다고? 정말?"

"계속 헛소리할 거면 꺼지시지."

"남자는 말이야. 몹시 단순하고 저능해. 여자? 외모 하나면 뻑가. 성격, 능력, 집안? 다 필요 없어. 솔직히 다른 조건이 훌륭해도 박색이면 쉽게 마음이 동할까? 노노, 아니지. 하지만 그 반대라면? 당연히 동하지."

기주는 남자 연애심리 전문가라도 되는 양 훈계를 시전했다. 불퉁한 감정이 꾸무럭거렸다. 녀석은 자신을 '이소이에게 홀딱 빠져 뇌가 흐물흐물해진 얼간이'로 분류했으나 사실관계는 분명히 달랐다. 이소이한테 흔들린 적은 있다. 그러나 사지 육신 멀쩡한 남자라면 누구나 이소이의 잘빠진 몸매에 반응했을 것이다. 그것을 두고 '홀딱 반했다'거나 '사랑에 빠졌다'고 주장한다면, 그거야말로 어처구니없는 일이었다.

현규는 적개심 가득한 시선으로 기주를 노려보았다.

"네 경우를 '남자들'이란 말로 일반화시키지 마. 안 그런 남자들이 더 많으니까."

"그게 너라고?"

"이소이는 내 취향이 아니야. 이미 말했을 텐데."

"쉽게 그런 말 하는 거 아니다. 사람 일이란 건 모르는 법이야."

기주는 약 올리듯 말하고서 또다시 생글거렸다. 속에서 부글부글 천불이 끓어오르자 현규는 격하게 숨을 들이켜곤 눈을 감았다. 입을 꾹 다물었다. 콧구멍으로 숨을 훅훅 밭아냈다. 마인드컨트롤까지 병행하니 상승곡선을 그리던 혈압 그래프가 쑤욱 가라앉는 것도 같았다. 하지만 불과 30분 전의 이소이가 떠오르자 혈압은 또다시 급상승하기 시작했다.

'하여간 갖가지로 돌게 만드는 여자야.'

그 쇼를 해 사장실까지 왔으면 들어올 것이지. 이소이는 비서에게 서류를 던지고 그냥 돌아가려고 했다. 뒤늦게 상황을 눈치챈 현규는 그녀를 불러 세웠다. 하지만 어처구니없게도 이소이는 어설픈 핑계를 대며 꽁지 빠지게 달아나 버렸다. 마치 못 올 곳에 왔다는 듯이. 그녀 때문에 이미 짜증이 날 대로 나 있던 현규는 순간 폭발하고 말았다.

어쩐 일인지 그녀의 등장보다 퇴장이 더 성질을 돋웠다!

"너 그거 알아?"

기주는 심통이 덕지덕지 붙은 친구의 잘생긴 낯을 빤히 들여다보며 생글거렸다.

"아까 로비에는 여자들만 있지 않았어. 나를 비롯해 수많은 수컷들이 그 자리에서 소이 씨를 보았지. 침을 뚝뚝 흘리면서. 너도 봤겠지만 몸매가 다 드러나는 핫팬츠와 셔츠를 입고 있었잖아. 당연히 남정네들의 눈을 사로잡았지."

"……."

"훌륭했어. 특히 그, 상체와 하체를 아우르는 빵빵한 볼륨감이 굿! 대박이었지. 그중 최고의 눈요깃감이 뭐였는지 알아? 청순함. 오늘 소이 씨, 화장이 아주 연하더라고. 그 왜 입술만 돋보이게 하는 스타일 있잖아. 두터운 파운데이션을 걷어내니까 뽀송뽀송하니 피부가 정말 아기 같더라. 여고생 같은 풋풋함마저 느껴졌어. 훨씬 어려 보이고, 순진하고 청초해 보이더라고. 보자마자 딱 '청순 글래머'란 단어가 떠올랐어. 나를 포함한 모든 남자들의 로망이랄 수 있지."

"웃기고 있네."

현규는 기가 막혀서 콧방귀를 뀔 수밖에 없었다. 이소이는 전혀 청초하지 않다. 청순하지도 순진하지도 않다. 백번 양보해서 조금쯤 그래 보였다고 해도, 그건 오로지 스물넷의 비교적 어린 나이 때문일 뿐. 본질이 순수해서는 결코 아니었다.

이소이는 프로다.

남자 요리법을 완벽하게 마스터한, 요망하고 요사스런 프로 중의 프로.

그가 바로 산증인이다. 여자의 알몸이 눈앞에 왔다 갔다 해도 꿈쩍 않는 그가 그녀와는 눈만 마주쳐도 아랫도리가 불끈 서는 지경이지 않나. 뿌리쳐 주리라, 그리하여 비참하게 해주리라 다짐했던 첫날밤엔 섹스 직전까지 갔었다. 오죽하면 아예 마주치지 말자는 결론을 내려야만 했을까.

"물론 모델로서의 소이 씨는 청순하지 않지. 글래머인 건 맞지만. 워어, 몸매가 아주 그냥 죽여주더라."

기주가 키득거리더니 음흉한 시선을 허공에 날렸다. 머릿속으로 뭘 떠올리는지는 안 봐도 풀HD 동영상. 화가 불끈거렸다. 속안의 천불이 목구멍까지 오르락내리락했다. 왜 이토록 얄미운 것인지 모르겠지만, 어쨌든 친구의 뒤통수를 후려갈겨 주고 싶은 충동이 와글거렸다.

"너, 내가 회장님께 드린 소이 씨 사진들 못 봤냐?"

"사진이라니?"

"작년에 소이 씨가 속옷 쇼핑몰 전속 모델로 활동했었거든. 그 때 찍은 사진들이 워낙 화끈해서인지 여태 인터넷에 떠다니더라고. 어떤 오덕후는 소이 씨 팬이라면서 미친 듯이 블로깅해 놓았던데? 신체 일부만 잘라서 크게 확대해 놓거나 뭐, 그런 변태 짓을 서슴없이 했더라고."

"뭐?"

"걱정 마. 이미 법적조치 들어갔으니까. 다시는 그런 일이 없도록 그룹 차원에서 관리하라는 회장님의 명이 있었거든."

"……."

"회장님께선 소이 씰 진짜 손자며느리로 생각하셔. 너도 알다시피 소이 씨는 회장님께서 개인적인 루트를 통해 손자 며느릿감으로 점찍은 케이스잖아. 그래서인지 처음부터 진지하셨어. 너에겐 비록 1년 만의 짧은 결혼 생활이고 무의미한 아내겠지만, 회장님에겐 진짜 혼사이고 진짜 손자며느리야. 진심으로 소이 씰 가족으로 받아들이신 거지. 근데, 정말로 그 사진들 못 봤냐? 소이 씨 보고서에 첨부했었는데."

"보고서를 읽지 않았어."

"아이러니네. 대한민국 남자들은 다 본 사진들을 남편인 너만 못 봤다니. 하긴 뭐! 이미 생눈으로 다 봤을 텐데 사진이 무슨 소용이겠니? 부럽다, 인마! 난 언제 한번 그런 여자랑 자보냐."

"……."

"아! 혹시 그건 알아? 소이 씨의 에이전시 사무실이 이 근처라는 거."

"에이전시?"

"모델 에이전시. 이 근처에 있더라고. 불과 3년 전까지 망해가던 곳인데 소이 씨가 속옷 모델로 잘나가면서 형편이 확 폈더라. 이쪽으로 사무실을 옮긴 지는 1년 조금 더 됐던가? 생각보다 돈이 잘 벌리는 모양이더라고. 거기선 소이 씨를 계속 붙잡으려고 할걸? 워낙 핫하니까."

"꿈 깨라 그래. 이소이는 일을 그만둘 거니까."

"그만둬? 왜?"

기주가 놀라서 눈을 휘둥그레 떴다. 현규는 윽박지르듯 답했다.

"몰라서 묻냐? 결혼했잖아. 당연히 그만둬야지."

"결혼한 게 뭐? 임신해서 배불뚝이가 되면 어쩔 수가 없겠지만. 얼굴에 유부녀라고 써놓을 것도 아니잖아."

이보다 더 황당한 소리는 없다는 듯 기주는 맹렬히 반박했다.

"소이 씨는 란제리 모델계에선 탑이야. 그토록 아름다운 몸매의 소유자라면 결혼 유무에 관계없이 현역 생활을 지속해야지. 외국을 봐. 미란다 커 같은 빅토리아 시크릿 모델들은 결혼하고 출산한 후에도 왕성하게 활동하잖아. 물론 소이 씨는 그런 유명 모델은 아니지만. 어쨌든 우리 같은 외로운 수컷들의 눈요기를 위해서라도 쭉 활동해야 한다고 본다."

"너 진짜……."

"근데 난 요새 가죽이 그렇게 좋더라. 여자들이 가죽 소재의 옷을 입으면 아주 환장하겠어. 번쩍이는 광택이 사람을 홀린달까. 속옷이 가죽이면 눈이 돌아가겠지? 막 흥분되고? 캬! 소이 씨가 가죽 속옷을 입으면 정말 섹시할 텐데."

"죽을래!"

현규가 짐승의 으르렁거림과도 같은 괴성을 발사했다. 삭이고 묵혔던 것답게 분노의 크기가 엄청났다. 어찌나 살기등등하던지, 구타유발자를 자청하며 일부러 깐죽대던 기주는 생명의 위협마저 느꼈다.

"예의를 갖춰. 그 여잔 내 아내야."

"아내……?"

주먹이 날아올까 내심 우려하며 기주는 은근히 물었다. 뉘앙스에 '넌 그 결혼을 진짜라고 생각하지 않잖아'의 속내를 담았다. 험악하게 일그러졌던 현규의 표정이 슬쩍 풀렸다.

"물론 진짜 아내는 아니지. 하지만 어쨌든 결혼한 건 사실이잖아. 법적으로는 내 여자야. 넌 그걸 아는 유일한 내 친구이고. 그러면 적어도 내 앞에선 조심해야지. 그게 최소한의 예의 아니냐?"

"소이 씨를 제수씨라고 부르라는 말이야?"

"누가 그러래!"

현규가 또다시 버럭거린다. 기주는 삐져나오는 웃음기를 꾹 눌렀다. 소기의 목적을 달성하여 흐뭇했지만 그렇다는 걸 드러낼 수는 없었다. 베스트 프렌드가 자신의 속마음을 떠보기 위해 일부러 '수다맨 쇼'를 했다는 걸 알면 지현규는 결코 가만있지 않을 것이다. 기주는 하나도 못 알아먹겠다는 듯 일부러 몹시 어눌한 표정을 짓고는 순진하게 물었다.

"그럼 뭐야? 뭘 어쩌라고?"

현규는 도끼눈으로 기주를 째려보며 한마디 뱉을 뿐이었다.

"꺼져."

❖

"1407호? 거긴 남자 혼자 사는 집인데."

"네에……."

밤 11시. 아파트 입구에서 경비를 만난 소이는 어색하게 웃음을 흘려야만 했다. 평소 못 보던 주민임을 알아본 경비 아저씨가 호구조사를 실시했기 때문이다. 혹시라도 잡상인이나 불청객을 잘못 들였다가는 부유층 입주민들에게 요절이 난단다.

1407호 남자와 결혼한 그의 아내라고 설명하면 깨끗하게 종료될 상황이었으나, 소이는 양심상 그럴 수가 없었다. 회사에서 사고 치고도 하루 종일 죄책감에 시달렸다. 여기서까지 그에게 민폐를 끼칠 수는 없었다.

"저는 동생이에요. 사촌동생. 원래는 미국에서 사는데 잠깐 한국에 방문차 들렀어요. 할아버지 댁보다는 오빠네 집에서 지내는 게 편할 것 같아서요. 몇 달만 지내다가 미국으로 돌아갈 거예요."

어쩔 수 없이 거짓말을 늘어놓았다. 다행스럽게도 경비 아저씨는 순순히 믿어주었다. 혹시라도 더 캐물을까 내심 긴장했지만 그

런 일은 없었다. 그는,

"사촌이라 그런지 오빠랑 많이 닮았네!"

"남들이 보면 오해하겠어. 예쁜 아가씨가 잘생긴 총각 집에 들락거리니."

와 같은 농(?)까지 주고받는 사이가 되어서야 소이를 놓아주었다. 소이는 그들이 사촌지간임을 아파트에 널리널리 퍼트려 달라는 당부를 남기고 총총 엘리베이터에 올랐다. 늦은 밤이라 동승객은 없었다. 무거운 어깨를 휙휙, 뻐근한 목을 빙글빙글 돌려보았다. 삐거덕삐거덕 온몸이 비명을 질렀다. 하루 종일 사진 작업을 했던 탓이다.

작업을 위해 스튜디오를 찾았던 것은 아니었다. 우연찮게 명지개발건설 본사가 소속 에이전시이자 포토 스튜디오인 '선샤인(Sunshine)'과 인접해 있음을 알고, 기왕 온 김에 사정 얘기나 드려야겠다 싶어서 들렀던 것이었다. 한데 스튜디오의 포토그래퍼이자 사장인 고영만은 그녀를 보자마자 '하늘은 아직 나를 버리지 않았어!'라며 무작정 '작업 고고!'를 외쳤다. 연락 되지 않았던 최근 일주일 동안, 소이에게 들어왔던 굵직굵직한 계약들을 포기하느라 속이 문드러졌다는 것이다. 거의 떠밀리다시피 일을 수락하고 작업에 들어가야만 했다.

일이 끝난 후, 그녀는 고영만을 포차로 모셨다.

고영만은 대박 계약을 맺게 된 것을 축하하며 소주를 연거푸 들이켰다. 이젠 스타가 되는 일만 남았다며, 유명해져도 자신과 함께 일해야 한다며, 연신 흥에 겨워했다. 소이는 거두절미, 당분간은 일을 쉬겠다는 결심을 전달했다. 그를 실망시키고 싶진 않았으나 지현규의 아내로 지내는 동안에는 어쩔 수 없었다. 혹시라도 활동 중에 현규와의 관계가 세간에 알려지기라도 하면 자신에게도 좋을 게 하나도 없었다.

고영만은 제일 먼저 소이의 건강을 걱정했다.

"왜? 어디 아파? 일이 힘들어?"

"그게 아니라……."

"그래, 힘들겠지. 안 힘들면 그게 사람이냐? 스무 살 어린 나이에 업계에 들어와 벌써 4년짼데. 쉴 새 없이 일했으니 힘들 만도 하다. 원래 이 일은 대학 진학을 위해 시작한 거잖냐. 이젠 빚도 갚았겠다. 하고 싶었던 공부, 더 늦기 전에 시작하고 싶겠지."

"공부 때문에 쉬려는 거 아니에요, 아저씨."

"아니야? 그럼 왜 쉬어? 무슨 일이 생긴 거야? 혹시 그 사이코 새끼가 찾아왔어?"

다음으로는 예전 빚쟁이가 찾아왔을까 봐 걱정했다. 단돈 3,000만 원을 빌미로 스무 살 어린 소이를 희롱하고 괴롭히던 '사이코 새끼'를 고영만은 여직 똑똑히 기억했다. 아르바이트생 초짜 모델 소이의 안타까운 사연을 듣자마자 아들 고준혁의 적금까지 깨서 대신 갚아주었기 때문일 것이다.

"그 사람은 그때 이후로 나타난 적 없어요. 준혁 오빠가 워낙 단단히 혼내줬잖아요."

"그래, 그랬었지. 그래서 합의금을 왕창 물어줬지. 미친놈이야, 그거. 태권도, 합기도, 유도, 가라대, 도합 12단인 녀석이 일반인을 그렇게 패면 어쩌자는 거? 그때 네가 말리지 않았다면 그 새낀 살인자가 되었을 거다. 녀석의 눈을 보니 완전히 맛탱이가 갔더라고. 뺑 돌아버린 거지. 네 사연을 듣고 안 돌 사람이 몇이나 되었겠냐마는."

"……."

"그 새끼 때문이 아니라면 이유가 뭐야? 직업에는 귀천이 없다며. 개처럼 벌어 정승같이 쓸 거라면서. 생각이 바뀌었냐? 이 일이 부끄러워진 거야?"

"그런 거 아니에요."

"그럼 왜 그러는데? 왜 갑자기 이렇게 사람 심장병 도지게 하는데? 우리 에이전시는 너 없으면 망해. 밥값 하는 애가 없잖아. 지현이 고것? 프로의식이 부족해서 맨날 다이어트하잖냐. 허구한 날 먹어대니 살이 찌지. 모델이 뱃살 관리 못하면 그게 모델이야? 가슴 마사지도 좀 하라는데 하지도 않고!"

"준혁 오빠 있잖아요."

"준혁이 고것은 포기했다. 서울로 올라온 지가 언젠데 아직도 그놈의 사투리를 못 고치고. 그러니 맨날 오디션을 봐도 떨어지지. 마스크는 멜로인데 입만 열었다 하면 코미디라고, 영화 관계자들이 열이면 열, 다 고개를 내저어. 낼모레 서른인데 언제 데뷔하고 언제 뜨냐. 아서

라. 그냥 너랑 같이 속옷 모델이나 쭉 하는 게 낫지."

고영만의 아들, 고준혁은 선샤인 에이전시 유일의 남자 모델이었다. 눈에 띄게 훤칠하고 잘생긴 외모 덕분에 종종 연예 관계자들로부터 오디션 제의를 받아왔지만 그때마다 사투리 문제에 부딪쳐 번번이 최종 캐스팅에서 제외되곤 했었다. 그럴 때마다 고영만은 깡소주로 병나발을 불며 '다 내 탓이다! 내가 그놈의 예술한답시고 자식을 할머니한테 맡겨서 그래' 하셨다.

"한 번만 다시 생각해 봐라. '오드리(Audrey)' 에서 네게 전속 계약을 제의했어. 오드리 알지? 우리나라에서 세 손가락 안에 드는 속옷 회사. 이것만 성사되면 넌 제대로 뜨는 거야. 오드리는 일개 쇼핑몰 모델과는 차원이 달라. 내가 망하는 건 너도 바라지 않을 거 아니냐. 응?"

"아저씨……."

"야! 내가 너한테 해준 게 얼만데 이렇게 배신을 때려?"

"아저씨가 저한테 잘해주셨다는 거 잘 알아요. 평생 못 잊을 거예요. 하지만……."

"하지만 뭐? 말해봐! 대체 뭣 때문에 이 좋은 기회를 날려 버리겠다는 건지. 속 시원히 얘기해 봐."

상황이 이렇게까지 되니 결혼 사실을 얘기하지 않을 수 없었다.

당연지사 난리가 났다. 결혼하기엔 아직 어린 나이인데다가 나름대로 자신의 분야에서 인정받고 차곡차곡 커리어를 쌓아가던 소이가 이렇게 갑자기, 것도 가족처럼 지내는 고영만 부자(父子)에겐 말도 없이 결혼을 했다니, 고영만은 눈이 튀어나올 만큼 놀랬다. 어떤 놈인지 자기 눈으로 확인해야 한다는 둥, 식도 번듯하게 못 올린 것을 보면 견적이 나온다는 둥, 여자 등이나 처먹는 무능력한 놈이면 당장 이혼해야 한다는 둥, 펄쩍펄쩍 뛰었다. 빠른 시일 내에 술자리를 한번 만들겠다는 약속을 하고서야 겨우겨우 진정시킬 수 있었다.

고영만은 속이 상하는지 소주를 음료수 잔으로 꿀꺽꿀꺽 들이켰다. '웬 땀이 이렇게 나냐' 며 눈가를 훔치고선 목멘 목소리로 이렇게 말했다.

"다 컸네, 우리 소이. 시집도 가고. 혼자 결혼식장에서 얼마나 외로웠을까. 알았으면 내가 식장에 손잡고 들어가 주었을 텐데. 잘살아, 인마. 혹시라도 남편이 속 썩이면 찔찔 짜지 말고 나한테 달려와. 친정 없다고 괄시당하거나 시집살이 힘들면 아저씨한테 일러. 나랑 준혁이가 그놈을 아주 곤죽으로 만들어놓을 테니."

"……."

"난 네가 고생하는 꼴은 못 본다. 네가 어떤 앤데. 어떻게 살아온 앤데. 남들 평생 할 고생을 그 어린 나이에 다 해버린 너잖냐. 넌 누구보다 행복해져야 해. 네 남편이 철이 든 어른 남자였으면 좋겠다. 그래야 널 고생 안 시키지."

거기에 대고 '돈을 받고 아기를 낳아주기로 했다' 는 말은 도저히 할 수 없었다. 사실을 알면 고영만은 가슴 아파 꺼이꺼이 울 것이기에. 어쩌면 준혁을 부추겨 지현규를 때려잡자 할지도 몰랐다. 덩치에 안 맞게 순진무구하기 짝이 없는 준혁은 한 방에 현규를 때려눕히고 당당히 감방에 들어갈 것이다. 그 광경을 떠올리니 어처구니없게도 웃음이 터졌다.

외롭고 어수선했던 가슴이 단번에 훈훈해졌다. 천군만마를 등에 진 것처럼 힘이 솟았다. 세상에 완벽한 '내 편'이 있다는 것은 이렇게 든든하고 기분 좋은 일이구나 싶었다. 빙그레 미소를 지으며 아파트 문을 열었다.

실내는 컴컴했다.

"오늘도 야근인가."

가슴에 감돌던 온기가 순식간에 식었다. 불끈 치솟던 힘도 훅 꺼지고, 우울감도 다시 찾아왔다. 인간적인 서운함이 밀려들었다. 아무리 꼴 보기 싫어도 그렇지. 어떻게 단 하루도 일찍 귀가하지 않을 수 있을까. 심란한 마음으로 불을 켰다. 거실을 거쳐 곧장 침실로 향했다. 방문 손잡이를 돌릴 때, 등 뒤에서 익숙한 목소리가 날아왔다.

"늦었군."

이 목소리는……?

'지현규?'

귀를 의심하며 뒤를 돌았다. 그가 정말 있었다. 한 손으로 네모난 턱을 괸 느긋하고 교만한 자세로 소파에 앉아 있었다. 그녀를 노려보는 시선은 짙고 예리했다. 포획을 위한 가장 완벽한 타이밍을 노리는 맹수의 그것처럼. 소이는 숨이 턱 막혔다.

"언제 왔어요? 어쩐 일로 이렇게 일찍……?"

"6시에. 칼퇴근했지. 이유는, '내가 그러고 싶으니까'."

짧게 끊어 답하는 지현규의 음성은 차가웠다. 저기압이라는 뜻이다. 오늘의 사달을 생각하면 충분히 그럴 만하다.

"당신은 어쩐 일이지? 이 시간까지 어디서 뭘 했나?"

"일했어요."

"일?"

그는 위험할 정도로 목소리를 낮추었다. 눈빛이 더욱 짙어졌다. 심기가 더욱 불편해졌음은 두말하면 잔소리였다. 어쩌면 '내 일터에서 그런 만행을 저질러 놓은 주제에 멀쩡히 일했다고?' 의 심정일지도. 면목이 없어 거의 기어들어 가는 목소리로 '네……' 했다.

곧바로 자초지종을 얘기할 생각이었다. 얼떨결에 작업하게 된 사정을 설명하면 그도 이해해 주리라 믿었다. 하지만 얘기를 꺼내 보기도 전에 강력한 어퍼컷을 얻어맞고야 말았다.

"그 일이란 게, 홀딱 벗고 사진 찍는 그 일은 아니겠지?"

"……!"

아무리 좋게 해석하려 해도 이건 비하였다. 비난, 멸시, 모욕.

뒤통수가 절로 꼿꼿해졌다. 기분 좋은 술자리의 여운이 순식간에 사라졌다. 따스함으로 충만했던 가슴은 얼음장으로 변했다. 모멸감이 들었다. 지현규가 자신을 얼마나 천박하게 여기는지 몰랐던 것도 아니요, 그 때문에 상처받았던 적도, 받을 마음도 없는데.

지금은 이상하리만치 기분이 상했다.

소이는 그를 쏘아보며 입술을 야무지게 한일자로 다물었다. 나름대로는 불쾌감을 표출한 것이었다. 그러나 그는 질문을 빙자한 취조로써 소이의 기분을 싹 무시했다.

"저녁은 누구와 먹었지?"

"……에이전시 사장님이오."

"에이전시 사장? 우습군. 지극히 공적인 관계에 있는 작자와 지극히 사적인 식사 자리에 함께하다니."

"그분은 단순한 직장 상사가 아니에요. 보호자 같은 분이시죠."

"보호자?"

가까스로 차분히 응대했으나 돌아온 것은 지현규의 코웃음이었다. 소이는 지그시 아랫입술을 깨물었다. 그리고선 이 일을 맡았을 때 머리와 마음에 치열히 새겼던 결심들을 떠올렸다.

첫째, 이것은 일이다. 냉정을 잃지 말자.

둘째, 지현규에게 일말의 감정을 갖지 말자.

이만한 일로 이성을 잃고 분개해선 안 된다. 그에게 조금이라도 빈틈을 보인다면 결혼은 빠르게 파국을 맞을 것이다. 1년 내내 임신은커녕 교접 시도마저 해보지 못하고 쫓겨날지도 모른다. 어쩌면 스스로 나가겠다고, 제발 이혼해 달라고 빌게 될지도 모른다. 그만큼 지현규는 교활한 자였다.

조사해 본 바에 의하면, 사업계에서 그는 여우로 통했다. 두뇌

회전이 빠르고 상대의 빈틈을 정확히 꿰뚫는 예리함이 장기다. 자신이 습득한 정보를 심리전에 이용해 상대를 완벽한 패배의 늪으로 빠뜨리는 간악한 면도 있다. 그의 사전에는 '대강' 이나 '대략적' 이란 말이 없다. 그는 언제나, 늘, 완벽한 승리를 쟁취해 왔다. 분명히 이번 게임에서도 그러길 바랄 것이다.

"이봐, 이소이……."

길고 우아한 그의 몸체가 날렵하고도 군더더기 없는 동작으로 자리에서 일어섰다. 넓고 싸늘한 아파트 한복판에 우뚝 선 그는 압도적인 존재감을 과시했다.

그의 남성성을 인식하는 순간, 소이는 간덩이가 쪼그라듦을 느꼈다. 최근 몇 년 사이에는 무언가로부터 겁먹은 적이 없었는데도 지금은 그러했다. 미묘한 흥분감을 동반한 두려움이었다. 가늘게 몸을 떨며 단전에 힘을 주었다. 뱃속에서 꿈틀거리던 긴장감과 오묘한 감각들을 단번에 제압했다.

그때, 그가 움직였다.

"그자를 보호자로 포장하기에 당신은 너무 나이가 많아. 스물네 살은 다 큰 성인이야. 누군가의 보호가 필요할 나이라곤 할 수 없지. 심지어 그자와 처음 만났을 때에도 당신은 이미 성인이었어. 그자의 보호를 받을 이유가 전혀 없었다는 뜻이지."

소이의 동공이 확장되었다. 그는 명백히 이쪽으로 다가오고 있었다. 결코 서두르지 않는, 차분하고 우아한 걸음걸이로. 뱃속 감각들이 요동을 쳤다.

"날 뒷조사한 거예요?"

"우리 노친네께서. 보기보단 치밀하시거든. 아무리 독립운동가의 자손이래도 손자를 범죄나 부도덕한 짓, 혹은 불미스러운 사건에 연루된 여자와 결혼시킬 수는 없다고 생각하신 거야. 일생을 자신의 혈통과 족보에 매달려 살아온 것도 모자라, 이제는 아예 정신줄까지 놓은 노인네지만 최소한의 양심은 있었던 거지."

"……."

"어쨌든 내 발언의 요지는 하나야. 당신이 누군가의 보호를 받아야 한다면, 그 사람은 바로 나여야만 한다는 것."

"당신이 내 보호자라고요?"

"나흘 전부터. 벌써 잊은 건 아니겠지? 난 당신 남편이야."

"잊었을 리가요."

멍하게 대꾸하며 혼란스러운 눈을 냉큼 아래로 내리깔았다. 당황스러웠다. 지원호가 그녀의 과거를 알고서도 손자와의 결혼을 추진했다는 사실에.

이소이는 여러 가지 의미로 복잡하고 힘겨운 인생을 살았다. 어린 나이에 그토록 굴곡 있는 삶을 경험한 여자는 잘못의 유무, 책임 소재를 떠나 타인들에게 신뢰를 주지 못한다. 아무리 이쪽에서 결백을 주장해도 사람들의 평판과 편견을 무너뜨리긴 어려웠다. 소이가 지원호의 입장이었다면 절대로 자신과 같은 여자를 손자의 곁에 두지 않을 것이다. 비록 일시적인 고용의 형태라 해도.

"그만둬. 그 일이라는 거."

흐트러진 머릿속을 다 정리하기도 전에, 그가 그녀의 앞에 우뚝 멈춰 섰다. 모든 걸 자신의 뜻대로 결정하는 전제군주처럼 오만하기 짝이 없는 말투였다. 소이는 조용히 감정을 닫은 무심한 시선으로 그를 올려다보았다.

"왜요?"

"왜냐니?"

전제군주가 눈살을 찌푸렸다. 미개하고 지능 떨어지는 인간 때문에 짜증스럽다는 듯.

"결혼했으니까."

순간 귀를 의심했다. 세상에서 이보다 더 전근대적이고 봉건적인 '기혼녀가 일을 포기해야만 하는 이유'는 없을 것이다. 21세기를 살아가는 현대인의 입에서 이런 말이 나올 줄이야.

이 남자 대체 뭐야? 고대 유물?

발언의 부당함과 불합리함을 조목조목 꼬집고, 이런 멍멍이 소리는 제발 마음속으로만 간직하시라 부탁하고픈 마음이 굴뚝처럼 솟았다. 실행에 옮기지는 않았다. 그는 도발 중이고, 그녀는 절대로 넘어가지 않을 생각이었으므로. 소이는 비교적 차분하게 대꾸했다.

"굉장히 시대착오적인 발언이네요. 명지개발건설의 여사원들은 모두 결혼과 함께 직장을 그만둬야 하나 보죠?"

"우리 회사 직원들은 그럴 필요가 없어. 명지개발건설은 떳떳하고 자랑스러운 직장이니까."

"그 말은, 내 직업이 떳떳하고 자랑스럽지 못하다는 뜻인가요?"

"다소 직설적이고 솔직한 지적이라 기분 나쁠 수는 있겠지만, 딱히 틀린 말은 아니잖아?"

"아니요, 틀렸어요. 난 떳떳해요."

소이는 입가에 미소를 떠올림으로써 정말로 그러함을 강조했다. 그러자 현규도 똑같이 입술을 비틀어 냉소했다.

"거짓말. 지각이 있는 여자라면 어떻게 몸을 드러내서 돈을 버는 직업을 자랑스러워하겠어? 절대 그럴 리가 없지."

"그게 왜 부끄러워할 일이죠? 난 열심히 일했고, 그 대가로 돈을 벌었어요. 노동의 대가는 신성한 법이에요. '직업의 귀천은 없다' 라는 게 인류의 보편적 가치이고, 사람에겐 타인이 흘리는 땀의 가치를 평가절하할 권리가 없어요. 태어날 때부터 일할 필요가 없었던 당신 같은 사람에겐 더더욱이요."

"좋아."

현규는 깊이를 가늠하기 힘든, 심연과도 같은 아내의 눈을 들여다보며 나직이 중얼거렸다.

"없다고 치자고. 사실 그딴 권리는 갖고 싶지도 않아. 난 아주 바쁜 사람이야. 남의 땀에 대해 이러쿵저러쿵 간섭할 만큼 시간이 남아돌지 않는다고. 당신은 예외야. 본의든 타의든 이미 내 영역 안에 들어온, 내 아내이니까. 당신의 일자리는 내 소관이라고."

"……."

"그만둬. 이건 명령이야."

일순 그의 입가에 떠 있던 형식적인 미소가 싹 자취를 감추었다. 새까만 그의 동자에 사악하고도 위험한, 동시에 집요하기까지 한 집념이 떠올랐다. 무슨 일이 있어도 상대를 굴복시키겠다는 정복자의 의지였다. 반항심이 고개를 쳐들었다. 이미 고영만에게 일을 쉬겠다고 말해두었으니 그대로 말하면 상황은 종료될 것임에도, 그러기가 싫었다.

그가 너무 쉽게 승리감을 맛보는 게 싫었다. 더 괴롭히고 싶다. 미쳐 돌아버릴 때까지 골머리 썩게 만들고 싶었다.

"그렇겐 못하겠어요."

"뭐?"

"난 지금 모델로서 중요한 기로에 서 있거든요. 발판을 딛고 뛰어오르면 곧바로 최고의 자리까지 오를 수가 있는 위치죠. 이 시점에 그만두는 건 모델 커리어를 통째로 포기하는 거예요. 어떤 바보가 1년짜리 결혼 때문에 인생을 포기하겠어요?"

"모델 커리어가 중요했다면 나랑 결혼하지 말았어야지."

고대유물형(形) 남편은 예상대로 발끈하셨다.

"잘 들어둬. 난 아주 보수적인 사내야. 내 여자가 대중 앞에서 옷을 벗는 건 이유를 불문하고 허락 안 해. 그러니 내 아내로 사는 동안엔 포기해."

"이미 〈오드리〉랑 계약했어요. 조만간 작업 일정이 잡힐 것 같아요."

불과 1시간 전에 거절했던 일이었으나 소이는 개의치 않고 말했다. 그를 열불 터지게 만들 수만 있다면 계약 거절을 철회할 수 있었다. 고영만은 쌍수 들어 환영할 것이다.

"뭐? 〈오드리〉?"

"네."

"태원그룹, 태원패션의 그 〈오드리〉?"

"네!"

지현규가 받은 충격은 예상을 훨씬 웃돌았다. 그는 눈알이 튀어나올 것처럼 휘둥그레 눈을 떴다. 뿌듯하게 만족감이 차올랐다. 그에게 한 방 먹였다는 사실이 온몸을 짜릿하게 만들었다. 저절로 스며드는 기쁨의 미소를 입가에 샤르르 떠올렸다. 그녀는 그 어느 때보다도 더 나긋나긋, 사근사근하게 속삭여 주었다.

"바로 그 〈오드리〉 맞네요. 우리나라에서 제일 잘나가는 속옷 브랜드죠. 이번에 지면 광고 메인 모델 제의가 들어왔어요. 당연히 계약했죠."

"당신 돌았어!"

천둥처럼 우렁찬 고함 소리가 뒤를 이었다. 분노에 치 떠는 지현규는 마치 불을 뿜는 지옥의 사자와도 같았다. 소이는 자신의 스코어에 가뿐히 1승을 추가시켰다.

제4장 No Love

"너, 거기 꼼짝 말고 기다려."

일주일 뒤, 현규는 친구를 위협하고서 일방적으로 통화를 끝냈다. 귀에서 휴대폰을 떼어냈지만 대학 동창이자 모임의 친구인 태원패션 부사장, 주강헌의 깐죽거림은 여전히 귓전을 맴돌고 있었다.

[알지. 지면 광고 촬영쯤은 내가 관여하지 않아도 내 직원들이 잘 처리해 줄 거라는 거. 믿어 의심치 않아. 하지만 너도 알잖냐. 내가 여자에 대해선 대단히 심미적인 사람이라는 걸. 아름다움은 보는 데에 그 의미가 있지. 여자는 남자의 눈을 즐겁게 해주는 존재야. 당연히 가서 봐줘야지. 게다가 그분은 네가 특별히 신경 쓰는 여자잖아. 까다롭기로

소문난 네 눈에 든 여자이니만큼 두 눈으로 똑똑히 확인해 보고 싶다. 얼마나 우수한 품질의 여자인지.]

"특별히 신경 쓰는 거 아니거든."

[아니야? 그럼 뭔데? 왜 갑자기 전화해서 '지면 광고 모델 계약을 해지하지 않으면 태원패션 주식을 빼겠다'는 밑도 끝도 없는 협박을 날리는 건데?]

"그건……!"

[나도 처음엔 대수롭잖게 생각했어. 네 눈 밖에 난 여자인가 보다, 너한테 걸렸으니 인생 종 쳤네, 하고 넘겼다고. 하지만 아무리 생각해도 이상하더란 말이지.]

"이상하긴 뭐가."

[넌 우리와 다른 족속이잖아. 급이 안 맞는 여자와는 동석조차 않는. 즐기는 여자, 결혼하는 여자, 따로따로라는 내 말에도 콧방귀 뀌기 일쑤였던 네 녀석이 갑자기 일개 모델에게 신경 쓴다라…….]

"신경 쓴다니, 무슨 말 같잖은 소리야? 아니야! 신경 쓰지 않아! 그 여자와 난 아무 관계 없어. 난 그저……!"

[알아, 친구 동생이라는 거. 집안의 반대를 무릅쓰고 모델 일에 뛰어든 거라며. 걔 때문에 네 친구가 골치 아파해서 네가 대신 나섰다며. 내가 직접 가서 재능이 있는지 없는지 전문가의 냉철한 눈으로 살펴볼게.]

"뭐?"

[혹시 알아? 생각 외로 재능이 있을지. 내 눈에 들면 곧바로 전속모델로 승격이야. 취향이다 싶으면 내가 팍팍 밀어줄 수도 있어. 이쪽 일

의 생리는 너도 잘 알지? 뒤를 봐주는 사람이 있고 없고에 따라 걷는 길이 다르다는 거.]

"내가 원하는 건 계약 해지야. 쓸데없이 스폰이니 뭐니, 바람 넣는 거 말고!"

[왜 그래? 혹시 너, 흥분했냐?]

"흥분은 무슨!"

[벌써 스튜디오 도착했다. 보고는 촬영 끝나고 할게. 분위기 좋으면 네 친구 동생한테 밥이나 사줘야겠다. 친구 동생이니까 그래도 되지?]

"야! 주강헌!"

강헌은 시종일관 깐죽거렸다. 현규가 계약 해지를 종용하는 이유가 '이소이를 특별히 여기기 때문'이라고 확신하는 듯했다. 어림없는 소리다. 이소이는 그에게 아무 의미도 없는 여자다. 그저 이소이의 반라가 전국에 배포될 팸플릿에 찍혀 돌아다니는 게 싫을 뿐이었다. 이소이는 '지현규의 아내'라는 타이틀을 가진 여자이니 지극히 지당한 심리였다.

게다가 주강헌은 세상에 둘도 없는 바람둥이다.

그는 결혼을 목전에 두고도 여자 다섯과 관계하다가 발각, 처참하게 파혼당한 전적이 있었다. 취향도 엿 같아서 만나는 여자들이 죄다 성형미인에 레이싱걸, 슈퍼모델, 미스코리아였다. 얼마 전엔 일본 성인 포르노 배우와 했다고 떠벌리기도. 녀석은 여자를 보면 자동으로 섹스가 생각난다고 했다. 여자가 어떻게 신음할지, 어떻게 몸을 비틀지, 머릿속으로 시뮬레이션이 그려진단다. 상상되는 그림이 괜찮으면 곧바로 작업에 들어가는 수순이다. 야비한 날라리과(科) 특유의 매력이 넘치는 놈이라 여자들은 그의 유혹에 백발백중 넘어갔다.

"빌어먹을."

이소이가 놈의 마수에 넘어가는 꼴을 떠올리니 속이 바짝바짝 탔다. 무슨 일이 있어도 놈을 저지해야만 한다. 이소이를 보며 군침을 흘리게 해서도, 유혹하게 해서도 안 된다.

이소이는 친구의 동생이 아니라 내 아내이니까!

발바닥에 불나도록 빠른 걸음으로 회사를 나와 걷기 시작했다. 발걸음은 두 블록 떨어진 건물의 3층에 위치한 선샤인 스튜디오로 향했다.

"어멋!"

뻥! 거칠게 문을 열어젖히자 업무를 보던 여자가 비명을 질렀다. 작은 사무실 안을 꽉 채우는 소파와 테이블 세트에선 두 명의 남자가 얘기 중이었다. 한눈에도 사진작가처럼 보이는 50대 남자와 주강헌이었다.

"어?"

강헌은 현규를 보고 깜짝 놀랐다. '설마 네가 여기까지 올 줄은 몰랐다' 는 듯 눈을 휘둥그레 떴다. 즉각 기분이 훅 꺼졌다. 왠지 모르지만 이곳을 찾지 말았어야 했다는 생각이 들었다. 강헌에게 약점을 잡혔다는 위기의식도. 하지만 이대로 퇴각할 수는 없었다. 여기까지 온 이상 원하는 것을 쟁취해야만 했다. 현규는 그들을 싹 무시하고 안쪽 출입문을 향해 걸었다.

"이보세요! 당신 대체 누구야?"

제지하는 사진작가를 간단히 물리치고 스튜디오 문을 뻥 걷어찼다. 끽끽 속절없이 흔들리는 문짝 사이로 남녀의 모습이 보였다. 흰 목욕 가운을 입은 두 남녀. 조각처럼 잘생긴 한 남자와 뒷모습만 봐도 딱 이소이인 한 여자였다. 그들은 둘 다 목욕 가운 아래로 맨다리에 맨발을 내놓고 있다.

순간 눈이 뒤집어졌다.

현규는 이소이의 목을 졸라 버리고 싶은 충동을 누르며 저벅저벅 걸어갔다. 소이가 그를 알아보고선 자리에서 벌떡 일어났다. 여긴 어찌 왔냐는 둥의 잔소리를 늘어놓을 듯 입을 들썩인다. 아무 소리도 듣고 싶지 않았음에, 그는 잽싸게 다가가 소이의 팔뚝을 움켜쥐고 스튜디오 끝 쪽에 자리한 탈의실로 향했다.

"들어가."

좁은 탈의실 문을 열어젖히고 무뚝뚝하게 명령했다. 소이는 황당한 얼굴로 그를 돌아보며 미약하나마 항의의 말을 건넸다. 일절 받아들이지 않았다. 그는 무서운 얼굴로 말을 끊고선 똑같이 명령했다.

"들어가. 옷 갈아입고 나와."

"……."

소이는 실로 할 말을 잃었다. 지난 일주일 동안 그들은 말 한마디 섞지 않았는데, 마주친 적도 거의 없을뿐더러 어쩌다 마주치더라도 못 본 척 서로를 그림자 취급하며 지내왔는데, 난데없이 촬영장 난입이라니. 웬일인가 싶었다. 낮도깨비에 홀린 기분이다.

그동안 그가 〈오드리〉 관련해서 입도 벙긋하지 않음에 소이는 '네 마음대로 하라' 는 뜻으로 해석했었다.

"이봐요, 지현규 씨……."

"경고하는데. 한마디만 더 하면 후회하게 될 거야. 지금도 난 최대한 참고 있거든? 내 인내심을 테스트하지 마. 그 민망한 차림새로 시내를 활보하고 싶지 않으면, 시키는 대로 얌전히 갈아입어."

"……."

그렇다는데야. 달리 도리가 없었다. 한숨을 쉬고 순순히 탈의실로 들어섰다.

문을 닫기 전, 곁눈질로 준혁의 반응을 살폈다. 이번 화보의 남자 파트너인 준혁은 너무나 놀란 나머지 얼이 쏙 빠진 듯했다. 욱해서 달려들지 않는 걸 보면 갑자기 등장한 이 낮도깨비가 그녀의 남편이라는 걸 알아챈 것 같다. 조만간 준혁의 엄청난 잔소리와 꼬치꼬치 캐묻기 신공에 시달릴 것 같은 예감에, 소이는 또다시 거하게 한숨을 내쉬며 탈의실 문을 닫았다.

옷을 갈아입고 나오자, 모두의 시선이 그녀에게로 쏠렸다. 소이는 조심스럽게 영만을 보았다. 영만도 준혁처럼 상황 파악을 끝낸 듯했다. 입장이 몹시 난처해져 현규와 주강헌의 눈치만 살피고 있었다. 현규는 강헌을 노려보고 있었다. 허튼짓하면 가만 안 둘 무서운 기세로. 강헌은 소이의 몸매만 집중 관찰, 위에서 아래로 쭉쭉 훑는 중이었다.

"이 친구가 그 '친구 동생' ?"

강헌이 현규를 향해 히죽 웃었다. 그러자 옆에 서 있던 고준혁이 즉각, 소이를 향해 슥슥 눈짓을 보냈다.

'이 두 사람 뭐냐? 서로 아는 사이래? 친구 동생은 또 무슨 소리야?'

소이는 어색하기 짝이 없는 웃음으로써 '나도 뭐가 뭔지 잘 모르겠어' 라는 속마음을 전달했다.

"아닌 것 같은데?"

강헌이 느끼한 시선으로 또다시 소이의 전신을 훑었다.

"내게서 대답을 기대하지 마. 노코멘트니까."

중얼거리며 현규는 소이의 손목을 확 낚아챘다. 단숨에 그의 가슴팍에 몸이 부딪쳤다. 깜짝 놀랐다. 남성적인 특유의 체취가 훅 달려들면서, 슈트에 둘러싸인 단단한 육체가 강하게 의식되었다. 화들짝 몸을 뺐다. 그러나 곧바로 다시 끌려들어 갔고, 이후로는 달아나기 위한 그 어떤 시도조차 할 수가 없게 되어버렸다. 강철 같은 그의 팔이 아예 그녀를 가슴팍에 고정시켜 버렸다.

"단순히 친구 동생인 것만은 아니란 뜻이네. 뭐야? 애인? 둘이 사귀어?"

"……."

"아아! 그거구나, 스폰! 이런, 이런. 내가 너무 눈치 없이 굴었네. 네가 찜했으니 계약하지 말라는 뜻이었는데 내가 멍청하게 못 알아들었던 거야. 맞지?"

강헌은 일부러 현규의 화를 돋우며 느글느글 주절거렸다.

"그냥 직접적으로 말하지 그랬어. '당분간은 내 여자이니 급에 맞게 〈오드리〉보다는 고급 브랜드인 〈레이디스(Ladies)〉 정도로 검토해 달라' 하고 말이야. 그랬다면 이렇게 일을 번거롭게 만들진 않았을 텐데. 네가 밀어주는 애라면 당연히 나도 신경 써줬을 거야."

"주 사장님, 우리 소이는 스폰 같은 것 안 받습니다."

말도 안 되는 소릴 늘어놓는데도 현규가 입도 벙긋하지 않자 고영만이 나섰다. 그는 평소에 경기를 일으킬 정도로 '스폰서'라는 단어를 혐오했는데, 항간에 떠도는 소문에 의하면 고영만이 뛰어난 사진술을 갖고도 출세하지 못한 이유가 '유력 여사장의 스폰을 거절했기 때문'이란다.

"처음부터 그랬고요. 앞으로도 그럴 겁니다. 우리 에이전시는 모델한테 일거리를 가져다주는 곳이지 스폰이나 받아다 주는 곳 아니에요. 제가 알기로 이분은 우리 소이의 남……."

남편이란 사실을 밝힐 작정인 듯했다. 그럼으로써 이소이의 명예를 지켜주려는 거였다. 하나, 현규는 결혼했다는 사실을 밝힐 마음이 전혀 없었다. 특히나 재계에 이름난 호사가, 주강헌한테는. 현규는 번개처럼 손을 뻗어 고영만의 입을 틀어막았다.

"당신은 가만있어."

"……!"

영만은 깜짝 놀라 두 눈을 홉떴다. 또르르, 눈동자만 굴려 현규를 돌아보았다. 잠자코 구경 중이던 사무실 여직원의 턱이 뚝 아래로 떨어졌다.

준혁은 어안이 벙벙해진 얼굴로 소이와 눈짓 대화를 나누었다.

'이게 도대체 무신 시추에이션?'

'미안. 나중에 다 애기해 줄게.'

'과연 그것이 가능할랑가 모르것다잉.'

'무슨 뜻이야?'

'저 양반 성질머리를 볼 적에, 여기서 나가면 널 당장 집에 가둬버릴 거란 말이제. 질투에 눈이 와방 멀었자네.'

소이는 픽 웃음을 흘렸다. 말이 안 돼도 너무 안 돼서다. 남편은 지난 일주일간 철저히 무관심했다. 덕분에 결혼식을 올린 지 열흘이 지났는데도 여태 초야를 치르지 못했다. 아무리 자신이 최악의 키스 실력을 가졌다지만 그래도 여잔데, 어떻게 이토록 안 꼬셔지는지 이해할 수가 없었다. 한데 뭐라고? '남녀 사이에 플라토닉은 존재하지 않음. 제한된 공간에서 함께 생활하다 보면 성적으로 의식할 수밖에 없음' 이라는 일명, '남녀 육체의 법칙' 을 맹신하는 소이에게 이토록 맹어퍼컷을 날린 지현규가 뭐라고?

질투?

지나가던 개가 웃을 일이다.

"쓸데없이 힘 빼지 마, 주강헌. 내 대답은 하나야. 노코멘트."

"아하?"

강헌은 뺀질뺀질 받아쳤다. 살기등등한 현규가 무섭지도 않은지 여유가 만만이셨다. 주먹을 날리고픈 충동을 꾹 누르며 현규는 고영만에게도 경고했다.

"당신도 입 다물어. 나와 이 여자에 대해서 단 한 마디도 말하지 마. 내 개인적인 애기가 조금이라도 외부에 흘러나갔을 시, 대가를 치르게 될 거야."

예를 들면 회사의 공중분해 같은 것.

고영만은 똑똑한 사람이었다. 금세 알아듣고 고개를 끄덕였다. 그제야 현규는 그에게서 손을 뗐다. 그리고선 긴장감과 뜨악함, 좌불안석의 흉흉한 분위기를 가로질러 빠르게 스튜디오를 빠져나왔다. 물론 골칫덩이 아내를 챙기는 걸 잊지 않았다.

❖

"당신은 이럴 권리 없어요."

아파트에 들어서자마자 소이는 딱 부러지게 선을 그었다. 오는 동안에는 타인의 시선을 의식할 수밖에 없었고, 그래서 그의 지시를 따랐지만 이제는 그럴 필요가 없었다. 그녀의 고용주는 지원호다. 지원호에게 돈을 받고, 지원호가 시키는 일을 해주면 될 일이다. 그러므로 지현규의 독재자적이며 비이성적인 언행을 감내할 이유는 전혀 없었다.

"권리?"

바(bar)로 향하던 그의 발걸음이 삐끗했다. 그의 등줄기가 순식간에 굳어졌다. 소이는 아주 잠깐 공포에 사로잡혔다. 좋지도 않은 성미를 괜히 건드렸다가 이미 엉망인 상황을 더 엉망으로 만드는 것은 아닌지 걱정되었다. 하지만 오는 내내 험악하게 굴었던 그의 태도에 제동을 걸긴 걸어야 했다. 이대로 두면 그녀를 만만하게 보고 더 포악하게 굴 게 뻔했다.

소이는 쪼그라드는 간덩이를 살살 달래 목청을 돋웠다.

"내게 화낼 권리요. 날 죄인처럼 몰아치고, 속 터지겠다며 째려보고, 허공에 주먹을 휘두르면서 공포 분위기 조성할 권리 말이에요. 당신에겐 그럴 권리가 전혀 없으니 이쯤에서 그만두세요, 지현규 씨."

"그만두라고?"

여전히 등을 보인 채로 그가 중얼거렸다. 그러더니 가볍게 웃음을 흘린다. 전혀 가볍지 않은 사안에 가벼운 웃음이란 '경고'를 의미한다. 폭풍 전야의 고요함 같은 것. 더 매서운 반응이 날아올 것을 예감하며 마음을 단단히 먹었다.

그때 갑자기 현규가 뒤를 돌았다.

"이런 상황을 만든 사람이 누군데 내게 그만두라는 거지?"

지현규는 살벌한 미소를 입가에 매단 채 비난을 날렸다.

"이 결혼이 내 책임인가? 내가 당신한테 제발 결혼해 달라고 빌었어? 모델 일에 목숨 걸으라고 시켰나? 그딴 화보, 내가 찍으라고 했냔 말이야."

"……."

"미안하지만 이소이, 이 일은 전적으로 당신 책임이야. 당신이 이 모든 사달의 시발점이라고. 느닷없이 결혼 상대자로 나타나 탄탄대로였던 내 앞길을 망친 것도, 그 유혹적인 몸뚱이를 이용해 온갖 남자들의 마음을 흔든 것도, 그래서 사람 돌게 만든 것도, 다 당신이 벌인 일이야. 가만히 앉았다가 날벼락 맞은 나는 당연히 화낼 자격 충분해. 그러니 당신은 아무 소리 말고 내 분노나 감당해!"

현규는 어느새 손만 뻗으면 닿을 가까운 곳에 와 있었다. 거친 기세로 손가락을 연신 그녀 쪽에 꽂으며 으르렁거리는 그는 마치 사나운 맹수 같았다. 꽁꽁 얼어붙어 있던 소이는 천천히, 그러나 충분히 강단 있게 응수했다.

"내가 뭘 그렇게 잘못했는지 모르겠네요, 지현규 씨."

"뭐야?"

"당신과 결혼하게 된 건, 그래요, 미안하게 됐어요. 변명하자면 당신이 이토록 펄쩍 뛸 줄은 몰랐어요. 할아버님과 당신이 의견의 일치를 본 줄로만 알았죠. 그래서 난 당신한테 공을 넘겼어요. 당신이 할아버님의 마음을 돌리길 기다렸죠. 난 정말로 적극적으로 협조할 계획이었어요. 할아버님이 설득되는 즉시 이 일에서 손을 뗄 생각이었다고요. 하지만 당신은 실패했어요. 물려받을 유산이 줄어든다는 이유로 설득하길 포기했죠. 그게 어떻게 전적으로 내 탓인가요?"

"그건……!"

"당신이 내 일을 싫어한다는 건 알겠어요. 거대한 건설회사의 사장이자 대기업 회장님을 조부로 둔 당신에겐 '그깟' 일, 언제든지 그만둬도 될 만큼 하찮겠죠. 하지만 나에게는 소중해요. 배곯을 정도로 힘든 시절에 날 일으켜 준 소중한 내 생업이라고요. 당신이 혐오한다는 사실만으로 그만둘 수 없는 일이에요."

구구절절 친절히 설명했으니 당연히 알아들을 줄 알았으나, 그것은 오산이었다. 그는 위협적으로 성큼 다가오더니 더욱 격렬히 분통을 터트렸다.

"당신은 내 아내야! 지현규의 여자라는 타이틀을 단 내 아내. 난 내 아내의 사진이 그딴 싸구려 팸플릿에 실려 전국 방방곡곡 떠돌아다니는 걸 바라지 않아!"

"내가 당신의 아내라는 걸 누가 아는데요?"

"뭐?"

"물론…… 회사 로비에 있던 사람 중 몇 명쯤은 우리가 정말로 결혼했다고 믿겠죠. 하지만 아직 공식적인 발표가 나지 않았잖아요. 앞으로도 나지 않을 거고요. 아무에게도 알리고 싶지 않다면서요. 그럼 아무도 모르겠죠. 나도 요즘엔 각별히 조심하는 중이에요. 이렇게 몇 주만 지내다 보면 회사 사람들도 까맣게 잊을 거예요. 언제 그랬냐는 듯이 싹. 장담해요."

"그거였나? 아파트 경비에게 내 여동생이라고 거짓말한 이유가."

"인근 주민들이 우릴 두고 쑥덕거릴까 봐 미리 얘기해 둔 거예요. 아저씨께서 주변에 소문내 준댔으니 걱정 마세요."

"누가 걱정한대?!"

그가 맹수처럼 포효했다. 소이는 저도 모르게 질끈 눈을 감았다. 솥뚜껑만큼이나 크고 힘센 손아귀가 덥석 양쪽 어깨를 움켜쥐자, 훅 눈을 떴다. 그가 거대한 상체를 숙였다. 분노가 이글거리는 눈동자를 당혹감이 일렁이는 그녀의 눈앞에 들이댔다.

"귀찮고 입 아프지만 다시 말하지. 당신은 내 아내야. 성당에서 나와 결혼식을 올린 여자. 정식으로 내 호적에 올라온 내 아내. 당신 때문에 난 유부남이 됐단 말이야. 알아? 당신 같은 여자와 결혼하느라 약혼녀마저 버려야만 했다고. 그런데 뭐? 여동생? 날 유부남 대열에 끼워놓고서 감히 뒤에서는 여동생 행세를 해?"

"처녀 행세를 위해 여동생이라고 말했던 게 아니에요. 당신을 배려해서 한 행동이었다고요."

"배려 좋아하시네. 배려한다는 여자가 내 회사 한복판에서 '나는 지현규의 아내다' 고 폭탄 발언을 하셨나?"

"그건 나도 어쩔 수 없이……."

"그 어쩔 수 없는 일 때문에 난 지난 일주일 내내 괴로웠어! 내가 지나칠 때마다 직원들이 쑥덕거리더군. 이사들로부터 동거하냐, 애인이 생겼냐, 여자 문제는 함부로 결정할 문제가 아니니 신중해 달라, 별의별 주제넘은 간섭과 충고를 들어야만 했어. 내 변호사는 차라리 공표하는 게 덜 귀찮지 않겠냐며 날 조롱했지. 사업 파트너 중 한 명은 자사 모델과 내가 심상찮은 사이란 걸 눈치챘고! 그런데 뭐? 배려? 여동생?"

"그거라면 나도 할 말 없어요. 차라리 당신한테 연락했었더라면 물의 없이 데스크를 통과할 수 있었을 텐데, 그땐 내가 좀 당황했어요. 도둑으로 의심받는 경우는 난생처음이어서 어찌해야 할 바를 몰랐던 거죠. 미안해요. 진심이에요. 정말 유감스러운 일이라고 생각해요. 하지만 어떡하겠어요? 이제 와서. 이미 벌어진 일이잖아요."

"뭐? 어떡하겠어요?"

현규는 소이의 어처구니없는 발언에 기가 막혀 눈을 부라렸다.

지금 누구 때문에 일이 이렇게 됐는데?

"싸운다고 일이 해결되진 않는다는 뜻이에요. 어차피 이렇게 된 거, 책임 소재보다는 상황 수습에 집중하는 게 현명하다는 거죠. 솔직히 난 당신이 이렇게 흥분하는 이유를 잘 모르겠어요. 가만히 있어도 해결될 문제에 왜 이렇게 오버하는 거예요?"

"내가 오버한다고?"

"여동생 일만 해도 그렇잖아요. 이게 화낼 사안인가요? 나한테 고마워해야 할 일 아니에요? 우리 관계를 외부에 알리고 싶지 않다면서요. 당신 입장에 공감하고 동조하는 차원에서, 부득불 생각해 낸 핑계인데 웬 과민 반응이에요? 도대체 내가 뭘 어떻게 해야 화를 풀 건데요? 지금이라도 경비 아저씨한테 다 말할까요? 내가 당신 아내라고."

"……."

순간 말문이 턱 막혔다. 속에선 여전히 천불이 들끓고 왁왁 짖어대고픈 열망이 그의 충동을 맹렬히 두드렸으나 아무 말도 할 수 없었다. 부끄럽게도 사고의 앞뒤가 맞지 않아 정상적인 답을 내놓을 수가 없었다. 입만 벙긋벙긋 열었다 닫았다만 반복할 따름이었다.

소이의 말 그대로였다. 그는 경비에게 사실을 밝히고 싶지 않았다. 전혀. 일말의 주저도 없이 '극혐'이라 단언할 일이었다. 그러나 '여동생' 발언을 용납하고 싶지도 않았다. 그것은 그것대로 화나는 일이다. 소이가 사람들 앞에서 그들 사이를 부정하는 모습은 그저 상상만으로도 짜증이 났다.

"저기요."

잔뜩 허공을 째려보는데, 소이가 조심스럽게 입을 열었다. 휙 눈을 치떴다. 이소이의 눈과 눈이 마주쳤다. 혼란스러운 그의 상태를 감지한 듯 그녀의 눈에는 동정심이 가득했다. 태어나 '응애!' 할 때부터 황태자로 살아왔던 지현규의 입장에서 동정이란 명백히 불쾌한 일임에도 불구하고, 신기하게 화가 누그러졌다.

"그렇게 괴로우면 다시 시도해 봐요. 할아버님한테 가서 말씀드려요. 모든 걸 원점으로 되돌리고 싶다고."

"……."

"난 지금이라도 얼마든지 이 일에서 손 뗄 수 있어요. 할아버님만 오케이하신다면요. 할아버님께서야 물론 크게 낙담하시겠죠. 하지만 난 아니에요. 손해 볼 일 없어요. 진짜예요. 이혼보다는 아예 결혼을 무효화하는 게 어떨까 싶어요."

"무효화?"

"좀 알아봤는데, 애초부터 혼인 관계가 성립될 수 없는 경우라면 혼인신고를 이미 했더라도 결혼을 무효화할 수 있대요. 결혼했는데 알고 보니 인척 관계였다거나, 당사자 간의 합의가 없는 상태에서 혼인신고가 됐다거나. 그런 경우에는 혼인무효소송을 통해서 결혼을 무효화할 수 있다네요."

"우린 해당 사항이 없잖아."

"물론 그렇지만 당신은 돈이 많잖아요. 우리나라에서 돈으로 못하는 일도 있나요? 유능한 변호사를 사세요. 그들이 없는 사실도 만들어내 승소할 거예요."

"그러니까, 당신은 이혼이 아닌 결혼의 원천 무효를 원한다?"

"어차피 가짜 부부잖아요. 관계도 없었고. 이 정도면 불법적으로 승소해도 양심의 가책은 없을 것 같아요."

자신이 생각해도 무척 괜찮은 아이디어라는 듯 소이는 씩 쪼갰다.

상식적으로는 매우 옳은 말이다. 결혼 자체가 무효화되면 호적상 깨끗한 상태가 되고, 그럼 그 누구도 지현규가 삼류 모델과 결혼했었다는 사실을 알아낼 수 없을 것이다. 환상적인 시나리오다. 이 악몽 같은 현실에서 그나마 피해를 최소화할 수 있는, 가장 나이스한 결말이었다. 한데도 묘하게 내키지 않았다. 자신이 총각으로 되돌아간다는 건 이소이 역시 처녀가 된다는 얘기인데, 그게 좀…… 걸렸다.

"글쎄……."

현규는 신중히 말을 고르며 턱을 들었다. 시선을 내리꽂아 그녀를 깔아 보았다. 이목구비를 차례대로 훑었다. 색기 넘치는 고양이 눈매에 요사스럽게 반짝이는 눈동자, 작고 오뚝한 콧날, 군침 돌 만큼 먹음직스러운 입술…….

문득 기주의 말이 떠올랐다.

"아이러니네. 대한민국 남자들은 다 본 사진을 남편인 너만 못 봤다니. 하긴 뭐! 이미 생눈으로 봤을 텐데 사진이 무슨 소용이겠냐. 부럽다, 인마!"

신경질적으로 미간을 모았다. 갑자기 진위가 궁금해졌다. 정말로 대한민국의 모든 남자들이 소이의 몸매를 봤을까? 그랬다고 생각하니 기분이 무척 나빠졌다. 그녀의 사진에 못된 짓을 하던 변태남을 사법 처리했다는 사실을 떠올림으로써 기분 전환을 시도했으나 나아지지 않았다. 심지어 자신이 이소이의 일에 이토록 불쾌해한다는 사실마저 불쾌해졌다. 짜증스럽게 눈썹을 짜부라뜨리며 소이를 노려보았다.

"……?"

"……."

소이는 큰 눈을 더 크게 떴다. 절묘하게 휘어진 속눈썹을 팔랑팔랑 흔들며 '할 말이 있으면 어서 하세요' 라고 눈짓했다. 사람의 마음을 우지끈하게 만드는 순수함이 그녀의 눈동자 안에서 반짝거렸다. 그 맑음 안에서 헤엄치며 현규는 느리게 읊조렸다.

"과연 그럴 필요가 있을까 모르겠네, 이소이?"

그에게서 착 내리깐, 그리하여 몹시도 은밀하게 들리는 목소리가 흘러나왔다. 아무것도 눈치채지 못한 소이는 속눈썹을 두어 번 더 흔들며 물었다.

"그게 무슨 뜻이에요?"

"10분 전이었다면 적극 찬성했을 테지만 지금은 전혀 아니라는 뜻이야. 마음이 바뀌었어. 난 결혼무효소송 따위 걸지 않아. 원하는 걸 얻기 위해 뭔갈 조작하는 건 불법이거든. 믿지 않겠지만 난 불법적인 일에는 아예 발을 담그지 말자는 주의야."

"하지만……."

"우리는 서로의 합의를 통해 결혼했어. 그 절차는 지극히 합법적이었지. 당신과 나는 빼도 박도 못하게 완전한 부부야. 우린 앞으로 1년 동안 꼼짝없이 부부로 지내야 해. 여기, 같은 공간에서

부대끼면서. 콤플렉스 극복에 눈이 먼 노친네의 부당한 감시와 압박을 견뎌내면서 말이지. 그런 현실을 생각하면…… 뭐, 지금의 상황에 이의를 제기할 수밖에 없지.”

“이의라뇨?”

“끔찍한 결혼. 엉망이 된 내 인생. 내 돈과 영향력을 즐기며 자유롭게 자기 일에 매진하는 당신. 뭔가 불균형적이지 않나?”

“내가 당신의 돈과 영향력을 즐겼다고요?”

“내 아파트에서 돈 걱정 없이 잘 지내고 있잖아.”

“나한테도 집은 있어요. 먹고살 걱정 안 해도 될 만큼 재산도 있고요.”

“어쨌든 이곳에서의 생활비는 내가 대잖아. 조만간 〈레이디스〉의 메인 모델이 될지도 모르는 일이고.”

“걱정 말아요, 그건 거절할 생각이니까. 원한다면 생활비도 반반씩 부담해요.”

찝찝한 얼굴로 소이가 말했다. 현규는 그녀의 더치페이 제안 따위는 싹 무시하고서, 세상 모든 여심을 녹일 만한 미소를 은밀하고 섹시하게 샤악 지었다.

“그게 요점이 아니야, 이소이. 내가 지적하고 싶은 바는 지금의 우린 불공평하다는 점이야. 당신은 결혼의 장점과 혜택을 누리고 있지만 나는 그렇지 못하다는 거지.”

“결혼의 혜택이라고요?”

소이는 인상을 찌푸리며 되물었다.

그녀의 머릿속으로 불길한 예감이 스쳐 갔다. 두 눈을 부릅떴다. 정신을 바짝 차리기를 스스로에게 주문했다. 눈 뜨고 코 베인다는 말이 있지만, 지현규와 대적할 때는 코가 아닌 심장을 조심해야 했다. 정신 팔고 있다가 지현규에게 마음을 강탈당할 수도 있다. 다른 건 몰라도 그런 불행만큼은 필사적으로 막아야 했다.

"우리의 결혼은 너무나 적법하여 결혼무효소송조차 걸 수 없는 지경인데, 굳이 부부 관계를 지양해야 할 필요가 있나 싶다는 거지. 내 말은."

"부부…… 관계요?"

놀라 반문했다. 눈을 휘둥그레 떴다. 귀가 잘못된 게 아니라면 그는 분명 '부부 관계'를 언급했다. 앞뒤 문맥상, 문자 그대로 '부부간의 관련 맺음'을 뜻하지는 않을 것이다. 흔히들 말하는 정사(情事)를 말하는 거였다. 지현규가 방금 그녀와 섹스하겠다고 선언한 것이다. 심장이 부끄러울 정도로 세차게 뛰기 시작했다. 얼굴이 달아오르고 숨이 안 쉬어졌다.

그날의 어설펐던 관계가 떠올랐다.

그의 유혹적인 체취와 샴페인 냄새, 아이스크림처럼 달콤했던 키스가 하나의 느낌으로 훅 다가왔다. 몸이 후끈거렸다. 아랫배로 뜨거운 감각이 몰려들고, 가슴이 단단해졌다. 헐떡임을 억누르다가 하는 수 없이 입을 열었다. 헉헉, 작지만 거친 숨이 새어 나왔다. 소이의 크게 열린 동공이 현규를 멍히 바라보았다.

현규는 전율하며 생각했다. 이소이가 욕망하고 있다고.

이 여자가 이토록 흔들리는 모습을 본 적이 없는 것 같다. 그가 아무리 비난하고 윽박지르고 멸시해도 이소이는 늘 덤덤했다. 심지어 지원호가 둘의 섹스를 명령했을 때도 태연하게 굴었다. 그는 돌아버릴 지경이었지만 소이는 덤덤하게 셔츠를 벗고 그의 바지 지퍼를 내리려 했다. 오죽하면 생각할 능력도, 의지도 없는 한심한 여자라고 규정했을까.

처음엔 정말로 백치라고 생각했었다. 자신의 의지 없이 지원호의 명령대로 그와 결혼하고 섹스하려는 여자에게 '뇌'가 있을 리 없다고 생각했다. 지난 주말, 두꺼운 문학책을 쥔 채 소파에 곯아떨어진 소이의 모습을 보지 못했다면 지금도 그렇게 생각했을 것이다. 이소이가 읽던 책은 전쟁문학의 기념비적인 작품으로 노벨문학상까지 수상한 책이었다.

"이봐. 일어나."

"음…… 아…… 왔어요?"

"1초 안에 대답해. '전쟁처럼 악하고 소름 끼치는 일은 이 세상 어디에도 없다.' 누구의 명언이지?"

"톨스토이."

잠에서 덜 깬 소이에게 취조하듯 물었었다. 책을 제대로 읽었는지 알아보기 위함이었는데 놀랍게도 소이는 정답을 맞혔다. 이게 도대체 무슨 일이지 싶어 빤히 응시했었었다. 뒤늦게 정신을 차린 소이는 얼굴을 붉히며 '어? 아닌가? 헤밍웨이인가? 헤르만 헤세, 도스토예프스키? 호메로스예요? 아니면 스티븐 킹?' 하며 횡설수설, 요행으로 정답을 맞힌 것처럼 꾸며댔다. 당연히 그는 속지 않았다. 머리가 텅텅 빈 여자라면 그들의 이름을 댈 수조차 없었을 테니까.

그날부로 현규는 마음으로나마 그녀를 백치라 칭하는 걸 그만두었다. 이소이는 멍청하지 않았다. 단지 본래의 모습을 숨기는 데에 능숙할 뿐. 어쩌면 '섹스하자'는 제안에 순진해 보일 정도로 당혹스러워하는 이 모습이 진짜일지도 모른다.

그녀의 가면을 벗기고 싶었다. 진짜 이소이의 민낯을 확인하고 싶은 충동이 득시글거렸다. 온몸이 저릿해질 정도의 강렬함이었다.

현규는 천천히 손을 뻗어 이소이의 길고 우아한 목에 손을 댔다. 소이는 파르르 떨며 크게 숨을 들이켰다. 가슴이 높이 떠올랐다. 저절로 시선이 거기로 향했다. 남자의 아랫도리를 빳빳이 세울 만한, 탐스런 가슴에서 눈을 떼지 않으며 그는 나직이 물었다.

"나도 이 결혼에서 얻어가는 게 있어야지. 안 그래?"

"그, 그럼 그게……?"

"그래. 그거야."

속삭이며 고개를 끌어 내렸다. 소이의 가슴이 빠르게 흔들렸다. 무엇을 하려는지 알아챘을 텐데도 그녀는 물러서지 않았다. 밀어내지 않았다. 대신 초대하듯 부드럽게 입술을 벌렸다. 따뜻한 숨결과 희미한 커피 향이 느껴진다. 현규는 그 향기를 음미하며 부드럽게 입술을 포갰다.

"섹스."

제5장 당근과 채찍

지현규는 '이소이의 환상적인 섹스 경험 리스트'에 입성하길 원했다.

최상위권, 아니, 넘버원에 랭크되고 싶었다. 그러기 위해선 완벽한 밤을 연출할 필요가 있었다. 완벽한 분위기의, 완벽한 기술에 의한, 완벽한 절정을 위한 밤.

화려한 기술로 소이를 압도할 계획이었다. 쾌락과 욕망의 노예가 되어 제발 더 해달라고 빌게 만들 작정이었다. 완벽한 자기 컨트롤이 요구되는 일이다. 이소이만 보면 미쳐 날뛰는 욕구를 철저히 통제해야만 달성될 목표였다. 첫날밤 때처럼 과도하게 흥분하여 이성을 잃는다면 실력 발휘는커녕 시작과 함께 끝이 나는, 남자로서 최고로 수치스러운 상황에 직면할 수 있었다.

입술을 겹칠 때만 해도 긍정적이었다. 난봉꾼은 아니었으나 그는 종종 여자들과 교제해 왔고, 그녀들로부터 매번 좋은 반응을 이끌어냈다. 연인 관계에 평가제가 도입된다 해도 침대 매너와 기술 부분에서만큼은 별 다섯 개(★★★★★)를 받을 자신이 있었다. 그는 강인한 체력과 우수한 감각을 동시에 지닌 최고의 파트너였다. 아무리 이소이라도 작정하고 달콤한 쾌감을 퍼부으면 쉽사리 무너뜨릴 수 있을 것이라고 생각했다.

하지만 웬걸.

시작부터 꼬였다. 이소이의 입술을 살포시 머금는 순간, 온몸에 알알이 박혀 있던 욕정의 세포가 일제히 깨어났다. 천천히 빨아먹을 때에는 발기된 세포들이 환희의 만세를 불렀다. 자기 컨트롤 따위는 이미 날아간 후였다. 완벽한 밤의 연출 역시 물 건너갔다. 그는 키스 시작 5분 만에 와르르 무너지고 온몸이 욕망으로 똘똘 뭉쳐 '라잇 나우!'를 외쳐 대는 상황에 내몰리고 말았다.

"빌어먹을!"

키스를 멈추고 욕설을 중얼거렸다. 그녀의 옷이 잘 벗겨지지 않았다. 제2의 피부 같은 스키니 청바지가 S라인의 풍만한 골반에 딱 걸려 내려가지도 올라가지도 않았다.

"도대체 이런 개떡 같은 바지는 누가 발명한 거야?"

"현규 씨……."

이소이가 그의 반응에 놀라 무어라 중얼거렸다. 내용은 당연지사 못 들었다. 귀에 들어오지도 않았다. 쓸데없는 말이었을 것이다. 바지 옹호 발언이거나 신경질적인 그를 향한 지적질이었겠지.

현규는 자세를 낮춰 바지 윗단을 두 손으로 힘껏 끌어 내렸다. 우두둑, 실밥 뜯기는 소리와 함께 청바지가 단숨에 무릎까지 벗겨졌다. 눈앞에 핏물과도 같은 새빨간 레이스 팬티가 드러났다. 훅 숨을 들이켰다. 중앙 부위의 검은 그림자와 유난히 새하얀 살결이 어우러진 광경은 몹시도 퇴폐적이고 음탕했다. 바지 속에서 본능이란 짐승이 요동을 쳤다.

"난 원래 이런 남자가 아니야, 이소이."

뚫어져라 바라보며 빠르게 중얼거렸다. 손이 떨려왔다. 극심한 고통이 찾아왔다. 마약 중독자처럼 당장 그녀를 흡입하지 않으면 죽을 것만 같았다.

"예에."

소이가 신중하게 대꾸했다. 이 역시 그에게는 제대로 들리지 않았다. 현규는 오직 여성 특유의 향취에 집중하여 그곳에 코를 묻고픈 충동을 억누르는 데에만 총력을 기울였다.

"원랜 이러지 않아. 보통은…… 보통은 천천히 느긋하게 시작하지. 옷을 벗는 건 분위기가 한창 무르익었을 때야."

무의식적으로 헛소리를 늘어놓기 시작했다. 현규에겐 긴장하면 말이 빨라지고 많아지는 버릇이 있었다. 그에 반해 이소이는 시종일관 차분했다.

"꾸물거리는 걸 선호한다는 뜻이라면, 알았어요. 그렇게 해요."

"물론 그러고 싶어. 하지만…… 뭐?"

결코 지나칠 수 없는 우스꽝스런 뉘앙스가 느껴지자 현규는 눈살을 찌푸렸다. 고정되어 있던 시선을 들어 눈을 맞추었다. 눈썹을 휙 치떴다. 소이는 두 눈을 두어 번 깜박이더니 너무도 멀쩡하게 '엥?' 스러운 발언을 쏟아냈다.

"전위가 긴 게 좋으면 그렇게 하라고요. 난 상관없으니까."

"상관없다고?"

그 순간, 철저함과 완벽주의, 탐구 정신이 충만한 지현규는 대화량을 늘려 소이의 정신세계를 파헤치고 싶은 욕구에 사로잡혔다. 그러나 그 알량한 욕구는 찾아왔던 것만큼이나 빠르게 자취를 감추었다. 성(性)에의 갈망이 탐구 정신을 압도해 버렸다. 그녀가 무엇에 근거하여 '전위=꾸물거리는 것' 이라는 정의를 내렸는지는 다음 기회에 탐문해야 할 것이다.

"알았어. 일단은 그렇다고 해두지. 그러자고. 어쨌든 난 평소엔 이러지 않아. 원랜 잘 참는 편이란 말이지. 짐승처럼 덤비지도, 스스로를 제어 못해서 날뛰지도 않아. 난 좀 세련되고 배려심이 많은 편이야. 여자들이 선호하는 스타일이지. 이번엔…… 이건, 특별한 케이스야."

"내가 특별하다고요?"

잠시 뜸을 들이더니 그녀가 조용히 물었다. 평소였다면 그녀에게서 '의구심' 과 약간의 '설렘' 을 감지할 수 있었을 것이다. 하지만 모든 감각세포가 한곳에 몰려 있는 지금은 아무것도 알아차리지 못했다. 그는 오로지 팬티 최남단의 세로로 작게 파인 자국에만 시선과 감각을 집중시키며 무의식적으로 중얼거렸다.

"그래, 특별해……."

벌떡 몸을 일으켰다. 거칠게 호흡하며 이소이를 노려보았다. 그녀는 육감적으로 부푼 입술을 유혹적으로 벌리고 있었다. 예술이랄 만큼 풍성하고 아름다운 곡선의 속눈썹과 새까만 눈동자가 조명 빛에 반사돼 열렬히 빛을 낸다. 홀린 듯 그녀에게서 눈을 떼지 못한 채 손등으로 콧잔등을 훔쳤다. 손끝이 떨려왔다. 그녀를 안고 싶은 열망이 바지 속에서 점점 더 팽창했다.

승냥이처럼 날쌔게 그녀를 낚아챘다.

다급하게 입술을 찾았다. 조막만 한 얼굴을 양손에 감싸고 식감 좋은 입술을 쪽쪽 빨았다. 가느다랗고 긴 그녀의 팔뚝이 목덜미를 휘감아왔다. 죽을 것 같던 고통이 아주 약간 누그러졌다. 커다란 손을 그녀의 목으로, 등으로, 힙으로, 갈비뼈에서 가슴으로 여행시키니 조금 더 누그러진다. 오목한 허리를 앞섶으로 끌어와 세차게 짓누르자 좀 더 짜릿한 만족이 느껴졌다. 더 큰 쾌감을 위해 결코 점잖지 않은, 본능적이고도 원시적인 웨이브를 탔다. 이미 쇠꼬챙이처럼 단단하게 일어선 짐승으로 그녀의 닫힌 문을 찌르고 뭉개고 비볐다. 느슨해지고 흐느적거리다가 열망의 체액을 흘리며 활짝 열릴 때까지.

"으음……."

내내 다물려 있던 그녀의 입에서 신음이 새어 나왔다. 공격적인 그의 주억거림에 떠밀려 그녀가 고개를 젖혔다. 드러난 턱과 목선에 입술을 밀어붙였다. 실크처럼 부드러운 피부에서 짭조름한 맛과 기분 좋은 향취가 났다. 혀로 핥고서 혓바닥 돌기로 피부를 흡착해 빨아 당겼다. 살점이 입속으로 들어와 일말의 욕구를 충족시킨다. 한 손으로 불룩한 가슴을 움켜쥐었다. 다른 손을 팬티 속으로 집어넣어 엉덩이를 틀어쥐었다. 양손에 가득 찬 말캉하면서도 단단한 덩어리를 세차게 쥐었다가 놓았다. 계속해서. 부드럽게 흔들기까지 하자 소이가 다급하게 신음했다.

"으읏……!"

소이를 불끈 들어 올렸다. 채 벗겨지지 않은 바지가 발목에서 걸리자 거칠게 빼내어 내동댕이쳤다. 맨다리를 허리에 감게 하고, 성큼성큼 소파로 걸어갔다. 넓고 긴 소파에 풀썩 앉자 비교적 가벼운 이소이의 몸이 튕겨졌다가 내려앉았다. 그는 악, 소리가 나오는 것을 이를 악물고 참았다.

"벗겨."

그는 완전히 잠겨 허스키해진 음성으로 명령했다. 당장 분출하려는 아랫도리의 아우성을 가까스로 무시하는 중이었다. 이소이는 예의 순진한 눈으로 그를 보며 꼴깍 침을 삼켰다.

"뭘요?"

"뭐긴 뭐야. 바지지."

"당신 바지를 나더러 벗기라고요?"

"왜? 당신 바지는 내가 벗겼으니 내 것은 당신이 벗겨야 공평하지."

웃기는 소리. 속으로 콧방귀를 뀌면서도 멋대로 지껄였다. 개소리에 불과했으나 이소이는 일견 맞는 말이라 여긴 듯 수더분하게 고개를 끄덕였다. 그러더니 또르르 눈동자를 굴려 아래를 보았다. 양복바지 위로 불룩 솟아오른 그의 거기를. 심장이 그 순간 작동을 멈추었다. 요동치던 짐승도 얼어붙었다.

"……."

이소이는 멀뚱하게 그곳을 보며 훌쩍, 마른 코를 먹었다. 깜빡깜빡 눈꺼풀을 나풀거렸다. 입술이 타는지 혓바닥으로 입술을 핥았다. 그리고선 다시 한 번 코를 먹고 눈꺼풀을 나풀거렸다.

아주 잠시 얼어붙었던 짐승이 더 크게 포효하기 시작했다. 욕망의 크기는 기하급수적으로 커졌다. 어찌나 기세가 등등한지 당장이라도 천 쪼가리를 뚫고 솟구칠 것만 같았다.

"빨리해."

이를 앙다물고 재차 명령했다. 이미 속으론 이소이에게 결정구를 맡긴 것을 후회하고 있었다. 전부터 느꼈지만 이소이는 몹시 행동이 느렸다. 이쪽은 당장 숨넘어가 죽을 판인데 키를 손에 쥐고 느릿느릿, 아주 사람 속을 터지게 한다. 주제에 누가 누구더러 꾸물댄대?

"빨리."

한 번 더 재촉하니 거북이의 현생과도 같은 이소이가 드디어 손을 뻗는다. 손가락은 소심하게 꿈틀거렸다. 조심스럽게 살금살금 다가와 벨트를 만졌다. 가볍게 손을 댔을 뿐이었으나 자존심 따위 개나 줘버린 노예근성의 아랫놈은 미칠 듯 열렬히 껄떡거렸다. 이렇게 천년만년 기다리다가 그녀의 손안에서 터져 버리는 참혹한 사태가 벌어지지는 않을까, 위기감이 생겼다. 현규는 냉큼 소이의 손목을 잡아채 더 아래쪽으로 이동시켰다.

"지퍼."

"벨트는요?"

물으며 소이는 끔벅끔벅 맹한 황소처럼 눈을 깜박였다. 그러다가 왕방울만치 크게 뜬다. 그놈이 그녀의 손아래에서 꿈틀꿈틀 몸을 뒤틀었기 때문이리라.

'제발! 꾸물대지 말고 시키는 대로 어서 하라고, 좀.'

속으로 비명을 내지르며 현규는 짐승처럼 으르렁거렸다.

"전에 말했을 텐데. 벗어야만 섹스할 수 있다는 구시대적 발상을 버리라고."

"아."

이소이는 잠시 입을 벌린 채 멈춰 있더니, 얼른 정신을 차리고 지퍼를 찾았다.

지익. 조용한 집 안에 지퍼 내려가는 소리가 울렸다.

그녀의 손이 세로로 찢어진 틈 안을 파고들었다. 참을 수 없을 만큼 천천히. 현규는 초주검이 된 심정으로 눈을 감았다. 주먹을 세차게 쥔 채 제발 자신의 몸이 이 최대 위기를 잘 넘겨주길 기원하고 또 기원했다. 생애 최고로 길었던 몇 초가 지났다. 그녀는 날카로운 손톱을 팬티 윗단에 걸었다. 힘주어 아래로 끌어 내리자 이 순간만을 기다렸다는 듯 놈이 툭 튀어나갔다. 눈 깜짝할 사이에 그는 이소이의 손아귀에 들어갔다.

"……."

"……."

아무 반응이 없자 조심스럽게 한쪽 눈을 떴다. 이소이의 얼빠진 모습이 한눈에 들어왔다. 그녀는 마치 100캐럿 다이아몬드를 목도한 여자 같았다. 입을 'O' 자로 벌리고 눈을 휘둥그레 뜬 채 깜빡, 깜빡, 감았다 뜨기를 반복하는 모양새가 흡사 촉 나간 형광등이다. 뭔가 명쾌하지 않는 찜찜한 기분을 느끼며 그는 나머지 눈도 마저 서서히 떴다.

"뭐지? 그 반응은."

"에?"

"남자 생식기 처음 보나?"

"아…… 오……."

그렇다는 건가, 아니라는 건가?

눈살을 찌푸리자 이소이가 합죽이처럼 입을 딱 다물었다. 그리고는 다분히 과장된, 그래서 작위적으로 보이는 미소를 활짝 지어 보였다.

"물론 백퍼 아니죠! 이런 일이 처음도 아닌데요, 뭘."

"그럼 뭐? 사이즈 때문인가?"

"음…… 많이…… 흥분했네요."

"그래서 불만?"

"아뇨! 불만 같은 게 있을 리가요."

"그럼 시작하자고."

"이대로요?"

소이가 조심스럽게 묻고서 미간을 찡그린다. 이 체위로는 한 번도 해본 적 없다는 뜻일까. 아니면 별로 취향이 아니라는 뜻일까. 생각하며 현규는 뿌루퉁하게 말했다.

"이게 불만스러우면 당신이 원하는 자세를 말해. 맞춰줄 용의 있으니까."

"아……."

소이는 뭔가 말하려는 듯 또 크게 입을 벌리더니 그 상태로 굳어버렸다.

신경에 거슬린다. 거슬려도 너무 거슬린다. 아까부터 자꾸만 입술을 벌려대는 통에 음란마귀 씐 그의 대뇌는 자꾸만 헛꿈을 꾸었다. 저 붉은 입술에 두터운 자신을 물리고, 터질 듯 볼이 빵빵해진 이소이는 순진한 눈을 홉뜨고, 목구멍까지 밀어 음욕을 풀어내는, 미친 장면들이 눈앞을 어른거렸다.

"아, 아니에요."

손안의 물건이 보채듯이 뒤틀자 소이는 번쩍 정신을 차렸다.

"난 상관없어요. 당신 스타일대로 해요."

"딱히 선호하는 스타일이 없다는 뜻인가?"

"네, 뭐."

그녀는 어깨를 으쓱하며 대수롭잖듯 쿨하게 대답했다. 이 반응은, 어떤 경우에라도 섹스 그 자체를 즐기는 경지라는 뜻일까?

물론 이소이는 프로이고 당연히 남자 경험이 많을 것이다. 평소 처녀를 상대하는 걸 꺼렸던 현규로서는 잘된 일이었다. 그는 육체와 정신이 모두 성숙한 여자를 선호한다. 알 것 알아서 유치한 연애 놀음을 건너뛰어도 불만 품지 않고, 사귀는 동안에는 나름대로 지조를 지킬 줄도 알고, 동시에 적정선의 품위와 지성을 갖춘 여자여야만 지현규의 애인이 될 수 있었다. 이소이는 품위는 갖지 못했으나 육체가 성숙하다. 품위 있으나 경험 미숙인 여자보다야 백배 나은 경우다. 한데 왜 기분이 나빠지는 걸까.

변태남 블로깅에 대해 들었을 때만큼이나 몹시 불쾌했다.

"더 할 말 없으면 이제 시작하지."

찝찝한 마음을 접어두고 현규는 빠르게 손을 뻗었다. 무방비 상태였던 이소이가 종이 인형처럼 힘없이 딸려와 가슴팍에 안겨왔다. 뒤로 드러난 등허리를 문지르며 손을 셔츠 안으로 밀어 넣었다. 맨살이 주는 따스함과 부드러움, 안정감이 손바닥 가득 느껴졌다. 눈을 감았다. 숨이 격해졌다. 등줄기를 돌아다니던 손길이 무의식중에 앞쪽으로 흘러들었다. 브래지어를 착용하지 않은 가슴 돌기가 금세 손가락 사이에 걸린다. 그것을 세차게 비틀려는 순간,

"잠깐만요, 지현규 씨!"

이소이가 다급하게 브레이크를 걸었다.

그녀는 순식간에 품에서 벗어났다. 따스함도 안정감도, 괴롭히고픈 돌기도 빠져나갔다. 좌절에 휩싸인 현규는 공격적으로 이를 드러내며 왈칵 소리쳤다.

"뭐야, 또!"

"나요. 내, 내가 옷을 아직 덜 벗었잖아…… 요."

그의 격한 반응에 놀란 듯 그녀는 말을 더듬었다. 싸울 생각 없다는 듯 히쭉 웃기도 한다. 아주 얼빵하게 보이는 뇌청순표 웃음. 그는 두 눈을 가늘게 좁히며 살쾡이만큼이나 번뜩이는 눈초리로 '너랑 마주 보며 웃을 생각 전혀 없음'의 뜻을 전달했다. 그리곤 눈길을 뚝 떨어뜨려 이소이의 아랫도리를 확인했다.

문제의 붉은 레이스 속옷.

그녀를 향해 눈썹 하나를 휙 끌어 올렸다. '이걸 벗겠다고?' 의 뜻이다. 그 응답으로 이소이는 고개를 흔들었다. 그리고선 '이게 아니면 뭐겠어요?' 의 눈빛으로 말똥말똥 그를 지켜본다. 현규는 다분히 악의적이고 심술궂은 미소를 싸악 지으며 속삭였다.

"제발 우리 크리에이티브해지자고, 이소이."

그는 레이스 가장자리에 네 손가락을 집어넣고 와락 잡아챘다.

❖

현규는 다음날 출근을 하지 않았다. 못했다. 입사 이래 최초의 무단결근이었다. 그는 '기진맥진하여 움직일 수조차 없어서' 라는 변명을 스스로에게 주입시켰지만, 좀 더 솔직해지자면 그저 '출근하기 싫어서' 였을 뿐이었다. 이소이를 경험하고서 곧바로 서류 쪼가리의 숫자들을 대면하고 싶은 남자는 없을 것이다. 이소이는 유혹 그 자체다. 성애(性愛)의 여신. 그녀에게 빠져들면 누구든 섹스 중독자가 되고 말 것이다.

섹스 중독자가 되기 일보 직전의 그를 구출한 건, 다음 날 걸려온 지원호 옹의 전화였다.

[네 이놈! 해가 중천에 떴거늘 지금까지 집에서 뭐 하는 게냐? 설마 오늘도 결근할 참이냐? 목소리를 들어보니 아프기는커녕 말짱한 것 같구만. 대체 무슨 작당질이야? 새아가한테 무슨 일 생긴 게냐?]

"아무 일도 없습니다."

[둘이 싸운 게야?]

"아니요."

[하면, 또 여자들을 집으로 끌어들였어?]

"아니라고요, 글쎄! 할아버지 손자며느리는 멀쩡합니다. 아주 안녕하세요. 못 믿겠으면 직접 통화해 보시든가요. 바꿔 드려요?"

[아무 일도 없는데 회사는 왜 빼먹어? 회사가 우습냐? 놀고먹을 만큼 일이 쉬워? 중국 투자 건 때문에 정신없이 바쁜데다가 회사 내부 전산망이 뚫려 정보가 줄줄 새나가는 판국에! 사장이란 작자가 어찌 그리 천하태평, 무단결근이야?]

"회사 안 무너집니다. 하루 이틀 정도는 저 없이도 잘 굴러간다고요. 전산망은 제가 출근한다고 해결되는 문제가 아니에요. 전문가들로 구성된 팀들이 보안시스템을 정비 중이니 저는 그들을 관리하기만 하면 돼요. 전 입사 이래 지금까지 쉴 틈 없이 일만 했습니다. 거의 노예 수준이었다는 건 할아버지께서도 인정하시잖습니까. 그렇게 열심히 일했으면 아주 가끔, 며칠 정도는 푹 쉬어도 되잖아요. 저 없이도 명지그룹 잘 돌아간다면서요. 지난주까지 그렇게 주장하시던 분, 할아버지 아니셨어요?"

[네가 노예처럼 일했다는 건 할아비도 잘 안다. 요새 네가 가정과 회사 일을 병행하느라 힘들 거란 것도 알아. 하지만 아무리 힘들어도 사장단 회의에는 빠지지 말아야지. 그놈의 휴식 타령하느라 할아비가 주관하는 회의까지 불참한다는 게, 말이나 되는 일이야?]

"사장단 회의요?"

[설마 일정표조차 확인해 보지 않은 게냐?]

"아…… 뭐, 아니에요. 알고는 있었어요."

[모르고 있었던 게로구만. 대체 정신이 있는 게냐, 없는 게냐? 집구석에서 무슨 작당 중이기에 정신이 그렇게 홀랑 나가 버렸어? 안 되겠다. 내가 직접 두 눈으로 네 꼬라지를 확인해 보아야지. 지금 출발하마. 네 집에서 보자. 내가 이럴까 봐 본가로 들어오라 그리도 말했었거늘…….]

"아니에요, 출근합니다! 출근해요! 집에 오셔봤자 저 못 만나니까 오실 생각 행여 마세요."

그리하여 현규는 현재, 사무실에 앉아 있다.

결재 서류를 검토하고는 있으나 머릿속은 다른 생각들로 가득, 한 시간째 같은 줄을 읽고 있었다. 활자들이 눈앞에서 춤을 추며 이틀 동안 그를 만족시킨 이소이의 몸사위를 그려냈다. 이소이를 떠올리는 것만으로 입안에 군침이 싹 돌았다. 하체가 단단해지고 욕정이 용솟았다. 서류를 내동댕이치고 집으로 달려가고 싶었다.

자리에서 벌떡 일어났다. 창문을 열고 찬바람을 맞으며 얼음물을 벌컥벌컥 마셨다. 하지만 첫 관계를 맺던 날로 향하는 의식의 흐름을 막을 수는 없었다.

"미안한데요. 잘 안 돼요……."

이소이는 독특했다. 섹시했으나 이상했다. 뜨겁고 열정적으로 반응하다가 갑자기 겁먹은 사슴처럼 몸을 사렸다. 상대를 능숙하게 요리하며 도발적으로 굴다가 결정적인 순간에는 초보처럼 서

투르게 행동하곤 했다. 그로서는 괴상할 따름이었다. 열광적으로 흥분해서 제정신이 아닌 와중에도 조금씩 의혹이 생겼다. 커서 잘 안 들어간다는 발언은 그 의혹의 출발점이었다.

"무슨 헛소리야?"

"당신이 너무 커져서 안 들어간다고요."

"잔소리 말고 서둘러. 누구 도는 꼴 보려고 이래?"

이미 너무도 많이 흥분하여 참을성 지수가 바닥을 찍는 마당이었기에 그는 눈을 번뜩이며 강력한 저항과 반감을 적나라하게 드러냈다. 소이는 한숨을 내쉬고선 체념하듯 고개를 흔들었다. 그리고선 어쩔 수 없이 중단했던 일을 재개하기 시작했다.

두툼하고 커다랗게 부푼 그것을 검은 숲 안으로 인도했다. 달콤한 꿀이 흘러넘치는 샘터는 미친 듯이 미끈거렸기에 둥근 선단은 단번에 입구에 꽂혔다. 보드랍고 야들야들한 속살이 겹겹이 그를 감쌌다. 그는 엉덩이를 들썩이고 싶은 충동을 가까스로 억누르며 재촉했다.

"빨리."

"후우……."

이소이는 긴장으로 점철된 숨을 깊게 내쉬고 천천히 허리를 주저앉혔다.

입구는 좁았다. 그조차 과연 이곳을 무사히 통과할 수 있을까 걱정될 만큼 몹시도 빡빡했다. 본능적으로 손을 뻗어 그녀의 수풀을 헤집었다. 붉은 콩을 찾아내 달콤함을 유발시키자 소이는 가늘게 몸을 떨었다. 티셔츠를 들춰 그녀의 맨가슴을 움켜쥐었다. 완벽한 원형의 자연산 가슴이 이지러졌다. 찬 공기에 닿아 유두가 톡 불거지자 손가락으로 꼬집어 비틀었다.

"으음……."

소이는 미약하게 신음하며 더 해달라는 듯 가슴을 내밀었다. 동시에 부드럽게 허리를 굴렸다. 가장 빡빡한 지점에 목 졸리듯 끼워진 채의 고문은 그를 반미치광이로 만들었다.

충동이 솟구쳤다. 당장 그녀를 주저앉히고 싶었다. 끝까지, 그녀의 가장 깊은 곳까지 단번에 들어가 깊게 자리하고 싶었다. 여린 살점과 저항하는 근육들을 연달아 파헤치고 헤집어 이 좁디좁은 길을 넓히고 싶었다. 달착지근하고 끈적끈적한 꿀물을 모두 퍼내고, 그 안을 자신의 것을 주입하고팠다!

갑자기 둥근 머리가 홀 속으로 쑥 빨려 들어갔다. 단번에 중간 지점까지 먹혀 버린 현규는 헉, 소리를 내며 고개를 젖혔다. 욕설이 나올 만큼의 엄청난 쾌감이 발끝서부터 머리까지 관통했다. 당장 싸버릴 것 같은 아슬아슬한 순간이었다. 이소이도 마찬가지인 듯 신음했다.

"으으, 응……!"

모든 행위를 중지함으로써 간신히 위기를 넘겼다. 하지만 그 뒤에 찾아온 것은 소이의 발작이었다. 억지로 비집고 들어갔기에 한껏 수축된 통로가 강제로 벌어졌고, 그 바람에 충격을 받은 근육이 정신없이 떨기 시작했다. 이미 빈틈없이 완벽히 맞물려 있는 그는 그 떨림을 고스란히 경험할 수밖에 없었다.

속으로 하나님을 외치며 이소이 가슴을 세차게 주물렀다. 쾌락의 콩알을 더 빠르고 강하게 문질렀다. 제발 이소이가 고통이 아닌 쾌감을 느끼기를 바라고 있었다.

"으읏, 아훗……!"

소이는 숨을 헐떡이며 그의 손등을 다급하게 덮었다. 힘을 주어 더 강하게 압박하고는 세차게 원을 그렸다. 현규는 가슴을 덥석 물었다. 희고 통실통실한 살덩이를 입안 가득 머금고는 쭙쭙, 빨아먹었다. 포도 알맹이 같은 꼭지가 혀와 이, 입천장 사이에서 굴려지고 비벼지고 빨려졌다. 다급해진 소이는 양손을 그의 어깨에 짚었다.

"아, 아, 아……."

그녀는 쾌락에 몸부림쳤다. 짧은 머리카락을 흩날리며 허리를 정열적으로 굴렸다. 그랬음에도 짐승을 반쯤 삼킨 이소이의 열궁(熱宮)은 더 이상 품지를 못했다. 꽉 다물린 속 길이 자물쇠를 열지 않았다. 도무지 참을 수 없어진 현규가 허리를 들썩여 진입을 시도했지만 밀려나기 일쑤였다. 저항감을 감지하고서 현규는 짜증을 부렸다.

"이소이, 하기 싫어? 여기서 그만둘까?"

"아, 아니요……."

흥분해 새빨개진 얼굴로 이소이는 고개를 가로저었다. 이대로 관뒀다가는 좌절감에 울음을 터트릴 것만 같았다.

짐짓 마음이 뿌듯해졌다. 어깨가 절로 펴졌다. 섹스 따위는 삼시세끼 밥 챙겨먹는 것처럼 일상적인 일인 듯 심드렁하게 굴던 이소이를 이토록 흥분케 했다는 사실에 기분이 만점이었다. 더불어

이 기세를 몰아 완전히 굴복시키고야 말겠다는 필사의 의지도 생겼다. 그는 '시키는 대로 하지 않으면 더 이상의 쾌락은 없어'의 거만한 표정으로 명령했다.

"그럼 몸을 열어."

"……네?"

"못 알아들어? 당신은 지금 날 거부하잖아. 날 받아들이는 걸 겁내고 있다고."

"내가요?"

"아니야? 아니면 왜 날 끝까지 못 받아들이는데?"

소이는 질겁한 얼굴로 그를 바라봤다. 꿀꺽. 마른침을 삼키고는 슬쩍 눈꺼풀을 내려떠 그를 회피했다. 입술을 한일자로 꾹 다물고 두어 번 눈을 깜빡이면서 심각하게 생각을 정리하는가 싶더니, 곧 결심한 듯 눈을 들었다.

"알았어요. 열게요."

명료한 어조로 찰떡같이 대답한다. 유별나게 순진해 뵈는 황소 눈망울에 비장한 빛이 떠올랐다. 현규는 눈을 가늘게 좁히며 생각했다. 이소이의 눈이 저리 빛날 땐 늘 뒤통수를 얻어맞았던 것 같다고. 설마……?

소이는 엄청난 결심을 한 듯 결연한 표정으로 입술에 꾹 힘을 주었다. 그리고선 굼벵이마냥 엄청나게 느린 속도로 양손을 가운데로 모았다. 현규는 그녀에게 초집중했다. 소이는 손끝을 떨면서 체액으로 흥건한 샘가로 손을 가져갔다. 벌거벗고 축축한 짐승이 반쯤 묻힌 그곳은 두 사람분의 흥액(興液)이 뚝뚝 떨어지고 있었다. 놈은 아직까지 왕성하게 팽창 운동을 진행 중이었다. 이미 좁아터져 죽을 맛인 그에게는 고문의 연속인 지금이다.

"이제 열게요."

느림보답게 쓸데없이 예고했다. 짜증이 났다. 이쪽은 죽어나는데 어디서 여유를 부리냐, 다 필요 없으니 빨리 시작해라, 버럭질을 하려는 찰나에 소이가 행동을 개시했다. 양쪽 검지와 중지를 세우더니 자신의 검은 숲에 갖다 댔다. 수풀 속에 가려진 분홍 꽃잎들을 잡고 양옆으로 벌렸다.

천천히.

복숭아가 반으로 쪼개지듯 통실한 겉살이 반으로 갈라졌다.

심장이 쿵 내려앉았다. 눈이 천리만리 튀어나왔다. '이 여자가 대체 뭐 하는 거야? 날 죽이려고 작정했나?' 의 눈으로 그녀를 째려봤다. 하나 이소이는 자신의 몸에 완전히 집중하고 있었다.

"다 열었어요. 이제 어떡하면 돼요?"

소이가 고개를 들었을 때는, 한껏 벌어진 자궁 입구에 앙증맞은 두 갈래 이파리가 새싹처럼 피어나고 있었다. 석류처럼 고혹하고 먹음직스런 그 자태에 그는 이성을 제어할 수 없었다. 참아보려 호흡을 가다듬기도, 눈을 감고 모든 시각적 자극에서 벗어나 보기도, 머릿속을 비워보기도 했지만 불가능한 일이었다.

이소이는 마귀였다.

음란 마귀.

그는 힘껏 허리를 튕김으로써 질문에 답을 주었다.

"아흑……!"

갑작스런 공격에 소이는 균형을 잃고 쓰러졌다. 현규는 가슴팍으로 엎어지는 소이를 두 팔로 붙들었다. 그녀를 품 안에 고정시켜 두고 야생마처럼 날뛰었다. 작정했던 것만큼, 모든 것을 다 가질 때까지, 그는 결코 쉬지 않았다.

전화벨이 울렸다.

머릿속을 장악했던 뜨거운 기억이 단번에 흩어졌다. 현규는 부푼 아랫도리를 불편한 시선으로 내려다보곤 양복 윗주머니에서 휴대폰을 꺼내 들었다. 발신인은 이소이. 주인을 보면 꼬리를 흔드는 애완견처럼 몸의 중심이 꺼떡거렸다. 정말이지 비참하리만치 잔뜩 곤두서 있었다.

겨우 이틀 만에 이게 무슨 꼴이람.

이를 악물고서 전화를 받았다.

"여보세요."

[……저예요.]

그의 불친절한 응답 멘트에 소이는 주저주저 입을 열었다. 현규는 또다시 짜증이 일었다. 평소답지 않게 기어들어 가는 목소리는 침실에서의 그녀를 연상케 했다.

"알아. 왜?"

[더 시킬 일은 없는지 물어보려고요.]

"지시했던 건?"

[다 끝냈어요.]

"벌써?"

인상을 찌푸리며 시간을 확인했다. 오후 3시. 일을 지시한 시간으로부터 겨우 4시간이 흘렀을 뿐이었다. 그는 손세탁 한 트럭, 이불 빨래, 먼지 한 톨 없이 깨끗한 청소, 서재 서적들을 가나다 순서대로 분류하기 등등, 엄청난 양의 일을 지시했었다. 아무리 생각해도 12시간은 족히 걸릴 것 같은데 어떻게 그걸 벌써 다 했단 말인가. 신데렐라처럼 요정의 도움이라도 받았나?

[할 일이 없으면 이제부턴 내 시간을 가질까 해요.]

"뭐 하려고?"

[뭐든지요.]

"스튜디오에 나가기만 봐. 아작을 낼 테니까. 그런 콩만 한 회사 공중분해하는 건 일도 아니야."

성질대로 윽박질렀는데 답이 돌아오지 않았다.

이소이는 조가비처럼 입을 다물고 침묵하는 것으로 반감을 표시하는데, 모델 일을 때려치우라고 명할 때마다 이런 식이었다. 이럴 때의 이소이는 결코 만만치 않다. 고집이 고래 심줄에다 결심은 성벽처럼 견고하고 단단해서 그가 아무리 부닥쳐도 끄떡하지 않았다. 그로서는 반강제 구금이라는 특단의 조치를 취할 수밖에 없었다.

일거리를 몽땅 내주었다. 아침부터 저녁까지 집안일로 혹사를 시키고, 밤에는 침대에서 열정과 체력을 갈취할 생각이었다. 잠도 못 자고 일과 섹스를 병행한다면 분명히 체력이 바닥나서 사회생활은 꿈도 못 꿀 것이라는 판단이었다. 벌써 지난 이틀 동안 하루 온종일 침대에 붙잡아두었다. 어젯밤에도 새벽 4시까지 잠을 한

숨도 재우지 않았다. 한데도 여직 포기하지 않았다. 참으로 독종이다.

"좋아, 이소이."

일말의 안쓰러운 마음으로 현규는 한숨을 푹 내쉬었다.

"당신이 직업 정신과 책임감이 투철하다는 건 인정해. 이미 맡은 일이니 마무리 짓고 싶겠지. 어쨌든 계약은 지엄한 거니까. 하지만 태원패션은 걱정할 것 없어. 위약금이고 뭐고, 싹 깨끗이 처리될 거니까. 당신은 지현규의 아내야. 난 태원패션에 5프로라는 엄청난 양의 주식을 가진 대주주라고. 주강헌은 내가 원하는 대로 해줄 수밖에 없다니까."

[그게 문제가 아니잖아요. 나도 먹고는 살아야죠. 당신은 재벌이라 이해를 못하는 모양인데, 나 같은 평민은 일을 못하면 목구멍에 풀칠도 못해요.]

"돈이 필요해? 진작 말하지. 계좌 불러. 아니, 아예 계좌를 새로 만들지. 다달이 통장에 생활비와 용돈을 넣어줄게. 얼마면 돼?"

[답답한 소리 마세요, 지현규 씨. 우린 1년 뒤면 갈라설 사이예요. 나는 시류를 타는 업계의 종사자이고요. 우리나라에 얼마나 많은 모델들이 활동하는지 알아요? 일하지 않으면 내 자린 곧바로 다른 모델들로 채워진다고요. 쉽게 잊히는 업계의 특성상, 1년간이나 일을 중단하면 그만큼 활동 재개도 어려워지겠죠. 이혼 뒤에 백수 되면 당신이 책임질 거예요?]

"위자료는 충분히 줄게. 그게 걱정이라면……!"

[안 받아요.]

"뭐?"

[위자료, 그게 얼마나 가겠어요. 노름 한 번이면 전 재산을, 아니, 인생 전체를 날려먹을 수도 있어요. 아무리 거액이라도 한 사람의 인생을 평생 책임져 줄 수는 없다고요.]

"당신 노름해?"

[아니요! 내 말은요, 나는 다달이 일정 금액의 돈을 벌 거라고요. 그래야 해요. 그러고 싶어요. 그게 내가 세운 인생의 제1법칙이에요. 나 하나쯤은 문제없이 먹여 살릴 능력을 갖추고 싶어요. 남의 도움 없이도 자알 먹고, 자알 살고 싶다고요.]

"이소이……."

[없는 사람의 쓸데없는 자존심이래도 좋으니까 제발 날 가만히 둬요. 굳이 날 돕겠다면 밥줄이나 끊지 마세요. 그게 날 진정으로 돕는 길이에요. 그럼, 이제 내 시간을 가져도 되죠? 오늘은 더 이상 할 일 없는 것 맞죠?]

"아니!"

다급하게 대화의 끝을 잡아챘다. 이대로 이소이가 스튜디오에 나가도록 놔둘 수 없었다. 그놈의 화보를 찍겠다며 야시시한 속옷을 입고, 역시 속옷만 입은 남자 모델과 포즈를 취하는 꼴은 생각만 해도 피가 거꾸로 솟았다. 주강헌 같은 놈이 관계자라는 미명하에 이소이의 근처에서 알짱거리는 꼴은 죽어도 못 본다. 미친 변태들이 그녀의 사진을 돌려보며 시시덕대는 꼴도 물론.

다시는 란제리 모델 따위 못하게 만들 거다.

다시는!

[아직도 할 일이 남아 있단 말이에요? 집안일은 거의 다 한 것 같은데요.]

"집안일이 아니야."

당황한데다 쫓기는 기분에 빠져든 현규는 덥석 아무 말이나 주워섬겼다. 그리곤 미친 듯이 머리를 굴리며 적당한 핑계를 떠올렸다.

'김문석. 칵테일파티.'

드디어 머릿속의 메모리칩이 적당한 일정을 끄집어냈다. 현규는 당장 탁상 달력에 눈을 돌렸다. 28일. 오늘이었다. 친구 문석이 초대장을 보내며 '여친과 꼭 와라' 던 칵테일파티가 오늘 오후 7시에 있었다.

"파티야! 파티가 있다고, 오늘. 당장 준비해."

[파티라고요? 뜬금없이 웬 파티요?]

"서둘러. 피부마사지샵, 네일샵, 헤어샵, 드레스샵까지 들르려면 지금부터 발에 땀이 나도록 움직여야 할 거야."

"하지만 아까는 이런 얘기 없었잖아요."

이소이는 전에 없이 황당해했다. 썩 기분이 좋아지는 순간이다. 완전무장한 그녀의 마음가짐을 단숨에 흐트러뜨리는 쾌감은 잔뜩 발기한 몸뚱이를 소이의 몸속 깊이 묻을 때만큼이나 짜릿하다. 만족감에 휩싸여 현규는 박력 있게 외쳤다.

"어서 움직여. 무브! 무브!"

제6장 그의 아내로 사는 법

"도대체 내 정보의 어디가 틀린 거냐?"

파티광(狂)이자 연예기획사 〈솔라 엔터테인먼트〉의 대표인 김문석은 먼발치에 서 있는 이소이를 바라보며 눈살을 찌푸렸다.

30분 전에 저지른 실수를 떠올릴 때마다 낯이 뜨거운 참이었다. 변명의 여지없이 그는 실수를 저질렀다. 현규로부터 발등이 밟히는 응징을 당해도 쌀 만큼 아마추어적인 짓이었다. 현규의 파트너가 유력 정치인의 딸, 양효주일 거라 지레짐작한 나머지 초면에,

"양효주 씨죠? 만나서 반갑습니다. 전 이 친구의 고등학교 동창, 김문석이라고 해요. 듣던 대로 참으로 미인이시네요."

라고 하였으니 사교계 최악의 참사로 손꼽혀도 할 말이 없었다.

이 대형 참사의 책임은 오롯이 현규에게 있었다. 녀석이 진작 양효주와 인사시켜 주었더라면 파티와 매너의 킹, 천하의 김문석이 이런 큰 결례를 범하지 않았을 테니까. 하다못해 오늘 파트너가 누군지만 알려줬어도 실수는 없었을 것이다. 아무것도 귀띔해 주지 않았는데 어떻게 짐작할 수 있었겠나? 양효주와 사귄다던 지현규가, 양효주가 아닌 다른 여자를 대동하고 나타날 거라고.

"난 분명 들었거든. 네가 요즘 국회의원 양정필의 딸, 양효주한테 무척 공들인다고. 대체 어떤 여자이기에 웬만해선 눈길도 안 주는 네놈이 목을 매나 궁금해지더라고. 그래서 이 파티를 기획한 거야. 파트너 동반 칵테일파티. 파트너를 데려와야 하는 파티이니 당연히 양효주와 나타날 거라고 생각했지."

"내가 불참할 거란 생각은 한 번도 안 해봤냐?"

"양효주한테 정말로 공을 들이는 거라면 무조건 참석할 거라고 생각했지. 내가 널 모르냐? 교제 사실을 세상에 알릴 기회로, 김문석의 칵테일파티보다 더 좋은 기회가 어디 있어? 넌 너한테 찾아오는 기회란 기회는 모조리 잡는 놈이잖아. 절대로 불참할 리 없지. 데이트 신청하기에도 좀 좋아? 부디 제 파트너로 참석해 주시겠습니다, 공주님?"

문석이 연극적인 손동작과 게슴츠레한 눈으로 느끼하게 구애 멘트를 흉내 냈다. 현규는 아버지의 현금발이 없었다면 결코 연예계 큰손이 될 수 없었을, 한심한 친구를 째려보았다. 그리고선 한

없이 친절하고 상냥한 말투로 명백한 팩트를 지적했다.

"초 쳐서 미안한데, 김문석, 현재 내 파트너는 효주 씨가 아니야. 앞으로 그 여자와 결혼할 계획도 없어. 당연히 그 여자한테 목을 매지도, 공들이지도 않았겠지?"

"그러니까! 하늘에서 뚝 떨어진 저 여잔 대체 누구냔 말이지. 양효주와는 대체 어떻게 된 거야?"

"아까 말했잖아. 효주 씨와는 잠깐 만나다가 헤어졌을 뿐이라고."

"잠깐이 아니었을걸. 내 정보원의 말에 따르면, 넌 양효주란 여자와 무려 5개월 동안이나 진지하게 교제해 왔어. 그것도 결혼을 전제로. 최근엔 현실 결혼이 임박했다는 소식까지 접했단 말이지. 난 벌써 네 결혼 선물까지 생각해 뒀다니까."

"그런 고급 정보는 대체 어디서 얻어낸 거냐?"

"네 사생활 정보만 쏙쏙 빼주는 특수정보원이 있지. 넌 알 것 없고. 양효주와 5개월간 사귀었어, 안 사귀었어? 그것만 말해."

"사귀었어. 그게 뭐?"

그게 무슨 대수라고 이 호들갑이냐는 뜻을 밝히며 현규는 쿨하게 응수했다. 문석은 '이 엉큼하고 음흉한 자식 보게. 어디서 날 속이려고?' 의 뜻을 가득 담아, 한쪽 숯덩이 눈썹을 유니크하게 짜부라뜨렸다.

현규는 여자를 자주 바꾸는 타입이 아니다. 로맨스 영화 주인공처럼 생겨먹은 겉모습과는 달리 이성 간의 릴레이션십을 귀찮아하는 편이라서, 한 여자와 장기간 만나는 일이 드물었다. 녀석은 보통 한두 번의 만남으로 상대와 미래를 함께할 수 있을지 없을지를 가늠하는데, 그 기준은 객관적인 조건들, 예를 들면 집안, 학벌, 직업 등이었다. 기준 미달이다 싶으면 곧장 관계 정리에 들어가고, 나쁘지 않으면 좀 더 만남을 가진다. 하지만 그토록 꼼꼼히 따져 만났던 여자들과도 오래가지는 않는다. 마음에 안 드는 게 한 가지라도 발견되면 관계는 곧장 끝장난다. 지금껏 6개월 이상 만난 여자가 단둘뿐이니 말해 뭣 할까.

현규가 한 여자와 5개월 이상 교제했다면, 그건 녀석이 여자의 단점을 참고, 참고, 또 참았기 때문이었다.

"우리에겐 큰일이 아니지만 너에겐 아니지. 넌 스펙과 집안에 집착하는 연애 무지렁이잖아. 네가 와이프를 고르는 기준 또한, '여자를 얼마나 사랑하는가' 가 아니라 '여자의 배경과 이미지가 내게 얼마나 많은 도움을 주는가' 이고. 네 녀석은 결혼할 생각도 없는데 괜히 질질, 관계를 끌었을 리 없다는 말이야."

"뭐."

현규는 딱히 부정하지 않았다. 사실이니까.

양효주는 자신에게 날개를 달아줄 여자였다. 권력층 최상단에 위치한 그녀의 집안이 자신의 사업과 인생에 지대한 보탬이 되어 줄 것은 논란의 여지가 없었다. 게다가 양효주는 양갓집 규수답게 무척 보수적인 여성이었다. 조신하면서도 조용한 성격에, 결혼하게 되면 남편의 내조에만 힘쓸 것이라고 했다. 원래 튀거나 자유분방한 여인네들을 싫어하는 그로서는 마음에 쏙 드는 아내감이었다. 사귀는 동안에 그녀의 부친이 총선을 앞둔 전당대회에서 당대표로 선출되는 일까지 겹치자, 그는 과감하게 결혼을 결정하였다.

“어째서 찢어진 거야?”

문석이 옆구리를 찌르며 이소이 쪽으로 가재미눈을 뜬다. ‘저 여자 때문이지?’ 라고 묻는 것이었으나 그것을 알은체할 현규가 아니었다.

“그냥. 지겨워졌어. 점잔 빼는 스타일이라 지루하기도 했고.”

“함께 온 여자에 대해선 계속 함구하시겠다?”

“이소이와는 오다가다 만난 사이야. 알다시피 5개월짜리 연애를 막 쫑 낸 시점이라 파트너가 마땅히 없었거든. 시간이 난다기에 그냥 같이 온 것뿐이야.”

“양효주 대타일 뿐이라고? 정말 아무 사이 아니야?”

“내 취향이 아니잖아. 내가 저런 스타일 만나는 거 봤어?”

“음, 그렇긴 하네. 무척 어려 보이는데, 몇 살이냐?”

“스물넷.”

“오, 보기보단 많네? 데뷔 나이로는 좀 애매하긴 한데. 워낙 섹시하니 상관없을 것 같기도 하고…….”

문석은 이소이를 위아래로 훑으며 정체불명의 혼잣말을 중얼거렸다.

이소이는 저만치에서 남정네들 한 무리에 둘러싸인 채 활짝 웃고 있었다. 양쪽 어깨를 드러낸 붉은 드레스를 입었는데, 쇄골과 앞가슴 부위를 장식하는 X스트랩과 리본 때문에 마치 생일날 배달된 ‘선물’ 처럼 보였다. 아름다웠다. 신비로우면서도 유혹적이었다. 신선해 보이면서도 섹시했다. 주위를 맴도는 늑대들이 그녀를 '선물 포장지를 찢고 싶어 안달해 마지않는 변태의 눈빛' 으로 바라보는 게 이상하지 않을 정도다. 현규는 진작부터 이 빌어먹을 놈의 파티에 참석한 것을 후회하는 중이었다.

"육체파로 홍보할 땐 나이대가 있는 게 더 유리하거든. 기왕 이렇게 된 거, 시작부터 파격적인 컨셉으로 가볼까? 섹시 화보로 어필해서 대중의 이목을 초장에 휘어잡는 거야. 그러다가 차차 드라마 쪽으로 활동 범위를 넓혀 가는 거지."

"뭐 하냐?"

현규는 퉁명스럽게 말을 건네는 것으로, 상상의 나래를 펴대며 헤벌쭉 웃어대는 문석의 기분에 초를 쳤다. 하나, 이에 굴할 문석이 아니었다. 그는 소이에게서 눈을 떼지 않은 채 씩, 웃었다.

"너랑 아무 사이도 아니라며. 우리 회사가 영입해 볼까 하고."

"연기라도 시키게?"

"연기든 뭐든. 테스트해 보고 결정하지 뭐. 외모가 출중한데 뭔들 못하겠냐. 연예계는 뭐니 뭐니 해도 외모야. 발연기를 해도 주연 따박따박 가져가는 애들, 이유가 뭐겠어? 외모 때문이지. 원래 브라운관에선 연기의 부재보다 외모 떨어지는 게 더 눈에 띄는 법이거든. 시청자들은 연기 못하는 배우보다 못생긴 주연배우를 더 눈에 거슬려 해. 이게 이쪽 세계의 보이지 않는 법칙이다."

"……."

"연기는 연차 쌓이면 늘게 되어 있지만 외모는 고쳐 봤자 성형괴물이란 소리나 듣지. 원판 불변의 법칙이란 말이 괜히 나오는 게 아니야. 그나저나 넌 저런 물건을 어디서 찾아낸 거냐? 죽이네."

문석은 '캬—' 하는 감탄사를 내뱉더니 또다시 소이의 뒤태를 위아래로 쓱쓱 훑었다. 그 눈은 다분히 '연예인 길거리 캐스팅' 용이 아닌 '침대 파트너 초이스' 용이었다. 당장 그 지저분한 눈길을 거두라고픈 충동이 꾸무럭꾸무럭 올라왔지만 용케 참아냈다. 그는 말짱하게 건조한 음성을 쥐어짜 무심함을 가장했다.

"물건이라니?"

"청순함과 섹시함을 동시에 지녔잖아. 우리나라에선 정말 찾아보기 힘든 스타일이야. 보통은 청순미가 있으면 섹시미가 떨어지고, 섹시미가 있으면 청순미가 떨어지거든. 두 가지의 상반된 매력을 다 가진 여배우는 드물어."

"……."

"이소이 씨는 남자로 하여금 보호 본능과 설렘을 동시에 느끼게 해. 10대 소년으로 되돌아간 듯한 착각에 빠지게 하지. 여기까진 다른 비슷한 컨셉의 여배우들이 많아. 하지만 이소이 씨한테는 다른 여타 여배우들과 다른 확실한 한 방을 가지고 있어. 남성 소비자층을 제대로 저격하는 매력이지. 남자로 하여금 지갑을 열게 하는, 이를 테면 꼴리게 만드는 매력."

"말조심해, 꼴린다니."

저도 모르게 고압적인 경고가 튀어나왔다. 즉각 후회가 일었다. 하지만 이미 뱉은 말을 주워 삼킬 수는 없었다. 주워 삼키고 싶지도 않았다. 문석이 이소이를 보며 '꼴린다' 는 건, 상상하는 것만으로도 뚜껑이 열리는 일이었다.

"뭐 어때? 우리끼리 하는 말인데. 난 그저 상품평을 했을 뿐이야. 내가 누구냐? 엔터테인먼트계의 떠오르는 신성, 거대 자본과 정보력, 전문성의 최고 조합, 집단 엘리트의 정수! 〈솔라 엔터테인먼트〉의 대표이사, 김문석이잖냐. 전문가의 입장에서 이소이 씨를 객관적으로 평가한 거야. 무려 긍정적이었지."

"긍정적?"

"남자들은 보통 섹시한 여자한테 '꼴린다' 고들 해. '섹시하다' 나 '꼴린다' 는 표현은 여자들한테 성적 매력을 느꼈을 때 흔히들 쓰는 말이야. 이소이 씨가 성적 매력이 흘러넘치는 타입인 건 맞잖아."

"그럼 성적 매력을 아예 느끼지 마. 이소이한테 꼴리지 말라고."

현규가 날을 세웠다. 문석은 제 잘못을 인정하기는커녕 '이소이가 성적 매력이 흘러넘쳐서 꼴리는 걸 난들 어쩌란 말이냐' 는 듯 뻔뻔하게 굴고 있었다.

뾰족한 친구의 대응에, 시종일관 실실대던 문석은 순간 두 눈을 홉떴다. 이게 웬일인가 싶었다. 너무도 거만해서 웬만한 여자한테는 눈길조차 주지 않는 지현규가 눈으로 레이저를 쏘아가며 '이소이한테 관심 쏟는 네가 너무 싫음' 을 드러내는 것은 결코 보통 일이 아니었다. 이쯤 되면 아무리 눈치 없는 사람이라도 감을 잡기 마련. 문석은 일단 호의적이면서도 빙구 같은 미소를 지어 올렸다.

“아…… 알았어, 알았어. 그럴게, 그런다고.”

곧이어 두 손바닥을 들어 올려 ‘이 몸은 네게 위해를 끼칠 생각이 전혀 없다, 위협적인 존재가 될 일이 전혀 없으니 부디 적개심을 풀어달라’는 뜻을 전했다. 일종의 백기다. 이소이를 꼬셔볼 마음은 전혀 없다는 의미의. 물론 그렇다 하여 이 문제를 곱게 넘겨줄 작정은 아니다.

“근데 이소이 씨와는 별 사이 아니라고 하지 않았냐?”

“그게 뭐?”

“아니, 뭐 그냥.”

별 사이 아닌 게 아닌 것 같아서 그렇지, 인마.

“피휴! 아까보다 배는 더 모였네. 사내 녀석들이 쪽팔리게 저게 뭐냐. 지들이 무슨 여왕의 호위무사야? 여자 없이 며칠씩 굶은 놈들처럼 왜 저리 껄떡대? 다들 파트너 한 명씩 데리고 와놓고서는. 야야, 저러다 쟁탈전 벌어지는 거 아니냐? 쪽팔리게 내 파티에서 그런 짓을 벌이는 건 아니겠지?”

“…….”

“근데 이소이 씨 몸매, 정말 너무하네. 어쩌면 저렇게 완벽한 호리병일 수가 있지? 저런 서구적 체형은 우리나라에서는 찾아보기 극히 드문데. 한국 여자들은 앞판 뒤판 납작한 게 보통이잖냐. 가슴이 달걀 프라이라면 엉덩이는 호떡. 고질적인 병폐야. 100년, 1,000년, 꾸준히 노력해서 바꿔야 할 열성 유전자이지. 우리 회사 대표배우, 송혜령을 봐. 그 예쁜 애도 가슴 때문에 시름이 깊잖냐. 엊그젠 진지하게 날 찾아와 가슴확대 수술을 받아보겠다고 하더라니까. 내가 3년 전에 수술해 보자 할 땐 난리 법석을 치며 안 하겠다던 애가."

"……."

"전문가적 견해로 보았을 때, 저건 C컵에서 D컵 정도는 된다. C는 너무 꽉 차고 D는 약간 남는 정도? 너무 포르노스럽지 않으면서도 적당히 탐스러운 정도라고 할 수 있지. 영화에 가슴 대역으로 출연시켜 볼까? 요새 윤찬준 감독이 '글래머러스' 라는 영화를 찍는다던데. 그 영화 시나리오상, 수술 받은 가슴은 출연 불가거든. 이소이 씨 가슴 정도면 괜찮을 것도 같은데……."

"헛소리 그만하고 눈 떼."

예상대로의 반응이 날아왔다. 아무 사이도 아니라면서 발끈하는 이 반응은 뭐람. 이건 누가 들어도 고백이다. 이소이를 좋아한다는 자백. 실토. 비록 본인은 인정하지 않겠지만.

문석은 속으로 씩 웃었다. 지금 당장 '독수리 5형제' 를 소집하고픈 마음이었다. 고교 동창 절친 다섯으로 결성된 사조직 '독수리 5형제' 는 지구 평화를 위해 싸우는 정의의 사도는 아니지만, '어디선가 누군가에 무슨 일이 생기면' 언제든지 달려오는 의리의 친구들이었다. 멤버들 중 명지그룹 전담 변호사인 황기주는 분명히 뭔가를 알고 있을 것이다.

"친구야, 내가 이소이 씨한테서 눈을 떼는 건 어렵지 않아."

문석은 일부러 거드름 피우듯 잔뜩 점잔을 빼며 말하였다.

"넌 어찌 생각하는지 모르겠지만, 난 정말로 이소이 씨를 '여자' 가 아닌 '상품' 으로 평가 중이거든. 하지만 친구야, 이소이 씨

곁을 맴도는 저 애송이들은 그렇지 않을 거란다. 저들의 80퍼센트는 오늘 밤 이소이 씨를 꼬셔서 밤새도록 즐기기를 바라 마지않을걸?"

"이소이는 내 파트너야."

"물론 그렇지. 보통 때였다면 아무도 네 파트너에게 흑심을 품지 않았을 거다. 애송이들이 철없긴 해도 머저리들은 아니거든. 목숨이 두 개가 아닌 이상, 감히 대(大) '지현규' 님의 파트너를 넘봐서 좋을 게 하나도 없다는 걸 모를 리가 없지. 벗뜨! 지금은 보통 때와는 경우가 다르다. 네가 아까부터 온몸으로 '나는 이소이와 아무 관련이 없음'을 표하고 있으니까."

"내가?"

"줄곧 이소이 씨와 떨어져 다니잖아. 이소이 씨를 사람들한테 소개시켜 주지도 않고. 서로 각자 움직이니 두 사람이 파트너일 거라곤 생각조차 못하지. 혹시 알더라도 긴밀한 관계는 아니라고 여길 거다."

내 걱정은 말거라, 친구야. 내 눈엔 아주 긴밀해 보이니까.

마음속으로 핵심 문장을 슬쩍 덧붙이며 문석은 빙구 웃음을 배시시 지었다. 친구의 미소를 본체만체하며 현규는 인상을 찌푸렸다.

"사실이야. 우린…… 그런 사이는 아니야."

"그래, 그래, 친구야. 사실이겠지. 그렇고 그런 사이는 절대 아니겠지. 그러니까 저런 광경을 봐도 화나지 않을 거야. 그렇지?"

문석은 능구렁이마냥 희희낙락거리며 코냑을 든 손가락을 허공에 콕 찔렀다. 소이가 있는 방향이었다. 현규는 뒤통수가 싸해짐을 느끼며 휙, 돌아보았다. 대학 후배이자 ㈜대건산업의 삼남, 박강원이 눈에 들어왔다. 지금 막 이소이를 끌어당기는 참이었다. 그녀는 거북살스러운 듯 몸을 비비 꼬면서도 강원의 품에 끌려들어 가고 있었다.

"가만있자 강원이 나이가 올해 스물세 살이던가? 얼추 연령대는 맞네. 근데 저 자식, 이미 약혼하지 않았나?"

문석은 가벼운 태도로 친구를 향해 가십거리를 던졌다. 아쉽게도 질문의 답은 들을 수가 없었다. 현규는 이미 자리에 없었다. 그는 문제의 섹시녀로 인해 아수라장이 된 늑대들의 매력 발산 현장으로 돌진 중이었다. 뒤통수가 꼿꼿한 것이 딱 '나는 지금 뿔났음'이었다.

문석은 쾌재를 부르며 신나게 친구의 뒤를 따랐다. 당장 기주에게 연락해 모든 것을 알아내고 말리라, 단단히 결심하고 있었다.

❖

"이럴 거면 파티엔 왜 왔어요?"

아파트 엘리베이터에 올라타자마자 소이는 입을 열었다. 다채로운 감정들이 소용돌이치는 속과는 반대로 목소리는 평온했다. 현규는 그 교교함이 짜증스러운 듯 인상을 찌푸리더니 겨우 한마디 대꾸했다.

"종알댈 생각 마. 지금 기분이 꽝이니까."

자기만 꽝인가. 뜨거운 감정이 밋밋한 감정선을 뚫고 왈칵 치밀었다.

소이는 무려 파티 도중에 끌려 나왔다. 그는 사람들과 즐거운 한때를 보내는 그녀를 질질 끌고 나오는, 몹시 무례하고 야만적이며 몰지각한 짓을 저질렀음에도 아무 설명도 해주지 않았다. 그녀로서는 불쾌감을 표시해도 전혀 오버가 아닌 상황이었다. 그러함에도 그녀는 그를 이해하기 위해 노력했다. 급한 일이 생겼겠거니, 그럴 만한 사정이 있겠거니.

다 부질없는 짓이었다. 애당초 현규에겐 파티장을 뛰쳐나올 화급한 이유가 없었다. 지현규는 그저 파티가 따분했던 것뿐이다. 파티를 즐기는 소이가 눈꼴사나왔겠지. 천박하다며 한껏 무시해주었던 계집이 자신의 텃밭 한가운데에서 '파티의 꽃'으로 등극하는 꼴이 못마땅했던 것인지도.

어쨌든 지현규는 그녀를 파티장에서 끌어냄으로써 '주제 파악하라'란 메시지를 명확히 전달했다. 소이는 수많은 구경꾼 앞에서 인격적 참수를 당하였다. 간만에 느꼈던 행복감과 즐거움은 무참히 파투났고, 오랜만에 되살아난 여성으로서의 자존감도 단번에 박살났다. 모두 게 지현규 때문이다.

나쁜 놈!

"30분이었어요."

비참한 마음을 추스르고, 소이는 이 대목에서 분명히 체크해야 할 문제를 과감하게 언급했다.

"치장하는 데만도 무려 3시간이 걸렸는데, 파티에는 고작 30분밖에 머무르지 않았다고요. 이게 말이 된다고 생각해요?"

"불만이 뭐야? 치장하는 데에 3시간이나 허비했다는 사실? 아니면, 그렇게 창조해 낸 아름다움을 더 많은 사람들 앞에서 뽐내지 못했다는 것?"

"둘 다 틀렸어요. 내가 지적하고 싶은 건, 왜 이렇게 금세 뜰 자리에 날 데려왔냐는 거예요. 내가 아니어도 30분 정도 함께해 줄 여자는 주위에 얼마든지 있잖아요. 굳이 바빠 죽겠는 사람, 달달 볶아 아까운 시간 허비하게 만들면서까지 참석케 한 이유가 뭐예요?"

"내 주위에 여자들이 널렸을 거란 판단은 대체 무슨 근거로 내린 거지?"

"부자잖아요. 당신이 늘 자랑 삼아 말하는 재벌. 재벌3세들은 대개 데이트 상대가 궁하지 않잖아요."

"뭐."

"난요, 파티 한 번 참석하기 위해 몇 시간씩 외모 관리를 받을 만큼 금전적으로, 시간적으로 넉넉하지 않아요. 하루 24시간, 일분일초가 아쉬운 근로자라고요. 한가하게 사람들과 노닥거릴 시간도 없고, 비록 내 돈은 아니었지만 하루치 치장을 위해 어마어마한 돈을 펑펑 지출하는 것도 내키지 않아요. 이깟 파티보다 사무실을 나가는 게 내겐 더 생산적인 일이었을 거예요. 오늘 오후에 있었던 성인용품 쇼핑몰 관계자들과의 미팅에 참석했더라면 차라리……."

"뭐?"

현규가 휙 고개를 꺾었다. 머리카락이 찰랑거릴 정도로 아주 세차게. 그 기세가 어찌나 맹렬하던지 오른쪽 어깨쯤에 서 있던 소이는 움찔했다. 빛을 받으면 클럽 조명볼처럼 현란해지는 그녀의 눈망울이 훅 크게 떠졌다. 마주친 현규의 눈이 사악하리만치 음울한 빛으로 격동했다.

"무슨 소리야?"

"뭐가요?"

"성인용품 쇼핑몰 관계자를 당신이 왜 만나?"

"당연히 일 때문이죠."

"성인용품 모델을 하겠다는 거야, 지금? 당신 미쳤어? 제정신이야?"

"오해하지 마세요. 말이 성인용품이지 보통 속옷과 별반 다를 거 없으니까. 특별히 외설스럽진 않다고요."

"퍽이나."

비아냥거리는 현규의 입술이 시니컬하게 비틀렸다. 아무래도 그는 '성인용품점'에 대해 왜곡된 이미지를 갖고 있는 듯하다. 소이는 눈살을 찌푸렸다.

"믿지 않겠지만 정말이에요. 거의 같은 수준이에요. 디자인이 상대적으로 좀 요란할 뿐이죠. 아무래도 남성을 흥분시키기 위해선 노출이나 소재 면에서 보통 속옷들과는 다른 특징이 있어야 하잖아요? 아이템이 주로 레이스나 망사, 공단 소재의 끈팬티, 슬립 등이에요."

"레이스, 망사?"

"코스프레를 선호하는 이를 위한 앞치마나 가죽 코르셋 같은 것도 있지만 그리 야하진 않아요. 〈핫쇼핑〉이란 곳에서 파는 속옷이 대체로 양호해요. 성인용품이래도 가릴 건 다 가려요."

소이가 주저리주저리 말이 길어지는 가운데 현규는 이를 악물었다. 이소이가 설명을 추가하면 할수록 피가 거꾸로 솟는 것만 같았다. 눈앞에 갖가지 야시시한 속옷을 착용한 수많은 이소이들이 불쑥불쑥 떠올랐다. 레이스 이소이, 망사 이소이, 끈팬티 이소이, 앞치마 이소이…….

그녀들은 요사스런 스마일과 음란한 눈 깜빡임, 가슴과 힙의 관능적인 무브먼트를 선보이며 눈앞을 차례로 스쳐 갔다.

현규는 질끈 눈을 감았다. 사업 관련 서류들을 떠올리는 것으로 흥분을 가라앉혀 보았다. 혹시라도 변태처럼 야시시한 상상을 하다가 흥분했다는 사실을 들킬세라 미친 듯이 자제했다. 하지만 육체는 이미 흥분 상태에 돌입한 후였고, 쉽사리 가라앉힐 수준이 아님을 알고 있었다. 결국 별 수확 없이 번쩍 눈을 떴다. 그리고선 문제의 이소이를 향해 짜증과 분노의 감정을 여과 없이 배설했다.

"시끄러. 아무 말도 하지 마. 난 성인용품점에서 무슨 속옷을 파는지 전혀 궁금하지 않아. 무슨 소재를 사용하는지, 코스프레가 뭔지, 그것이 무슨 변태적 쾌락을 주는지, 전혀 알고 싶지 않다고. 그러니 입 닥쳐. 한마디만 더 하면 가만두지 않을 거야. 알겠어?"

"……."

무식하고 폭압적인, 저열한 협박이었으나, 덕분에 이소이의 입에 재갈을 물릴 수는 있었다. 그녀는 입술을 위아래로 붙이고선 신속하게 고개를 끄덕였다. 의외의 스피디한 순종에 기분이 조금 풀렸다. 비록 아랫도리의 반란은 누그러뜨릴 수 없었지만.

그는 파티장에서 벌어졌던 어처구니없는 사태를 떠올려 보았다.

"형! 이소이, 나한테 넘기면 안 돼?"

머리에 피도 안 마른 박강원이 지껄인 헛소리였다. 순간 현규는 이성을 잃고 주먹을 날릴 뻔했다. 엿 같은 소릴 지껄인 강원에게 화났고, 원인 제공자인 이소이에게도 화가 났다. 스스로 납득할 수 없을 만큼 극도의 분노를 느끼는 자기 자신에게는 더 많이 화가 났다. 박강원은 눈치 없이 지속적으로 소이를 욕심냈다. 인내심이 바닥난 현규는 마침내 그의 입을 봉해 버릴 핵폭탄을 터트렸다.

"이소이는 이미 나와 결혼했어, 박강원."

그 길로 파티장을 나섰다.

박강원이 발설하지 않을 가능성은 전혀 없었으므로, 그의 결혼 소식은 삽시간에 사교계 구석구석 퍼져 나갈 것이다. 사람들은 이소이가 누군지, 뭐 하는 여자인지 알아내기 위해 난리 법석을 떨겠지. 양효주와는 어째서 헤어졌는지, 이소이가 그들 사이에 어떤 영향을 미쳤는지, 날짜와 목격담을 짜깁기하며 온갖 소설과 망상을 펼쳐 낼 것이다. 몇몇 지인들은 벌써 소식을 전해 들은 것도 같았다. 아까부터 문석을 위시한 온갖 지인들의 전화와 문자가 빗발쳐서 현규는 휴대폰을 꺼둔 상태였다.

"에이전시 사장한테 당장 전화해. 계약 해지하겠다고."

"……?"

소이가 눈썹을 훽 치켜 올렸다. 표정이 딱 '난 그럴 생각이 없는데요. 내가 왜 그래야 하죠?' 이다. 하나, 어쭙잖게 입을 열어 뜻을 펼칠 생각은 없는 듯했다. 현명한 처사다. 그는 지금 눈에 뵈는 게 없었다. 그녀가 쓸데없이 호기롭게 반항조로 나온다면 그조차도 자신이 무슨 짓을 할지 몰랐다.

"아마 위약금을 요구할 거야. 얼만지 알아보고 내게 알려. 대납해 줄 테니까. 아니, 아예 계약 해지를 위한 법적 권한 일체를 내게 일임해. 그러는 게 좋겠어. 결혼 사실을 아는 사람과의 일이니만큼 뒤처리가 깔끔해야 하니까. 변호사를 통해 법적 대응을 하도록 하지."

"……."

"나와 결혼해서 사는 동안 모델의 'ㅁ' 자도 꺼내지 마. 이혼 후에도 그건 마찬가지야. 내 아내면 아내답게, 전처면 전처답게 체통과 위엄을 지켜야 해. 좀 더 고상한 삶을 살아야 한다고. 차라리 장사를 해. 위자료를 넉넉히 챙겨줄 테니 그것으로 카페를 하든, 레스토랑을 하든 마음대로 해. 그놈의 삼류 모델 짓만 빼면 뭐든지 다 좋아. 알아듣겠어?"

"저……."

협박의 효과는 오래가지 않았다. 폭풍처럼 쏟아지는 잔소리를 듣고만 있던 소이가 입술을 꼼지락거리기 시작했다. 반박을 위해 슬슬 시동을 거는 거다.

'내 이럴 줄 알았지. 웬일로 잠자코 있나 했다.'

현규는 이소이의 말꼬리를 재빨리 낚아채 심술궂게 덧붙였다.

"그리고 분명히 경고하는데, 아무한테나 실실 웃는 짓은 이제 그만둬. 난 마누라가 헤픈 꼴은 죽어도 못 봐. 용납 못해. 행동거지 똑바로 하도록 해."

"헤프다고요? 내가요?"

"단언컨대 헤퍼. 전체적으로 헤퍼. 기분 나쁘게 들리겠지만 정정할 생각은 추호도 없어. 당신이 헤프다는 건 팩트야."

"내가 뭘 어쨌는데요?"

소이가 눈살을 찌푸리며 멍하게 되물었다. 이토록 황당한 소린 처음이라는 듯. 파티에서 그 많은 남자들을 홀렸으면서 너무 양심 없는 반응 아닌가. 현규는 코웃음을 흘리고선 단호하게 말을 이었다.

"유부녀 주제에 남편이 아닌 외간 남자와 스킨십을 나눴잖아. 남편의 친구들이 득시글거리는 오픈 공간에서 보란 듯이 끌어안고 떠들었어. 보통 아내들은 그런 짓을 안 하지. 오직 헤픈 여자만이 그런 부도덕하고 볼썽사나운 짓을 저질러."

"저기…… 혹시 내가 친구들과 어울리는 게 싫어요?"

"뭐?"

"아니면 내가 인기를 독차지한 게 마음에 안 들어요?"

"인기라고?"

현규는 어처구니없다는 듯 시니컬하게 헛웃음을 털어냈다.

"착각하지 마, 이소이. 멀끔하게 잘빠진 귀공자들한테 둘러싸여 입에 발린 찬사나 들으니 최소한의 지각마저 사라져 버린 모양인데! 당신은 인기가 있었던 게 아니라 싸구려 취급을 당한 거야. 너무 쉽게 봐서 너나없이 접근했던 거라고. 자랑 삼아 얘기할 게 아니라 분개해야 마땅하단 말이야."

"당신 친구들이 쓰레기라는 뜻이에요?"

"누구? 박강원과 그 무리들? 웃기지 마, 그 자식들은 내 친구들이 아니야. 난 그런 애송이와는 친구 안 해. 그리고 설령 그게 인기였다고 해도, 그래서 뭐? 뭘 어쩔 셈이지? 유부녀 주제에 바람이라도 피실 건가?"

"음……."

그럴 생각은 없었다. 오늘 만난 남자들은 하나같이 그녀의 마음을 잡지 못하였다. 다들 잘생기고 멀끔한 상류층 귀공자들이었으나 남자 냄새가 나지 않았다. 부모 잘 만나서 태어날 때부터 보살핌과 배려, 각종 혜택을 누려온 그들은 '온실 속 화초'였다. 가시밭길만큼이나 험난한 인생을 살아왔던 그녀의 눈에 그들은 그저 '키드(Kid)'였고, 그 덕분에 이성으로서의 설렘도 전혀 느낄 수가 없었다. 하지만 그러함을 굳이 현규에게 알릴 필요는 없을 것이다.

소이는 심드렁하고도 가벼운 어조로 중얼거렸다.

"나중을 위해서 킵해두는 거죠, 뭐. 어차피 1년 뒤엔 싱글이 되잖아요."

"그걸 지금 말이라고 해?"

"말이 왜 안 돼요? 어차피 우린 아무 사이도 아니잖아요."

"아무 사이도 아니긴 뭐가 아니야? 아까도 말했듯이 우린 엄연히……!"

그가 험악하게 고함치는 찰나였다. 엘리베이터의 문이 스르르 열렸다. 엘리베이터를 기다리던 아파트 여성 주민이 '헉!' 했다. 순간, 얼음이 된 듯 모두의 호흡이 일시 정지되었다. 소이도 굳고 현규도 굳었다. 여자의 놀란 눈이 소이와 현규를 맹렬히 탐색했다. 명백히 폭력과 공포의 흔적을 뒤지는 시선이었다.

현규는 나직이 욕설을 뱉을 수밖에 없었다. 살면서 이런 불명예스러운 오해를 받는 건 처음이었다. '이게 다 너 때문이다'의 시선으로 소이를 째려보다가, 거칠게 소이의 손목을 낚아채고선 빠르게 엘리베이터를 나섰다.

"저기요…… 괜찮아요?"

뒤에서 여자가 다급하게 말을 건넸다. 걱정이 가득 담긴 말소리. 현규의 기분은 나락으로 떨어졌다. 그 와중에도 소이는 여자를 안심시키고 있었다.

"괜찮아요, 아주머니! 제 오빠가 조금 화나서 그래요. 다혈질이긴 해도 천성은 순하거든요. 전혀 폭력적이지 않으니까 염려 마세요!"

"당신과 난 남매가 아니야."

현규는 저돌적으로 걸으며 잇새로 말을 뱉었다. 그녀에게만 들릴 정도로 작은 목소리였지만 단어 하나하나에 방점이 찍힌 칼날 같은 어투는 울화와 격분을 표출하기에 부족함이 없었다.

"우린 부부라고. 아무리 기간제라도, 그래서 끝이 예정된 사이라도, 우리가 현재 법률적, 도덕적으로 완벽한 부부라는 사실은 결코 변하지 않아. 검은 머리가 파뿌리 되기까지 비가 오나, 눈이 오나 함께하겠다는 의례적인 혼인서약 이외에도 우리가 서로 정조와 지조를 지켜야 할 이유는 차고도 넘쳐."

"……."

"우리나라의 사회 통념은 '결혼한 여자가 남편이 아닌 다른 남자와의 관계를 운운하는 건 지탄받아 마땅하다'야. 그게 상식이지. 그런데 뭐라고? 아무 사이도 아니니까 상관없어? 도대체 어떤 체계로 사고하면 우리가 아무 사이도 아닌 게 되지?"

"그야 우린……."

옆집 아주머니가 엘리베이터 안으로 사라지는 걸 확인한 소이가 드디어 입을 열었다. 개똥철학을 앞세워 쓸모없는 반론을 제기할 것은 너무나도 뻔한 일. 현규는 소이를 휙 돌아보며 말문을 막아섰다.

"심지어 당신은 지금 내 아이를 임신했을지도 몰라. 1년 뒤에 화려한 싱글이 아닌, 자식 딸린 이혼녀가 돼 있을지도 모른다는 거지. 박강원이 애까지 딸린 여잘 원할 것 같아? 그것도 감히 이 지현규의 아내였던 여자를?"

"갑자기 임신 얘기가 왜 나와요?"

"나올 만하니까!"

우기듯이 말해놓고서 현규는 아파트 현관문을 열었다. 인체의 출연을 감지한 현관문 센서가 환히 불을 밝혔다. 그는 환한 불빛 아래로 소이를 거세게 밀어 넣었다.

얼결에 집 안에 들어선 소이는 거실 입구에서 뒤따라오는 현규를 지켜보았다.

그는 세련된 그레이 톤의 슈트와 블랙 넥타이 차림이었다. 늘 느끼는 것이지만 지현규는 슈트가 굉장히 잘 어울렸다. 늘씬한 몸매와 샤프한 외모는 지적인 이미지를, 냉혈한의 시선과 육감적인 입술은 섹시한 느낌을 조성하는데, 슈트는 그러한 그의 양면적 매력을 가장 돋보이게 만드는 장치였다. 오늘 파티에서도 그는 단연 돋보였다.

상대를 지그시 바라보는 그윽한 눈빛, 따스함과 유쾌함이 동시에 배인 은근한 미소. 특히 시크하면서도 세련된 몸짓은 여자로 하여금 그를 완벽한 '남자' 로 느끼게 했다. 그는 눈치채지 못하는 듯했으나, 많은 여자들이 현규에게 유혹의 눈짓을 보냈다. 하나같이 아름답고 우아한 여성들이었다. 알아볼 필요도 없이 화려한 스펙의 소유자들일 것이다. 그녀와는 비교도 되지 않는. 가슴에서 우지끈 지진이 일었다.

"1년 후에나 있을 열애 상대 물색할 정신 있으면."

어느새 집 안으로 성큼 들어선 현규는 소이의 앞에 우뚝 서 있었다.

"병원에 가서 임신 여부나 체크하시지. 시간 낭비할 것 없이 당장 이혼해 버리게."

불쾌함을 담은, 지극히 삐딱한 현규의 말에 소이는 조심스럽게 그와 눈을 맞추었다. 무언가에 굶주린 듯, 갈급함이 광포하게 일렁이는 현규의 눈동자는 온 신경을 소이에게 집중하고 있었다. 다른 무엇에게도 눈곱만큼의 관심도 분산시키지 않고, 오직 소이에게만.

저절로 숨이 죽었다.

재깍재깍.

침묵 속에서 초침이 옮겨갔다.

더워졌다. 집 안 공기는 다소 썰렁한데 몸이 서서히 달아오르기 시작했다.

심장이 세차게 뛰었다. 오목가슴 근처로 익숙지 않은 욱신거림이 찾아들고, 입술은 점점 타들어갔으며, 숨은 가빠졌다. 아랫배 근처서 뜨거운 감각이 소용돌이쳤다. 입에 올리기 부끄러운, 소중하고 은밀한 부위가 축축해지고 욱신거렸다. 노골적인 신체 반응으로 인해 몸의 주인인 소이는 당황하지 않을 수가 없었다.

"동침한 지 겨우 이틀밖에 안 됐어요. 테스트기도 2주 뒤에나 판별 가능해요. 병원에 가도 지금은 임신 여부를 알 수 없을 거예요. 어, 어쩌면 수정이 안 되었을지도 몰라요. 그게…… 엄청나게 희박한 확률이거든요."

"무슨 확률?"

"정자가 난자에 착상할 확률이오."

"뭐?"

"무려 10만 대 1일이래요. 수억 개의 정자 중에 성공적으로 난

자에 도달하는 것들은 겨우 수백 개뿐이에요. 그렇게 살아남은 것들도 난자의 두터운 이중막을 쉽게 뚫지는 못하죠. 난자는 튼튼하고 건강한 정자가 아니면 절대로 출입이 허락되지 않는, 약한 것들에겐 금단의 영역이거든요. 그러니까 그 말은, 당신의 정자 중에서도 아주 우수한 것이어야만 내 속에 들어올 수 있다는 뜻이에요. 우리가 아무리 동침을 많이 해도 당신이 고품질의 정자를 생산하지 못한다면 임신은 불가능한 거죠."

"내 품질이 뭐가 어쩌고 어째?"

현규가 조용히 반문했다. 낮고 굵직한 특유의 음성이 썰렁한 집 안 공기를 흔들었다. 다리 사이에서 퍼덕거리던 욕구의 기운이 거세어졌다. 신음이 목구멍까지 차올랐다. 단전에 힘을 줌으로써 욕망을 배설하는 불상사를 겨우 막아낼 수 있었다.

"난 아직 임신되지 않았을 거예요, 틀림없이."

소이는 태연히 어깨를 으쓱했다.

"우리가 동침한 건 단 이틀뿐이었고, 또 당신의 그것이 최상의 품질일지는 아직 확신할 수 없으니……."

그때였다.

현규가 전광석화처럼 빠르게 손을 뻗어 그녀를 낚아챘다. 속수무책으로 품속으로 끌려오는 소이의 입술을 삼키기 전, 그는 씹어 뱉듯 한마디 던졌다.

"닥치시지."

제7장 공주님과 머슴

토요일.

빗소리에 잠에서 깼다. 소이는 무거운 눈꺼풀을 겨우 들었다. 실내는 아직 밤처럼 어둠에 휩싸여 있었다. 커튼 사이로 새어드는 가느다란 햇살만이 유일한 빛이었다. 창문은 주룩주룩 내리는 세찬 빗줄기의 잔해들로 얼룩져 있다. 협탁 위의 휴대폰을 집어 들었다. 시간을 확인하고 놀랐다.

오전 10시 20분.

이렇게 늦잠을 잔 건 몇 년 만에 처음이었다. 평소에는 늘 새벽에 일어나 헬스를 했다. 아침부터 밤까지 노상 바쁘기에 운동 시간은 새벽뿐이었다. 결혼한 후에는 비교적 여유가 있어 느지막이 일어났었으나, 그래도 아침 8시를 넘긴 적은 없었다. 어젯밤에 너무 무리했나?

"아아……."

서서히 몸을 움직이자 통증이 밀려왔다. 온몸의 근육들이 비명을 질러댔다. 전날 소화했던 어마어마한 운동량과 해괴망측한 체위들을 고려해 보았을 때 몹시 지당한 결과였다. 내심 제대로 걸을 수 있을지 의문스럽기까지 했다.

"내 품질에 대해 다시는 의심치 못하게 해주지."

그녀를 침대로 내동댕이친 후 그가 한 말이었다. 그리고 정말로 그렇게 했다.

포장지처럼 드리워진 아름다운 드레스를 찢어발기듯 개봉했고, 얇디얇은 속옷 위로 탐욕스런 입술을 묻었다. 그녀를 극한의 쾌감으로 산산이 부서지게 하고는, 절정의 여파가 채 가시기도 전에 또다시 절정하게 했다. 똑같은 과정은 끝없이 이어졌다. 침실뿐 아니라 욕실, 소파, 와인바, 거실 바닥에서. 심지어 주방에서 일을 치르기도 하였다.

그는 거의 짐승처럼 달려들었다. 손길 한 번, 키스 한 번조차 약탈자의 그것처럼 거칠고 탐욕스럽고 잔인했다. 한데도 소이는 저항 한 번 하지 않고 그를 받아들였다. 그가 일방적으로 성을 착취하는데도, 느껴지는 것은 굴욕과 비참함이 아닌 '쾌감'이었다. 만족감, 기쁨뿐이었다, 불행히도. 그녀는 적극적으로 허리를 굴리며 그와 호흡을 맞추었다. 밤새도록 끝없는 쾌락의 늪에서 환희의 비명을 질렀다.

"미쳤던 걸까……."

휴대폰의 부재중 메시지 목록을 바라보며 멍하게 중얼거렸다.

결혼식 들러리를 서주었던 하영신의 메시지가 와 있었다.

「통 연락이 없어서 메시지를 보내. 괜찮은 거지? 별일 없지? 그 남자는 어때? 너한테 잘해주니?」

「보고 싶다, 우리 소이.」

2분 간격으로 날아온 메시지들에 걱정과 우려가 담겨 있다. 울컥 감정이 쏠렸다. 철벽같던 마음에 균열이 생겼다. 그 어떤 것에도 흔들리지 않던 결심이 썩은 이처럼 조금씩 흔들렸다. 영신에 대한 걱정, 현규를 향한 마음의 동요가 강하게 그녀의 등을 떠밀었다. 여기 계속 있으면 위험하다고, 너만 다칠 거라고, 당장 이곳을 떠나라고.

마음 한구석에 자리한 이성의 목소리가 도망을 부추겼다.

"아직은 안 돼. 아직은."

참아야 한다. 참을 것이다.

1년만 버티면 90억이 손안에 떨어진다. 그거면 지금껏 꿈꿔왔던 모든 것들을 다 이룰 수 있다. 그 성취감에 비하면 365일간의 결혼 생활은 작은 희생에 불과했다. 그동안 가해질 감정의 폭력은 여태까지처럼 무시하면 된다. 묵묵히 견디면 된다. 그깟 감정 따위, 없는 사람으로 살면 된다. 철이 들면서부터 늘 해왔던 일이니 어려울 것도 없다.

답장을 보내기 위해 손가락을 움직이다 '미래희망 산부인과' 라는 문구를 발견했다. 결혼식 직후 그들에게서 메시지를 받았던 사실이 떠올랐다. 검진 결과가 나왔으니 내원하여 확인하라는 메시지였다. 어째서 이런 중한 문제를 까마득히 잊고 있었을까.

「잘 지내고 있어, 언니. 회장님도 나한테 잘 대해주고 지현규 씨도 친절해. 그 사람은 임신이 빨리 되면 굳이 결혼 생활을 계속할 필요 없다고 생각해. 운이 좋으면 몇 달 내로 임신할 거고, 그럼 곧 집에 돌아갈 수 있어. 걱정하지 말고, 내가 돌아갈 때까지 몸이나 잘 추슬러. 조만간 수술 날짜 잡자. 내가 한가할 때 전화할게. 그때 봐.」

영신의 메시지에 답변을 보내고 침대를 빠져나왔다.

욱신거리는 다리를 끌며 욕실로 향했다. 뜨거운 물로 샤워하고, 개중에 단정한 블라우스와 슬랙스로 갈아입었다. 눈 밑에 드리운 다크서클을 파운데이션으로 가리고, 입술에는 핑크빛 립스틱을 덧발랐다. 커튼처럼 드리워졌던 피로가 조금은 누그러져 뵈는 것도 같다. 입술 끝을 움직여 미소를 그려보니 조금 더 화사해 보인다. 현규는 아마 그녀가 느끼는 당혹감과 절망감을 절대로 눈치채지 못할 것이다. 소이는 그 얼굴 그대로 방을 나섰다.

커피를 머그컵 한가득 따라 든 현규는 주방을 나서다가 멈칫 발걸음을 멈추었다. 이소이가 막 들어서고 있었다.

눈이 번쩍 뜨였다. 화창한 봄날에 따스한 볕을 쬐듯 상쾌함과 아늑함이 온몸을 에워쌌다. 축 처졌던 육체에 활력이 돌았다. 지치고 찌뿌듯했던 몸이 단번에 발기됐다. 마치 충전기에 꽂힌 배터리마냥. 이소이가 에너지원이라는 건 두말하면 잔소리다.

"벌써…… 일어났네요? 잘 잤어요?"

소이는 어색하게 말을 건넸다. 갑자기 마주친 이 상황이 편치만은 않은 듯 몸을 조금씩 뒤틀어대고 있었다. 그녀가 몸을 흔들 때마다 아랫배 근처는 점점 더 굳어갔다. 욕망의 하수인은 음흉한 기대감을 드러내며 마구 꿈틀대었고. 그는 노련하게 자세를 바꿈으로써 소이가 눈치챌 가능성을 원천 차단했다. 그리고선 홀짝, 뜨거운 커피를 한 모금 넘기며 아무렇지도 않게 응수했다.

"별로. 당신은 푹 잔 것 같군. 좋아 보여."

"네, 뭐 그럭저럭요."

"커피 줄까?"

"아…… 니에요. 내 건 내가 알아서 챙길게요."

뒷말은 생략했지만 그녀가 원하는 바를 눈치채지 못할 현규가 아니었다. 소이는 그가 어서 꺼져 주길 바라고 있었다. 함께 밤을 보낸 여자가 안면 몰수한다는 건, 단 한 가지만을 의미한다.

후회.

이소이는 후회 중이다. 어젯밤의 행각들을 모조리 없었던 일로 치부하고 싶은 거다. 그의 품에서 산산이 부서졌던 것을, 그 어느 때보다도 적극적으로 움직였던 것을, 천국의 문턱에서 감격의 눈물을 터트렸던 것을, 모두 부정하려는 것이다.

'뭐, 그럴 수도 있겠지.'

그에겐 우주의 빅뱅과도 맞먹을 환희가 소이에겐 평범한 오르가슴이었는지도. 그에겐 두 번 다시 느낄 수 없을 소중한 경험이 소이에겐 어떤 남자와도 가능한 흔한 일이었는지도. 그에겐 삶의 지표가 흔들릴 만큼 어마어마한 순간이었지만 소이에겐 종종 느껴왔던 싸구려 쾌락이었는지도 모른다. 사람의 경험 수치는 모두 제각각이고, 그 때문에 생기는 감동의 편차는 당연한 것이니, 그가 불쾌해할 이유는 없었다. 불쾌하지 않다. 정말이다.

그가 이번 일로 얻을 감정의 데미지는 제로에 가깝다.

"그럼 난 일이 많아서."

"아! 네."

대화를 서둘러 갈무리하고 서로의 갈 길을 찾아 움직였다. 그는 주방 밖으로, 그녀는 주방 안으로 각자의 발을 내밀었다. 움직임은 거의 동시에 이뤄졌고, 거의 동시에 정지했다. 화약고만큼이나 위험한 서로의 몸이 충돌하기 직전이었다.

"……."

"……."

눈동자를 굴려 그녀 쪽을 보았다. 난감하게도 제일 먼저 가슴이 눈에 들어왔다. 그녀는 가슴의 풍만함을 가리기 위해 품이 넉넉한 디자인의 블라우스를 차려입은 듯했지만, 안타깝게도 속옷의 윤곽까진 감추지는 못했다. 촘촘한 레이스의 고혹적인 브래지어가 훤히 들여다보였다.

손이 근질거렸다. 이것이 얼마나 탐스러운지, 손안에 얼마나 착감겨왔는지, 그 열매가 얼마나 달콤했는지가 차례대로 떠올랐다. 온몸이 화끈거렸다. 이미 돌출된 특정의 신체 부위는 특히나 더 화끈거렸다. 현규는 토하듯 간신히 말을 뱉었다.

"먼저 들어가."

"나갈 사람이 먼저 움직여야죠."

"먼저……!"

먼저 들어가라면 들어가!

소리치고픈 충동을 꾹 눌렀다. 왜 한마디도 지지 않으려 하는 것이냐고, 왜 시키는 족족 거부하느냐고, 네가 뭔데 내 심기를 이토록 쥐락펴락하는 거냐고, 고함질러 주고 싶은 걸 잘 참아냈다. 조심스레 움직여 그녀와의 간격을 벌렸다. 이소이도 행여 옷깃이라도 스칠까 허리를 뒤로 젖히며 그로부터 상체를 멀리 떼어냈다. 바로 그때였다.

번쩍!

하늘에서 섬광이 번뜩였다. 소이는 깜짝 놀라 균형을 잃고 꼬꾸라졌다. 현규는 반사적으로 손을 뻗었다. 다행히 그녀를 품에 안아 올릴 수는 있었으나, 지구의 중력을 거스르기엔 너무 늦어버린 후였다. 두 사람은 몸이 겹쳐진 채로 우당탕, 식탁 테이블 위로 쓰러졌다. 하필 그는 소이의 가슴골에 코를 받았다.

"헉, 헉, 헉……!"

소이가 격렬히 숨을 몰아쉬었다. 그녀의 가슴이 오르락내리락 세차게 흔들리는 것이 느껴졌다. 그녀의 심장이 쿵쾅거리는 소리도 들렸다. 빌어먹을, 속으로 중얼거리며 질끈 눈을 감았다. 실수였다. 시야를 차단하니 바디클렌저의 꽃향기가 더욱 맹렬히 코를 찔렀다. 아찔해졌다. 하체가 더욱 단단해지면서 당장이라도 바지를 뚫을 듯 몸집을 부풀렸다. 이대로 그녀를 점령하고픈 욕구가 맹렬히 솟구쳤다.

관능적인 주름과 꿀물이 가득한 샘 속에 몸을 담그고 탐욕의 자맥질을 이어가고 싶었다. 미친 듯이 내달리고 또 내달려, 그녀가 또다시 애원토록 만들고 싶었다. 매달리고 또 매달리게 하고 싶었다. 어젯밤 그랬던 것처럼.

새벽 6시.

현규는 어둠이 내려앉은 식탁 앞에 우두커니 앉아 있었다. 주위는 조용했다. 곁에 아무도 없었다. 재깍재깍 흘러가는 시간만이 존재했다. 앞선 수차례의 섹스로 인해 온몸이 녹초였고 수면욕도 강했지만, 이상하게 잠이 오지 않았다. 심란함? 번잡함? 딱 꼬집어 얘기할 수 없는, 어떤 한 자락의 감정이 내면에서 소용돌이쳤다.

그의 명상은 소이의 등장으로 깨어졌다. 그녀는 그를 눈치채지 못한 채 슥슥, 게으른 걸음으로 주방에 들어섰다. 놀랍게도 알몸이었다. 그와 마찬가지로. 그녀를 볼 때마다 본능적으로 끓어오르는 음욕이 어김없이 일어섰다. 기름에 던져진 성냥불처럼 화르륵 타올라 그의 이성과 본능을 동시에 집어삼켰다. 미친놈처럼 자리에서 벌떡 일어나 그녀를 뒤에서 끌어안았다.

"아앗!"

덮쳐진 소이는 잠깐 놀라 비명만 질렀을 뿐, 곧 순순히 그를 받아들였다. 묵묵히, 자신의 본분인 양, 시키는 대로 엎드리고 다리를 벌렸다. 남자에겐 모욕적으로 느껴질 만큼 그 반응은 차분했다. 하나, 오래가지는 않았다. 그녀는 절박하리만치 간절히 애원하기 시작했다.

"빨리요. 빨리 나를…… 윽, 흐흑!"

그가 자궁 저 끝까지 깊숙이 스스로를 파묻은 채 꿈쩍하지 않자 소이는 허리를 뒤틀었다. 움켜쥔 두 주먹을 입안으로 밀어 넣으며 온몸을 후려쳐 오는 감각의 폭풍을 견뎌내고 있었다. 그는 안쓰러울 정도로 파르르 떠는 소이의 허벅지를 천천히 쓰다듬었다. 새벽 달빛에 반사된 새하얀 엉덩이는 생물(生物)을 머금은 채 속절없이 흔들렸다. 그 색정적인 몸짓을 물끄러미 내려다보며 그는 중얼거렸다.

"야하군. 너무 밝히는 거 아닌가."

"으, 으으음……!"

"너무 꽉 조이지 마. 날 충동질하면 다치는 건 당신이야."

"제발…… 그냥 해요. 어서요!"

"여기, 아프지 않아?"

허벅지 안쪽으로 중지를 밀어 넣으며 물었다. 발기물(勃起物)을 삼키느라 한껏 벌어진 꽃잎을 느릿느릿 문질렀다. 소이는 꺅, 짧게 소리치며 더욱 세차게 몸을 뒤척였다. 치받치는 욕정과 채워지지 않음에 대한 불만, 갈증이 그녀를 완전히 정복한 듯했다.

"아프지 않아요. 괜찮아요. 그러니까 빨리, 어서……!"

"당신이 움직여 봐. 자립이 당신 꿈이라며."

무심히 대꾸하며 꽃잎 사이를 배회하던 손가락을 더 위로 미끄러뜨렸다. 한껏 달아올라 음란하게 툭 불거진 감각의 핵이 손끝에 걸렸다. 천천히 눌렀다. 아프지 않게. 그러나 날카롭고도 강렬한 쾌감을 느낄 만큼 세차게. 그에게 뚫린 채 후드득후드득 꿀 즙을 흘리는 꽃길이 욱신욱신 게걸스레 옴질거릴 만큼 강렬하게.

"흐흑, 흑! 제발……!"

"날 원하면 스스로 움직여."

손톱으로 핵을 긁었다. 뭉툭한 손끝으로 가볍게 굴리다가 다시 꾸욱 눌렀다. 움찔, 엉덩이가 흔들린다. 나약한 여인의 손이 다급히 뻗어 나와 그의 팔뚝을 움켜쥔다. 더 해주길 바라는 성마른 제스처였지만 서두르지 않았다. 아직은 호의를 베풀 마음이 없었다. 좀 더 안달하도록 천천히 문지르고 긁기를 반복했다.

"허리를 움직여."

"으으응, 으응……!"

머리를 테이블에 박은 채로 소이는 세차게 도리질을 했다. 그는 도톰한 둔덕의 살점을 부드럽게 움켜쥐었다. 손안에 들어온 향긋한 살점을 흔들자 소이의 허리가 전기 충격을 받은 듯 파르르 흔들렸다. 또다시 핵심을 손가락과 손가락 사이에 넣고 괴롭혔다.

"엉덩이를 흔들어. 날 먹어치워. 해주기만을 바라지 말고 직접 움직여서 날 가져. 어서."

나른한 주문이 뜨거운 밤공기 사이를 흘렀다. 이제 손가락은 남녀의 두 육체가 이어진 곳을 파고들었다. 빈틈없이 완전히 맞물린 입구를 비집고 들어가기 시작한다.

한 개, 두 개…….

"아아아아!"

소이는 길고 높은 비명을 내질렀다. 태풍처럼 덮쳐 오는 쾌감을 온몸으로 맞이하며 허리를 뒤틀었다. 발끝이 오므려졌다. 그의 팔뚝을 할퀴는 손길도 거칠어졌다. 목이 쉴까 염려될 만큼 세차게 헐떡이며 소리쳤다. 그녀는 거의 넋을 놓은 듯했고, 그도 더 이상은 참기 힘들어졌다.

그제야 스스로를 옭아맸던 자제의 족쇄를 풀었다. 원초적이고도 탐욕스러운 그의 짐승은 잔인할 정도로 완벽하게 이소이를 정복했다. 마지막 한 방울까지 쥐어짜 모조리 흡수하여 고갈시켰다. 그녀가 열정을 모두 소진할 때까지 마시고 또 마셨다. 마지막엔 거의 동시에 절정을 맞이했다. 그리고 처음 느끼는 완벽한 일체감의 짜릿함을 맛보았다.

소이는 쾌감에 겨워 몸부림을 쳤다. 그런 그녀를 꽉 끌어안았다. 가슴이 뜨끈해졌다. 그녀에 대한 감정이 물밀듯 차오르면서 벅찬 감동이 밀려왔다. 심지어는 돌이킬 수 없는 실수를 저지를 뻔했다. 너무 감격한 나머지 하마터면 그녀에게 고백할 뻔한 것이다.

'사랑해' 라고.

"고마워요. 덕분에 넘어지지 않았어요."

망설이는 말소리가 아득한 정신을 현실로 불러들였다. 현규는 퍼뜩 놀라 몸을 뗐다. 순식간에 얼굴이 달아올랐다. 이소이도 뺨을 붉혔다. 그녀 역시 어젯밤의 일을 떠올렸던 게 분명했다. 현규는 커다란 손으로 얼굴을 쓸어내며 쓸모없는 말을 더듬더듬 읊었다.

"뭐, 음, 그래, 그럼……."

소이는 팔을 뒤로 젖힌 채 몸을 가누는 중이었다. 가슴을 내미는 자세 때문에 블라우스 단추와 단추 틈이 찢어질 듯 벌어진 채였다. 현규는 재빨리 눈을 감고 외면했다. 하지만 불행히도 감은 눈앞으로 야릇한 시선과 농염한 자세의 이소이가 불쑥 떠올랐다.

음란 마귀 같은 여자!

"안 가세요……?"

음란 마귀가 물었다. 저의 따위 없는 조심스럽고 차분한 억양이었지만, 그에겐 에로틱한 비음과 신음이 절묘하게 뒤섞인 유혹에 불과했다. 현규는 이를 악물며 분연히 유혹을 떨쳐 냈다.

"가! 간다고!"

주먹을 부들부들 떨며 그는 가까스로 주방을 빠져나왔다.

❖

12시까지 일에 파묻혀 지냈다. 번쩍번쩍 현란한 하늘과 그래서 더 음울하게 느껴지는 형광 불빛 아래에서, 서류를 뒤적이고 또 뒤적였다.

대부분의 시간은 서울시 개발 프로젝트 건에 쏟았다.

양효주와의 결혼이 물 건너간 지금, 사업 계획을 재정비해 개발 방향을 다시 설정할 필요가 있었다. 화려한 마스터플랜보다는 생활밀착형의 실용적인 기획이어야 했다. 조금 더 주도면밀하고 완벽한, 거기에 감성적인 접근을 더한다면 서울시 장기개발 프로젝트의 개발권을 손에 넣을 수 있을 것이었다. 현규는 조만간 태스크포스 팀을 꾸려야겠다고 생각하며 커피 잔을 기울였다.

똑똑.

잔이 비었다는 것을 알아챘을 때 노크 소리가 울렸다. 이 집의 거주자는 단둘뿐이니 노크의 주인공은 이소이였다. 두뇌가 '이소이'를 인지하는 순간, 자동으로 아래가 발작을 일으켰다. 육체에 배신감이 들 만큼 몹시도 즉각적이고 강력한 반응이었다. 기막힌 얼굴로 그것을 노려보고 있자니 끼이익, 문이 열렸다.

"현규 씨?"

허스키하게 가라앉은 그녀의 목소리가 들리자마자 놈이 다시 반응했다. 아프도록 단단해지는 바람에 저도 모르게 신음을 흘릴 뻔했다. 짜증이 나서 신경질적으로 두 눈을 훅 치켜떴다. 빠끔히 열린 문틈으로 소이가 얼굴을 디밀고 있었다. 저돌적으로 물었다.

"왜?"

"어, 그냥…… 식사할 거냐고 물어보려고요."

"생각 없어."

"김치전은요? 방금 몇 장 부쳤는데 맛이 괜찮아요."

"……."

"비 오는 날엔 김치전이잖아요."

이소이는 '나는 당신과 싸울 생각이 전혀 없다'는 듯 배시시 웃었다. 몹시도 일상적인 태도였다. 둘 사이에 아무 일도 없었다는 듯, 어젯밤 섹스 따윈 대수롭잖은 일이라는 듯. 배알이 뒤틀렸다. 누군 이소이만 보면 반응하는 쇠꼬챙이 때문에 괴로워 죽을 지경인데, 어젯밤의 일을 잊기 위해 이토록 필사적인데, 그런 그의 앞에서 저렇게 태연히 웃다니! 양심도 없지.

속으로 중얼거리며 현규는 이소이를 태워 버릴 듯 맹렬히 노려보았다.

"안 먹어."

"배 안 고파요?"

"안 고파."

신경질적으로 거절을 재차 확인했다. 그리고선 '더 이상 할 말 없지?' 의 시선을 싸늘하게 던졌다. 그녀의 반응을 기다리지 않고 곧장 서류에 코를 박았다.

재깍재깍…….

침묵 속에서 시간이 흘렀다. 현규는 잠자코 기다렸다. 이소이가 눈앞에서 사라지기를. 그리하여 심리적, 육체적 번뇌에서 해방되기를 간절히 바랐다. 하지만 쭉 망설이던 이소이가 그에게 던진 것은 백기가 아니었다.

"오늘은 계속 집에서 일할 거예요?"

"그래."

"나한테 시킬 일은 더 없어요?"

"없어."

"그럼 난 쉬어도 되는 건가요?"

"돼."

"외출은요?"

"마음대로. 뭐? 외출?"

기계적으로 대답하다가 퍼뜩 고개를 쳐들었다. 인상 팍 썼다. 설마 또 스튜디오에 나갈 셈? '나가기만 해, 절대로 가만두지 않을 거야' 따위의 비신사적인 협박 멘트를 날리기 위해 입을 열었다. 그때, 그가 무슨 생각을 하는지 다 안다는 듯 이소이가 히쭉 개구쟁이 같은 웃음을 지었다.

"스튜디오엔 안 가요. 쉬라면서요. 내게 스튜디오 작업은 일이에요. 체력적으로 얼마나 힘든데요. 일주일 내내 집안일 하느라 힘들었으니 오늘은 당신 말대로 푹 쉴래요. 모처럼의 주말이니 밖에 나가서……."

"이런 날씨에 어딜 나가겠다는 거야? 이 장대비 속에서 피크닉이라도 즐길 건가?"

"어디든 집 안에 틀어박혀 있는 것보단 낫겠죠."

"그냥 집에 있어. 비 맞고 돌아다니다가 괜히 감기 걸리지 말고."

"걱정 마요. 내가 알아서 해요."

"이봐, 이소이……."

인상을 쓰고, 만사가 귀찮다는 듯 느릿느릿 입을 열었다. 이런 날씨에는 야외 놀이도 못할 거고, 혼자 돌아다니면 스스로 청승맞게 느껴져 기분 전환은커녕 오히려 우울해지기만 할 것이라는, 나름 그녀를 위한 진지하고 점잖은 충고를 해줄 작정이었다. 하지만 채 입이 떨어지기도 전에 쿵, 발칙하고 예의 없이 문이 닫혀 버렸다. 이건 백기가 아니라 홍기였다. 성난 황소 앞에 붉은 깃발을 흔들고 나가 버린 격이었다.

현규는 손에 들린 머그컵을 딱, 소리 나게 내려놓았다.

갑자기 웬 허섭스레기 같은 놈과 이소이가 빗속의 데이트를 즐기는 모습이 떠올랐다. 작은 우산 아래에서 두 연놈이 찰싹 붙어 시시덕거릴 거라고 생각하니 짜증이 탱천했다. 손가락을 세워 거칠게 머리카락을 긁어 올렸다.

벌떡 자리에서 일어났다. 이소이를 무슨 수를 써서라도 붙잡아 둬야 한다는 생각으로 머리가 꽉 찼다. 곧장 하나의 묘수가 떠올랐다. 변강쇠의 것에 빙의된 것처럼 껄떡거리는 신체 일부분과 아내의 이성 교제에 필사적으로 반(反)하는 남성적 자아를 동시에 충족시켜 줄 완벽한 방법!

손가락을 튕기며 막 책상을 돌아 나가는 순간이었다. 서재 문이 벌컥 열리며 또다시 이소이가 고개를 들이밀었다.

"현규 씨?"

멈칫. '동작 그만' 을 명받은 군인처럼 온몸이 뻣뻣하게 굳었다. 자연히 말도 무뚝뚝하고 공격적으로 나갔다.

"뭐? 왜?"

"생각해 보니 집에서도 재미있게 놀 수 있을 것 같아서요. 나랑 같이 놀래요?"

도발적인 제안을 깜찍하게 던지고서 이소이는 남자라면 도저히 거부할 수 없을, 애교 만점 초승달 눈웃음을 발사했다. 순간 상상 속 큐피드가 하트가 달린 화살을 쏘았다. 심장을 저격당하는 찰나, 현규는 험악하게 인상을 썼다. 손으론 왼쪽 가슴을 틀어쥐고 있었다.

1시간 후, 넓은 거실 바닥에 가부좌를 튼 현규의 표정은 살벌하게 일그러져 있었다. 십조짜리 중국 진출 사업을 타진할 때보다도 훨씬 심각한 상황인 듯 입술을 잘근잘근, 미간을 꾸무럭꾸무럭, 발가락은 까딱까딱했다. 초조, 불안, 신경과민으로 보이는 현규의 상태와는 반대로 이소이는 방실방실 여유가 만만했다.

"아주 타짜 나셨군 그래."

마침내 패배를 시인하며 현규는 바닥에 두툼하게 깔린 이부자리 위로 화투짝을 내던졌다. 흑사리 껍데기와 목단 하나를 끝까지 틀어쥐고 있었지만 승패는 사실상 진작부터 기울어져 있었다. 이소이의 발치에는 수십 개의 화투짝이 무리 지어 늘어져 있었다.

"아버지가 잘하셨거든요. 서당 개 삼 년이면 풍월을 읊는다잖아요. 어깨 너머로 슬쩍슬쩍 배운 게 준프로급이에요. 어디 보자, 일단 홍단이고요. 삼광, 고도리, 피 12개, 파이브 고. 도합 205점이네요. 점당 백 원이니까 2만 500원 되겠습니다."

"이게 어깨너머로 배운 서당 개 수준이면 아버진 대체 얼마나 잘하셨다는 거지? 정말 타짜셨나?"

"아마도? 잘나가실 때는 집 한 채를 따오시기도 했으니까요."

"집 한 채? 뭐야. 설마 전문 도박꾼?"

찌뿌듯한 얼굴로 중얼거리며 현규는 지갑에서 만 원짜리 석 장을 꺼내 휙 내던졌다. 돈을 거슬러 주려 하자 됐다며 마구 손사래를 쳤다. 절대로 그럴 수는 없었다. 계산은 철저하게. 그게 이 바닥의 룰이었다. 소이는 커다란 그의 손바닥 위에 천 원짜리 지폐 9장과 오백 원짜리 동전 하나를 내려놓고 꼭 쥐어주었다.

“그냥 도박 중독자셨어요. 프로 도박꾼이라기엔 도박으로 너무 많은 것을 잃으셨죠. 아마추어 실력으로 천당과 지옥을 동시에 오갔던 분이니 운이 좋은 케이스랄까.”

“천당과 지옥?”

“크게 딴 다음날은 꼭 그 배를 잃으셨거든요. 오늘 집 한 채를 따면, 다음날은 두 채 값을 잃는 식이었어요. 점점 빚이 쌓여갔죠. 몇 년 만에 운영하던 자그마한 공장마저 잃고 마셨어요.”

“저런.”

“덕분에 가족 모두가 길거리에 나앉았죠. 심약하셨던 엄만 충격으로 쓰러지셨고, 투병 3년 만에 판잣집 냉골방에서 숨을 거두셨어요. 내가 고작 초등학교 3학년 때의 일이에요. 그때가 지옥 같은 내 인생의 시작이었죠.”

소이는 화투장을 섞으며 초연하게 말을 이었다. 영신을 제외하곤 누구에게도 털어놓은 적 없는, 결코 자랑스럽지 않은 얘기였지만. 수치스럽지 않았다. 자존심이 상하지도 않았다. 이제 그만해야겠다 싶으면서도 입이 절로 줄줄, 아픈 과거를 털어놓았다. 현규가 동정과 연민의 눈으로 빤히 바라보는데도 멈출 수가 없었다. 그녀는 식겁한 얼굴의 현규를 빤히 바라보며 피식 웃었다.

“그렇게 보지 말아요. 도박과 술을 좀 과하게 즐기시긴 했어도 아버진 비교적 괜찮은 가장이셨어요.”

“노름빚에 가족들을 사지로 몬 아버지가 나름대로 괜찮은 가장이었다고?"

"가족에게 헌신적이셨거든요. 엄마와 날 위해서라면 목숨이라도 내놓을 수 있다고, 늘 입버릇처럼 말씀하셨어요. 다른 건 몰라도 아버지의 그 진심만은 의심하지 않아요. 알코올중독으로 정신이 오락가락하게 되기 전까지 아버진 정말로 내게 지극정성이셨어요."

"알코올중독까지?"

"요즘 흔히들 말하는 '딸 바보'였어요. 평소에도 나라면 끔뻑 죽었죠. '우리 소이 공주님' 하시면서 날 무릎에 앉혀놓고 옛날 얘길 해주시곤 하셨어요. 힘없는 나라의 외로운 황제와 그의 한 많은 황후의 얘기였는데, 슬프고…… 아쉽고, 안타까운 얘기였어요. 들을 때마다 닭똥 같은 눈물을 뚝뚝 흘렸던 것 같아요. 아버진 그게 우리 집안의 사연이라고 하셨죠."

"집안의 사연……?"

"학교에서 역사 수업을 들으면서 알게 됐어요. 아버지가 들려주셨던 이야기 속의 '외로운 황제'가 조선의 마지막 왕이자 대한제국의 초대 황제인 고종이었다는 것을요."

"그럼 한 많은 황후는……."

"명성황후시죠. 웃기죠?"

"뭐."

비웃고 물어뜯을 절호의 기회임에도 현규는 별다른 반응을 보이지 않았다. 애매하게 응수하고 생각이 많은 눈으로 그녀를 빤히 바라본 게 다였다. 혹시라도 '아버지께서 알코올중독으로 제정신이 아니었네' 라든지, '설마 의지박약자의 허황된 스토리를 곧이곧대로 믿었던 건 아니지?' 와 같은 차가운 독설이 날아올까 봐 마음의 준비를 단단히 해두었던 소이는 한순간에 맥이 풀려 버렸다. 동시에 가슴에서 뜨끈한 감정이 피어올라 파문처럼 물결쳤다.

소이는 말간 시선으로 빤히, 정말로 빤히, 그를 바라보며 빙긋 웃었다.

"우리 아버진 술에 취하면 늘 '내가 고종의 자손이다' 고 술주정을 하시곤 했어요. 사실을 고백하자면, 어렸을 땐 그 말을 믿었어요. 아버지가 몰락한 제국의 후손이고, 나 또한 그런 거라고. 언젠가 나라가 바로 세워지면 이 끔찍한 현실에서 벗어나게 될 거라고."

"……."

"믿어야만 했어요. 어린 내게는 알코올 중독자 아버지로부터 병든 어머니를 지켜야 할 힘이 필요했거든요. 언젠가 공주가 되어 지긋지긋한 판자촌을 떠날 거라는 믿음이 어린 시절의 유일한 희망이었어요. 철이 드니 알겠더군요. 아버지의 옛날 얘긴 그냥 헛꿈이었다는 것을."

"……."

"아버지께선 아마도 우리 집안이 세도가에 종친이어서 '그럴 수도 있지 않을까?' 생각하셨던 것 같아요. 과거에 못 살았던 사람 있냐 하겠지만, 우리 집안은 나는 새도 떨어뜨린달 정도로 엄청난 권세를 누리던 집안이었대요. 여섯 명의 정승과 두 명의 대제학을 배출했고, 지금의 명동성당 근처 대부분의 땅을 소유한 거부였다더라고요. 경술국치 이후 증조부님께서 독립운동에 투신하면서 집안이 급격히 몰락했대요. 현시가로 수천억에 달하는 재산을 정리해 모두 독립운동 자금에 보태셨다더군요."

"독립운동 얘긴 들었어. 훌륭하다고 생각해."

"다들 존경스러워하는 우리 증조부님을 아버진 원망만 하셨어요. 증조부 때문에 후손들은 가난을 대물림받았거든요. 술만 마셨다 하면 고래고래 소리치셨죠. 당신이 모든 걸 바쳐 간절히 지키길 원했던 조국이, 우리에게 해준 게 뭐냐고. 가진 재산과 목숨까지 바쳤지만 돌아온 건 지긋지긋한 가난뿐이지 않냐고."

"……."

"아버진 증조부님을 이해 못하셨지만 난 아니에요. 그분께선 그만큼 절박한 심정이셨을 거라고 생각해요. 나라를 잃는다는 건 상상도 할 수 없었겠죠. 대의를 위해 일신의 안위와 영달을 내버리는 것은 그분 입장에선 당연했어요. 조국의 독립에 목숨을 거셨던 분이잖아요. 후일을 걱정할 만큼의 여유도 없었을 거예요. 자손들이 가난과 함께 남겨져 고통받을 것이 아니라, 난민으로 떠돌아다닐 것을 걱정했겠죠. 아니면 타국의 언어와 역사를 배우는 타국민으로 살게 될 것을 걱정했거나."

"억울한 마음은 전혀 없어? 그 많던 재산을 물려받지 못한 것에 대해."

"그토록 애쓰셨는데 후세의 평가가 제대로 이뤄지지 않는 점에 대해서는 안타깝지만, 가난에 대해선 억울하지 않아요. 알다시피 내가 좀 독립적이잖아요. 난 지금의 내가 마음에 들어요. 가난하고 힘든 어린 시절을 극복해서 여기까지 왔다는 점에서, 내가 자랑스러워요. 물려받은 재산이 많았다면 여기까지 못 왔을지도 모르죠."

기리를 위해 소이가 가지런히 쌓아올린 화투 패를 내밀자 그가 일정량을 떼어 바닥에 조용히 놓았다. 소이는 기계적으로 패를 돌리기 시작했다.

"우리 노친네가 당신한테 집착하는 이유를 이제야 알겠네."

"왠데요?"

"집안이 대대로 권세를 누리던 명문가였다며. 시쳇말로 '뼈대 있는' 집안이라는 거잖아. 우린 조상 대대로 머슴이었거든. 족보도 이름도 없는, 양반집 한구석에서 빌어먹던 머슴."

"머슴이라고요?"

깜짝 놀라 얼떨결에 물었다. 그가 천한 머슴 집안의 후예라서 놀란 게 아니라, 그의 건장한 몸매와 저돌적이면서도 퇴폐적인 빛이 감도는 눈빛이 안방마님을 노리는 섹시한 머슴의 이미지와 절묘하게 맞아떨어져서 놀란 것이었다. 자신이 청상과부가 된 안방마님이 되어 그의 유혹을 받는 모습을 상상하니 몸이 후끈 달아올랐다. 예상했던 반응이라는 듯 현규는 전혀 개의치 않으며 말을 이었다.

"노친네도 어렸을 적엔 동네 양반집 일꾼 노릇을 하셨다더군. 동년배였던 그 댁 도령에게 굽실거리며 시중을 들어야 했다는데, 그때 느꼈던 굴욕감이 이루 말할 수 없이 컸던 모양이야. 떵떵거리며 잘살게 된 지금까지 그 시절의 열등감을 좀체 극복하지 못하셔. 아무리 돈을 많이 벌어도, 지식을 쌓아도, 노블리스 오블리주를 실천하며 사회의 존경을 받아도, 어릴 적 들었던 '무식하고 천한 놈'이란 말을 잊을 수 없는 거지. 그래서 결심하신 거야. 조상으로부터 물려받은 천한 피를 갈아버리기로."

"피를 간다고요?"

"명문가 혈통의 여식을 손자며느리로 들이는 거지. 일명 피갈이. 혹시 우리 노친네가 '무슨 일이 있어도 손자를 낳아야 한다' 고 하지 않았나?"

"어…… 뭐, 네."

대답을 망설이다가 어쩔 수 없이 인정했다. 사실이니까.

"내 손자와 결혼해서 증손자를 낳아주게. 사내아이든 계집아이든 상관하지는 않음세."

지원호가 분명히 그렇게 말했다. 소이더러 '타고난 품질이 우수하다' 는 해괴한 말도 했다. 그때는 이상한 노인이라고만 생각했는데, 이제야 앞뒤 상황을 대충 이해할 수 있을 것 같다. 지원호는 죽기 전 일생의 숙원인 '양반가와의 교배' 를 이뤄내고 싶었던 거다. 조선시대 대대에 걸친 이씨 세도가에, 전 재산을 독립운동에 바친 애국자의 후손이란 소이의 스펙은 지원호의 욕망에 완벽히 부합하는 것이었으리라.

"그 노친네는 어떻게든 명문가와의 사이에서 증손자를 보시려 들 거야. 며느리 대에선 실패하셨거든. 우리 아버진 노친네 명령을 거부하고 집을 나가 천애 고아인 내 어머니와 살림을 차리셨어. 노친네는 둘 사이를 갈라놓기 위해 무던히 노력했지만 부모님은 악착같이 떨어지지 않았지. 결국 어머니께선 날 수태하기에 이르렀고, 노친네는 항복할 수밖에 없었어."

"아아."

"한 번 실패한 경험 때문에 이번엔 더욱 치밀하게 계획하셨을 거야. 내가 결혼 채비를 서두른다는 걸 눈치채고서 강력히 선빵을 날리신 거지."

"당신 입장에선 정말 황당했겠네요."

"노친네야 뭐, 그럴 만한 분이니 그러려니 했지. 사실 그다지 놀랍지도 않았어. 날 당황시킨 건 당신이야. 나로선 도무지 이해가 안 됐지. 앞날 창창한 아가씨가 대체 뭣 때문에 이런 결혼을 받아들인 건지. 정신이 제대로 박힌 여자라면, 얼굴도 모르는 남자와 결혼해 달라는 늙은이의 요청을 순순히 받아들일 리 없잖아? 아무리 상대가 재벌이라도 말이야."

"……그렇긴 하죠."

"왜였지?"

돈을 받기로 했으니까. 현규의 아이를 낳아주고 이혼하는 대가로 그녀는 백억을 받기로 했으니까. 이미 착수금으로 십억을 받아놓았다. 아기를 순산하면 나머지 구십억도 마저 받을 것이다.

"왜냐하면……."

지그시 입술을 깨물었다. 적당한 핑계를 대기 위해 머리를 굴려보았지만 불행히도 생각나지 않았다. 괜스레 손에 든 화투 패만 만지작거렸다. 불쑥, 아버지가 일이 안 풀릴 때면 화투 패를 떼었던 게 떠올랐다.

피식 웃음이 흘렀다. 어렸을 땐 죽을 만큼 싫었던 그 행동을 무의식중에 따라하다니. 인생이란 얼마나 아이러니한가.

"무슨 생각해?"

현규가 무뚝뚝하게 물어왔다. 그는 뚫어질 듯 그녀를 주시하고 있었다. 여전히 생각이 많은 듯 그의 눈빛은 깊고 그윽했다. 퍼뜩 정신을 차렸다. 흐트러진 정신을 다시 집중시켰다. 하지만 도무지 생각이란 게 떠오르지 않았다. 자꾸만 현규에게 눈길이 갔다.

그에게서 눈을 떼고 싶지 않았다. 그와 시력을 맞추고, 입술을 맞대고 싶었다. 화끈하고 격정적인 놀림으로 그를 집어삼키고 싶었다. 그를 쓰러뜨리고 그 위에 올라탄 다음에…….

'미쳤어!'

눈을 미친 듯이 깜박거렸다. 입술을 잘근잘근 씹으며 정신없이 뛰어대는 심장을 진정시키기 위해 애썼다. 지현규가 상체를 내밀었다. 그녀의 시야로 그의 입술이 크게 부각되었다. 나지막이 숨을 헐떡이며 그를 뚫어지게 바라봤다. 제발 다른 데를 보라고, 스스로를 향해 맹렬히 명령했지만 몸은 말을 듣지 않았다.

지극히 육감적인 그 입술이 움직인 건 바로 그때였다.

"섹스군. 그렇지?"

"현규 씨……."

무슨 말이든 해볼 생각이었던 것 같다. 하지만 더 이상은 입도 벙긋 못했다. 기다렸다는 듯이 그가 입술을 덮쳐 왔기 때문이었다. 두 사람은 모든 뇌적 활동을 정지시켰다.

주말 내내 그들은 외출할 수 없었다.

제8장 그녀의 무한 매력

월요일 오전이었다.

소이는 집안일을 대충 마무리하고 병원에 갈 차비를 했다. 산부인과에서 검사결과를 확인하고, 내과에 들러 영신의 주치의를 만날 예정이었다. 젊은 나이에도 불구, 선천적 소아당뇨로 인한 만성신부전증으로 고통받는 영신에게 신장이식 수술을 해주고 싶었다. 좀체 목돈을 마련할 수 없어 지금까진 힘든 투석 치료를 받아왔지만 이제는 그럴 필요가 없었다. 기증자만 나타나면 언제든 수술 받을 수 있었다. 소이는 최대한 빨리 영신을 병마의 고통으로부터 구출하고 싶었다.

현관에서 신발을 신는데 현관 벨소리가 울렸다.

누굴까?

현규는 이미 출근했다. 다녀오겠단 말을 남기긴 않았으나 새벽 6시쯤 집을 나섰다는 것을 소이는 알았다. 언제나 알고 있다. 그가 섹스 후 언제 침대를 떠나는지, 언제 방을 나서는지, 언제 출근길에 오르는지. 조금 덜 초라해 보이기 위해 일부러 자는 척할 뿐. 어젯밤에도 그는 어김없이 제 방으로 되돌아갔고, 소이는 심란한 마음에 밤새 뒤척이다가 그가 출근길에 오르고 나서야 비로소 숙면할 수 있었다.

"누구시죠?"

문을 열자 처음 보는 여자가 문 앞에 서 있었다.

"양효주예요. 들어가도 되겠죠?"

양해를 구하는 말과는 달리 여자는 벌써 집 안으로 들어왔다. 입구에 멀뚱하게 서 있던 소이를 거칠게 밀어내고서 막무가내, 거실로 들어섰다. 소이는 부랴부랴 뒤따라 달려가 불청객을 제지했다.

"이보세요! 이렇게 마음대로 들어오시면……?"

"내가 누군지 몰라요?"

거침없이 걸어 들어가던 양효주가 절도 있게 턴하며 당돌한 질문을 던졌다.

입을 다물 수밖에 없었다. 이름을 들은 순간 상대가 누군지 이미 알았기 때문이었다. 솔직히 보자마자 직감했다. 이 여자가 지현규의 약혼녀였다는 것을. 지현규가 사랑한다고 몇 번을 강조해 말하던 바로 그 여자라는 것을.

언젠가는 마주치게 될 거라 생각하긴 했으나 그 순간이 이렇게 빨리, 갑작스레 닥칠 줄은 몰랐기에 몹시도 당황스러웠다. 딱히 할 말도 없었다. 약혼자를 빼앗긴 양효주의 분노는 너무도 당연한 것이었다.

"바보는 아닌 모양이네. 내가 누군지 아는 걸 보면."

소이를 깔보며 양효주는 코웃음을 쳤다. 그리고선 다시 몸을 돌려 거실 한복판으로 향한다.

페미닌 스타일의 온화한 핑크톤 투피스를 차려입은 그녀는 긴 생머리를 등허리까지 길게 늘어뜨리고 있었다. 페일 핑크빛 립스틱에 복숭아색 볼터치와 아이섀도는 아웃핏의 핑크 컨셉과는 어울렸지만 어두운 피부 톤을 지닌 여자에겐 극악처럼 보였다. 재앙에 가까운 메이크업 실력을 가졌으나 안면 골격은 꽤 훌륭했다. 동그랗고 반듯한 이마, 큰 편은 아니지만 라인이 고혹적인 눈매는 여자의 매력 포인트였다.

"신접살림을 차렸다더니 어째 집이 이전과 달라진 게 없네. 새 물건이라곤 눈 씻고 찾아봐도 없고 가구의 배치도 똑같고. 하다못해 벽지도 그대로야. 몸만 들어왔나 보지?"

"……."

"명지그룹 지현규가 쥐뿔도 없는 빈털터리랑 결혼했다니 도저히 믿어지지가 않는다. 이게 말이 돼? 그 남자 콧대 높은 건 대한민국 여자들이 다 아는 사실이잖아. 지현규와 결혼하려면 열쇠 5개는 기본, 회사를 뒷바라지해 줄 어마어마한 배경까지 제공해야 한다는 게 정설 아닌가? 도대체 무슨 쇼를 벌였기에 당신 같은 여자가 지현규를 차지할 수 있었던 거지? 그 냉정한 남자가 사랑에 빠졌을 리는 없고, 임신이라도 했나?"

"……."

"내가 이 집 인테리어에 대해 어떻게 이렇게 잘 아는지 궁금하지 않아요?"

거실 한가운데에 다다르자 양효주가 또다시 뒤를 돌았다. 뒤따르던 소이는 그 자리에서 걸음을 멈추었다. 꽉 맞잡았던 손에 힘이 들어갔다. 마주한 상대의 눈이 너무도 당당하여 어깨가 저절로 움츠러들었다.

"눈치챘겠지만, 나 여기 처음 온 거 아니에요. 현규 씨 따라서 여러 번 와봤어요. 올 때마다 현규 씨가 직접 저기서 나를 위해 파스타를 요리해 줬죠."

양효주가 잘 손질된 손가락을 뻗어 주방을 가리켰다. 그녀에게 휘말려선 안 된다는 걸 알면서도 소이의 눈이 저절로 따라갔다.

"칵테일도 만들어줬고."

손가락이 이번에는 우측에 설치된 바(bar)를 가리켰다. 이번에도 소이는 돌아보았다.

"같이 좋아하는 프로그램도 봤어요. 현규 씨가 무슨 프로를 가장 좋아하는지 알아요?"

발치에 놓인 넓은 소파를 손가락으로 가리키며 양효주가 물었다. 소이는 입을 딱 붙인 채 가만히 있었다. 할 말이 없었다. 양효주가 차례로 가리킨 주방, 바, 소파에서 소이와 현규가 한 일이라곤 '섹스' 뿐이었다. 그가 무슨 프로그램을 즐겨 보는지 소이는 알 수 없었다.

"현규 씨는 정치시사 프로그램을 좋아해요. 사회고발 프로그램이나 다큐도요. 의외로 먹거리 탐방도 즐겨 보죠. 드라마는 싫어해요. 비현실적인 내용이 많다는 이유로."

"……."

"이 소파에서 키스도 했어요. 그 사람이 만들어준 칵테일을 몇 잔 마셨더니 머리가 띵해지더라고요. 소파에 축 늘어져 있는데 갑자기 덮치더군요. 지금 생각해 보면 아주 계획적이었던 것 같아요. 엉큼하긴. 뭐, 키스는 만족스럽더군요. 끝내줬죠. 아! 당신도 해봤으니 알겠네."

"……."

"스킬이 대단하지 않나요? 육중한 혀 덩어리가 입속에 들어와서 휘저을 때면 온몸이 짜릿짜릿해지고 미치도록 흥분하게 되잖아요. 입술을 쭉쭉 빨아들일 때는 또 어떻고요? 몸에 힘이 쭉 빠지면서 정신이 혼미해지고……."

"하고 싶은 말이 뭐죠?"

얘기가 난감한 쪽으로 흐르자 소이는 단도직입적으로 물었다. 그와의 키스를 떠올리는 듯 한껏 들떠 있던 효주의 얼굴이 순식간에 굳었다. 입가에 빙그레 떠 있던 미소가 단숨에 사라졌다.

"뭐긴 뭐야. 당신이 내 것을 빼앗았다는 거지!"

양효주는 공격적으로 이를 드러내며 표독스럽게 눈을 번쩍거렸다. 적개심이 타오르는 시선에 소이는 부르르 몸을 떨었다. 등골이 오싹해졌다.

"내가 지현규한테 어떻게 했는지 알아? 그 자식 마음을 사로잡기 위해 얼마나 애썼는지 아느냔 말이야! 그 남자가 좋아할 만한 패션, 헤어, 말투까지 연구했어. 얌전하고 현숙한 여자가 취향이란 말에 세상에서 제일 조신한 여자인 척 연기했다고. 그 사람한테 싫은 소리 한 번 안 했고, 가끔은 나를 무시하거나 비꼬는 듯한 말들도 못 들은 척 넘어갔어. 자존심 상해도 꾹꾹 참아 넘겼다고!"

"……."

"그렇게 노력해서 겨우 맘을 붙들어놓았는데, 이제 조금만 기다리면 청혼받을 수 있었는데! 그랬는데 너 같은 게 갑자기 나타나서 그 남잘 빼앗아간 거야. 내가 몇 달을 지성으로 공들인 남잘 하루아침에 낚아채 간 거라고!"

"……."

"도대체 네까짓 게 뭐야? 네가 뭐가 그리 잘났어? 나보다 잘난 게 뭔데? 집안? 학벌? 돈? 뭐 한 가지라도 내놓을 만한 게 있긴 해?"

"당신이 나에 대해서 뭘 안다고 이러는 거죠?"

"왜 몰라? 다 알아봤는데. 너 삼류 모델이잖아."

"나를 뒷조사했어요?"

"속옷만 입은 당신 화보 봤어. 몸매가 좋더군. 남자들이 홀딱 빠질 만하더라. 지현규, 그 자식도 그 모습에 홀딱 빠진 거겠지. 남자들이란! 내 앞에선 교양 있고 조신한 여자가 이상형인 척 까다롭게 굴더니만, 뭐? 란제리 전용 모델과 결혼을 해? 결국 이런 여자랑 눈 맞을 거면서 나한테는 왜 그랬대? 왜!"

"이봐요."

"그래, 인정해. 나머지 모든 것에서는 압도적으로 앞서지만 외모에서만큼은 내가 당신한테 현저히 뒤처지는 거. 인정하긴 싫지만 여자인 내 눈으로 봐도 당신 몸매, 남자들 취향 저격이야. 가슴도 내 것보다는 세 배는 큰 것 같네. 내 엉덩이는 납작해서 엉뽕도 넣어야 했는데, 당신은 아주 그냥……."

"이것 보세요, 양효주 씨."

"자세히 보니 얼굴도 예쁘네. 외모로는 도저히 대적하기 힘들겠어. 내 몸매는 드럼통인데 당신은 콜라병이고, 내 얼굴은 못난이 인형인데 당신은…… 바비 인형이고……."

사납고 억척스럽던 양효주가 갑자기 시들시들, 울먹이기 시작했다. 소이는 화를 삭이느라 천장을 봤다 벽을 봤다 하던 시선을 효주에게 고정시켰다. 믿을 수 없게도 효주의 눈이 금세 촉촉해졌다. 설마 이대로 우는 것?

아니! 자기가 왜 울어? 예고도 없이 찾아와 사람 속을 뒤집은 건 자기면서. 울어야 할 사람은 나라고. 그게 제대로 된 그림이잖아!

뜨악해서 소이는 눈을 크게 떴다.

"남자들은 다 똑같아. 예쁘고 날씬한 여자들만 찾아. 영원히 사랑한다, 목숨이 다할 때까지 나만 사랑할 거다, 했던 놈들도 예쁜 여자를 만나면 죄다 변심했어. 그 사기꾼 같은 놈들은 내 재산과 아버지 권력에 혹했던 거지. 전남편도 그랬어. 결혼식 날 밤, 술에 취해 다른 여자랑 눈이 맞았지. 난 밤새도록 기다리고 또 기다렸는데! 그 시간에 그놈은 그년이랑 같은 호텔에서……!"

맙소사…….

소이는 그대로 얼어붙어 버렸다.

양효주는 검은 눈물을 흘리며 흑흑거리기 시작했다. 설움이 감당할 수 없을 만큼 격하게 북받치자 철퍼덕, 바닥에 주저앉아 꺼이꺼이 울었다. 두 손에 얼굴을 묻고 이렇게 소리치면서.

"어떻게 내 인생은 맨날 지뢰밭이야? 난 왜 맨날 그딴 자식들만 만나는 거냐고, 왜! 지현규 이 개자식! 자긴 절대로 여자를 외모로 판단하지 않는다고 해놓고서 이런 굴욕을 주다니! 정말 죽여 버리고 싶어! 내 손으로 죽여 버릴 거야, 무슨 일이 있어도!"

소이는 달래기 위해 걸음을 내디뎌 보았으나 이내 멈추었다. 자신이 무슨 말을 해도 양효주의 마음은 편해지진 않을 것임으로. 어쩌면 병 주고 약 주는, 얄미운 짓이 될 가능성이 컸다. 어쭙잖은 위로는 관두고 소이는 잠자코 효주가 진정하길 기다렸다.

그렇게 얼마나 시간이 지났을까.

효주가 콧물을 훌쩍이며 퉁퉁 부은 얼굴을 들자 소이는 티슈를 건넸다.

"고…… 고마워요."

효주는 소이가 건네주는 티슈를 휙 잡아채 팽팽, 코를 풀었다. 두어 장 더 건넸다. 시뻘겋게 충혈이 된 효주의 눈에 고마운 기색이 떠올랐다. 소이는 그녀의 옆에 쪼그리고 앉아 조심스럽게 물었다.

"괜찮아요?"

"괜찮겠어요?"

"……."

"안 괜찮아요. 쪽팔려 죽을 것 같아. 내가 대체 여길 왜 왔는지, 왜 와서 주책바가지 짓을 하는지 모르겠어. 미쳤지, 내가. 잘못은 지현규가 했는데. 당신이 무슨 죄라고 당신한테 이런 패악질을……."

"효주 씨."

"미안해. 용서해 줘요. 억울한 마음을 풀 곳이 필요해서 괜히 만만한 당신한테 진상 떤 거예요. 당신도 내 입장이었으면 이랬을 거야. 몇 달 전부터 지현규랑 만난다고 주위 사람들한테 떠들어뒀거든. 섣불리 그러지 말았어야 했는데, 결혼 문제로 크게 창피를 당한 전적이 있어서 어떻게든 이미지를 쇄신하고 싶었어. 지현규는 누가 봐도 일등 신랑감이잖아. 그 사람과 결혼하면 '남자에게 버림받은 여자' 란 꼬리표를 뗄 수 있으리라 기대했어."

"……."

"어느 날 갑자기 그 남자가 이별을 통보하더라고. 아무 이유 없이. 며칠 동안 끙끙 앓았어. 대체 어디서부터 어떻게 수습해야 할지 몰라 전전긍긍 발만 굴렀지. 그런 와중에 당신네 소식이 뜬 거야. 지현규가 어떤 여자와 결혼을 했다더라, 미천한 출신 때문에 회장님 반대가 심했는데 그걸 무릅쓰고 몰래 비밀 결혼식을 치렀다더라, 지난 주말에는 신부와 웬 파티에 참석해 애정을 과시했다더라."

"……."

"사람들이 뭐라고 쑤군거렸겠어? 한 번 차인 여자, 또다시 차였다고 생각하지 않았겠어? 아버진 나더러 집 나가래. 나가서 혼자 살래. 내가 쪽팔려서 도저히 같이 못 살겠대. 도대체 누굴 닮아서 이렇게 박색이냐면서……!"

소강상태였던 설움이 다시 폭발한 듯 그녀는 또다시 엉엉 울기 시작했다. 인간적인 안쓰러움과 미안함에 소이는 깊은 한숨을 내쉬었다. 한참을 울던 효주는 이미 축축해진 휴지로 또다시 코를 풀려 했다. 소이는 냉큼 그것을 낚아채 바닥에 내동댕이치고는 새 티슈를 손에 쥐어줬다. 그것으로 코를 탱 푼 효주는 재차 신세 한탄을 늘어놓았다.

"우리 친엄마는 예뻐셨어. 안 믿기겠지만 미스코리아 출신이었다고. 서울경기 미. 스무 살 어린 나이에 유부남이었던 우리 아빠한테 속아서 나를 낳았지. 본처가 절대로 이혼을 안 해줄 것 같으니까, 결국엔 날 버리고 돈만 왕창 뜯어내 도망쳤어."

"……."

"난 예쁜 여자들한테 콤플렉스가 있어. 언니들이 죄다 키도 크고 예쁘거든. 결혼이 그런 식으로 깨진 후에는 자신감이 아예 씨가 말라 버렸어. 엄마를 조금이라도 닮았더라면 이런 팔자로는 안 살았을 텐데 싶더라."

"효주 씨가 왜요? 예쁘기만 한데."

"장난해, 지금? 내가 뭐가 예뻐?"

효주는 검은 물로 얼룩진 눈을 쪽 째리며 버럭 소리를 질렀다. 세상에 이렇게 굴욕적인 소리는 처음 듣겠다는 듯이 콧방귀를 뀌고 있었다. 거의 살인적인 반응이었으나 소이는 전혀 무섭지 않은 듯 어깨만 으쓱할 뿐이었다.

"본판이 괜찮으니까 스타일링만 잘하면 될 것 같은데요. 메이크업 스타일만 바꿔도 지금보다 배는 더 예뻐질 수 있어요."

"내 스타일이 뭐 어때서?"

"색조가 피부 톤과 안 맞아요. 효주 씨 피부는 약간 가무잡잡한 편이잖아요. 그런 피부에 노랑이나 분홍 계열의 옷은 촌스러워 보일 위험이 있죠. 아이섀도는 가급적 골드나 브라운 계열로 해보셔요. 너무 밋밋하다 싶으면 카키블루나 와인도 좋아요. 대신 립은 누드 계열로 해주세요. 그래야 섹시한 피부색이 살아나니까요. 음…… 사실 전체적인 스타일이 약간 클래식한 경향이 있는 것 같네요."

"클래식한 게 뭐? 고상하고 품위 있어 뵈잖아."

"대신 올드해 보이죠."

"오, 올드? 내가? 나, 나…… 스물일곱밖에 안 먹었어!"

올드하다는 말에 충격을 받았는지 효주는 또다시 고함을 쳤다. 양손 주먹까지 틀어쥐고 퉁퉁 부은 눈을 열심히 파닥거렸다. 그 모습이 꽤 귀엽다고 생각하며 소이는 선의를 베풀었다.

"내 옷 한번 입어볼래요?"

"당신 옷? 여기서?"

효주는 소이의 옷차림을 위아래로 마구 훑어대며 눈살을 찌푸렸다. 딱 봐도 '당신의 그 싸구려 옷을 나더러 입어보라고? 미쳤어?' 라는 얼굴이었다.

"싫어요?"

"내가 왜 그래야 하는지 잘…… 모르겠어. 여긴 지현규네 집이잖아. 당신은 지현규 부인이고. 내, 내가 왜 여기서 옷을 갈아입어야 해?"

효주는 눈을 열심히 깜빡이며 말을 더듬었다. 지현규의 아내와 이런 얘기나 주고받을 생각은 아니었을 테니 당황하지 않을 수 없었던 것이다. 소이는 효주의 어깨를 가볍게 토닥이며 친절하게 말하였다.

"하기 싫으면 하지 마요. 강요하는 건 아니에요."

"누, 누가 하기 싫대? 그냥 고민이 된다는 거지. 찝찝하니까."

"……."

소이는 잠자코 효주를 바라보았다. 입을 꾹 다문 채 눈빛으로만 '그래서 입어보겠다는 거예요, 말겠다는 거예요?' 라는 질문을 줄기차게 던졌다. 침묵이라는 무서운 압박에 끝없이 시달리던 효주는 마침내 땅이 꺼져라 한숨을 내쉬었다. 유일한 방패막이인 자존심을 모조리 내려놓은 후였다.

"좋아. 그럼 백화점엘 가자."

"백화점에는 왜……?"

"나랑 같이 쇼핑하자고. 돈이 얼마가 들어도 좋으니까 날 스타일링해 봐. 올드하지 않게, 내게 딱 어울리는 색조로."

왠지 심란한 얼굴로 효주가 말했다. 될 대로 되라는 식의 가벼운 말투였지만 그 속에 알알이 박힌 의지와 설렘이 소이의 눈에는 훤히 보였다. 앞으로 이 여자를 좋아하게 될 것 같다는 생각을 하며 소이는 피식 웃었다.

"좋아요."

❖

다음 날 아침, 욕실에서 나온 현규는 현재 시간을 확인하고 눈살을 찌푸렸다.

시침이 벌써 숫자 '8'을 가리키고 있었다. 이대로라면 아침 댓바람부터 이소이와 마주치는 최악의 상황에 직면하게 될 것이다. 절대로 일어나서는 안 되는 일이다. 그가 입사 이래 최초로 저질렀던 '무단결근'이 바로 그 때문에 일어난 불상사이니까.

기상 직후의 이소이는 테스토스테론 촉진제이다. 아무리 중증 발기부전 환자라도 '하품하는 이소이', '머리카락이 헝클어진 이소이', '맨발의 이소이', '잠옷만 입은 이소이' 등과 마주치면 단번에 불끈 일어설 것이다.

현규는 욕망의 노예가 되고 싶지 않았다. 여자에게 빠져 중요한 것들을 모조리 내팽개치는 실수는 절대로 하고 싶지 않았다. 기준 미달 이소이한테는 더더욱 허우적거릴 생각이 없었다. 그녀를 원하지 않는 것은 아니지만, 영혼까지 바치진 않을 것이다. 절대로.

위잉, 위잉—

휴대폰이 진동했다. 액정 화면에 기주 이름이 떴다. 현규는 허리에 둘렀던 타월을 걷어내고 속옷을 집어 들며 통화를 시작했다.

"왜."

[뭐 하냐? 출근 준비?]

통화가 시작되자마자 기주는 실실거리며 깐족거렸다. 양심의 가책 따위는 전혀 느낄 수 없는 뻔뻔한 태도였다.

침착함을 유지하려던 계획은 순식간에 날아갔다. 빠직, 관자놀이 핏대가 불끈거렸다. 당장이라도 녀석을 바닥에 패대기를 쳐주고 싶은 강렬한 욕구가 솟았다. 이 녀석이 지어낸 '지현규와 이소이의 로맨스' 소설 때문에 어제오늘, 어쩌면 앞으로도 쭉, 골치 아파질 것임을 생각하면 당연한 반응이었다.

현규는 어제 아침 걸려온 첫 전화를 떠올렸다. 주말 내내 꺼두었던 휴대폰을 켜자마자 기다렸다는 듯이 달려든 첫 번째 하이에나는 문석이었다.

[야! 너, 이소이 씨랑 결혼했다며? 것도 비밀 결혼! 회장님 몰래 결혼하려고 도피까지 했었다면서? 왜 나한텐 말 안 했어, 인마!]

"그게 무슨 소리야? 도피라니."

[모르는 척하지 마. 방금 기주한테 다 들었으니까. 네놈이 첫눈에 반한 거라며? 보자마자 사랑에 푹 빠져서 잠도 못 자고 시름시름 앓았다면서. 기주한테 다리 좀 놔달라 애걸복걸 난리부르스를 떨다가 연애편지까지 썼다던데?]

"연애편지?"

[히야! 세상 참 오래 살고 볼 일이야. 네 녀석이 여자한테 '사랑한다, 좋아한다, 제발 날 만나달라' 애걸복걸하는 꼴을 보게 될 줄이야. 너 그딴 오글거리는 소리 완전 혐오하잖아! 여자한테 무릎 꿇느니 솔로로 늙어 죽는 게 낫다는 주의이고. 하긴! 그렇게 푹 빠졌으니 명지그룹까지

포기하고 도피했었겠지.]

"기주 자식이 그러든? 내가 이소이 때문에 회사까지 포기하려 했다고?"

[회장님이 반대하니까 모든 걸 버리고 집을 나갔다면서. 하여간 냉정한 녀석! 그분 약점이 너인 거 뻔히 알면서. 할아버지 강짜도 좀 받아주면서 슬슬 할 것이지, 꼭 그렇게 성격 급한 거 티냈어야 했냐? 뭐, 그만큼 몸이 달았던 거겠지만.]

"……."

[어쨌든 네 게릴라 작전은 대성공이었네. 겨우 이틀 만에 할아버지의 항복을 받아냈으니. 존경스럽다, 이놈아. 내 친구지만 넌 진짜 남자 중에 남자야.]

주말에 그가 잠수를 타는 동안, 기주는 창의력이라곤 눈곱만큼도 없는 스토리를 생산해 사교계 구석구석 퍼트렸다. 덕분에 현규는 출근하자마자 '축 결혼', '솔라 엔터테인먼트 대표 김문석'이란 문구가 박힌 축하 꽃바구니를 받아야만 했다. 그것을 필두로, 사업 파트너들과 지인들의 전화 연락이 줄을 이었고 점심 즈음에는 업무가 마비될 지경에 이르렀다.

도대체가! 그딴 삼류 쓰레기 드라마 같은 사연을 어떻게 믿을 수가 있는지!

어쨌든 그는 단 3일 만에 '사랑을 위해 부와 명예를 버린' 애정 드라마 속 남자 주인공이 되어버렸다. 젠장맞을.

"무슨 일이야?"

[내가 뭣 때문에 전화했는지 알면 엄청 고마워할걸. 이래 봬도 완전 고급 정보야. 이거 들으면 출근할 맛도 싹 사라질 거다.]

"당장 말하지 않으면 전화 끊는다."

[알았어, 알았어! 하여간 성격 급한 건 알아줘야 해. 다른 게 아니고, 내가 방금 네 사무실에서 기가 막힌 걸 들었거든. 네 비서진들이 내가 들어서는 줄도 모르고 열심히 계획을 세우더라고.]

"계획?"

뒤통수가 쭈뼛 올라섰다. 불길한 예감이 스쳤다. 이런 기분을 느낄 때마다 상황이 더욱 엉망진창으로 꼬였던 것을 떠올리며 그는 눈살을 찌푸렸다.

[윤 실장이 지난번 로비 사건 이후로 내내 좌불안석이었던 모양이야. 그럴 만하지. 윤 실장이 일처리를 좀 더 꼼꼼하게 했으면 벌어지지 않았을 일이잖아. 무려 사장님 사모님을 가정부로 오인했어. 회사로 호출까지 하고. 그것 때문에 사모님이 로비에서 체킹당하는 불미스러운 일이 발생해 버렸지. 윤 실장 입장에선 자책할 수밖에 없었을 거야. 어떻게든 실수를 만회하고 싶었겠지.]

"내 비서들이 실수를 만회하기 위해 뭔가를 계획 중이라는 뜻이야?"

[빙고! 서프라이즈 이벤트를 준비 중이래.]

"뭐?"

[결혼 축하 이벤트 말이야. 주말에 나와서 준비했다나 봐. 대단하지 않냐? 회사 상사의 결혼 축하를 위해 근무 외의 시간까지 할애한다는 거, 그거 쉬운 일 아니다. 상사에 대한 애정이 없으면 결

코 그렇겐 못해요.]

"……."

[수제 케이크도 주문해 놓았고 소소하게 각자 선물도 준비했더라. 선물 목록을 살짝 귀띔해 주자면 원앙 한 쌍, 커플 잠옷, 와인이었어. 나도 거기에 묻혀 가볼까? 내 선물은 신혼부부한테 꼭 필요한 건데. 콘돔 한 박스!]

미치겠네…….

[네 녀석이 출근하는 시간에 맞춰서 짠! 폭죽도 터트릴 예정이래. 자기네들끼리 '사장님 결혼을 축하드립니다—' 하는 멘트도 연습하더라. 으흐흐, 참 복도 많은 녀석! 몸매 빵빵, 아름다운 여신이 하늘에서 뚝 떨어진 것도 모자라 곁에 줄줄이 붙은 비서들까지 충성스러워, 일도 잘해, 거기다가 충만한 감성까지 겸비! 대단해! 대단한 비서진들이야. 딱 한 가지 아쉬운 점이 있다면 약간 눈치들이 없다는 것?]

"너 지금 불난 집에 부채질해?"

아무리 절친이라도 이쯤이면 꼴 뵈기 싫어지는 게 당연하지 않을까. 현규는 젖은 머리카락을 긁어 올리며 고함을 내질렀다.

"내가 지금 축하 인사 받게 생겼냐고! 어제 하루만도 수백 통의 전화를 받으며 시달릴 대로 시달렸어. 온갖 축하 전언에 비웃음, 비아냥, 위로의 말을 들었다고. 그게 얼마나 짜증나고 비참한 일인지 네가 알아? 당장 달려가. 가서 말려! 절대로 이벤트지 뭔지 못하게 해!"

[어떻게 그래? 정성 들여 준비했을 텐데.]

"입 다물고 내가 시키는 대로 해라."

[미안하다, 친구야. 마음은 백번 돕고 싶지만, 내가 지금 너무 바빠. 네 비서들까지 챙길 여력이 없다.]

"네 월급 주는 사람이 나라는 걸 떠올려. 그럼 여력이 생길 테니까."

나름 '갑질'이라는 회심의 한 방을 날렸으나 황기주에겐 통하지 않았다. 놈은 엄청나게 과장된 말투로 '우와! 정말? 난 우리 회장님이 내 고용주인 줄 알았는데?' 하며 현규를 마음껏 비웃었다. 천불이 올라왔다. 씩씩거리고 있을 때, 벌컥 방문이 열렸다. 차가운 냉기가 순식간에 물기 맺힌 등짝으로 싸하게 달라붙었다.

고개를 홱 꺾었다.

"아."

"……."

"어."

"……."

"음."

노크도 없이 문을 연 무뢰한의 입에서 짧은 감탄사가 연달아 흘러나왔다. 말하려 했지만 할 수 없을 때, 달아나야 하지만 발이 안 떨어질 때나 내비칠 수 있는 얼빵한 반응이었다. 보아하니 충격이 이만저만이 아닌 듯했다. 무표정한 얼굴로 그녀의 시선이 머문 곳을 내려다보았다. 쇠방망이처럼 묵직하고 단단하게 일어선 그것을.

참혹하군.

[내 고용주는 지원호 회장님이시다. 그런고로, 네가 시키는 일을 거부할 권리가 충분하지. 난 널 모시는 게 아니야. 명지그룹 일을 도맡아 하니 네 뒤치다꺼리도 하는 것이지만, 엄밀히 말하자면 난 회장님 사람이라고. 그러니 함부로 아랫사람 부리듯 말하는 거, 나한텐 하지 마.]

"……."

[난 네 비서들한테 아무 짓도 안 할 거다. '당신네 사장님은 이런 닭살스럽고 낭만적인 행위를 혐오한다' 고 귀띔해 줄 생각도 없고, '당신네 사장님을 둘러싼 로맨틱한 결혼 스토리는 전부 다 뻥이에요. 이소이와는 사랑하는 사이가 아니거든요. 이소이가 임신하는 즉시 깨끗이 갈라설 거랍니다. 임신을 못해도 1년 후면 완전히 찢어질 모래알 같은 부부죠' 라고도 절대 못해. 그러니까 나머지는 네가 알아서 하도록.]

기주가 열심히 뭔가를 조잘거렸지만 현규의 신경은 온통 소이에게 가 있었다. 소이는 넋이 나간 듯했다. 입을 조그맣게 벌리고 두 눈을 휘둥그레 뜬 채 굳어 있다. 너무 놀라 숨도 못 쉬는 것 같다. 문득 첫 섹스 때도 비슷한 반응을 보였던 게 생각났다. 남자의 생식기를 처음 보는 것이냐는 그의 물음에 강력히 부인했던 사실도.

[어쨌든! 난 네가 착한 비서들 마음에 스크래치를 내지 않으리라 믿는다. 행운을 빌어, 지 사장. 나는 이만 바빠서.]

끝나지 않을 것 같던 기주의 수다는 갑자기 끝을 맺었다. 소이에게 집중하느라 적절한 반응 타이밍을 놓쳐 버린 현규는 뒤늦게 외쳐 보았다.

"황기주! 야!"

하지만 부질없는 일이었다. 통화는 이미 끊어진 뒤였다. 미친 듯이 재다이얼을 눌러 통화를 시도해 보았으나 전화는 계속 불통이었다. 일부러 받지 않는 것이 틀림없었다. 현규는 화가 머리끝까지 치솟아 '크악!' 소리를 질렀다.

"왜……? 무슨 일 있어요?"

중력을 무시한 채 화끈하게 일어선 것에서 겨우 눈을 뗀 소이가 더듬더듬 물었다.

순간 욱했다. '몰라도 돼!' 하며 면박을 주거나 '이게 다 당신 때문이야!' 와 같은 말로 화풀이하고 싶은 충동이 불끈 일었다. 하지만 참았다. 꾹꾹 참아 눌렀다. 엄밀히 말하면 이 모든 사태의 원인은 이소이가 아니니까. 다 그의 탓이다. 쓸데없는 자존심에 인내심이고 나발이고 다 집어던져 사실을 밝힌 자신의 모자란 탓. 현규는 이번에도 땅이 꺼져라 긴 한숨을 내쉬었다.

"별일 아니야."

씁쓸하게 중얼거리곤 등을 돌렸다. 전신 거울을 마주 본 채 속옷을 입었다. 타이트한 브리프는 요란하게 올라선 신체 일부분을 성공적으로 감추어주었지만, 몸의 굴곡과 곡선을 더욱 적나라하게 드러내는 부작용을 낳았다. 길쭉한 풍선을 넣어둔 것마냥 잔뜩 부풀어 있는 그의 앞섶은 거울을 통해 소이의 망막에 생생히 맺혔다.

소이는 아직 자리를 지킨 채 뚫어져라 그를 보고 있었다. 멍한 표정이 우연히 콜라병을 주워 든 부시맨을 연상케 했다. 현규는 삐딱하게 입술을 비틀며 생각했다. 섹스 경험 많기론 대한민국서 둘째가라면 서러울 법한 여자에게서 어째서 '성(性)무지렁이' 같은 스멜이 풍기는지.

찜찜해. 아주 찜찜해.

"무슨 할 말 있어?"

거울 속 이소이를 향해 무뚝뚝하게 물었다. 아래쪽에 머물러 있던 그녀의 시선이 훅 들렸다. 그녀의 얼굴은 홍당무처럼 새빨갰다.

"아니요. 난 그냥…… 일어나 보니 아직 출근 전인 것 같아서요. 항상 새벽에 나가던 사람이 웬일인가 싶어서 와봤어요. 기주 씨랑 통화 중이었죠?"

"……."

"고성이 오가는 것 같던데 무슨 일이에요?"

우물쭈물하더니 조심스럽게 묻는다. 초롱초롱 반짝이는 그녀의 눈빛은 주제넘게도 '무슨 일인지 나한테 말해주면 안 돼요?' 라 말하고 있었다. 심사가 뒤틀렸다. 그녀가 자신의 개인적 영역에 발끝을 들이미는 것 같아서 거부감이 일었다. 곱지 않은 말투로 거칠게 대꾸했다.

"별일 없다고 했잖아. 못 들었어?"

"아아, 네……."

반짝이던 눈동자는 금세 빛을 잃었다. 어깨도 눈에 띄게 처졌다. 기운이 쑥 빠진 듯한 모습으로 이소이는 애써 입술 양쪽 언저리를 끌어 올렸다.

"그럼 가볼게요. 출근 준비 잘하세요."

"……."

마음속 찜찜함이 가속페달을 밟았다. 날카로운 통증이 가슴 한 복판을 스윽 베고 지나갔다. 현규는 질끈 눈을 감았다.

부스럭거리는 소리가 들렸다. 굼뜬 이소이가 느릿느릿 자리를 뜨는 중이다. 시무룩해진 소이의 뒷모습이 눈앞에 선하게 떠올랐다. 눈을 더욱 꾹 힘주어 감았다. 힘차게 주먹을 쥐고 고개까지 가로저어 보았다. 하지만 가슴의 통증은 더욱 악화되었다. 찜찜함 수치는 기록적으로 치솟았다. 도저히 참을 수 없어졌을 때, 현규는 숨을 세차게 몰아쉬며 토하듯 말을 배설했다.

"내 비서들이 이벤트를 준비하고 있대."

"……."

부스럭거림이 일시에 멎는다. 그는 눈을 뜨고서 그녀를 돌아보았다. 소이는 약간 의아한 눈으로 그를 바라보고 있었다. 갑자기 그가 태도를 바꾼 것이 놀라운 모양이었다. 다소 민망해진 현규는 서둘러 그녀를 외면했다. 다분히 변명조로 설명했다.

"결혼을 축하하는 의미의 서프라이징 이벤트라는군."

"결혼 축하요? 회사 사람들은 우리 결혼에 대해 모르잖아요. 설마 저번에 있었던 로비 사건 때문에……?"

"그 사건도 알려지는 데에 한몫했겠지."

"그럼 다른 루트로도 새어나갔다는 뜻이에요? 하지만 우리 결혼에 대해 아는 사람은 몇 명 안 돼요. 회장님과 영신 언니, 기주 씨, 결혼식을 주재해 주신 신부님이 다잖아요. 다들 입이 무거운 사람들 아닌가요? 대체 누가 발설을 했다는 거예요?"

"……."

"아! 사진사가 있었구나. 그 사람이 뒤늦게 당신 정체를 알고서……?"

"나야."

"네?"

"나라고. 우리가 결혼했다고 세상에 폭로한 사람."

"그럴 리가……. 언제요? 왜요?"

소이가 몹시도 얼떨떨한 얼굴로 물었다. 친구들에게조차 말하지 않기 위해 발버둥을 치던 그가 제 입으로 발설했다는 사실이 도무지 믿어지지 않는 듯하였다. 미치지 않고서야 세상에 알려져서 좋을 게 하나도 없는 이 결혼을 직접 나서서 알리는 '멍청한 짓'을 저지를 리 없다고 생각하는 것이다.

그래…….

나도 내가 미쳤다고 생각해, 이소이.

"파티에서."

현규는 어깨를 으쓱했다.

"당신이 여자들 그룹에서 한창 얘기꽃을 피우고 있을 때. 수소폭탄 터트리듯 확 폭로하고 서둘러 그곳을 나와 버렸지."

"서둘러 나왔던 게 그 때문이었어요? 나와 결혼했다는 사실을 폭로했기 때문에?"

"계속 머물렀다면 쏟아지는 질문 공세에 파묻혀 버렸을 거야.

밤새 그들은 하이에나처럼 우릴 물고 뜯고 맛보았겠지. 언제, 어디서, 어떻게 만나서 결혼했는지, 왜 아무도 몰래 결혼한 건지 모든 걸 알아낼 때까지 결코 우릴 놔주지 않았을 거야. 하지만 우린 그런 문제에 대해 입을 맞춰놓지 못했잖아?"

"그러게 왜 그런 터무니없는 짓을 해요?"

그 하이에나 새끼들이 내 몫에 껄떡대니까. 나는 다른 녀석들이 내 것에 껄떡대는 건 죽을 만큼 싫어.

"어쩌다 보니 그렇게 됐어. 그건 별로 중요한 게 아니고, 문제는 그 소식이 내 회사까지 퍼졌다는 거야. 내 비서들이 결혼을 축하하기 위해 이벤트를 계획했대. 내가 출근하기만을 기다리는 모양이야. 내가 문을 열고 들어서면 빵! 폭죽을 터트리고, 일동 '결혼을 축하드립니다, 사장님!' 을 외칠 거래. 그런 후에는 케이크 절단식과 선물 증정식이 이어질 거라는군."

"그게 싫은 거예요?"

"당연한 거 아니야? 원치도 않은 결혼을 누가 사람들한테 축하받고 싶겠어?"

"……."

기분 내키는 대로 쏴붙였건만. 이소이는 말간 시선을 허공에 두고선 깜빡깜빡 눈꺼풀을 나풀거렸다. 입술을 꾹 눌러 붙이고선.

양심의 가책이 느껴졌다. 이소이가 상처받았을지도 모른다는 생각이 들었다. 말도 안 되는 소리다. 이 결혼이 형식적이라는 것을 그 누구보다도 더 잘 알고 있는 이소이가 겨우 이런 말에 상처받을 리 없었다. 현규는 계속해서 말을 이었다.

"지난주부터 일이 자꾸 꼬이고 있어. 〈오드리〉 일을 필두로 파티 참석, 결혼 사실 폭로까지. 뭔가 거대한 폭풍에 휘말린 기분이야. 늪지대에 서 있는 것 같아. 벗어나려고 하면 할수록 자꾸만 더 깊이 빠져드는 것 같달까. 이대로는 안 돼. 뭔가 방법을 강구해야 해."

"……."

"이런 식으로 가다간 분명 돌이킬 수 없는 지경에 내몰릴 거야. 조만간 TV 중계 카메라 앞에서 '나는 이소이를 사랑해서 비밀 결혼까지 감행한, 소름 끼치도록 닭살스런 남자입니다' 라고 말하게 될지도 모른다고. 이번 사태를 수습할 방법을 강구해야만 해. 시간! 시간이 필요해. 생각할 시간. 방법을 강구할 만한, 충분한 시간."

"며칠 잠수 타세요."

"뭐?"

"시간이 필요하면 만들면 되잖아요. 얼마든지 가능하지 않아요? 출장을 가요. 일정이 없으면 만들어서 어디든 훌쩍 떠나 버려요. 월차를 내도 되겠네. 뭐가 문제예요? 사장이면서."

"……그런가?"

현규의 양쪽 미간 살점이 가운데에서 딱 부딪쳤다.

소이는 빙그레 흐뭇한 미소를 지었다. 그의 생각이 읽혔다. '내가 왜 그렇게 쉬운 방법을 생각하지 못했지?' 였다. 그는 몹시 간단한 문제를 어렵게 풀었지만 소이는 뭐든 직관적으로 바라보는 타입이었다. 인생에는 이보다도 더 어렵고 험한 장애물들이 많으니 의미 없는 일로부터는 스트레스를 받지 말자는 주의였다. 그에게 보탬이 되었음을 뿌듯해하며 소이는 뒤를 돌았다. 그때 등 뒤에서 명령이 떨어졌다.

"짐 꾸려. 지금 당장."

고개를 홱 꺾었다. 불룩 도드라진 그의 신체가 다시금 눈길을 끌었지만, 초인적인 자제력을 발휘해 그와 눈을 맞추었다.

"내가요? 왜요?"

"당신 짐이니까. 내가 싸줘?"

"월차 내는 사람은 당신인데, 내 짐을 왜 싸요?"

"나와 함께 갈 거니까. 일주일 정도 지낼 거야. 파티나 행사에 참석할 거 아니니 대충 싸도록 해."

"하지만 난……?"

항의하기 위해 입을 열었으나 끝마치진 못하였다. 위험하기 짝이 없는 반라의 몸으로 코앞까지 성큼성큼 다가온 지현규가 무자비할 정도로 거칠게 키스를 퍼부었기 때문이다. 한참 만에 입술을 뗀 현규는 숨을 헐떡이는 아내에게 일방적으로 통보했다.

"30분 뒤에 출발할 거야."

제9장 한 번쯤은 본능적으로

현규는 정확히 30분 뒤 소이를 챙겨 아파트 지하 주차장을 빠져나갔다. 3시간 뒤에는 강원도에 위치한 초호화 리조트에 도착했다. 회사에는 '앞으로 일주일간 나를 찾지 말라' 는 당부를 남겼다. 말이 당부이지 명령에 가까웠다. 윤 실장은 몹시 당황하며 무슨 일이냐고 물었으나 현규에게선 '잠시 머리를 좀 식히고 오겠다' 는 답변 외에는 어떠한 설명도 들을 수 없었다.

리조트에 도착하자마자 식당으로 향했다. 양지바른 곳에 자리를 잡고 브런치로 적당한 메뉴들을 주문했다. 원래 아침을 거르는 편이라 아직 출출하지는 않았다. 밥 생각이 전혀 없었지만 혼자 먹는 것이 부담스러울 소이를 배려해 2인분을 시켰다. 예상대로 소이는 빠르게 음식을 먹어치웠다.

음료 마시는 것 외엔 딱히 할 일이 없는 현규는 자연히 그녀에게 집중할 수밖에 없었다. 고개는 전면 유리 너머의 푸른 바다를 향해 꺾여 있었지만, 선글라스로 한 겹 가린 눈은 이소이에 닿아 있었다. 다람쥐처럼 오물오물 열심히 음식을 씹는 이소이를 보며 새삼스레 과거 여행에 빠져들었다. 처음 만났던 날부터 결혼식, 첫날밤, 파티, 3시간 전의 이소이까지 파노라마처럼 빠르게 그의 뇌리를 스쳐 갔다.

"내가 스튜디오에 나가서 작업할까 봐 이러는 거죠? 안 할게요, 절대로. 약속해요. 못 믿겠으면, 나한테 위치추적기 같은 걸 달아놓아도 무방해요."

"그딴 건 코난한테나 부탁하시지. 잔말 말고 짐이나 싸. 30분이야. 더 이상은 기다려 주지 않아. 옷도 없이 타지로 향하고 싶다면, 뭐, 마음대로 하라고."

"생각할 시간이 필요하다면서요! 지금의 이 난관을 어떻게 돌파할 것인가, 해법을 찾기 위해 떠나려는 거 아니에요? 사색을 하려면 혼자 떠나야죠. 누군가와 함께라면 어떻게 심사숙고할 수 있겠어요? 난 방해만 될 거예요."

"왜 그토록 발버둥을 치시나? 내가 없을 때 대체 무슨 짓을 하려고?"

"그런 거 아니에요. 아니라고 몇 번을 말해요? 생각해 봐요. 당신 몰래 작업해서 내가 무슨 영화를 보겠어요? 어차피 상업적인 화보들이고, 배포되면 당신도 자연히 알게 될 텐데. 난요, 금방 탄로날 짓은 안

해요. 그 정도로 멍청하진 않아요. 당신이 얼마나 화낼지 불을 보듯 뻔한데, 그걸 알면서도 작업에 뛰어들 만큼 용감하지도 않고요. 난 그냥, 그저…… 당신과 단둘이 여행 가는 게 내키지 않을 뿐이에요."

"남편과의 밀월여행이 내키지 않다니 참으로 유감이군, 부인. 자! 그럼 이제 본격적으로 짐을 싸보실까?"

"현규 씨!"

울상을 짓던 그 얼굴을 떠올리며 피식 웃었다. 인정하고 싶진 않지만 그때의 소이는 사랑스러웠다. 순수하고 앳돼 보였다. 비로소 스물네 살 아가씨처럼 느껴졌었다.

평소의 이소이에게는 나이와 매칭되지 않는 성숙함이 있었다. 개인적인 감정을 거의 드러내지 않는다거나 아무리 억울하고 화나도 이성을 잃지 않는 등, 어른보다 더 어른스러운 면이 돋보였다. 그래서인지 그녀와 상대할 때면, 무려 여섯 살이나 위인 현규도 가끔은 자신이 철없게 느껴지기도 하였다.

어쩌면 찡찡거리고 투덜대던 그때의 모습이 진짜 이소이일지도 모른다는 생각이 들었다. 살아왔던 삶의 무게가 조금만 더 가벼웠더라면 의당 가졌을 법한 천진난만함이니까. 고단한 인생을 사느라 남들보다 훨씬 빨리 커버린 것은 아닌지, 생각하게 되었다.

"바다색이 참 예뻐요."

소이가 말을 건넨다. 시선이 저 먼 곳, 바다에 닿아 있었다. 그가 넋 놓고 바라보는 게 바다라고 착각한 모양이었다. '내 눈은 바다가 아닌 당신한테 빠져 있어' 라고 말할 수는 없었기에 아무 대답도 하지 않았다. 소이는 힐끗 그를 훔쳐보며 배시시 미소했다.

"여기 온 거, 잘한 것 같아요. 이렇게 상쾌한 기분일 거라곤 생각 못했어요. 공기가 진짜 좋아요."

"……."

"사실 난 한 번도 바다를 본 적이 없거든요. 이번이 처음이에요. 아주 어렸을 때, 해수욕장으로 피서를 가곤 했다는데 기억에는 없어요. 여섯 살 때의 기억이 가장 오래된 거거든요. 그즈음 가세가 기울어지기 시작해서, 좋았던 기억은 별로 없어요. 아픈 엄마, 주정하는 아빠, 그런 것들뿐이죠. 후에 생활 터전을 여기저기 옮긴 적이 있는데, 공교롭게도 바다 근처로는 한 번도 와본 적 없어요."

"다 먹었으면 가지."

현규는 소이의 감상적인 말들을 싹둑 자르며 자리에서 일어났다. 기분이 나빴을 법도 하건만 소이는 아무렇지도 않게 뒤따라 일어섰다.

테이블 위에 놓여 있던 계산서를 집는 그녀의 입가에 갈색 음식 소스가 묻어 있었다. 현규는 입안에 침이 고이는 것을 느꼈다. 찬 커피만 가득 들어찬 위 속이 허기짐으로 요동을 쳤다. 현규는 소스를 먹어치우고 싶은 충동을 겨우 누르고서 휙, 계산서를 단호하게 낚아챘다.

오후 내내 리조트 내 스포츠 클럽을 순방했다. 대한민국 20대 여자의 평균 체력에 불과한 소이에게는 버거운 일정이었다. 모든 종목에서 전력을 다하는데도 피곤한 기색 전혀 없는, 에너자이저

급 체력의 소유자, 지현규와 동일한 운동량을 소화하는 것은 분명 한 무리였다. 그럼에도 그녀는 이를 악물고 버텼다. 그가 제안하는 모든 스포츠를 따라 했다. '하얗게 불태웠다' 는 표현에 딱 어울릴 만큼 열심히, 전투적으로 임했고 숙소에 돌아와서는 장렬히 쓰러졌다. 너덜너덜 지치고 해진 몸을 그대로 침대에 뉘이고선 잠이 들고 말았다.

다시 눈을 떴을 때는 실오라기 하나 걸치지 않은 알몸이었다.

역시 나신인 현규가 뒤에서 그녀를 끌어안고 있었다. 오른손으론 가슴을 밀가루 반죽인 양 주무르고, 왼손으론 검은 수풀을 부드럽게 비비는 중이었다. 민망함의 정점은 불방망이처럼 일어선 그것이 엉덩이를 찔러대고 있다는 사실이었다.

한동안 소이는 쥐 죽은 듯 가만히 있었다. 잠에서 깨어났음을 그에게 알리고 싶지 않았다. 그러나 습지를 어루만지던 정교한 손길이 갈라진 틈을 비집고 들어오자 신음을 흘리고 말았다.

"으으음……."

제 입에서 흘러나오는 소리에 퍼뜩 놀라 얼어붙었다. 곧장 목구멍을 죄고 숨을 죽였다. 입술을 지그시 깨물어, 자는 척해야 함을 망각한 자신의 방종함을 벌했다. 그리곤 여전히 잠들어 있는 양 꼼짝하지 않았다. 좀 더 완벽한 연극을 위해 눈까지 질끈 감아두었다.

정수리에 턱을 댄 현규는 뜻 모를 웃음을 피식, 터트렸다. 성적 만족감과 남성적 오만함이 적절한 비율로 뒤섞인, 지독히도 자극적인 웃음소리였다. 저절로 몸이 달아올랐다. 당장 몸을 돌려 그를 더 가까이 끌어안고, 그의 입술에 키스하고 싶었다. 주먹을 더욱 꼭 틀어쥐었다.

천천히, 그가 꿀샘을 감싼 통통한 살점을 벌렸다. 내부 열기에 달아오른 꽃술이 단숨에 노출되었다. 그 중심 부위를 그가 살살 긁어 자극했다. 찌릿한 감각이 하복부를 관통했다. 반사적으로 무릎을 오므리고 허벅지를 조였다. 신음을 간신히 참아냈다. 아무 소리도 내지 않기 위해 혀까지 깨물며, 방비를 더욱 튼튼히 했다.

도전하듯 그는 맹공을 퍼부었다. 꾹꾹 눌렀다가 원을 그리며 비볐다. 다시 꾹 누른 채 위아래로 흔들었다. 붉게 솟아오른 정점은 짓눌리고 비벼지는 와중에 견딜 수 없을 만큼 달콤한 통증을 유발했다. 목석인 양 가만히 있기에는 너무 강력한 쾌(快)였다.

'아읏! 아, 아, 아으으읏……!'

속으로 신음하며 다리를 꼬았다. 반사적으로 상체를 꼬부라뜨려 동그랗게 몸을 말았다. 현규의 반격은 즉각적이었다. 그는 강인한 팔뚝을 이용해 그녀를 자신의 품으로 더 바싹 끌어당김으로써 둘 사이의 간격을 아예 없앴다. 톡 튀어나온 그녀의 목뼈가 단숨에 그의 쇄골에 붙었다. 통통하게 올라선 그녀의 엉덩이는 털이 무성한 그의 사타구니에 짓눌린다.

'흣……!'

갈라진 틈새로 보드랍고 단단한, 무서울 정도로 길게 곧추선 물건이 자연스레 자리를 잡았다. 마치 칼이 칼집 찾아들어 오는 듯 매끄럽게 들어와 뾰족 튀어나온 꽃술을 스쳤다. 벨벳처럼 부드럽고 불처럼 뜨겁게. 젖무덤 하나가 그의 손에 이지러졌다. 말랑말랑하고 보드라운 살집을 움켜쥐었다가 놓았다가 다시 움켜쥐는, 관능적인 움직임이 이어졌다.

젖꼭지가 빠르게 곤두섰다. 통통하게 부풀어 활짝 편다. 촘촘히 박혀 있는 감각세포들이 손바닥에 쓸리자 아랫배로 뜨거운 무언가가 뭉쳤다.

'으으으응, 으흐, 으으흣……'

흘러나오는 신음을 삼키고 또 삼켰다. 온몸을 후려쳐 오는 기대감과 흥분감으로 인해 비명을 내지르고 싶었지만, 실제로 그럴 수는 없었다. 입술을 질끈 깨물고 시트를 세차게 움켜쥐었다. 더 극렬히 휘감겨 오는 쾌락에 맞서기 위해 마음속 방어벽을 더욱 단단히 세웠다.

바로 그때. 찰싹 달라붙은 허벅지가 거침없이 갈라지더니, 꿀이 뚝뚝 떨어지는 꽃술 속으로 육중한 살덩어리가 밀려들었다. 두툼한 머리공이 단숨에 좁은 입구를 채웠다.

"아흣……!"

숨이 제대로 쉬어지지가 않았다. 그는 너무 컸고, 그녀는 너무 빡빡했다. 수없이 그를 품었던 경험으로도 겁이 덜컥 났다. 더 이상의 진입은 불가능할 것 같다는 비이성적인 생각이 움텄다. 그녀의 심리를 꿰뚫은 듯 그는 노련하게 수풀을 헤치고 비대해진 원석을 문질렀다. 손가락 세 개를 모아 그 끝을 단단히 세우고서 격렬히 비볐다. 어마어마한 크기의 쾌감이 단번에 전신을 꿰뚫었다. 불덩이 같은 발기물이 힘차게 좁은 입구를 헤집었다.

"아아아아!"

비명을 내질렀다. 두 눈을 질끈 감고 아랫배에 힘을 주며 소리를 높였다. 꽃송이가 파르르 경련을 일으켰다. 몸에 박힌 거대한 쇠기둥에 적응하느라 욱신욱신 빠르게 수축했다. 그 달콤한 감각을 타고 머리보다 더 두꺼운 몸채가 밀려들었다. 천천히, 아주 매끄럽게 그녀를 채웠다. 육중한 것으로 몸이 가득 메워지자 체액이 주륵 외부로 흘러나왔다. 소이는 숨을 헐떡이며 정신없이 소리쳤다.

"아, 아, 아, 아……!"

기분이 좋았다. 그를 품는 게, 그를 갖는 게, 짜릿했다. 더 깊이 받아들이고 싶어졌다. 그를 뿌리 끝까지 담고 힘차게 옥죄어 그의 정수를 마지막 한 방울까지 쥐어짜 삼키고 싶었다. 그리하여 이 순간만큼은 그가 자신의 것임을, 자신만의 남자임을 확인받고 싶었다.

부질없는 욕심이라는 걸 알면서도 꼭 그러고 싶었다.

"거짓말하면 벌받는 법이지, 이소이."

현규가 귓전에 입술을 대고 나직이 속삭였다.

소이는 무거운 눈꺼풀을 힘겹게 밀어 올리고서 얄미운 그를 째려보았다. 가슴을 열심히 들썩이며 폐에 산소를 공급하고 있었다.

"내가 깨어난 거 언제 눈치챘어요?"

"처음부터. 척추가 꼿꼿해지더군. 왜 계속 자는 척했지?"

"당신이 제 풀에 지쳐 스스로 그만둘까 싶어서요."

"음. 날 너무 띄엄띄엄 보는군, 이소이. 내가 제 풀에 지쳐 뭔가를 포기한 걸 본 적이 있기나 해?"

"아니요."

볼멘소리로 중얼거리자 현규는 키득키득 웃으며 제법 통통한 그녀의 귓불을 핥았다. 손으론 쉴 새 없이 양쪽 가슴을 주물렀다. 유륜 근처를 손톱으로 긁고 포도 꼭지를 비틀었다. 그때마다 내궁(內宮)의 꽃주름은 옴질옴질, 그를 더 빨아먹는다. 현규는 나른하게 기분 좋은 신음을 흘렸다.

"으음……."

그녀를 품 안으로 더욱 바짝 끌어안으며 허리를 부드럽게 흔들었다. 그의 완벽한 근육질 몸매가 잔잔하게 웨이브를 타며 쑤석거렸다. 소이는 '흣!' 하며 손을 뒤로 뻗었다. 그의 허리를 붙들었다. 제지하려는 건지 더 해달라는 것인지 모호한 몸짓이었다. 즉각 멈추고 정확한 의향을 물어야 했지만 그러지 않았다. 누가 뭐라 해도 이제는 멈출 수 없었다. 그럴 단계를 넘어선 지 이미 오래이다.

그는 소이를 엎드리게 했다.

그 위를 짓누르듯 덮쳤다. 저절로 소이의 허벅지가 양옆으로 벌어졌다. 현규는 허리를 완전히 주저앉혀 하체와 하체를 밀착시켰다. 쾌액(快液)으로 매끄러워진 통로 속으로 몸이 쑥 빨려들었다. 헉 소리가 나올 만큼 극강의 감각이 하복부를 강타했다. 타이트하면서도 유연한 홀은 침입자의 몸체를 쫀득쫀득 감싸고서 게걸스러우리만치 냠냠 먹어치웠다. 맛을 보고 또 보았다. 크르릉, 그는 짐승처럼 포효하며 더 깊이 자신을 묻었다.

"아읏……!"

삐걱, 침대 매트리스가 더 깊이 가라앉았다. 소이는 얼굴을 베

개에 묻은 채 신음했다. 두 다리를 간헐적으로 흔들었다. 발길질로 매트리스를 때리기도 하였다. 그녀도 자신처럼, 이 지옥 같은 쾌락에서 벗어나길 원하는 거였다.

현규는 내부에서 들썩이는 방사의 욕구를 경이로운 인내심으로 꾸역꾸역 누르며 천천히 허리를 들썩였다. 깊게 가라앉았다가 빠져나왔다. 숨이 멎을 것처럼 느리게 침입했다가 후퇴하는 관능적인 흔들림을 이어갔다. 끝없이, 쉴 새 없이, 그녀가 애욕의 봇물을 터트릴 때까지…….

"아, 아흑! 현규 씨, 제발……!"

"제발 뭐? 빨리?"

그녀의 어깻죽지를 이로 잘근거리며 물었다. 뒤이어 고혹적인 등줄기를 혓바닥으로 주르륵 핥아 올렸다. 입술로 물어 올리듯 등허리에 키스를 퍼부었다. 매트리스에 짓눌린 가슴에도 달콤한 애무를 선사했다. 소이는 거의 애원하듯 흐느꼈다.

"아, 아, 아아아흣! 그게 아니라……!"

"정말 아니야? 이렇게 해달라는 게 아니라고?"

속도를 높였다. 압도적인 덩치로 소이의 상체를 완전히 에워싸고선 거칠게 내리꽂았다. 지진이 난 듯 침대가 흔들렸다. 엄청난 속도의 낯 뜨거운 마찰음이 퍽퍽퍽퍽, 귓전을 때렸다. 잔인할 정도로 달콤한 감각이 몸의 중심부를 넘어 전신으로 퍼졌다. 머리꼭지서 발끝까지, 실로 온몸 전신이 번개만큼이나 강력한 성적 에너지로 채워졌다.

감당할 수 없는 쾌락의 폭우 속에서 소이는 드높은 비명을 내질렸다. 어깨가 부르르 떨리고 있었다. 절정이 다가왔음이다. 현규는 거의 끝까지 빠졌다가 단번에 자궁 저 밑바닥까지 치고 내려갔다.

"아흑……!"

끝까지 박았다. 이미 박힌 몸에 무게중심까지 실어 한 치의 틈도 없이 박아 넣었다. 그 누구도 들어선 적 없는, 좁디좁은 그 막다른 곳에서 짐승은 포효했다. 기지개를 켜며 몸을 더욱 키웠다. 미친 야생마처럼 날뛰고 싶은 욕구가 번뜩였다. 칼처럼 날카롭게 이성을 베었다.

현규는 야수처럼 신음을 흘렸다. 야만적이랄 만큼 거칠게 허리를 굴려 한 발자국 더 들이밀었다. 찢을 듯 파고드는 거대한 이물감은 쾌감의 물결이 되어 소이를 집어삼켰다. 절정의 턱밑에서 그녀는 비명을 질렀다. 현규는 그녀의 귓불을 덥석 물었다.

"그럼 뭐지? 내가 어째 주길 바라, 이소이?"

쫍쫍, 붉은 살점을 빨아들이며 속삭였다.

"그만…… 그만해요, 제발."

"왜?"

"지쳤으니까요. 어제 너무 힘들었단 말이에요……."

"거짓말."

혓바닥을 귓속으로 밀어 넣으며 현규는 야비하게 중얼거렸다.

"당신은 12시간 가까이 수면을 취했어. 그 정도면 피곤이 풀리고도 남아. 내가 깨우지 않기 위해 얼마나 노력했는지 알아? 난 기다릴 만큼 기다려 줬어. 이젠 당신이 날 배려할 차례야."

"하지만……."

"날 굶주리게 만든 건 당신이란 걸 명심해. 어젯밤 숙소에 도착하자마자 옷도 안 벗고 곯아떨어졌잖아. 내가 얼마나 황당했는지 알아? 그땐 겨우 7시밖에 안 된 초저녁이었다고."

"그거야 당신이 날 지치게 했으니까 그렇죠. 누가 그렇게 체력 소모시키래요?"

타액을 동반한 길쭉한 근육질이 귓속에서 질척였다. 느릿느릿 뒤틀렸다, 쑥 안으로 들어섰다, 귓바퀴를 핥다가 다시 파고들었다. 스윽스윽 스칠 때마다 온몸에 소름이 돋았다. 전기가 등골을 타고 찌릿찌릿 흘러내려 발끝을 공격했다. 발가락이 저절로 오므라들었다. 그의 입술과 치아가 귓바퀴와 귓불을 잘근잘근 씹어서 쾌감을 유발할 때에는 발뿌리를 매트리스에 찍으며 온몸을 부르르 떨었다. 떨림을 감지한 현규는 얄밉게 히쭉거리고선 못 견디게 그윽하게 속살거렸다.

"낸들 스쿼시 한 게임에 그토록 무너질 줄 알았나."

"스쿼시만 한 게 아니잖아요. 하지도 못하는 수영에 골프까지 시켜놓고선. 누적된 피로가 너무 많아서 그랬던 거란 말이에요."

"왠지 당신이 운동을 아주 좋아할 것 같았거든. 만능이랄 정도로 온갖 스포츠를 섭렵하는, 그런 부류처럼 보였어. 수영을 못한다는 말을 듣고 예상이 빗나갔음을 깨달았지."

"전에 얘기했잖아요, 자라온 환경이 곤궁했다고. 레포츠 따위 즐기면서 살 여유 없었어요. 운동신경이 뛰어난 편도, 운동을 좋아하는 편도 아니었고요. 난 어려서부터 몸 쓰는 일엔 소질이 없었어요. 지금도 운동이라곤 몸매 관리를 위해 헬스클럽에서 유산소운동 하는 게 고작이라고요."

"천하의 이소이에게도 못하는 게 있다니, 참으로 놀라운 일이로군."

"네, 네, 마음껏 비웃어요. 어차피 난 운동은 젬병인 사람이니까."

"정말 그렇다고 생각해?"

그가 깊이 묻어두었던 몸을 서서히 빼내며 중얼거렸다. 빡빡하게 들어찼던 것이 빠져나가자 하향곡선을 그리던 흥분감이 방향을 틀었다. 잠시 멎었던 질경련이 다시 시작되었다. 욱신욱신 맹렬히 그를 조였다. 쫄깃쫄깃 거대한 살덩이를 씹고, 에워싸 비비고, 물어 당겼다.

현규는 그릉그릉, 동물 같은 신음을 토하며 다시 파고들었다. 쾌감에 전복돼 파들파들 떨던 이소이가 기쁨의 비명을 내지르기까지.

"아, 아, 아아아……!"

그의 허리가 부드럽게 물결칠 때마다 소이는 교성을 내질렀다. 온갖 탐락적인 소음들이 그녀를 달아오르게 했다. 살과 살이 부딪치는 소리, 꽃궁에 환액(歡液)이 넘쳐 나는 소리, 그들의 가쁜 숨소리마저 흥분케 했다. 자발적으로 몸을 움직여 합을 맞추었다.

철벅철벅, 찰진 소리는 더욱 커졌다. 진득한 습기가 보글보글 거품져 후드득후드득 떨어져 내렸다. 따스한 진액이 검은 수풀과 아랫배로 얼룩졌다. 몸이 더럽혀짐에도 혐오감이 들기는커녕 더욱 달아올랐다. 소이는 꺄아, 꺄아, 비명을 지르며 더욱 적극적으로 허리를 흔들었다. 현규가 지극히 만족스러운 웃음을 끌끌 흘렸다. 그러더니 갑자기 그녀의 허리춤을 불끈 들어 올렸다. 눈 깜짝할 새에 둔부가 솟구쳐 은밀하고도 소중한 부위가 훤히 드러났다.

소이는 냉큼 손을 뻗어 가리려 했으나 이미 그곳은 현규가 점령한 후였다. 그는 몽실몽실하면서도 탄력 있는 살점들을 손안에 가득 쥐고서 부드럽게 흔들었다. 백옥 같은 살결을 깃털처럼 부드러운 손길로 쓰다듬었다. 새하얀 허벅지와, 무릎 꿇은 종아리, 자신의 눈앞에 모든 것을 드러낸 채 벌어져 있는 비밀의 꽃봉오리까지 애무했다. 때론 다정하게, 때론 거칠게. 이미 낭창낭창, 흐늘흐늘해진 곳에서 꿀물이 주룩 떨어졌다. 그는 쪼개듯 그곳을 벌리고서 더욱 힘껏 수컷을 박았다.

쉴 새 없이 찾아드는 그를 소이는 기꺼이 받았다. 정신없이 제 몸을 흔들어 그를 탐식했다. 더 세게, 더 깊이, 더 빠르게 먹어치웠다. 그리고 산산이 부서졌다.

"으흐흑……!"

온몸이 뻣뻣하게 경직되었다. 시트를 틀어쥔 손이 바들바들 떨렸고, 힘이 빠진 무릎이 풀썩 꼬꾸라졌다. 곧장 그의 덩치가 덮쳐왔다. 족쇄처럼 단단한 팔뚝이 그녀를 끌어안았다. 뚝뚝, 등줄기로 그의 땀이 떨어진다. 지극히 동물적이었던 섹스로 인해 두 사람은 모두 뜨겁고 축축해져 있었다. 소이는 스멀스멀 손을 내밀어 그를 더듬었다.

갑자기 그를 만지고 싶어졌다.

"이소이……."

그의 손을 찾아 깍지를 끼자 현규는 목 졸리는 듯한 목소리로 속살거렸다. 소이도 홀린 듯 그를 불렀다.

"현규 씨?"

"으윽!"

부름에 응답하듯 그가 격렬히 신음했다. 순간 몸 안으로 뜨끈한 무언가가 쏟아졌다. 아랫배로 뜨거움이 번졌다. 눈가에도 열기가 차올랐다. 목덜미로 그의 거친 숨결이, 등줄기로 킹콩의 발걸음 같은 심장박동이 느껴졌다. 현규는 마치 살기 위해 숨을 들이켜는 사람처럼 가슴을 들썩였다.

"이소이?"

"네?"

"이소이……."

"네……."

소이는 아스라이 사라질 듯 말 듯 노곤한 목소리로 화답했다. 입가에 빙긋 귀여운 미소를 띤 채였다. 이대로 잠들어 버릴 것 같은 예감에, 현규는 눈살을 찌푸렸다. 소이는 어제저녁부터 내리 굶은 참이었다. 연달아 세 끼를 굶게 할 순 없었다.

그는 소이의 양쪽 볼을 한 손에 쥐었다. 자연스레 눈길을 사로잡는 도톰한 입술에 쪽쪽, 입술을 찍으며 깨웠다.

"이소이."

"……."

"일어나서 요기라도 하지. 이러다 아사해. 이소이?"

"……으음……."

소이가 칭얼거리며 그의 팔뚝을 품 안으로 끌어당겼다. 이미 잠결인 듯 부비부비 볼을 비비기까지. 지친 옆얼굴을 물끄러미 바라보다 현규는 한숨을 내쉬었다. 아무래도 잠시 둬야 할까 보다. 이미 체력이 바닥인 소이를 괴롭힌 것에 대해 잠시 후회의 시간을 가졌다. '그녀를 괴롭히지 말았어야 했는데……' 가 아니라 '아침을 먹여놓고 괴롭혔어야 했는데……' 의 수준이었지만.

천천히 몸을 뺐다. 깨지 않도록 조심조심하며 옆으로 몸을 굴려 무게를 덜어주었다. 그의 체온이 사라지자 소이는 잠결에도 아쉬운 듯 작은 한숨을 내쉬었다. 아주 잠깐 뒤척이는 것 같았지만 그녀는 곧 다시 완벽한 무의식 세계로 빠져들었다.

현규는 한참 동안 멀뚱하니 누워 있었다. 천장에 매달린 샹들리에를 멍하게 바라보았다.

고개를 꺾어 그녀를 보았다. 도자기처럼 맑고 투명한 등허리, 몹시도 여성적인 목선이 눈에 들어왔다. 심장에 무리가 올 정도로 고혹적인 뒤태였다. 망설이듯 손을 뻗었다. 손끝에 살갗이 닿자마자 아랫도리가 전기 충격을 받은 듯 불끈 일어섰다. 파블로프의 개처럼 즉각적이고 자동 반사적이었다. 욕설을 중얼거리며 현규는 그녀를 재차 덮쳤다.

"으음……."

바짝 올라선 몸을 다시 꽂았다. 이미 우윳물로 가득 찬 뜨겁고 나른한 꽃궁이 이방인의 침입을 본능적으로 감지하며 옴질거렸다. 땀 냄새와 난잡한 호르몬 향기, 이소이 특유의 그윽한 살냄새가 코끝을 스쳤다. 욱신욱신 또다시 조여지는 아랫도리를 더욱 깊숙이 밀었다가 뺐다. 부드러운 쑤석거림이 이어지자, 음탕하기 그지없는 이소이의 허리도 반사적으로 씰룩거렸다.

그는 매혹적인 여체를 더 가까이 끌어당겼다. 귀여운 정수리에 입을 맞추었다. 버릇처럼 그 위에 턱을 얹자 안락함이 밀려들었다. 편안했다. 자신이 평생 갈구해 왔던 바로 그 느낌인 것처럼 모든 게 자연스러웠다. 절로 눈이 감겼다. 얼마 지나지 않아 그 역시 무의식 세계에 발을 담갔다.

이소이와는 다정하게 깍지를 끼고 있었다.

◈

일주일이 쏜살같이 흘러갔다.

짧다면 짧고 길다면 길었던 7일간, 그들은 휴가답지 않게 규칙적인 생활을 했다. 둘째 날은 하루 종일 침실에서 나가지 않았고, 넷째 날은 먹거리 탐방에 나섰지만, 그 외에는 줄곧 '낮에는 스포츠 레저, 밤에는 섹스'를 즐기는 일상적인 일과를 보냈다. 마지막 날인 오늘은 특별히 설악산을 등반하기로 했다. 어젯밤 그가 그럴 예정이라 말하자 소이는 한숨을 내쉬었었다.

"어째 그럴 것 같더라니. 당신 사디스트예요? 내가 힘들어하는 걸 보면 막 해피해져요? 왜 사람을 괴롭히지 못해서 안달이에요?"

"무슨 그런 섭섭한 소리를 하실까. 친애하는 아내를 내가 왜 괴롭히려 들겠어? 난 단지 강원도에 왔으니 설악산에도 들러야 하지 않나 싶었을 뿐이야. 강원도 하면 설악산이잖아. 기왕 여기까지 왔으니 정상은 못 밟을망정 흔들바위는 만나고 가야지."

"웃기지 말아요. 당신의 사악한 속마음을 내가 모를 줄 알아요? 날 골탕 먹일 셈이잖아요. 내가 몸 쓰는 거 싫어한다는 사실을 알고, 계획적으로 날 물 먹이려는 거잖아요. 아니에요?"

"불쌍하게도! 피해 의식에 사로잡혀 있군. 너무 걱정 마. 당신 체력을 고려해서 2시간짜리 코스로 잡아뒀으니까. 큰 무리는 없을 거야."

"제발요! 말도 안 되는 소리로 사람 이상하게 만들지 말아요. 난 당신한테 피해 의식 같은 것 없어요. 내가 왜 그딴 걸 가져야 해요? 난 원래부터 운동은 뭐든 젬병이었어요. 그게 나고, 그런 날 부끄럽다고 느낀 적은 한 번도 없었다고요. 운동 못하는 게 죄는 아니잖아요? 개인의 특성일 뿐. 당신이 뭐라 공격해도 난 전혀 기분 나쁘지 않아요. 날 자극하려는 당신의 노력은 다 헛수고라고요. 아시겠어요?"

"당신, 운동 젬병 아니야. 잘하는 종목이 하나라도 있잖아."

"내가요?"

소이는 순진하게 물었었다. 그는 진한 키스를 퍼붓는 것으로 답을 대신했다. 그리고 밤을 꼬박 새워 그 사실을 증명해 보였다.

7일 동안 늘 그러했듯, 모든 것을 쏟아내는 소진의 밤이었다. 그럼에도 다음 날 눈을 떴을 때 몸과 마음이 날아갈 듯 가뿐했다. 새벽마다 보온 텀블러 같은 여체를 끌어안고 그녀가 주는 따스함과 편안함을 즐기곤 해서일까. 이소이는 새우처럼 몸을 구부리고

자는 버릇이 있었는데, 그가 안으면 부드럽게 몸을 펴고 갓난아기 처럼 가슴팍에 안겨오곤 했다. 따스한 이소이를 안고 잠드는 것은 이제 그의 생활이 되었다. 날마다 되풀이되는, 평생 그래야만 할 것 같은, 몹시도 자연스러운 일상…….

"알아, 안다고. 어림없는 소리이지. 어떻게 속궁합이 잘 맞는다는 사실만으로 일생의 동반자를 고를 수 있겠어? 말도 안 되지."

현규는 천장에 붙은 화려한 샹들리에를 향해 삐딱하게 중얼거렸다. 눈싸움하듯 그것을 맹렬히 쏘아보았다. 수십 개의 샹들리에 크리스털 조각들이 마치 이소이한테 평생 메이고자 하는 자기 자신인 양, 그의 눈에는 한심한 기운이 가득했다.

"이소이의 정체성은 여전해. 내게 그 여잔 아직도 '돈독 오른 삼류 모델' 이야. 돈 때문에 얼굴도 모르는 남자와의 결혼을 받아들인 싸구려."

하지만 그녀를 버리기 싫었다.

포기하기도 싫다. 이소이를, 이소이의 육체를, 그녀가 주는 감정적 따스함과 정신적 평화로움을 끊을 수가 없었다. 1년 뒤에도 그녀를 곁에 두고 싶었다. 원하기만 하면 언제든지 맛보고 즐기고 싶었다. 지금의 1년짜리 단기 계약직 아내로서는 어림없는 일이었다. 그녀가 평생 자신의 침실에 묶여 있길 바란다면 진짜 아내가 되어야만 했다.

"그거면 돼. 모든 게 완벽히 해결되는 거지."

이소이와의 결혼에서 기간 제한이 풀린다면, 집으로 돌아가 친구들에게 일일이 사정 설명할 필요가 없어진다. 1년 뒤 '이혼 스캔

들' 에 휘말리는, 끔찍한 경우도 생기지 않을 것이다. 노친네로부터 합궁과 수태에 대한 압박을 받을 필요도 없어진다. 제일 만족스러운 것은, 더 이상 란제리 화보 문제로 이소이와 옥신각신할 필요가 없어진다는 것이다. 진짜 아내가 되면 자연히 모델 일을 그만두게 될 테니까.

"아예 에이전시를 하나 차려주지 뭐. 사업가로 변신한 전직 모델, 나쁘지 않잖아?"

의견을 묻듯 샹들리에를 향해 눈썹을 끌어 올렸다. 크리스털 조각들은 조용했다. 창문을 통해 내리쬐는 햇살에 눈부신 광택을 발하며 고요히 허공에 서 있었다. 무슨 빙구 같은 짓이냐 싶은 생각에 헛웃음을 흘리곤 벌떡 몸을 일으켰다. 시간을 확인했다. 이소이가 스타벅스 커피를 사오기 위해 숙소를 나선 지 벌써 10분. 서둘러 샤워를 해야겠다고 생각하며 침대에서 빠져나왔다.

협탁 위에 놓여 있던 소이의 휴대폰이 울렸다.

휴대폰을 두고 나간 모양이다. 발신자로 '영신 언니' 가 떴다. 영신이라면 결혼식 때 들러리를 서준 소이의 지인이었다. 대신 받아줄 요량으로 휴대폰으로 팔을 뻗었다. 막 집어 들었을 때 뚝, 벨소리가 끊겼다. 겨우 몇 초밖에 울리지 않았는데…….

"뭐지?"

휴대폰을 째려보고 있을 때 메시지가 도착했다. 남의 메시지를 훔쳐보면 안 된다는 기본 에티켓마저 망각한 채 메시지를 확인했다. 장문의 메시지는 방금 전 벨 소리의 주인공, 영신한테서 온 것이었다.

「무심결에 전화 걸다가 끊었어. 주말이잖아. 그 남자랑 함께 있을지도 모른다는 생각이 들었어. 혹시 무슨 일 생긴 것은 아니지? 요즘 연락이 너무 뜸해서 걱정된다.」

그 남자? 누구? 나?

암호 같은 메시지를 빤히 내려다보며 인상을 쓸 때, 다음 메시지가 도착했다.

「일주일 동안 생각해 봤는데 말이야. 나, 그 수술, 아무래도 못 받을 것 같아. 안 받을래. 그냥 그 남자한테 돈 돌려주자. 돌려주고 다 끝내자, 소이야. 그게 최선인 것 같아.」

"돈?"

무슨 돈? 이소이가 대체 무엇을 끝내고 무슨 돈을 돌려줘야 한다는 건가? 그는 이소이와 금전 관계를 맺은 적이 없다. 이혼 시 위자료라면 모를까. 현재로선 그녀에게 줄 돈도, 받을 돈도 전혀 없다. 한없이 초조해지고 불길한 생각에 사로잡혀 10시간과도 같은 10분을 흘려보냈다. 이윽고 훨씬 더 긴 문자메시지가 수신되었다.

「네가 무슨 생각으로 이러는지는 알아. 너랑 함께 지낸 세월이 있는데, 네 맘을 왜 모르겠니. 하지만 아무리 생각해도 이건 아니야. 네 인생이 달린 문제잖아. 그 누구의 것도 아닌 네 인생. 네 인생은 너를 위해 써야지. 나 때문에 시궁창 속에 처박혀선 안 돼. 난 정말로 괜찮아. 염치 없지만 네가 지금처럼만 도와주면 버틸 수 있어. 더 늦기 전에 십억 돌려주고 이혼하자. 홀가분하게 털고 돌아와. 수술 받고 완치되면 뭐 하니? 네가 나 때문에 씨받이 신세가 되었는데. 네 결혼식 이후로 쭉 난 하루도 마음 편히 살지 못했어. 지금도 죄책감 때문에 미칠 것 같아.」

십억? 씨받이……?

덜컹! 숙소 출입문이 열렸다.

인기척이 느껴졌다. 현규는 휴대폰에 꽂힌 시선을 천천히 들어 지옥과도 같은 현실을 마주했다. 십억에 팔려온 자신의 아내, 이소이와…….

제10장 바보들의 행진

"뭐 하는 거예요?"

소이는 방문 앞에 우두커니 서서 물었다. 한 손에는 뜨거운 커피 두 잔이 들어간 캐리어를 들고 있었다. 아침에 일어나자마자 늘 하던 대로 커피를 사 들고 오는 중이었다. 그녀의 차분한 시선이 닿은 곳은 현규의 손. 그는 그녀의 휴대폰을 들고 있었다.

"왜 그걸 들고 있어요?"

"아."

현규는 어딘지 공허하게 들리는 감탄사를 멍하게 기계적으로 흘렸다. 그러더니 생경한 시선으로 휴대폰을 내려다보았다. 마치 그것의 존재를 이제야 알았다는 듯.

평소답지 않은 그의 모습에 소이는 눈살을 찌푸렸다. 그가 혹시 뭔가를 본 것일까, 걱정이 되었다. 비밀스런 메시지들은 대부분 그때그때 삭제해 두는 편이지만, 바쁘거나 정신없을 때는 종종 놓치는 경우가 있었다. 남아 있는 메시지들 중 그가 보아서는 안 될 내용이 있었는지에 대해서는 그녀로서도 지금은 알 길이 없었다. 불안한 마음에 쭈뼛쭈뼛 방 안으로 들어섰다.

"전화가 왔었어. 받으려 했는데 끊어지더군."

휴대폰을 내밀며 그가 말했다. 소이는 조심스레 눈치를 살피며 그것을 받아 들고서, 커피 캐리어를 건넸다. 방금 전까지 약간 멍해 보이던 현규는 이제 말짱해 보였다. 이상해 보일 정도로 눈동자가 번들거리는 것만 빼면 평소와 별로 다를 바가 없었다.

괜한 걱정을 했었던 걸까?

"하영신 씨였던 것 같아. 전화해 봐. 지금."

별로 좋은 생각은 아니다. 그동안 소이는 줄곧 가까운 지인들과의 접촉을 자제해 왔다. 특히 현규와 함께일 때는 전화 통화조차 하지 않았다. 지현규는 워낙 눈치가 빠른 사람이라 통화 중 흘러나오는 몇 개의 단서만으로도 모든 문제들을 완벽히 파악해 낼 것이었다.

"나중에 해볼게요."

빙긋 웃으며 휴대폰을 주머니에 넣으려는 찰나, 그가 뜻밖의 의문부호를 달았다.

"왜? 지금 해. 급한 일이 생긴 건지도 모르잖아."

"아마…… 아닐걸요."

"아니란 걸 어떻게 알지? 하영신 씨의 용건이 뭔지 이미 안다는 건가?"

"그게 아니라…… 우리 등반 일정이 더 빠듯하다는 뜻이었어요. 서둘러야 해요. 산에 일찍 올라야 일찍 내려올 수 있어요. 괜히 늦장 부리다간 서울 도착 시간까지 지연될 거예요. 전화는 산에 오르면서 천천히 해도 되고……."

"전화 한 통화할 시간쯤은 여유 있어. 걱정 말고 해. 난 커피나 마시고 있지, 뭐."

현규는 캐리어에서 뜨거운 아메리카노 한 잔을 꺼내더니 살 떨리게 달콤한 미소를 지어 올렸다. 그리고서 느긋한 동작으로 푹신한 소파에 몸을 묻음으로써 기꺼이 그녀를 기다려 줄 용의가 있음을 알렸다. 소이는 천천히 휴대폰을 내려다보았다. 부재중 통화의 알림등이 깜빡이고 있었다. 꼴깍 마른침을 삼켰다.

지그시 아랫입술을 깨물고 휴대폰 중앙 버튼을 눌렀다. 최근 통화 목록을 살피니 그의 말대로 '영신 언니'가 떠 있었다. 화면을 문지르면 곧장 발신이 될 터이다. 몹시 망설이며 흘끔 현규 쪽을 훔쳐보았다. 그는 커피에 집중하고 있었다. 세상에서 가장 중요한 일인 양, 따뜻한 음료를 목구멍 뒤로 넘기는 일에 매진 중이었다. 아름답달 정도로 길게 휘어진 속눈썹을 반쯤 내리깐 채 꿀꺽꿀꺽, 아주 천천히…….

갑자기 몸이 후끈 달아오르자 소이는 퍼뜩 정신을 차렸다. 냉큼 시선을 거뒀다. 밤새 그를 탐식하고서 또다시 음탕한 생각에 몸을 떨다니 미쳤나 싶다. 서둘러 메시지 함을 클릭하였다. 아무리 생각해도 통화보다는 메시지가 안전할 것 같았다.

"……!"

메시지 함이 열리자마자 두 눈이 번쩍 뜨였다. 불과 몇 분 전, 영신이 여러 개의 메시지를 보냈다는 기록이 떠 있었다. 누군가가 이미 그것을 읽어보았다는 것도. 심장이 멎었다. 숨도 제대로 쉴 수 없을 만큼 커다란 충격이 밀려들었다. 입을 벌렸다가 닫았다. 다시 벌려 한참 동안이나 머뭇거렸지만 결국에는 닫을 수밖에 없었다.

눈을 들어 그를 보았다. 지현규는 경멸에 찬 시선으로 그녀의 반응을 모조리 지켜보고 있었다.

"……봤군요."

받은 충격에 비하면 놀라우리만치 차분하게 말이 나왔다. 감정을 숨기고 배제하는 것이 습관처럼 몸에 배인 그녀였기에 가능한 일일 것이다.

"화났어요?"

"전혀. 내가 왜 그래야 하지?"

입술 언저리를 시니컬하게 끌어 올리며 그가 물었다. 눈빛이 살벌했다. 입가에 머금은 미소는 차가웠고 목소리에는 조롱기가 다분했다. 조심스럽게 주먹을 틀어쥐며 그녀는 속삭이듯 대답했다.

"나한테 속았으니까요."

"내가 속았다고? 정말 그렇게 생각해?"

현규는 헛웃음을 터트리며 고개를 가로저었다. 말도 안 된다는 듯, 있을 수 없는 일이라는 듯. 그러더니 커피를 테이블 위에 탁, 소리 나게 내려놓는다. 곧장 벌떡 자리에서 일어났다. 언제 웃었나 싶게 싸한 표정으로 그녀를 꼬나보며 그는 천천히 입술을 움직였다.

"천만에, 이소이. 난 속지 않았어. 처음부터 당신이 어떤 여자란 걸 알고 있었거든. 육체의 아름다움을 팔아 돈을 버는 여자. 돈을 위해선 낯선 남자와의 섹스도 마다하지 않는 여자. 애초에 당신 같은 여자가 이 결혼에 응했다면 그건 분명 돈 때문이었겠지."

"……."

"함께 지내는 동안, 잠시 판단을 보류했었어. 겪으면 겪을수록 사람이 달리 보였으니까. 내가 너무 성급한 판단을 내렸을 가능성이 충분하다고 생각했어. 가끔은 혼란이 와서 괴로울 지경이었지. 다행이야. 이젠 그럴 필요가 없어졌으니. 덕분에 한결 마음이 편해졌어. 더 이상 헷갈리지 않게 해줘서 고마워."

"……."

"다만 한 가지 의문스러운 건, 당신처럼 영악한 여자가 고작 십억에 스스로를 팔아넘겼다는 점이야. 너무 적은 것 아닌가? 무려 명지그룹 지현규의 아내 자리잖아. 위자료만 해도 십억은 가뿐히 넘었을 텐데, 어쩌자고 노친네와 그런 바보 같은 계약을 맺은 거지?"

"십억이…… 아니에요."

턱 막히는 목구멍 사이로 간신히 말들을 토했다. 현규의 반응을 기다리며 잠시 입을 다물었다. 그러나 대꾸는 날아오지 않았다. 그는 무슨 헛소리를 지껄이는지 기대된다는 듯 빈정거리는 눈빛으로 그녀를 쏘아볼 뿐이었다. 소이는 억지로, 나오지 않는 말들을 하나하나 힘주어 뱉어냈다.

"정확히 백억짜리 계약이에요. 당신의 아기를 낳으면, 할아버님으로부터 구십억을 더 받기로 했어요."

"……뭐?"

섬뜩할 정도로 음울한 목소리가 귀에 꽂혔다. 안면에 정조준 된 그의 시선이 음산해졌다. 마음을 꿰뚫어 보는 듯 집요한 눈을 피해 그녀는 커튼처럼 눈꺼풀을 끌어 내렸다.

"백억을 받기로 했다고요, 당신의 아기를 낳아주는 대가로."

"그러니까 고작……."

"……."

"고작 백억에 자기 자식을 팔아넘겼다는 거야?"

몹시도 비정하게 들리는 말. 심장에서 피가 배어난다. 마음이 핏물로 얼룩졌다. 뜨거운 감정이 목구멍을 관통하며 끓어올랐다. 찢어질 듯한 통증을 가슴으로 느끼며 소이는 눈을 감았다. 처음이 일을 하고자 결정했을 때는 느끼지 못했던 감상들이 정신없이 밀려들었다.

"열 달을 뱃속에 품은 자식을, 제 새끼를, 고작 돈 백억에 팔아넘길 예정이라고? 내 자식을? 우리 자식을?"

"……."

혼란과 고통으로 점철된 의식으로 현규가 쏟아내는 경멸감이 고스란히 박혀왔다.

소이는 입술을 지그시 깨물었다. 당장이라도 흐느낌이 터질 것만 같았지만 참아냈다. 여기서 눈물을 보일 수는 없었다. 절대 그러지 않을 것이다. 그의 앞에선 무슨 일이 있어도 강한 여자여야만 했다. 그것만이 그나마 남은 자존심을 지킬 수 있는 유일한 길이었다. 한참 동안이나 애쓴 끝에 평소만큼 차분하게 대꾸할 수 있었다.

"친권과 양육권을 넘기는 것뿐이에요. 비약하지 마세요."

"말장난하지 마. 그게 그거란 건 바보 멍청이라도 알 수 있으니까. 세상에 어떤 엄마가 자식의 친권과 양육권을 포기하지? 돈에 눈이 먼 여자가 아니고서야 억만금을 준대도 자식은 포기 못하는 게 어미 아닌가?"

현규는 정말로 매몰찬 어조로 몰아붙였다. 그녀의 양심을, 어디 있는지도 몰랐던 모성애를 미친 듯이 자극했다. 눈물이 솟구쳤다. 눈시울이 뜨거워지고 목구멍이 아파왔다. 울기가 가라앉을 때까지 눈을 감고 목구멍을 죄었다. 조금 진정이 되어서야 고개를 들었다.

현규는 멀지 않은 곳에 신처럼 우뚝 서 있었다. 오늘따라 참 멋있다고 생각하며, 덤덤하게 물었다.

"포기하지 않으면요? 내가 아이 곁에 남겠다면 허락할 건가요?"

"미쳤어? 당신 같은 쓰레기를 아이 곁에 둬서 뭐 하게."

"……네, 나도 그렇게 생각해요."

예상했던 대로의 답인지라 실없이 웃음이 터졌다. 이미 살인적인 현규의 눈빛이 더욱 험상궂어졌다. 눈초리가 딱 '지금 웃음이 나와? 장난해?' 였다. 소이는 속으로 씁쓸하게 대꾸했다. 장난이 아니란 것을 알기에 이렇듯 가슴이 미어지는 거라고.

"할아버님께서도 같은 생각이었을 거예요. 내 혈통이 탐났겠지만 현실적으로 나를 집안에 들일 수는 없었겠죠. 그분 눈에 나는, 명지그룹 후계자의 안사람이 되기에는 턱없이 부족한 여자였을 테니까요. 귀하디귀한 손자의 곁에 머물게 할 수 없었을 거예요. 그토록 바라고 바랐던 증손자의 미래를 위해서도 나를 제대로 처리해야 했겠죠. 어쨌든 그분이 원했던 것은 나란 여자 존재 자체가 아니라 내 혈통이었잖아요."

"괜히 노친네 끌어들여 말 돌릴 생각 마. 난 그 양반이 무슨 짓을 하든 전혀 신경 쓰지 않으니까."

현규가 씹어뱉듯 일갈하며 성큼 다가섰다. 새까만 눈동자가 분노로 이글이글 타오르고 있었다.

"아무 상관 없어! 그분이 무슨 말로 당신을 꼬드겼는지, 얼마나 많은 돈을 주기로 했는지, 어떤 내용의 계약을 맺었는지, 나하곤 아무 상관 없다고! 상관 안 해! 내가 치 떨리게 혐오스러운 건! 미치도록 화가 나는 건! 엄마라는 작자가 자식을 놓고 흥정했다는 사실이야. 태어나지도 않은 내 아이를 물건 취급했다는 사실이라고!"

"……."

"어떻게 그런 짓을 할 수 있지? 아무리 돈이 좋다지만 인두겁을 쓰고 어떻게 그래? 아이가 불쌍하지도 않았나? 평생 친엄마가 누군지도 모르며 살아갈 아이가 애달프지도 않았어?"

"그럴 만한 사정이 있었어요."

그때는 모든 게 그럴싸하게 들렸었다. 누군가와 결혼만 해도 십억, 아기를 낳아주면 백억을 벌 수 있는 일이었다. 결혼 상대는 명지그룹의 지현규, 대한민국 미혼녀라면 모두가 흠모해 마지않는 남자였다. 어떤 여자든 흔들릴 수밖에 없었을 것이다. 돈이 절실했던 소이에게는 제대로 혹할 제안이었다. 솔직히 아이 문제는 깊이 생각해 보지 않았다. 어차피 자신은 아이를 잘 키울 수 없다고, 그럴 자격도 자신도 없다고, 그러니 차라리 현규의 품에서 재벌 상속자로 자라는 게 아이를 위한 최선의 결정이라고만 생각했었다.

정말로…… 그땐 그게 최선인 것 같았다.

"무슨 사정? 대체 어떤 사정이기에 어미가 자식을 버리고 돈을 취하지? 노름꾼 아버지가 빚이라도 왕창 남겼나? 그걸 갚기 위해 자식까지 팔아야만 했었어?"

"……아니에요."

"그럼? 당신 부모도 당신을 팔았던 거야?"

"아니라고요."

"뭐, 그랬을 수도 있겠군. 노름꾼들은 노름을 하기 위해서라면 별짓도 다 하니까. 빚에 시달리다 못해 딸을 팔았나? 그 딸은, 부모에게 버림받은 충격으로 심장을 잃어버렸던 것이고? 자신을 돈 몇 푼과 맞바꾼 부모가 증오스러웠고, 결단코 그런 인생을 살지 않으리라 마음먹었지만, 자신도 모르는 사이 조금씩 닮아가고 있었던 건가? 그래서 이런 짓을 저질렀나? 끔찍하게 잔인하고 비윤리적이었던 부모와 똑같이, 제 자식을 돈을 받고 포기한다는 계약서에 사인한 거야? 그래?”

“…….”

“그게 아니라면, 가정 폭력은 어때? 그거라면 당신 인간성이 그토록 바닥인 게 납득될 것도 같은데. 아버지한테 맞으면서 컸나?”

“그런 일 없어요.”

“사람은 술을 마시면 누구나 감정적이 돼. 억눌렸던 분노와 상처를 끄집어내 막무가내로 발산해 버리지. 그런고로 알코올 중독자들은 대부분 가족들에게 언어적, 신체적 폭력을 가해. 아버지는 알코올 중독자셨잖아? 한 번쯤 맞아본 적 있었겠지. 안 그런가?”

“아니에요, 아니라고요.”

아니라는 말을 반복하며 고개를 가로저었다. 눈가가 또다시 시큰거린다. 코끝이 찡해왔다. 눈동자가 아렸다. 허공을 미친 듯이 헤매는 시선 어딘가에 그리운 아버지의 실루엣이 잡혔다. 어린 시절, 그녀를 무릎에 앉히고 옛날 얘기를 들려주시던 다정한 목소리가, 사람 좋은 미소가, 머리를 쓰다듬어 주던 손길이 생생하게 느껴졌다.

“우리 소이 공주, 평생 아빠 곁에서 살아야 한다? 시집 같은 거 절대 가면 안 돼.”

“시집이 뭔데요?”

“공주님이 멋진 왕자님을 만나서 아빠 곁을 떠나는 거.”

“나는 왕자님을 만나야 하는데? 공주님이니까요.”

“에이! 그럼 안 되지. 의리 없게. 우리 공주님, 아빠보다 왕자님이 더 좋아?"

"아빠도 왕자님도 좋아요. 왕자님한테 시집가고 싶지만, 아빠와 헤어지기도 싫은데."

"뭐야? 그래서 어쩌겠다고? 아빠랑 살겠다는 거야, 왕자님한테 시집가겠다는 거야?"

"왕자님을 데려와서 아빠랑 같이 살 거란 뜻이에요!"

"어엇? 그런 방법이 있었네? 우리 똑똑이 공주님!"

유쾌하고 호탕했던 아버지의 웃음소리가 귓전을 울렸다. 또르르, 그리움의 눈물이 두 볼을 타고 흘러내렸다. 조금이라도 눈물을 감춰보고자 서둘러 고개를 숙이고 꾹 눈을 감았다. 눈물이 속눈썹에 방울방울 맺혔다가 후드득 떨어진다. 숙인 머리 위로 악의적인 말이 떨어졌다.

"인간쓰레기."

"……."

"당신은 인간쓰레기야. 당신 부친이 그랬듯이."

순간 뇌관이 터졌다. 분연히 고개를 쳐들었다. 눈물로 아롱진 시야가 지현규로 가득 찼다.

짧은 순간 수많은 기억들이 뇌리를 스쳐 갔다. 처음 만나자마자 '당신 같은 여자와는 절대 결혼 못한다' 며 불처럼 화내던 모습부터, 어젯밤 자신을 뜨겁게 차지하던 에로남신의 모습까지. 짧지 않은 시간을 함께하는 동안, 많은 것이 변해 버렸다. 그녀에겐 고작 '재수 없는 재벌3세' 에 불과했던 지현규는 이제 '썩 괜찮을지도 모르는 남자' 가 되었다. 평생 의지해도 좋을 사람. 그만큼 믿어도 되는 사람. 마음 다해 사랑해도 괜찮을 사람. 무슨 일이 있어도 내게 상처 주지 않을 사람…….

눈물이 더욱 빠르게 차올랐다. 쓸데없는 감상 때문이다. 이런 상황에도 사랑 타령하다니 스스로가 한심스러워졌다. 어차피 지현규는 언감생심 자신의 남자가 될 수 없는 남자였다. 그는 마음만 먹으면 뭐든 가질 수 있는 '왕자님' 이고, 그녀는 그의 말대로 인간쓰레기에 불과하다. 그는 자신과 어울리지 않는 남자였다. 미련은 흔적도 없이 날려야 한다.

소이는 주먹을 불끈 쥐며 일갈했다.

"함부로 지껄이지 말아요. 당신이 나에 대해서 뭘 알아요? 내 가족에 대해 뭘 아는데요? 아무것도 모르면서. 우리 아버지가 어떤 사람인지, 우리 가족의 삶이 어떠했는지, 눈곱만치도 모르면서! 왜 멋대로 지어내요? 왜 함부로 비난해요? 무슨 자격으로!"

"이건 또 무슨 궤변이지?"

돌아온 것은 싸늘한 비웃음이었다. 그는 철철 눈물을 흘리는 소이를 깔아뭉개듯 내려다보았다. 벌레 보듯 혐오와 환멸이 가득한 시선이었다.

"이것 봐, 이소이. 정신 차려. 난 당신 남편이야. 앞으로 태어날 당신 아이의 아버지이기도 하고. 이만하면 당신과 당신 가족에 대해 논할 자격 충분하지 않나?"

"난……."

"정말 끔찍하군. 내 자식이, 내 핏줄을 타고난 내 아이가, 당신 같은 여자의 배를 빌어 나온다고 생각하니 소름이 끼칠 지경이야."

묵직하게 깔려오는 그의 목소리는 혐오감으로 가득했다. 파르르 입술이 떨려왔다. 눈물이 비 오듯 쏟아졌다. 끄윽끄윽, 소리를 내지 않기 위해 이를 악물었다. 입술을 질끈 깨물고 목구멍을 죄었다. 오열하지 않기 위해 안간힘을 쓰는 그녀를 향해, 그는 냉혹한 혀를 가차 없이 휘둘렀다.

"부디 임신하지 않았기를 바라. 내가 당신 인생을 지옥으로 만들지 않게."

"그게 무, 무슨 소리예요?"

소이는 두 눈을 휘둥그레 뜬 채 더듬더듬 물었다.

겁을 잔뜩 집어먹은 그 아름답고 깨끗한 눈망울로 인해 현규는 잠시 마음이 흔들렸다. 당장 소이를 끌어안고 겁먹지 말라고, 아무 걱정할 것 없다고, 나만 믿으라고, 내가 다 해결해 줄 거라고 말해주고 싶었다. 미친 개소리다.

"무슨 소리인지 그 예쁜 머리로 잘 생각해 봐."

살근살근 달콤하게 속삭여 줬다. 세상에서 가장 달달한 미소를 머금고.

충격과 공포로 얼룩진 그녀를 본체만체 지나쳤다. 등 뒤에서 그녀의 외침이 들렸지만 돌아보지 않았다. 아무것도 느끼고 싶지 않았다. 느낄 수도 없었다. 깊은 상실감만이 그를 나락으로 추락시키고 있었다.

❖

이틀 후, 현규는 성난 코뿔소처럼 본가에 들어서고 있었다.

십수 년 전, 지원호 옹이 지어 올린 99칸짜리 대궐은 대한민국 현대건축사의 한 획을 긋는 대표적인 건축물로써, 대중들은 그가 오롯이 건축과 예술에 대한 애정으로 이런 훌륭한 집을 지었다고 추켜세웠다. 그런 얘길 들을 때마다 현규는 속으로 중얼거리곤 한다.

'애정 같은 소리 하시네.'

라고.

지원호가 기껏 집 한 채에 어마어마한 자금과 최신식 건축기법, 예술적 가치까지 쏟아부은 것은 건축에 대한 애정 때문이 아니다. 집안 대대로 대갓집 마나님 수발을 들었던 자의 '머슴 콤플렉스' 때문이었다. 한국민속촌을 떠올리게 하는 외관에 쓸데없이 99칸이나 되는 게스트룸, 집 안 곳곳에 배치된 수많은 일꾼들, 실내를 장식하는 전통 소품과 현판들은 괜한 게 아니었다.

"오셨습니까, 도련님?"

긴 복도식 마루를 지나칠 때마다 일꾼들이 고개를 조아리며 인사를 해왔다. 평소였다면 일일이 인사해 주었을 것이다. 어려서부터 봐오던 광경이었고, 조부는 늘 일꾼들에게는 친절히 대해주어야 한다고 당부해 왔으니까. 하지만 지금은 그럴 기분이 전혀 아니다.

"어머나, 세상에나! 도련님 몰골이 왜……?"

복도에서 마주친 주방 찬모가 두 눈을 휘둥그레 뜬다. 늘 흐트러짐 없이 단정했던 현규가 헝클어진 머리, 붉게 충혈된 눈, 덥수룩한 수염, 구겨질 대로 구겨진 슈트 차림으로 나타났으니 식겁한 것이다.

역시 질주하는 기차처럼 맹렬히 스쳐 지나쳤다. 길고 좁은 복도를 통과했다. 안방에 도달하자 현규는 창호지와 완자살로 이뤄진 미닫이문 앞에 서서 비장하게 숨을 들이마시었다. 그리고 마침내 저돌적으로 팔을 휘젓자, 딱! 소리와 함께 문이 양쪽으로 갈라졌다.

"어디 있습니까?"

현규는 쿵쾅쿵쾅, 킹콩 같은 발자국을 방바닥에 찍으며 다짜고짜 질문을 던졌다. 보료에 정좌한 채 독서 중이던 조부는 느닷없이 들이닥친 손자를 황망한 눈으로 바라보았다. 이게 무슨 본데없는 짓인가 하는 표정이었으나 전후 사정을 설명할 시간이 없었다. 그에게는 한시가 급한 일이 있었다.

'이소이.'

휴가지에서 헤어진 이후부터 행방이 묘연한 자신의 아내!

이틀 전, 그는 그녀와 다퉜다. 종일 술을 마셨다. 조부와 아내의 '짜고 치는 고스톱'에 바보처럼 놀아났다는 사실에 놀람을 금할 길이 없었다. 이성이 마비될 정도의 '만취'가 아니면 절대로 극복하지 못할 충격이었다. 다음 날 새벽이 되어서야 숙소에 돌아왔다. 그대로 꼬꾸라져 잠들었다가 깨어난 것은 오후 4시쯤. 그땐 이미 소이가 떠난 후였다.

그 즉시 따라갔어야 했다. 그녀를 다시 만나 이성적인 대화로 현실적인 해결 방안을 모색해야만 했었다. 하지만 발길이 떨어지지 않았다. 자존심이 상했다. 그녀에게 매달리는 기분이 들어 마뜩잖았다. 결국 또다시 만취의 길로 들어섰고, 오늘 아침 화장실로 줄달음칠 때까지 내내 곯아떨어져 있어야 했다. 참으로 빌어먹게도, 화장실에서 전날 먹었던 것을 게워내는 와중에도 머릿속을 맴돈 것은 그녀였다.

'이소이.'

그쯤 되니 인정할 수밖에 없었다. 그녀를 원한다는 사실을. 그녀에게 흠뻑 취했다는 사실을. 독한 알코올로도, 강렬한 증오심으로도, 그녀를 씻어낼 수 없음을. 그 길로 서울로 향했다. 돌아가는 차 안에서 계획을 짰다.

조부와의 계약을 무효화함과 동시에 이소이를 영원히 자신의 곁에 묶어둘 필승의 계획을.

누구든 지현규에게 엿을 먹여놓고 무사히 빠져나갈 수 없다. 그녀도 예외는 아니다. 어떤 식으로든 대가를 치르게 해야 했다. '속박' 만큼 완벽한 벌은 없었다. 이소이를 평생 곁에 붙잡아두는 것. 결코 빠져나갈 수 없는 영원의 굴레를 씌우는 것. 그는 이소이에게 '이혼 없는 결혼' 을 요구할 생각이었다.

아파트에 도착하자마자 깨달았다. 그녀의 부재를, 그녀가 남긴 메시지를.

그녀는 이미 떠나 버린 후였다.

"대체 꼴이 그게 뭐냐? 꼭 일주일 내내 주색에 빠졌다가 나온

놈 같구나."

지원호는 꾸짖는 말투로 특유의 쇳소리를 뱉어냈다. 못마땅한 듯 눈썹을 짜부라뜨리는 모양새가 당장이라도 혀를 차며 설교를 늘어놓을 기세였다. 무시했다. 조부의 잔소리에 신경 쓸 여력이 없었다. 지금 현규의 안중엔 오로지 이소이뿐이었다.

"말하세요! 그 여자 지금 어디 있습니까? 대체 어디로 내뺐냐고요."

"영문을 모르겠구나. 왜 네 안사람 행방을 내게 묻는 게야?"

"할아버지께서 그 여잘 섭외했으니까요. 할아버지께서 무려 백억을 주겠다며 그 여잘 꼬드겼고, 우릴 결혼하게 만드셨으니까요!"

"……역시."

지원호는 정제된 동작으로 돋보기를 서탁(書卓)에 내려놓고서 조용히 눈을 들었다.

"알게 된 거로구나, 계약에 대해."

"그 여잔 할아버지한테 고용된 여자였어요. 행방을 감추기 전 할아버지께 미리 얘기했을 겁니다. 말씀하세요. 이소이, 어디 있습니까?"

"손에 뭘 들고 있는 거냐?"

원호는 불끈 틀어쥔 손자의 주먹을 지그시 바라보며 물었다. 노란 메모 쪼가리가 삐죽 튀어나와 있었다. 자신의 질문이 무시당했다고 생각한 듯 현규는 눈을 번쩍였다. 그는 조부에 대한 반감을 감추지 않으며 앉은뱅이 서탁 위에 탕! 메모지를 내려놓았다.

"직접 읽어보시죠."

"……."

원호는 아무 대꾸 없이 돋보기를 다시 썼다. 우그렁쪽박이 되어버린 메모지를 천천히 펼쳤다. 조그마한 종이에 깨알처럼 자그마한 글자들이 여성스럽고 정갈하게 써져 있었다. 필체가 썩 마음에 들었다. 깔끔하고 깊이가 있었다. 집안에 명필이 수두룩하니 과연. 피는 못 속이는구나 싶었다. 현규는 세상에 둘도 없는 악필이다. 씁쓸하게 미소하며 메시지를 읽기 시작했다.

—상황이 너무 갑작스럽게 전개되네요.

경황이 없어서 작별 인사는 못하고 떠나요.

다행히 혼인신고 전이라네요. 법적으론 당신과 나, 남남인 거죠. 이혼 절차는 따로 밟을 필요가 없을 것 같지만, 혹시라도 문제가 생기면 기주 씨한테 연락할게요. 직접적으로 만날 일은 절대로 만들지 않을 테니 그 점은 염려하지 마세요.

미안해요. 본의 아니게 당신한테 고통만 안겨주어서.

짧았지만 즐거웠어요. 행복하기를 진심으로 빌어요.

소이.

"새아기가 떠났구나."

원호가 할 수 있는 말은 고작 이것뿐이었다.

방금 전까지 꼼꼼히 살펴 확인했던 손자의 면면은 그야말로 처참함 그 자체였다. 손자는 몇 날 며칠을 술로 지새운 놈처럼 초췌

했다. 눈빛은 공허했고 불안했다. 언뜻 공포마저 엿보였다. 아내를 영원히 잃을지도 모른다는 공포…….

늘 손자가 사랑에 빠졌으면 좋겠다고 바랐지만 이 정도는 아니었다. 스스로를 망칠 만큼 처절하고 간절한 수준까지 빠져드는 사랑은 안 하느니만 못하다. 과도한 사랑은 남자를 피폐하게 만든다.

"하실 말씀이 겨우 그것뿐입니까?"

황당하다는 듯 헛웃음을 터트리며 현규가 물었다. 고개를 들지 못한 채 원호는 대꾸했다.

"새아기도 나도 일이 이렇게 될 줄은 예상하지 못했다. 그 아이가 네 배필로 적합한 조건을 가졌다고 판단했을 때 가족력까지도 모두 살폈었어. 부모의 집안은 양쪽 모두 자손이 번성한 집안이었다. 당연히 그 문제로 착오가 생길 거라곤 생각할 수 없었지. 다 내 실책이다. 확실하게 검사 결과를 확인한 후에 결혼을 추진했어야 했는데. 그때는 널 설득하는 일에만 노력을 기울이느라 정신이 없었다."

"검사 결과라니요? 무슨 검사요?"

"불임 테스트 말이다."

"네?"

현규는 전혀 모르는 일인 것처럼 되물었다. 이소이가 계약서의 별첨 부분인 '비밀 유지' 조항을 지키기 위해 최선을 다한 증거였다. 아쉽다. 문자메시지조차 들키지 않았더라면 좋았을 것을. 그랬더라면 지금 현규는 계약에 대해 아무것도 몰랐을 것이고, 그는 훨씬 더 수월하게 상황을 마무리할 수 있었을 것이다. 아쉬운 마음에 한숨을 내쉬며 원호는 말을 이었다.

"결혼 전, 새아기는 불임 테스트를 받았었다. 어제야 그 결과를 받아보고 알게 되었다더구나. 자신이 불임이라는 것을. 그래, 네 말대로 새아긴 곧장 나를 찾아왔었다. 더 이상 계약을 이행할 수 없다면서 애초에 부적격자였으니 계약은 처음부터 성립될 수 없다고 주장하더구나. 지금까지의 일들 모두 없었던 일로 하자고 했어."

"그래서 그 여자가 하자는 대로 다 해줬단 말입니까?"

"해준 게 아니다. 내 생각도 다르지 않았으니 적당히 합의를 본 거야."

"불임인 줄 알았다면 결혼 얘긴 아예 없었을 거란 얘깁니까?"

"난 처음부터 너와 새아기가 잘살길 바랐던 사람이야. 네가 완강히 거부하니 별수 없이 1년짜리 결혼을 제시하긴 했지만, 내심으론 서로가 서로를 사랑하며 평생의 인연이 되길 바랐다. 그게 바로 내 '피갈이 프로젝트'의 완성판이었어."

"……."

"하나, 내가 궁극적으로 원한 것은 새아기가 아니다. 새아기가 네 후사를 잉태하는 것이었지. 회임할 수 없는 몸이란 걸 알았더라면 당연히 이 결혼은 진행하지 않았을 거다. 자식을 낳을 수 없는 며느리가 대체 무슨 소용 있겠니? 피갈이는커녕 대가 끊길 수도 있는 판국에 어찌 그런 아이를 너와 혼인시키겠어? 황족의 피를 이어받았다 한들 그저 아무짝에도 쓸모없는 여자일 뿐인데, 어찌?"

"황족의 피라니요? 무슨 말씀이십니까?"

가만히 듣고만 있던 현규가 불쑥 물어온다. 서탁만을 물끄러미 응시했던 원호는 천천히 눈을 들어 손자를 바라봤다.

현규의 눈은 분노와 울분, 적개심으로 이글거렸다. 제멋대로 계약의 무효화를 선언한 아내를 향한 분노, 사사로운 욕망을 위해 사람을 샀다가 내쳐 버리는 할아비의 저열함에 대한 적개심일 것이다. 손자를 탓할 수는 없었다. 짐승만도 못한 짓을 저질렀음을 그 스스로도 잘 알았다.

"새아기는 고종 황제의 마지막 적손이다."

"……."

너무 놀란 탓인지, 제 청각에 오류가 있다고 여긴 것인지, 현규는 아무 반응도 보이지 않았다. 멀뚱멀뚱 원호를 내려다볼 따름이었다. 지원호는 불과 6개월 전, 대한민국 종친회 연합회, 〈국통맥(國統脈)〉의 정기총회 모임에서 들었던 해괴하고도 범상치 않은 얘기를 떠올렸다.

"태실이라고요?"

"맞습니다. 발견된 지는 벌써 50년이나 지났지만, 당시엔 이미 도굴된 상태였던지라 어느 분의 태실인지 확인할 수 없었지요. 표지석만 있었더라도 누구의 태실인지는 금세 알아냈을 겁니다. 지금은 잊혀져 버린, 비운의 황자의 존재도 증명할 수 있었을 게지요."

"비운의…… 황자라니요?"

"그 태실은 명성황후의 마지막 적자, 이균(李君)의 것이 분명합니다."

"이군……?"

"명성황후께서는 고종 황제와의 국혼 기간 중 여섯 번을 수태하시어 다섯 번을 해산하셨습니다. 불행히도 첫아이는 유산하시었고, 이후의 자녀들도 각각 출생 4일 만에, 7개월 만에, 13일 만에, 4개월 만에 승하하시었습니다. 차남께서 유일하게 장성하시어 후일 순종 황제가 되시었지요. 이군 왕자께서는 황후가 낳은 고종의 다섯 번째 적자이십니다."

"하지만 황후께선 여섯 번을 수태하셨다 하지 않았습니까? 다섯 번째 적자라 함은, 일곱 번의 수태가 되는 것입니다만."

"세상에 알려진 것이 그렇다는 얘기였지요. 황후께선 자꾸만 자식이 죽어 나가는 것을 정치적 음모라 여기셨습니다. 첫아이가 유산된 것도, 장남께서 대변불통의 장애를 안고 태어난 것도 모두 시아버지가 수태를 경하하는 의미로 선물하신 산삼 때문이라고 생각하셨지요. 멀쩡히 태어난 자식들이 얼마 살지 못하는 모습을 수차례 보셔야 했으니, 제정신으로 살아가시기 힘들었을 겝니다. 자식에 대한 애정이 남달랐다 알려진 분이시잖습니까. 그 애정이 결국은, 아무도 몰래 해산하시겠다는 결심으로 이어졌던 것입니다."

"하, 하지만 그게 가능키나 합니까? 대궐에는 보는 눈이 많았을 것 아닙니까?"

"1882년 임오군란을 기억하십니까?"

"임오…… 군란?"

"아시겠지만, 황후께서 무려 51일간 피란길에 올라 궁을 비우셨지요."

고종의 마지막 내관 이재후의 후손임을 자랑스레 여기는 국통맥 부회장, 이원석이 은밀히 털어놓은 이야기는 실로 놀라운 것이었다. 그의 말에 따르면, 내관 이재후는 황후의 명을 받자와 갓 태어난 황자를 여염집에 맡겼다고 한다. 그것만이 자식을 살릴 수 있는 유일한 길이라는 것이 황후의 의중이었다고 했다. 한 치 앞도 내다볼 수 없을 만큼 살벌했던 정국 속에서, 어쩌면 그것이 가장 현명한 선택이었는지도 몰랐다.

어마어마한 진실은 이재후가 죽을 때까지 비밀에 붙여졌다.

이재후는 숨을 거두기 일보 직전, 장남을 불러 유언을 남겼다. '그분을 찾거라' 라고. 유언은 대를 내려왔고, 추적도 대를 내려왔다. 그리고 마침내 이원석의 대에서야 '그분' 의 실마리를 찾았다.

"정말로 그분의 자손이 살아 계시단 말입니까?"

"샅샅이 뒤져 일일이 대조해 보았습니다. 모든 것이 맞아떨어집니다."

"대체…… 대체 그분이 누굽니까?"

"전주 이씨 우당대군파 27대손 이소이."

"이소이?"

"우리의 공주님이시지요. 아직 정확한 행적은 알아내지 못하였지만, 이름을 몰랐던 때에도 추적해 왔습니다. 조만간 알아낼 것입니다."

조선 황실의 유일한 적통, 황녀가 살아 있다는 사실을 알게 된 순간, 지원호의 머리는 빠르게 돌아갔다. 죽기 전 이뤄야 할 숙원 사업! 그 적격자는 누가 뭐라 해도 '이소이' 였다. 진짜 공주가 자신의 손자며느리가 되는 것만큼 완벽한 피갈이가 또 어디 있겠는가.

원호는 즉각 돕겠다고 나섰다. 무한의 자금과 뛰어난 법무팀을 가진 자신이 이소이를 가장 빨리 찾을 수 있다고 이원석을 설득했다. 그리고 5개월 후, 정말로 그는 이소이를 찾아냈다.

"지금 그걸 말씀이라고 하십니까? 그 웃기지도 않는 소릴 믿는단 말이에요?"

그동안의 일들을 털어놓자마자 현규는 어처구니없다는 듯 콧방귀를 뀌었다. 원호는 침통한 얼굴로 중얼거렸다.

"새아기는 고종과 명성황후의 마지막 후예이다. 이 나라의 공주야."

"공주는 무슨 놈의 공주! 정사로 알려진 바가 하나도 없잖아요. 태실이고 임오군란이고, 얼마든지 짜 맞출 수 있는 근거 없는 소리라고요. 증거도 없고, 하다못해 야사로 내려오는 뜬소문도 없는데 그걸 대체 왜 믿으세요? 할아버지처럼 의심 많은 분께서 대체 왜요?"

"이원석은 국통맥의 부회장이다. 헛소리하실 분이 아니야."

"제발요, 제발! 백번 양보해 그 여자가 고종의 딸이 맞다 해도 여긴 21세기 대한민국입니다. 조선이 아니라고요. 그 여자를 공주라고 부르지 말란 말입니다! 빌어먹을, 말도 안 돼. 고작 그딴 헛소리 때문에 일을 이 지경으로 만들다니……."

"……."

"콤플렉스 때문에 판단력이 흐려지신 겁니다. 그 여자가 공주라는 황당한 주장을 할아버지께선 어떻게든 믿고 싶으셨던 거예요. 그래야만 피갈이인지 뭔지를 할 수 있을 테니까!"

"네가 무슨 말을 해도 내 믿음에는 변함이 없다. 새아기는 공주야. 그 아이가 임신할 수 있었더라면 좋았을 것을."

"할아버지!"

"다른 뜻 없었다. 날 상것이라 무시했던 놈들 앞에 당당히 황손의 후예를 안고, 내 증손자라 자랑하고 싶었을 뿐이야. 그것 외에는 정말로 아무런 욕심도 없었다. 악의는 더더욱 없었고."

"악의가 없었다고요? 우릴 돈으로 협박해서 강제로 결혼하게 하고서!"

현규는 경악의 눈으로 조부를 보았다. 믿을 수가 없었다. 조부가 이토록 양심 없는 발언을 할 줄, 이토록 이기적인 사람인 줄, 꿈에도 몰랐었다. 이를 악물었다. 주변의 모든 물건을 때려 부숴 버리고 싶은 충동을 참느라 빠득빠득 이를 갈았다.

"명지그룹을 볼모로 어쩔 수 없이 결혼하도록 하셨습니다. 그 여자를 돈으로 유혹해 집안의 씨받이로 들이셨다고요. 손자를, 한 여자를, 장기판의 졸로 이용하셨단 말입니다! 할아버지의 그 말도 안 되는 콤플렉스를 해결하기 위해서!"

"백억은 적은 돈이 아니다. 어떤 사람이 고작 씨받이한테 그토록 과한 보상금을 제시한단 말이냐? 난 새아기를 씨받이라 생각하지 않았다. 말하지 않았니? 너와 새아기가 백년해로하길 바랐다고."

"됐습니다. 더 이상 아무 말도 하지 마십시오. 그 여자가 어디 있는지만 말씀하세요. 나머진 제가 알아서 할 테니, 이제부턴 우리 관계에 끼어들지 마시고요."

"너 설마 새아기한테 미련이 있는 것은 아니겠지? 그 아인 불임이다. 네 자식을 낳을 수 없어. 새아기를 정리하지 않으면 우리 집안은 대가 끊긴다. 내 눈에 흙이 들어가기 전에는, 절대로 그런 꼴 못 본다. 그러니……."

"그만 좀 하세요, 좀!"

넌덜머리 나는 집안 타령에 현규는 포효하듯 소리를 내질렀다.

복도 곳곳에 숨어 주인어른과 손자의 대화를 엿듣던 일꾼들이 흠칫 놀랐다. 이 집서 오랫동안 일했던 그들에게 이들 조손(祖孫)의 불화는 낯선 풍경이었다. 그들이 기억하는 한, 현규는 할아버지에게 이토록 거칠게 대들었던 적이 한 번도 없었다.

"한마디만 더 하시면, 정말로 명지그룹을 지나가는 거지새끼한테 줘버리겠습니다."

"……."

원호는 분노의 불길에 휩싸인 손자를 물끄러미 바라보며 입을 꾹 다물었다. 세상 그 누구보다도 더 손자를 잘 안다고 자부해 왔고, 마음대로 조정할 수 있다고 자신했던 원호였지만. 지금은 확실히 아니었다. 아무래도 이번 판은 기울어진 듯했다. 기울어져도 아주 많이 기울어졌다.

"어디 있습니까, 그 여자?"

현규가 물었다.

지원호는 대답을 내놓을 수밖에, 달리 맞설 방도가 없었다.

제11장 마이 프린세스

'정말로 이소이가 사는 곳이 맞나?'

현규는 허름한 연립주택 계단을 오르며 눈살을 찌푸렸다. 이곳의 위치를 알려준 사람은 기주였다. 이소이의 행방을 추궁하자 조부는 기주에게 물어보라며 즉답을 피했다. 별수 없이 그는 절친에게 아내의 행방을 묻는, 뭣 같은 상황을 맞이해야만 했다.

불과 한 시간 전에 가졌던 기주와의 만남이 떠올랐다.

"아마 전에 살던 집에 갔을 거다. 빈손으로 나갔거든. 계약금으로 받은 십억을 돌려주고 떠났어."

"뭐?"

"회장님께서는 받지 않으려 하셨어. 이소이 씨한테 그 돈을 지급할 때 분명히 고지했거든. 임신의 유무와는 상관없이 주는 돈이라고. 이소이 씨로서는 도로 토해낼 필요가 전혀 없는 돈이었지. 한데 이소이 씨 당사자에겐 편취로 느껴졌나 봐. 끝까지 돌려주겠다고 고집을 부렸어. 결국 회장님께서도 뜻을 굽히셨지."

"모든 것을 원상 복구시켜 놓고 갔군. 처음부터 없었던 존재인 양."

"너한테는 잘된 일 아니냐? 구질구질하게 들러붙어 돈을 뜯어낸다든지, 몸값 높여보겠다고 너와 회장님의 이름을 언론에 판다든지 하면 골치 아파지잖아."

"시끄러."

"명지그룹 고문 변호사가 아닌 개인적인 입장에선, 사실 이소이 씨가 조금 안됐긴 해. 정식으로 결혼식도 올렸고, 부부 생활도 별 탈 없이 했었고, 심지어 네 아내라는 이유로 많은 사람들의 입방아에 오르내리기까지 했잖아. 그런데도 손에 아무것도 쥔 것 없이 떠나야 했으니 여러모로 불공정한 결과지. 십억은 너무 과하고. 얼마간의 수고비는 챙겨줬어야……."

"입 닥쳐!"

"워워, 진정하라고. 왜 그리 화를 내? 내가 틀린 말했나?"

"네 말대로 그 여잔 '내' 아내야. '내' 여자라고. 적어도 내가 버릴 때까진 내 옆에 있어야 한단 말이야! 빌어먹을, 잘못한 게 있으면 용서해 달라고 빌어야 하는 것 아니야? 내가 죄를 사해줄 때까지 엎드려 빌어야지, 내뺄 게 아니라. 안 그래?"

"뭐."

"그 여자가 노친네와 무슨 뒷거래를 했고, 뭘 사고팔았는지, 나하곤 전혀 상관 없어. 알고 싶지도 않고 내 알 바도 아니야. 내가 원하는 건 하나야. 그 여자가 응분의 대가를 치르는 것. 내 곁을 떠나는 것만으로는 성에 안 차."

"옆에 두고, 두고두고 괴롭혀 주겠다?"

"……."

"옜다, 소이 씨 집 주소."

기주는 현규의 인내심이 바닥을 칠 때쯤 주소가 적힌 종이를 내밀었다. 마치 미리 준비해 놓았던 것처럼. 부처님 손바닥 안에서 놀아난 기분에 인상을 팍 썼다. 쪽지를 집으려는 찰나, 기주가 이번엔 그것을 약삭빠르게 빼돌렸다. 현규는 도끼눈으로 놈을 노려보았다. 기주는 모호한 미소를 픽, 흘리며 말했다.

"약속해. 제수씨 꼭 데려오겠다고."

"네가 뭔데 데려오라 마라야? 그리고 그 여자가 어째서 네 제수씨인데?"

"내가 너보다 생일이 빠르다. 당연히 제수씨지. 그리고 난 제수씨가 너 같은 천하의 못된 '샹노무 새끼' 한테는 무척 아까운 분이라고 생각해. 너한테는 심히 과분한 여자지. 제수씨를 잡는 데에 성공하면 네 인생은 노난 거다, 인마."

"너 설마 공주님 어쩌고 하는 할아버지의 헛소릴 믿는 거냐?"

"노코멘트. 제수씨에 대해서라면 네놈보다 내가 훨씬 더 많이, 깊이 안다는 말로 대답을 대신하마. 제수씨 뒷조사를 우리 법무팀에서 했거든. 이 넓은 대한민국 땅에서 이름이 '이소이'라는 단서 하나로 찾아냈지. 단 5개월 만에. 그뿐인가. 그분의 과거와 현재를 싸그리 조사했지. 그분에 대해서라면 뭐든 안다."

"……재수 없는 새끼."

"그 욕설은 물론, 제수씨를 반드시 데려오겠다는 맹세겠지?"

주제넘은 질문에는 대꾸하지 않았다. 꾹 입을 다물고 놈이 저만치 빼돌린 쪽지를 낚아채 길을 나섰다. 등 뒤에서 들려오는 기분 나쁜 낄낄거림은 무시했다.

기주의 말대로라면 이곳은 소이가 결혼 전 살았던 집이었다.

서울 시내에 아직도 이런 곳이 남아 있다니 그저 놀라울 따름이었다. 천장과 벽면에 실금이 가 있고 계단 대부분이 부서져 보수 공사가 시급해 보였다. 관리도 엉망인 듯 곳곳이 거미줄이었고 퀘퀘한 냄새도 났다. 건축업계에 종사하는 전문가로서 이 건물은 안전등급 D에 속했다. 건물의 주요 부재가 낡아 구조적 결함이 있는 시설물로 안전성에 문제가 있는 '재난 위험 시설'에 해당된다. 게다가 이 동네는 동네 자체가 너무 으슥하다. 밤이 되면 우범지대가 될 것이 자명하기에 여자가 살기에는 부적합했다. 골목은 또 얼마나 좁아터졌는지. 자가용을 몰고 들어올 수가 없어서 근처 사거리에 불법주차를 할 수밖에 없었다.

이런 곳에서 이소이가 살았다니 기분이 썩 좋지 않았다. 도대체 버는 돈을 다 어디에 쓰기에 이런 데에서 살았던 걸까?

딩동.

벨을 눌렀다. 1초 정도 기다렸다가 다시 눌렀다. 다시 1초를 기다렸지만 인기척은 없었다. 이번엔 연속해서 두 번을 눌렀다. 딩동, 딩동. 더 기다려 볼까 생각하다가 참지 못하고 주먹을 휘둘렀다.

쿵쿵쿵쿵!

"이소이! 문 열어, 지금 당장!"

쿵쿵쿵쿵! 쿵쿵쿵쿵!

시끄럽게 굴어서였을까. 단박에 문이 열렸다.

"누구세……?"

그를 보고 놀란 사람은 이소이가 아니었다. 그녀의 룸메이트이자 들러리였던 하영신이었다. 두 눈을 휘둥그레 뜬 것으로 보아, 그녀는 그를 단번에 알아보는 것 같았다. 현규는 형식적인 인사 따위 집어치우고 단도직입적으로 물었다.

"이소이를 만나러 왔습니다."

"아…… 네, 그러시겠죠."

그녀는 영혼 없는 사람처럼 멍한 시선으로 중얼거리더니 서서히 초점을 맞추었다.

"근데 집에 없어요. 일이 있어서 나갔어요."

"일?"

썩은 냄새를 맡았을 때보다 더 강력한 불쾌감이 밀려왔다. '일'이 있어서 나갔다면 뻔하다. 속옷 화보를 찍으러 간 것이다. 이토록 지지리 궁상을 떨며 아등바등 사는 여자이니 단 하루도 허투루 보낼 수 없었겠지만, 그래도 이건 너무 빠른 것 아닌가? 어떻게 하루 만에 예전의 삶으로 되돌아갈 수가 있지? 남겨진 그는 고통에 몸부림치면서도, 스스로를 저주하면서도, 모든 것을 되돌리려 이렇게 발광하는데!

속으로 온갖 욕설을 퍼부으며 뒤를 돌았다.

당장 스튜디오로 갈 것이다. 가서, 이소이를 끌고 나올 것이다. 한 번만 더 속옷만 입고 스튜디오에 기웃거렸다가는 모가지를 비틀어 버릴 것이라고 협박할 것이다. 고 사장은 유명 연예 기획사가 즐비한 청담동으로 스튜디오를 옮겨주면 된다. 친구 문석을 소개해 주고 연예인들의 화보 작업을 떠맡기면 소이를 거들떠보지 않을 것이다.

"스튜디오에 간 거, 아니에요."

두어 발자국 뗐을 때였다. 등 뒤에서 하영신이 한마디 덧붙였다. 휙, 고개를 꺾어 뒤를 돌아보았다. 스튜디오에 간 게 아니라면 대체 어디를 갔냐는 무언의 질문을, 강렬한 시선에 실어 보냈다. 하영신은 잠깐 놀라는 것 같았으나 이내 평정심을 되찾았다. 차분한 목소리로 조용히 물었다.

"잠깐 들어오실래요?"

힘없는 여자의 목소리에 불과했으나, 그 속에는 차마 거절할 수 없는 부드러운 힘이 존재했다. 요청을 받아들여야 할 것만 같은 의무감에 떠밀려 현규는 어쩔 수 없이 고개를 끄덕이고 말았다.

"잠깐만 앉아 계실래요?"

소파를 가리키며 영신이 빙긋 웃었다. 말없이 자리에 앉았다.

사실 집이 너무 좁아서 딱히 엉덩이를 붙일 만한 다른 곳이 없었다. 방도 겨우 두 개뿐이었고 주방과 거실의 경계도 모호했다. 거실에 앉아서도 주방에서 누가 뭘 하는지 훤히 보일 정도였다.

영신은 커피포트에 수돗물을 넣고 타이머를 눌렀다. 찬장 어디께에서 깨끗한 찻잔을 꺼내 커피가 아닌 뭔가를 타기 시작한다. 현규는 지글지글 물이 덥혀지는 소리를 들으며 손목시계를 내려다보았다.

이소이를 찾아 헤맨 지 벌써 2시간째.

한숨을 터트렸다. 이소이가 사라졌는데 자신은 여기서 뭘 하고 있는지, 의문과 초조함이 밀려들었다. 아무래도 안 되겠다는 생각으로 엉덩이를 들썩이는데, 영신이 뒤를 돌아보았다. 여전히 거부할 수 없는 따스한 미소를 띤 채였다.

"너무 걱정 마세요."

"네?"

무슨 소리인가 싶어 인상을 썼다. 영신은 다 안다는 듯 히쭉거리곤 김이 모락모락 나는 커피포트 주전자를 집어 들었다. 또르륵. 흰 찻잔에 뜨거운 물이 휘감겨 고였다.

"소이, 어디 안 달아나요. 하루 종일 거기 있을 거예요."

"……."

더 무슨 말을 하랴. 나가려던 계획을 수정할 수밖에 없었다. 초조하게 턱을 문지르며 또다시 한숨을 쉬었다. 영신이 찻잔 두 개가 놓인 쟁반을 들고 다가왔다.

"드세요. 허브차예요."

"……."

"커피가 간절해 보이는 사람한테 드리려니 민망하네요. 저희 집에 커피가 없거든요. 소이가 못 사다 놓게 해서요. 저나 소이나 한때는 커피 없이는 단 한 시간도 못 버티는 커피광이었어요. 특히 저는 너무 좋아한 나머지 건강이 점점 나빠지는데도 끊질 못했었죠. 보다 못한 소이가 이 집에 커피 금지령을 내렸어요."

"건강이 안 좋다는 말은 들었습니다. 유감이에요. 어서 나으시길 바랍니다."

입에 침도 안 바르고 거짓말했다. 이소이에게서 영신의 건강은 물론, 사생활에 대한 그 어떤 얘기도 들은 바가 없었지만 그러함을 알리고 싶지 않았다. 그녀가 두 사람의 관계를 어떻게 여기든, 남들 눈에 그는 이소이의 남편이다. 그가 소이에 대해 아무것도 모른다는 건 지극히 부끄러운 일이었다.

"소이가 어디 갔는지 알고 싶으시댔죠?"

하영신이 두 눈을 빛내며 물었다. 현규는 입을 다문 채 고개를 끄덕였다. 가까이에서 보니 하영신의 안색이 훨씬 더 파리해 보였다. 건강 상태가 많이 안 좋은 것 같았다. 수술이 필요하다고 했던가? 그는 소이를 만나는 즉시 하영신을 돕겠다는 뜻을 밝히기로 마음먹었다.

"소이는 지금 혜휼원(惠恤院)에 갔어요."

"혜휼원이 어디죠?"

"우리가 자란 고아원이에요. 소이랑 나, 거기서 만났어요. 혜휼원."

"고아원이라고요?"

눈살을 찌푸렸다. 이소이가 고아원에서 자랐다는 말은 전혀 듣지 못했었다.

난 왜 몰랐지?

"아마 소이가 13살쯤이었을 거예요. 아버지가 노름빚 때문에 감옥에 갇힌 후 어느 부잣집 양녀로 보내어졌는데, 그곳 생활에 적응하지 못했나 봐요. 나중에 양아버지라는 사람이 나타나서 데려가려 했지만, 소이는 고아원에 남는 걸 선택했어요."

"……."

"질투 났어요. 그즈음 제 소원은 어디든 입양돼 지긋지긋한 고아원을 탈출하는 거였거든요. 딱 봐도 돈 많고 인자해 보이는 아저씨를, 집에 돌아가자며 애원하는 양아버지를, 그토록 얄짤 없이 내치는 소이가 재수 없더라고요. 배가 불렀다면서 친구들끼리 흉도 봤어요. 그러다 아주 우연히 알게 되었어요. 소이가 그 집에서 학대받았다는 사실을."

"학대라고요?"

"사소한 일에도 양어머니로부터 모진 매질을 당했대요. 양아버지는 수수방관했고요. 견디다 못해 집을 뛰쳐나왔고, 길거리를 전전하다가 고아원까지 찾아오게 된 거였어요. 소이는 그 집으로 다시는 돌아가고 싶지 않다고 했어요. 거기로 돌아가느니 차라리 길거리에서 굶어 죽겠다고요. 걘 고아원에서 훨씬 더 안전함을 느꼈어요."

"……."

"저와 같은 방을 썼죠. 꼭 붙어서 잤어요. 잠들면 악몽을 꾸곤 했어요. 비가 많이 오거나 천둥 번개가 칠 때면 오들오들 떨면서 잠을 못 잤어요. 제가 곁에서 꼭 안아주고 재미있는 얘길 해줘야만 겨우 잠들었죠. 지현규 씨도 알겠지만, 지금도 걔는 그래요."

현규는 말없이 앞머리를 긁어 넘겼다. 거친 손길로 이마를 문지르다가 볼을 타고 내려와 턱을 감쌌다. 결혼 직후 각방을 쓰자 했을 때, 이소이가 했던 말이 떠올랐다.

"우리 따로 자요? 난 같은 방을 쓸 줄 알았는데……."

유혹하는 거라고 생각했다. 섹스할 기회를 잡기 위해 어떻게든 한 침실을 쓰려는 수작쯤으로 여겼지, 그런 의미가 있다곤 생각하지 못했었다. 천둥 번개 치던 날은 어떻게 견뎠을까? 다음 날 아침 눈 밑에 두터운 다크서클이 드리워져 있었던 게 잠을 설쳐서였을까?

또 다른 기억이 토스트 빵처럼 불쑥 튕겨 올랐다.

"가정 폭력은 어때? 그거라면 인간성이 그토록 바닥인 게 납득되는 것도 같은데. 아버지한테 맞으면서 컸나?"

"그런 적 없어요."

이소이는 맞아본 적이 있었다. 폭력에 시달린 적이 있었다.

친아버지가 아닌 양부모로부터.

현규는 제 혀를 잘라 버리고 싶은, 미칠 것 같은 심정으로 두 손에 얼굴을 묻었다.

"소이의 양아버지는 1주일 혹은 2주일에 한 번씩 정기적으로 소이를 찾아왔어요. 거의 2년 가까이 소이에게 정성을 들였던 것 같아요. 전 그 아저씨가 찾아올 때마다 한 번도 빠짐없이 몰래 훔쳐보았어요. 또다시 폭행이 이뤄진다면 현장을 목격한 증인이 있어야 할 것 같았거든요. 그러다가…… 그 일이 벌어졌죠."

"그 일이라니요?"

"그날…… 비가 왔어요. 소이의 양아버지가 또 찾아와 면담을 요청했죠. 전 걱정됐어요. 늘 했던 대로 면담실에 몰래 숨어들어갔죠. 문틈 사이로 안을 훔쳐봤어요. 그리고 충격적인 장면을 목격했죠."

"뭡니까?"

현규는 험악한 인상으로 물었다. 빠른 답을 요구하는 저돌적인 말 뱉음이었으나, 영신은 한참 동안 말이 없었다. 하지 못했다. 오래된 기억인데도 너무나 생생히 눈앞에 펼쳐져서, 숨도 쉬지 못한 채 눈만 깜빡거렸다. 한참 만에야 진정되자 겨우 답을 내놓을 수 있었다.

"양아버지라는 작자가 소이를 만지고 있었어요."

"뭐라고요?"

그는 득달같이 되물었다. 핏발 서린 두 눈을 부릅떴다.

"자기 부인이 죽었다더군요. 방해자가 사라졌으니 이제부턴 오붓하게 함께 지내자고 했어요. 그 말이, 제겐 너무 섬뜩했어요. 아버지가 딸에게 하는 말투가 아니었거든요. 진짜 아버지의 마음을 가진 자라면, 그런 음흉한 눈빛으로, 그런 더러운 손길로, 그런 추잡한 말을 하진 않았을 거예요. 그 인간은 그동안 소이를 호시탐탐 노리고 있었던 거예요. 소이도 본능적으로 그걸 알고 있었기에 그토록 꺼려했던 거였죠."

"……."

"소이는 밤새 울었어요. 며칠 뒤 말없이 고아원을 나갔죠. 나중에야 알게 되었어요. 양아버지를 피해 전국 방방곡곡을 숨어 돌아다녔다는 것을."

전국 방방곡곡…….

또다시 생각났다. 이소이가 바다를 보며 했던 말이.

"난 한 번도 바다를 본 적이 없어요. 이번이 처음이에요. 후에 생활터전을 여기저기 옮긴 적이 있는데, 공교롭게도 바다 근처로는 한 번도 와본 적이 없어요."

그녀는 여기저기 생활 터전을 옮긴 적이 있다고 했다. 그 죽일 놈을 피해 도망 다니던 시기였던 게 틀림없다. 가슴으로 고통이 밀려왔다. 숨을 제대로 쉴 수 없을 만큼, 아주 많이 아파왔다.

"20살이 되어서야 대학 공부를 위해 상경했다고 해요. 하지만 불운하게도 대학에 입학하자마자 곧바로 붙잡혔죠. 그 인간은 소이더러 친아버지의 빚을 갚으라고 요구했어요. 도박판에서 아버지의 돈을 땄던 사람 중, 그 인간이 있었대요. 3,000만 원 빚을 갚는 대신 딸을 넘긴 거였죠."

"고작 3,000만 원 빚 때문에 딸을 팔았단 말입니까……?"

어처구니가 없는 사연에 참지 못하고 버럭 고함을 질렀지만 말끝을 흐리고 말았다. 본의 아니게 소이에게 상처를 준, 또 하나의 실수가 떠올랐다.

"노름꾼 아버지가 빚에 시달리다 못해 딸을 팔았나? 그래서 이런 짓을 저질렀나? 끔찍하게 잔인하고 비윤리적이었던 부모와 똑같이, 제 자식을 돈을 받고 포기한다는 계약서에 사인한 거야? 그래?"

'나는 이소이를 얼마나 아프게 한 것인가?'

아무것도 모르는 주제에! 그녀에 대해선 기주만큼도 몰랐으면서 주제넘게 지적질이었다니! 미치도록 후회됐다. 가슴이 찢어질 듯 아팠다. 또다시 갈고리 같은 손에 얼굴을 파묻으며 현규는 괴로운 신음을 토해냈다.

"알바 사장님이었던 고영만 씨께서 그 돈을 갚아주셨어요. 소이는 은혜에 보답하기 위해 그분 회사의 전속 모델이 되었죠. 금세 떴어요. 일류 모델은 아니지만 해당 업계에서 타의 추종을 불허하는 인기를 얻었죠. 빚도 금세 갚고 돈도 제법 모았어요. 뒤늦게 혜휼원에 찾아가 기부도 하고 봉사활동도 했죠. 그러다가 저와 재회하게 된 거예요."

"……."

"3년 전부터 함께 살아요. 제가 병 때문에 더 이상 밥벌이를 못하게 되자, 소이는 제 뒷바라지까지 자청했어요. 생활비의 몇 배가 되는 병원비, 약값을 모두 부담해 주었죠. 아마…… 저 때문이었을 거예요, 회장님의 제안을 거절하지 못했던 거. 제가 언니답지 못하게 자주 투정을 부렸거든요. 너무 고통스럽다고, 차라리 죽는 게 나을 것 같다고……."

"……."

"지현규 씨."

내내 차분한 톤을 유지하던 영신이 조금은 단호하게 그를 호명했다.

머리카락을 쥐어뜯던 현규는 훅, 고개를 쳐들었다. 거무죽죽한 안색에 푸르스름한 입술의 영신이 눈에 들어왔다. 짠해졌다. 가슴이 먹먹했다. 괴롭고 힘든 시절의 유일한 위로이자 버팀목이었던 이 여자를 위해, 소이가 감당했던 수많은 일들을 떠올리니 마음이 아렸다. 큰소리로 절규하고 싶을 만큼.

"우리 소이, 측은한 아이예요."

영신은 촉촉해진 눈으로 속삭였다. 허브가 넘실거리는 찻잔을 꼭 틀어쥐고 있었다.

"그 누구보다도 착하고요. 지현규 씨께서 겪은 불편은 모두 저 때문에 일어난 일이니까, 제발 절 탓해주세요. 우리 소이한테는 더 이상 상처 주지 마시고요. 부탁드립니다."

"……."

"제발 부탁드려요. 제발…… 우리 소이를 그냥 놔주세요. 네?"

울먹이는 영신의 모습에 그는 주책없이 울컥할 뻔했다.

가장 최근에 눈물 흘린 적이 언제였던가. 부모님이 돌아가셨을 때? 아니, 아니다. 그때조차 그는 멀쩡했었다. 눈물이 나오지 않았었다. 언제부턴가 감정이 메말라 슬픈 영화를 봐도, 음악을 들어도, 눈물이 흐르지 않았다. 무슨 병에 걸린 것은 아닐까, 고민한 적도 있었다. 그랬던 그가 눈물을 흘리려 했다. 이소이 때문에…….

"거기가 어딥니까?"

흐느낌을 참기 위해 바짝 목구멍에 힘을 주었다. 영신이 그를 빤히 바라보았다. 무슨 뜻인지 알아듣지 못한 듯이. 현규는 입술을 깨물며 조금 더 목소리를 높였다.

"혜휼원인가 뭔가 하는 곳 말입니다. 거기가 어디예요?"

◈

"마이 볼!"

축구공이 허공에 높이 떠오르자, 소이는 오른손을 쳐들며 공이 날아가는 방향으로 뛰기 시작했다. 경기 중인 선수라면 누구나 그러하듯 오로지 공만을 주시하고 있었다.

"누나! 누나!"

공을 걷어찬 상대편 골키퍼 성훈이 다급히 소리치며 손을 파닥거렸다. 무작정 달리지 말고 옆으로 비키라는 수신호였다. 하지만 공의 진행 방향과 낙하 속도로 보았을 때, 공을 잡기 위해선 들입다 뒤로 달리는 게 옳은 판단이었다. 소이는 회심의 미소를 지었다. 경기 전, 깁스한 장태일 대신 뛰겠다고 나섰을 때, 성훈이 '경기 대세에는 별 영향이 없을 테니 누나 마음대로 하세요' 라고 했던 게 떠올랐다.

자식! 쿨하게 대응하더니 의외로 잘하니까 똥줄이 타나 보지?

소이는 신나서 더욱 맹렬히 내달렸다. 뒤로, 뒤로. 허공을 바라보며. 단단한 가슴팍에 머리를 부딪칠 때까지.

퍽!

"아!"

눈살을 찌푸렸다. 코끝을 파고드는 체취가 익숙했다. 허리를 휘감아오는 손길도. 재빨리 남자의 가슴에 손을 올렸다. 역시 익숙한 촉감이 손바닥으로 전해져 왔다. 심장이 뱃가죽 최남단으로 쿵 떨어졌다. 이 익숙함의 정체는 모르래야 모를 수가 없었다. 너무도 그리워했던 것들이었으니.

"현규 씨?"

고개를 들었다. 예상대로 그가 서 있었다. 특유의 무표정과 무감정의 눈빛을 하고. 눈물이 쏙 빠지게 반가웠다. 떨어져 있었던 건 겨우 이틀뿐이었는데 기분으론 마치 200년쯤 헤어졌다 만난 것만 같았다. 여전히 잘생기고 멋있었지만…….

'차림새가 왜 이래?'

칼 주름의 말쑥한 슈트는 온데간데없고 온통 구깃구깃 주름투성이였다. 항상 말끔하게 정리되어 있던 턱수염이 오늘은 삐쭉삐쭉, 가지런히 정돈되어 있던 헤어가 오늘은 헝클헝클. 하루 24시간 줄곧 맡을 수 있었던 향수 냄새도 없었다. 오늘의 지현규에게

선 지극히 지현규다운 지현규 특유의 체취뿐이었다. 설마 샤워를 안 한 걸까? 왜? 그는 소문난 깔끔함의 아이콘이었다.

"뒤에 내가 있다는 걸 전혀 느끼지 못했나?"

무표정한 얼굴과 매치되는 무뚝뚝한 억양으로 현규가 물었다. 헤어진 전남편의 급습에 따른 적절한 대응 수칙이 떠오르지 않았으므로, 소이는 대충 얼버무렸다.

"네, 뭐……."

"경기 중에 주변을 살피는 건 기본이야. 나였기에 망정이지. 당신 뒤에 나무나 설치물 따위가 있었더라면 어쩔 뻔했지?"

"……몸 쓰는 덴 젬병이라고 했잖아요."

기어들어 가는 목소리로 중얼거리고선 서둘러 그에게서 떨어졌다. 아이들의 술렁거림이 느껴졌다. 낯선 남자의 출연으로 축구 경기가 중단된 것이 틀림없었다. 지현규를 빨리 쫓아내야만 했다.

"여긴 어쩐 일이에요? 내가 여기 있다는 건 어떻게 알았어요?"

"얘기 좀 해."

"보다시피 바빠요, 할 얘기도 없고요. 혹시 쪽지를 못 봤어요? 볼일이 생기면 기주 씨랑 얘기할 거라고 써놓았었는데……."

"기다릴게. 경기 끝낼 때까지."

"할 얘기가 없다니까요! 할아버님과 얘기 다 끝냈단 말이에요."

"누나! 뭐 해요?"

뒤에서 성훈이 소리쳤다. 뒤돌아보니 벌써 아이들이 구름 떼처럼 몰려오고 있었다. 눈앞이 아찔했다. 현규와의 계약 결혼에 대해서라면 혜휼원의 그 누구에게도 밝히고 싶지 않았다. 그 무모하고 수치스러웠던 일에 대해 원생들과 원장님이 알게 된다면 당장 혀 깨물고 죽고 말리라.

"애들한테 붙잡히기 전에 빨리 가세요. 어서요!"

"혼자서는 안 가."

"현규 씨!"

"누나! 남자친구예요? 남자친구죠? 맞죠?"

어느새 달려온 혜휼원 B팀 스위퍼 준형이 놀리듯이 소리쳤다. 그러자 약속이나 한 듯이 애들이 단체로 깔깔거렸다. 하나둘씩 도착한 아이들이 그들을 사방으로 감싸 돌기 시작했다. 그 와중에 누군가의 입에서 흘러나온 '얼레리 꼴레리'가 전염병처럼 무리를 휩쓸었다.

소이는 얼굴이 새빨개진 채 헛웃음을 흘렸다. 어떻게 좀 해보라는 의미로 현규에게 눈짓을 보냈지만, 그는 오히려 재미있는 모양이었다. 입가가 삐쭉삐쭉 흔들리는 게 웃음을 참는 듯했다. 소이는 인상을 팍 써서 '당신 때문에 이렇게 됐잖아요! 이제 어떡할 거예요?'의 뜻을 전했다. 현규는 골똘히 생각하는 척하더니 대뜸 소리쳤다.

"애들아! 아저씬 이 누나의 남자친구가 아니야!"

우렁찬 선언에 찬물을 끼얹은 듯 주위가 순식간에 고요해졌다.

아이들은 상황을 잘못 파악했다고 느낀 듯 소이의 눈치를 살피기 시작했다. 소이는 '너희들의 실수에도 불구하고 나는 괜찮아, 미안해하지 않아도 돼'의 뜻으로 방긋, 웃음을 지어 보였다. 지현규는 다니던 회사의 사장님이고, 할 애기가 있어서 방문한 것뿐이라는 그럴싸한 시나리오를 머릿속에 떠올리고 있었다. 바로 그때였다. 지현규가 그녀는 지금까지 단 한 번도 목격한 적 없는, 아주 아주 밝은 미소를 지었다.

"남편이지."

그가 뻔뻔하게 거짓말을 늘어놓았다.

수십 개의 눈동자가 즉시 소이에게 쏠렸다. 소이의 눈은 현규에게로 쏠렸다. 현규는 황당함과 분개, 살인 충동이 버무려진 이소이의 살벌한 눈빛을 싹 무시했다. 오로지 아이들을 바라보며 나긋나긋 속삭였다. 그들이 절대로 거절하지 못할 말을.

"너희들 목마르지 않니? 아저씨가 아이스크림 사줄까?"

꼬마들은 악마의 유혹에 홀딱 넘어갔다.

"도대체 왜 이래요?"

고아원 밖으로 나오자마자 소이는 그에게 잡혔던 손목을 힘껏 털어내며 신경질을 부렸다. 혹시나 뒤따라오는 아이들이 있나 확인해 보았지만 아무도 없었다. 아이들은 현규가 사다 준 이온음료와 아이스크림, 군것질거리를 해치우느라 여념이 없었다. 고작 군것질거리로 단숨에 아이들을 자신의 편으로 만들어 버린 지현규는 느긋하게 가슴 밑으로 팔짱을 끼고 있었다. 그가 짓는 미소에선 '나는 이소이의 남편이다'란 유언비어를 살포한 것에 대한 죄책감이나 반성의 기미를 눈곱만큼도 찾아볼 수가 없었다.

소이는 양손을 골반에 척 얹고서 그를 맹렬한 기세로 째려보았다.

"내게 복수하고 싶었어요? 눈에는 눈, 이에는 이! 내가 당신 회사 로비에서 '지현규의 아내다!' 했으니 당신도 똑같이 해야겠다는 거예요?"

"시답잖은 소리."

"그럼 뭔데요? 왜 찾아와서 사람을 난처하게 해요? 다시 말하지만 난 당신과는 할 말 없어요. 할아버님과 모든 걸 깨끗이 청산했단 말이에요!"

"내 결혼이야. 그 노친네가 무슨 자격으로 내 결혼을 청산해?"

"이미 얘기했잖아요. 우린 호적상 남남이라고. 당신과 난 법적으로 완전한 싱글이라니까요. 우리 관곈 정리할 것도 말 것도 없단 말이에요. 원래부터 아무 사이도 아니었으니까 그냥 바이 바이, 손 흔들고 헤어지면 끝나는 거라고요. 이해 못하겠어요?"

"운동뿐 아니라 법률에도 젬병이네. 이봐, 이소이. 법이 허용하는 결혼의 범주는 넓어. 당신이 생각하는 것보다 훨씬. 우리의 경우는 '사실혼'에 해당하지. 당신과 난 법률이 인정하는 완벽한 부부야."

온갖 설득에도 불구하고 지현규는 꿈쩍하지 않았다. 부잣집 외아들로 자라 거칠 것 없는 인생을 살아온 사람인만큼 다른 이의 말은 귓등으로도 들리지 않는 모양이었다. 이렇게 되면 방법은 한 가지뿐이었다. 감정적 호소. 소이는 무자비하게 느껴질 정도로 감정이 없는, 그저 새까맣기만 한 그의 눈동자를 향해 애원의 말을 건넸다.

"제발요……."

"……."

"이러지 말아요, 현규 씨. 날 좀 그냥 놔둬요. 당신이 이렇게 힘들게 하지 않아도 충분히 괴롭단 말이에요."

"왜?"

"그야……."

목구멍이 탁 막혔다. 지난 이틀간의 일들이 주마등처럼 스쳐 갔다. 모든 비밀이 드러나고, 혹독하게 비난받았던 일. 절망적인 마음으로 발길을 돌렸던 일. 뒤늦게 병원에서 불임 사실을 통보받았던 일까지. 그쯤 되자 그녀도 더 이상은 그의 곁에 머물 자신이 없었다.

차분히 짐을 쌌다. 그가 강원도에 머물러 줌에 감사했다. 떠나는 뒷모습을 보이지 않을 수 있어서 다행이라고 생각했다. 아파트를 나서며 경비 아저씨에게 작별 인사를 했다. 아저씨는 많이 아쉬워하며 종종 놀러 오라고 당부했다. 택시를 타고 집으로 돌아오자마자 짐 가방을 바닥에 내려놓고 영신의 품에 안겨 울었다.

그때 깨달았다. 평생 지현규를 잊지 못할 거라는 걸. 불과 며칠 사이에 그녀는 그에게 너무 많은 것을 줘버렸다.

"날 좋아했나?"

그가 물었다. 깜짝 놀랐다. 두 눈을 홉뜨고서 힘차게 고개를 가로저었다.

안 돼! 인정할 수 없어. 절대로!

"……."

현규는 별다른 반응을 보이지 않았다. 그녀를 빤히 내려다볼 뿐이었다. 마치 그녀의 속마음을 이미 확인했다는 듯이.

얼굴이 새빨개졌다. 몸 둘 바를 몰라 두 손을 쥐었다 폈다, 눈동자를 이리 휙 저리 휙 굴렸다. 목구멍 뒤편으로 마른침을 넘겼다. 적당한 핑계를 떠올리기 위해 김 나도록 머리를 굴려보았다. 하나, 아무리 뇌를 활성화시켜도 이 상황에 현명한 대처법은 안 떠올랐다. 정면 돌파하는 수밖에 다른 길이 없었다.

"뭐, 조금이요."

턱을 높이 쳐들며 인정했다. 뻔뻔해지리라 마음먹었던 것과는 달리 두 볼은 더욱 달아올랐다. 목까지 시뻘게진 나머지 창피해서 쥐구멍으로 숨어들고 싶어졌다. 목 졸린 타조 바라보듯 그녀를 바라보며 현규는 웃음을 흘렸다.

"그래?"

"아주 조금뿐이었어요. 금세 정리될 만큼."

내빼고 싶은 충동을 초인적인 인내심으로 견뎌내며 소이는 대수롭잖게 가벼이 대꾸했다. 천만다행으로 목소리만은 아주 매끄럽고 여유만만하게 나와주었다. 현규는 위협적일 만큼 부드럽게 물었다.

"이젠 정리됐다?"

"네! 그러니까 이제 눈앞에 나타나지 마세요. 그래 봤자 좋을 거 하나도 없어요. 깨끗이 단념했다지만 사람 마음이 어디 무 자르듯 싹둑 잘라지나요? 당신 볼 때마다 심란해지고 흔들리고 딴 맘 먹게 될지도 모르잖아요. 난 그렇게 지저분하게 굴고 싶지 않아요. 깔끔하고 쿨하게 떨어져 주기로 마음먹었으니까, 당신도 내가 그러도록 협조해 줘요."

"내게서 떨어져 나가도록 도와달라고?"

"나를 돕는 게 곧, 당신을 돕는 길이예요."

"아무리 여자의 마음은 갈대라지만 겨우 이틀 만에 감정 정리가 된다는 게 가능한 일인가?"

"원래 포기가 빠른 편이거든요. 현실적이죠. 가질 수 없는 것에 목매는 스타일은 아니에요. 믿으세요, 난 정말 당신한테 정 뗐어요."

"……."

"진짜예요!"

"……."

"그럼…… 이제 됐죠? 다 끝난 거죠?"

호의적으로 웃으며 슬금슬금 뒷걸음질을 쳐보았다. 마음속으로 안도와 절규가 동시에 떠올랐다. 이대로 헤어질 수 있어서 정말 다행이라는 안도, 절대로 헤어지고 싶지 않다는 절규가. 가슴이 저몄지만 웃었다. 아픈 만큼 더 환히 웃었다. 이대로 끝이구나, 앞으론 다시 볼 일 없겠지, 자조적인 읊조림이 마음속에서 터져 나왔다.

'잘살아요, 현규 씨.'

속으로 처량하게 주절거리며 막 뒤돌아가려는 찰나였다.

갑자기 그가 손목을 움켜잡더니 몸을 거칠게 돌려세웠다. 그 바람에 그녀는 휘리릭, 반 바퀴나 돌아서 그의 품에 찰싹 안착했다. 순간 얼음이 되었다. 무슨 일이 벌어졌는지 깨닫고 서둘러 발버둥을 쳤다. 그의 품에서 벗어나기 위해 몸부림을 쳤다. 하지만 그는 헤라클래스처럼 힘센 두 팔로 그녀를 완전히 감싸고서 꿈틀거릴 수조차 없게끔 강하게 옥죄었다!

“길거리에서 뭐 하는 거예요? 누가 보면 어쩌려고.”

소이는 소리쳤다. 그는 꿈쩍도 하지 않았다.

“보면 어때서. 내 마누라, 내가 안겠다는데.”

“미치겠네. 진짜 왜 이래요? 배울 만큼 배우고, 알 만큼 아는 사람이 왜 이렇게 답답하게 굴어요? 내가 했던 말, 아직도 못 들었어요? 우린 아무 사이도 아니라니까!”

복근 근처에 주먹을 때려 박았지만, 그는 움찔조차 하지 않았다.

“당신과 나는 완전 남남이라고요!”

옆구리에도 한 방을 거하게 먹였지만, 그는 너무도 멀쩡해 보였다.

“끝났어요. 다 끝났다고요! 절대로 돌이킬 수 없단 말이에욧!”

등 뒤쪽으로 팔을 뻗어 콩콩콩 핵주먹을 연속 발사했다. 하지만 이번에도 그는 아무 타격도 받지 않았다. 심지어 히쭉거리는 소리를 들은 것도. 그는 한껏 거만해진 말투로 느릿느릿, 다섯 살 꼬마아이 달래듯 자분자분, 그녀를 타일렀다.

“입은 비뚤어졌어도 말은 바로 해야지, 이소이. 이젠 달라졌잖아. 아무 사이가 아닌 게 아니지. 당신이 날 좋아하게 되었으니까.”

“웃기는 소리 마요. 그건 그냥, 잠깐 그랬었단 뜻이에요. 지금은 다 포기했다고요. 이젠 좋아하지 않는다니까……!"

"포기하지 마."

콩콩 찍어대던 주먹이 허공에서 우뚝 섰다. 이 남자가 지금 뭐래는 거야? 뭘 하지 말라고?

"나를 포기하지 말라고, 이소이."

"현규 씨."

"무 자르듯 싹둑 잘라내지 마. 단념하지도 말고 떨어지지도 마. 지저분하게 굴어. 나를 볼 때마다 심란해지면 심란해지고, 흔들리면 흔들려. 딴 맘 먹어도 돼."

"적응 안 되게 왜 이래요? 당신, 날 혐오했잖아요. 나 같은 여자와 결혼하게 된 것을 인생 최악의 저주라고 생각했던 사람이잖아요, 당신은. 그런데 대체 왜?"

"사람 일이란 아무도 모르는 거지. 인간의 마음은 예측 불가능하고."

"그게 대체 무슨……?"

"내가 원래 유혹에 약하다고 말했던가? 특히 당신한테는 늘 맥을 못 췄지."

벨벳처럼 부드러운 그의 목소리가 머리꼭지에 포근히 내려앉았다. 뻣뻣하게 굳어 있던 온몸의 근육이 한 번의 속삭임으로 노글노글 녹아내렸다. 심장이 멎은 듯했다. 숨이 제대로 쉬어지지 않았다. 가까스로 한숨 같은 헐떡임을 내뱉자마자, 넝쿨처럼 등허리를 옥죄던 그의 팔이 거짓말처럼 스르르 풀렸다.

"내가 당신한테 홀딱 반할 때까지 포기하지 마."

최면과도 같은 나른한 목소리가 뇌를 조인 나사를 느슨하게 풀었다. 귀족적인 손가락이 소이의 턱을 끌어 올렸다. 이틀 동안 한시도 잊어본 적 없는 관능적인 그의 입술이 그녀의 위에 살포시 내려앉았다.

"현규 씨……!"

제12장 Marry me

"정말 치졸한 사람이군요?"

소이는 토할 것 같은 표정으로 소리쳤다. 혐오스러움에 치 떠는 그녀의 모습에서 열띤 키스의 흔적은 찾아볼 수가 없었다. 현규는 눈살을 찌푸렸다. 대체 어디서부터 잘못된 것인지 체크해 보았다. 그들은 누구랄 것도 없이 서로에게 빠져들었다. 서로의 입술에 입술을 묻었고 흠뻑 취했다. 소이의 부푼 입술, 뒤죽박죽 헝클어진 그의 머리카락이 증거였다. 한데도 이소이는 마치 강제로 키스당한 것마냥 성을 냈다.

"신나요? 재밌어요? 사람 놀려먹으니까 배꼽 빠져요?"

"당신을 놀렸다고? 내가?"

말도 안 된다. 어떤 남자가 여자를 놀린답시고 길거리에서 키스를 퍼붓는단 말인가?

그는 그녀를 감동시키기 위해 최선을 다했다. 돌아오게 할 셈이었다. 다시는 떠나지 않겠다고 다짐하게 만들 작정이었다. 거의 넘어올 뻔했다. 지나치던 중국집 배달 오토바이가 경적만 울리지 않았어도, 그래서 그들을 현실로 불러들이지만 않았어도, 벌써 그녀는 항복했을 것이다.

"됐어요. 이제 당신과는 말도 섞지 않을 거예요."

상처받은 사람처럼 반쯤 울먹이더니 소이는 반대편으로 걸어가기 시작했다. 멀어져 가는 그녀를 붙잡기 위해 손을 뻗었다. 이름을 부르려 입도 벌렸다. 하지만 그것만으론 안 된다는 생각이 들었다. 떠나는 여자를 돌려세울 만한, 좀 더 그럴싸한 논리와 이유가 필요했다. 현규는 냅다 소리쳤다.

"당신한테 관심이 생겼어!"

커다란 보폭으로 앞서가던 이소이가 우뚝 제자리에 멈추었다.

좋아, 출발은 나쁘지 않아.

"할아버지께서 말씀하시더군. 당신이 정말로 고종의 적손일지도 모른다고. 쉽게 믿어지지는 않았지만 솔깃하긴 했어. 당신도 알다시피 우리 집안은 대대로 머슴이었잖아? 우리 할아버지께선 돈을 벌자마자 족보를 사시고 혈통을 조작하셨지. 지금도 〈국통맥〉이라는 족보연구 단체에 가입하시고 활발히 활동을 하실 만큼 '피'에 대한 집착이 강하셔. 그분을 보고 자랐으니 내게도 비슷한 콤플렉스가 있을 수밖에 없어. 심하진 않지만. 그래서 말인데, 난 당분간 이 결혼을 파기하지 않기로 결정했어."

"……."

"당신이 진짜 공주라면 난 왕가의 사위잖아. 그 뭐더라. 아! 부마도위(駙馬都尉)."

"……."

"비천한 노비 출신의 후예가 부마의 자리까지 오르다니. 인간 승리 수준 아닌가? 뼛속 깊이 자리했던 콤플렉스를 떨쳐 버릴 수 있을 만큼의."

"난 공주가 아니에요."

등을 돌린 채로 소이가 속삭였다. 작은 주먹이 떨리고 있었다. 가냘픈 어깨가 희미하게 들썩이는 것도 같았다. 흔들리고 있음이었다. 이대로 더 밀어붙여야 한다. 그래서 완전한 항복을 받아내야만 한다. 오늘 밤 안으로 그녀를 설득해 집으로 데려가고 싶었다. 그는 몹시 유혹적으로 말을 이었다.

"난 당신 혈통이 욕심나. 몸만큼이나."

"……."

"날 좋아한다며. 계속 좋아하도록 해. 허락할게. 당신 남편으로 살아주지. 공주처럼 떠받들어 달라면 그리해 줄게."

"그걸 지금 말이라고 해요?"

소이가 쉰 목소리를 간신히 쥐어짰다. 이제 거의 넘어온 거다. 조금만 더 밀어붙이면 그녀는 완전히 자신의 것이 될 것이다. 현규는 사악하고 교활한 유혹의 말을 날름거렸다.

"잘 생각해서 결정하라고, 이소이. 날 가질 수 있어. 나에 대한 모든 독점권을 행사할 수 있지. 당장 호적부터 정리해 줄게. 정식으로 혼인신고 해. 원한다면 기자회견이나 인터뷰를 진행해도 좋아. 만천하에 알리자고, 우리의 결혼을. 그리고……."

"그만해요!"

그녀가 소리치며 뒤를 돌았다. 어라?

이상하다. 그의 제안에 감격해야 마땅할 이소이가 분노에 떨고 있었다. 납득이 가지 않았다. 대체 무엇 때문에 화내는 걸까. 원인 분석을 시도해 보았지만, 채 결론에 도달하기도 전에 그녀가 이쪽으로 돌진해 오기 시작했다. 두 눈에 불꽃을 담고. 현규는 순간적으로 넋을 놓고 말았다. 분노의 이소이는 마치 아르테미스와도 같았다.

사냥과 달과 순결, 그리고 다산(多産)의 여신…….

"그만하라고요, 제발!"

코앞까지 다가온 이소이가 바짝 들이대며 소리쳤다. 그녀에게서 기분 좋은 향기가 났다. 아찔해졌다. 약에 취한 듯 혼미해졌다. 시선이 절로 입술을 향했다.

"한 번만 더 날 공주님이라고 부르면!"

그녀는 위협적으로 눈을 불근대더니 그의 멱살을 덥석 틀어잡았다. 놀라서 눈썹을 훽 치켜뜨면서도, 현규는 순순히 목을 내주었다.

"당신을 죽여 버리겠어!"

미친놈처럼 상상했다. 그녀가 이 목을 에로틱하게 핥아주는 장면을. 다정하면서도 고혹적인 몸짓으로, 섹시한 갸르릉 소리를 내며, 그 길고 아름다운 다리로 자신의 몸을 휘감는 장면을.

상상과 현실은 달랐다. 달콤함의 여신이었던 상상 속의 이소이는 증오심과 분노의 화신이 되어 그의 앞에 있었다.

"꺼져!"

소이는 강렬한 쇳소리로 협박의 방점을 찍고서 미련 없이 뒤돌아 가버렸다. 떠난 곳에는 향긋한 그녀의 내음만이 남았다.

3일 뒤.

좁아터진 거실 구석 한쪽에서 작은 원형 스툴에 엉덩이만 겨우 걸친 채 현규는 온갖 인상을 써대고 있었다. 레이저보다도 더 예리하고 날카로운 시선은 식탁에 둘러앉아 웃음꽃 피우고 있는 세 명의 남녀들에 꽂혀 있었다.

"자초지종을 들어보니 글쎄, 그 언니가 속았더라고. 호강시켜 주겠다며 데려가서는 혼인신고도 안 해주고, 구석방에 재우면서 낮에는 가정부로 밤에는…… 알지? 게다가 그 짓 도중에 때리고 목 조르고, 심지어 담뱃불로 등을 지지기까지 했대."

집주인 하영신. 이소이가 예전 이웃이었던 이경희라는 여자의 인생을 어떻게 구했는지 무척이나 자랑스레 말하는 중이었다.

"어머머, 세상에! 그런 나쁜 놈을 봤나. 그래서? 그래서 어쨌는데?"

손님1 양효주. 시골 약장사 앞에 모여든 아줌마 모드로 초집중, 귀를 쫑긋 세우고 있다.

현규에겐 제일 미스터리인 여자였다. 대체 그녀가 왜 이곳에 있는지 도무지 알 수가 없었다. 여긴 이소이의 집이다. 남편인 그조차 불과 3일 전에 알아낸 곳. 그와 잠시 사귀었다는 것을 제외하면 양효주는 이소이와 아무 연관이 없는 여자였다. 이곳을 알고 있을 연유도, 환영받을 이유도 전혀 없는 1인(人)이란 말이다.

현규는 미간을 찡그리고서 이곳에서 양효주를 목격한 첫 순간을 떠올렸다.

어제 오후였다. 그녀는 사거리 버스 정류장 근처에 정차한 택시에서 내리고 있었다. 손에는 과일이며 찬거리가 잔뜩 들려 있었다. 길거리에 주차해 놓은 자동차에 기대어 이소이에게 문자메시지를 보내던 현규는 그녀를 보자마자 충격에 휩싸였다.

"당신……!"

"어머? 당신이 여기 웬일이야?"

"내가 물어야 할 말 아닌가? 당신이 이런 곳에 웬일이지?"

"나야 볼일이 있어서 왔지. 내 친구가 이 근처에 살거든."

"당신 친구?"

믿을 수 없었다. 양효주는 상류층에서도 최상류층에 속했고, 그들은 동급이 아니면 친구로 쳐주지도 않는다. 이런 동네에 사는 가난한 사람과는 어울리지도 않는 여자였다. 설령 어찌어찌하여 가난뱅이와 친분을 쌓았다 해도, 그 친구가 왜 하필 이 동네에 살겠는가? 그런 우연찮은 일이 벌어질 확률은 8월에 우박이 떨어질 확률보다도 낮을 것이다.

이상한 일이라고 생각할 때, 그녀가 갑자기 생글생글 웃으며 눈꺼풀을 팔랑거렸다. 그리고선 '나 어딘지 달라 보이지 않아?' 하고 물었다. 답을 정해놓고 묻는 것 같았지만, 그게 뭔지 도무지 알 수 없는 관계로 '뭐가?' 했다. 그러자 효주는 헐크 모드로 변신해 으르렁거리기 시작했다.

"재수 없는 자식! 우리 소이가 어쩌다가 당신이랑 엮였는지 진짜 불쌍해 죽겠다! 도대체 여긴 왜 찾아와? 무슨 낯으로!"

"우리 소이? 당신이 이소이를 어떻게 알아?"

"내가 소이를 왜 몰라? 당신같이 한심한 남자한테 자기 인생을 맡기는, 왕실수의 장본인인데! 으이구, 바보! 어떻게 지현규 같은 남자를 믿고 결혼을 하냐? 뭐가 부족해서!"

"이봐, 효주 씨."

"됐고요! 당장 썩 꺼지세요. 우리 소이 인생에서 겟 아웃, 사라져 주시라고요. 걔가 지금 얼마나 머리가 복잡한데! 괜히 알짱대서 속상하게 하지 말고 훠이훠이! 안녕히 가세요— 어휴, 이 좁은 골목에 주차할 공간도 없는데 재규어가 웬 말이야? 하여간 센스 없어."

혀를 차며 연립주택 계단을 오른 그녀는 당당히 소이의 집에 입성했다. 현규는 이틀 동안 몇 번이나 문전박대당한 그곳을, 양효주는 무려 환대까지 받으며 들어간 것이다. 난간 너머로 그를 내려다보며 의기양양 뻐기던 양효주를 생각하면, 지금도 속에서 천불이 올라왔다. 오늘마저 박대당했다면 진심으로 폭발했을지도.

다행히 오늘은 '금(禁)지현규'를 선언한 소이가 부재중이었다.

그에겐 비교적 호의적인 하영신이 현관 문지기였던 터라 다행히 무사통과가 되었다. 천우신조다. 하늘의 운이 트인 날. 오늘이 아니면 안 된다는 생각이 들었다. 이 기회를 놓치면 영원히 이소이를 되찾지 못할 거란 두려움도. 기필코 그녀의 마음을 되돌려야만 했다.

오늘만은 기필코.

"우리 소이가 어떤 앤데 가만히 있었겠어? 진단서 떼고 사진 박고, 성폭력 피해 센터에 의뢰해 모든 증거를 수집해 놓은 다음, 경찰에 신고했지. 혹시 모르니 법원에 접근금지가처분 신청도 냈어. 안정을 찾을 때까지 쉼터에서 지내게 조처하고."

"어머, 어머! 잘했다. 똑 부러진다, 우리 소이!"

"한데 경희 언니가 자꾸 악몽을 꾸고 불안해하는 거야. 그 남자가 수시로 협박 전화를 했었대. 의지할 곳이 없다 보니 자꾸만 움츠러들고, 주변 사람들을 경계하게 되고. 결국에는 정신과 상담까지 받아야 하는 심각한 상황이 되어버렸어. 이대로는 안 되겠다 싶었는지, 소이가 사비를 털어 숙소를 마련하더라. 20평짜리 아파트 2채를 터서 한 공간으로 만들었어. 그리고선 근처에 혼자 사는 언니들이 불러 모아 함께 살도록 주선하더라고."

"자비로? 걔가 무슨 돈이 있어서? 이런 곳에서 살면서."

"소이 허벌나게 부자여. 악착같이 돈 모으느라 이만 곳에서 살지, 돈 없어서 사는 거 아녀. 갸가 돈 모아서 남한티 베푸는 게 취미인 애여. 미쳐 불게 착하당게."

손님2 고준혁. 수다쟁이 무리의 유일한 사내로, 속옷 촬영장에서 마주쳤던 소이의 동료 모델이자 고영만의 아들이었다.

기분 나쁠 정도로 잘생기고 재수 없을 만큼 몸매가 탄탄하다는 것을 제외하면, 그에게는 딱히 경계할 만한 구석이 없어 보였다. 외모와는 천리만리 동떨어져 뵈는 사투리가 입만 열면 튀어나와서 '멋지다, 섹시하다, 잘생겼다!' 란 소리가 절로 쏙 들어가는데다가, 그의 순박한 눈망울이 오직 하영신만을 바라보았기 때문이었다. 고준혁은 하영신을 짝사랑했다.

"아니, 대체 왜? 돈이 많으면 좋은 집, 좋은 차를 사야지. 좀 더 쾌적하고 편안한 환경에서 살아야 병도 빨리 나을 거 아니야. 안 그래?"

"난 지금도 좋아. 좁고 답답해서 그렇지 여기 깨끗해. 소이가 얼마나 부지런한 앤데. 아침 점심으로 청소를 해대서 집 안 곳곳에 윤이 날 지경이야. 내가 '전생에 신데렐라였냐' 고 타박할 정도라니까."

영신이 장난스럽게 말하자 고준혁이 헤벌쭉거렸다. 그의 눈에 하트가 떠 있는 걸 눈치채지 못한 양효주는 두 손을 곱게 맞잡고 소이 칭찬에 열을 올렸다.

"정말 갠 부족한 게 없는 애구나. 착하지, 예쁘지, 부지런하지, 음식도 잘하지. 나 진짜 큰일 났잖아. 소이가 해준 음식 한번 맛보고 입맛이 고급스러워져서 뭘 먹어도 맛이 없는 거야. 우리 집 주방 아줌마까지 갈아치웠다니까. 근데 새로 온 아줌마의 솜씨도 마음에 안 드는 것 있지. 오죽하면 내가 찬거리를 들고 날마다 여길 출근하겠어. 아무래도 소이를 우리 집 아르바이트로 들여야 할까 봐. 걔 요새 일 안 하지?"

"다시 시작할 거여. 곧."

"진짜? 또 속옷 모델? 걔, 그거 말고 다른 거 하면 안 돼? 소이는 얼굴도 예쁘잖아. 탤런트 하라 그러지."

"에이! 탤런트는 아무나 하간?"

"왜 못하는데? 걔보다 못난 애들도 티비에 잘만 나오더라. 얼굴은 보톡스에 필러 자국 천지! 가슴은 확대수술 받은 티 팍팍! 그런 인위적인 애들보다야 우리 소이가 백배 낫지. 걘 재벌남의 전처라는 특이사항도 있잖아. 엄청 뜰걸? 가만있자…… 내가 아는 사람 중에 연예계 쪽 사람이 있던가?"

"소이 소개해 주려고? 준혁 오빠는? 준혁 오빠도 해주면 안 돼?"

영신이 준혁의 손을 살짝 건드렸다. 준혁의 얼굴은 단박에 빨개졌다. 그 놀라운 광경을 효주는 이번에도 놓쳤다. 그녀는 휴대폰에 입력된 지인들을 훑느라 정신이 없었다. 현규는 콧방귀를 뿡 뀌었다. 세 사람이 동시에 그를 돌아보았다. 개의치 않고 느긋하게 팔짱을 끼는 것으로 '나는 당신들 대화를 전혀 신경 쓰지 않는다'는 뜻을 전했다. 그런 그가 꼴사나웠는지 효주는 잠시 닫아두었던 입을 벌려 큰소리로 떠벌거리기 시작했다.

"김문석! 있네, 있어. 내 친구의 동생의 사돈의 팔촌 오빠. 그 유명한 〈솔라 엔터테인먼트〉 사장! 이 사람이라면 우리 소이를 톱스타로 만들어줄 수 있지 않을까?"

"그런 사람도 알아? 너 정말 대단하다."

"이 사람 빽 좋아. 평판도 엔터테인먼트 사장치곤 나쁘지 않고. 나이도 얼추…… 소이 전남편이랑 비슷하네. 소개팅시켜 줄까?"

"소개팅?"

얘기가 이상하게 흐르자 영신이 움찔하며 현규를 살폈다. 그는 최대한 무표정을 유지했다. 김문석의 이름이 언급되는 순간부터 피가 거꾸로 솟는 기분이었지만, 그러함을 내색하는 건 자존심이 허락지 않았다.

"내가 알기론 이 사람도 살짝 갔다 왔거든. 여자한테 이용당하고 차였대. 언니랑 오빠도 알걸? 우연희! 그 여자랑 뻑적지근하게 약혼식까지 치렀었잖아. 신인 여배우와 기획사 사장의 결합이라 당시 사람들 관심이 장난 아니었어. 그 여자 몸값은 천정부지로 치솟았고 일약 대스타가 됐지. 이듬해에는 할리우드에 진출하네 마네, 아주 난리 법석을 떨었는데. 글쎄, 웬일이니! 영화 관계자와의 미팅 때문에 LA에 갔다가 미국 최고의 부동산 재벌이랑 눈이 맞은 거야! 그 뒤로 김문석은 낙동강 오리알이 되었다는 전설이 있지."

"어머, 불쌍하다."

"사연이 쬐까 껄쩍지근허긴 헌디, 뭐 쫌, 달믄 삼키고 쓰믄 뱉는 어떤 양반보다야 낫긴 허네."

준혁이 께적지근한 얼굴로 배배 비꼬고선 슬쩍 현규를 돌아본다. 영신도 그를 보았다. 효주의 '쯧쯧' 혀 차는 소리도 날아왔다.

현규는 이를 악물었다. 절대로 여기서 화내면 안 된다. 저들은 지금 일부러 도발하는 거다. 이대로 분통을 터트리는 건 그들의 작전에 휘말리는 것이니 참아야 한다. 속으로 열심히 되뇌며 분노를 조절하였다. 하지만 하영신의 다음 말 한마디로 자제심의 안전핀은 뽁, 뽑히고 말았다.

"준혁 오빠는 어때? 오빠라면, 믿고 소이를 맡길 수 있을 것 같은데."

벌떡 일어났다. 의자가 꽈당 넘어졌다. 이소이의 수호천사를 자청하는 세 사람의 시선이 또다시 현규에게 집중되었다. 현규는,

'이소이가 김문석의 회사에서 데뷔하는 일은 절대로 없을 거야! 김문석이 이소이의 소개팅 상대가 되는 일 또한 절대로 없어! 내가 살아 있는 한, 이소이가 소개팅에 나서는 일은 없어. 고준혁은 물론 그 어떤 남자도 이소이를 가지지 못해. 영원히. 왜냐고? 내 거니까.'

라는 경고의 메시지를 똑똑히 읊기 위해 한 걸음 내딛었다. 활활 타오르는 눈으로, 공격적인 이를 드러냈으며, 두 주먹을 불끈 쥔 채였다.

성난 코뿔소 같은 지현규를 보며 영신은 배시시 웃었다. 효주는 '왜 저래?' 라는 듯 뜨악해했다. 준혁은 '미친놈 아녀?' 하고 중얼거렸다. 바로 그때. 일촉즉발의 긴급한 순간, 띠띠띠띠, 현관문 비밀번호 누르는 소리가 들려왔다.

이소이의 참전이었다.

"나가요, 당장!"

현규를 보자마자 소이는 화를 냈다. 같은 공간에서 같은 공기를 마신다는 사실조차 불편하다는 듯, 단호한 제스처로 현관문을 가

리키며 나가라고 했다. 그는 순순히 현관을 나섰다. 소이의 팔목을 덥석 잡고. 양효주가 '어머머, 세상에!' 하고 호들갑을 떨었다. 고준혁은 뒤쫓으려고 엉덩이를 들썩였다. 하지만 하영신은 그를 부드럽게 제지했다. 그녀는 뜻 모를 미소를 지으며 이렇게 말했다.

"어떻게 되는지 두고 보자. 지혜로운 남자라면 소이를 그냥 두지 않을 거야."

"소이를 잡으면 지현규는 복 터지는 거지. 그 사람 주제에 소이 같은 진국을 언제 또 만나겠어?"

양효주는 키득거리며 영신과 하이파이브를 했다. 고준혁은 썩 마음에 드는 건 아니지만 하영신이 웃으니 됐다고 생각했다. 셋은 다시 테이블 앞에 모여 준혁이 가져온 싸구려 샴페인으로 건배를 했다.

건배사는 '이소이의 행복을 위하여!' 였다.

한편, 소이는 비상구까지 끌려와서야 그를 뿌리쳤다. 여기까진 친구들 앞에서 추태 보이기 싫어서 따라왔지만 더 이상은 아니었다. 그에게 이리저리 휘둘리는 것은 지난번 휴가로 쫑 났다. 이제 다시는 끌려 다니지 않을 것이다.

"이게 대체 무슨 짓이에요? 이미 다 끝난 사이에 무슨 할 말이 더 남았다고 자꾸 찾아와요?"

"당신 친구들이 날 사기꾼, 변태 사이코, 스토커처럼 바라보더군. 난 당신한테 그 어떤 위해도 가한 적이 없는데 말이야. 그럴 만하지. 당신이 날 사기꾼, 변태 사이코, 스토커 취급하며 만나주지 않으니 당연히 날 그리 생각하지 않았겠어?"

한마디, 한마디 힘주어 내뱉는 그는 싸늘했다. 그녀에겐 오만정이 다 떨어진 말투였다. 가슴에 지진이 났다. 숨이 가쁠 만큼 강한 통증이 일었다. 애써 외면하며 그녀는 덤덤하게 물었다.

"무슨 일 있었어요?"

"고준혁 씨가 나더러 '달면 삼키고 쓰면 뱉는 인간' 이라고 하더군. 제발 결혼해 달라고 날이면 날마다 찾아오는 내게 그런 말이라니. 웃기지 않아? 필요할 땐 속이고 이용했다가, 쓸모없어지니 미련 없이 떠난 사람은 당신이잖아. 심지어 말도 없이 떠났어. 쥐새끼처럼 비겁하고 얍삽하게. 안 그래?"

"준혁 오빠가 실수한 것 같네요. 미안해요. 대신 사과할게요."

하지만 당신이 쓸모없어져서 떠나온 건 아니에요.

당신이 너무 간절해져서, 절실해져서 떠나기로 마음먹었던 거예요.

겁이 났어요. 가질 수 없는 것에 마음을 빼앗겨 돌이킬 수 없는 실수를 저지를까 봐 무서웠어요. 주제도 모르고 당신을 마음에 품었다가 후회할 일을 만들까 봐 두려웠어요. 무모한 사랑은 하고 싶지 않았어요. 비굴하게 남자 앞에서 스스로를 낮춰야만 하는 사랑도 싫었어요. 그런 싸구려 같은 사랑은 절대로 하지 않을 거라고, 아주 오래전부터 생각해 왔거든요.

"왜지? 왜 자꾸 날 피하는 거야?"

"……."

"세상에 존재하는 온갖 종류의 인간들에게 친절을 베푸는 주제에. 심지어 양효주와도 친구가 됐으면서 나는 왜 안 되는 거냐고! 왜 나만 당신 곁에 있을 수 없는 거야? 왜!"

또다시 마음이 흔들릴까 봐서요. 또다시 당신의 달콤한 말에 속아 넘어갈까 봐, 그래서 내 자신을 저 밑바닥까지 추락시킬까 봐 그랬어요.

바로 엊그제 그랬던 것처럼 또 그럴까 봐서…….

"당장 호적부터 정리해 줄게. 정식으로 혼인신고 해. 원한다면 기자회견이나 인터뷰를 진행해도 좋아. 만천하에 알리자고, 우리의 결혼을."

부끄럽지만 그 말을 듣는 순간 혹했다. 감언이설이 현실감을 앗아갔고, 정말로 모든 게 실현될 거라는 부질없는 희망을 싹 틔웠다. 숨겨진 존재가 아닌 만천하에 공개되는 공식적인 아내가 된다는 생각에 가슴이 설레었다. 그와 날마다 한날한시에, 밥을 먹고 잠을 자는 일상을 보내게 된다는 생각만으로도 코끝이 찡해졌다. 하지만 곧 깨달을 수 있었다. 그것은 단지 유혹이라는 것을.

지현규는 이소이를 원하는 게 아니었다. 혈통을 원하는 것이었다. 그녀가 진짜 고종 황제의 직계 자손일지도 모른다는, 그 희박한 가능성 때문에 혼인을 유지시키려는 것이다.

불행히도 그녀는 공주가 아니다. 공주일 리가 없다. 어떻게 단돈 3,000만 원 빚에 남의 집으로 팔려갔던 그녀가 공주일 수가 있겠는가. 공주라면 그토록 오랫동안 고통과 외로움에 시달렸을 리도 없다. 언젠가는 모든 진실이 밝혀질 것이다. 그럼 또다시 그에게 버림받게 될 거다. 그때엔 아무리 강인한 정신력을 지닌 그녀라도 견디지 못할 것이다.

소이는 도도하게 턱을 들어 올리고 똑바로 그를 바라보았다. 그 어떤 때보다도 이성적이고 차분한 모습으로 거짓을 말하였다.

"시간 낭비하고 싶지 않았으니까요."

"시간 낭비?"

그는 날카롭게 반응했다.

"날 만나는 게 시간 낭비라고?"

"몇 번이나 말했잖아요. 우리 사이는 깨끗이 정리되었다고. 난 회장님께 받은 계약금 일체를 돌려 드렸어요. 우린 혼인신고조차 되어 있지 않았으니 이혼 절차를 밟을 필요도 없었죠. 당신은 내가 공주라서 잠정적으로 이혼을 보류하자 말하지만. 분명한 건, 난 공주가 아니라는 거예요. 공주가 될 생각도 없어요. 공주래도 요즘 같은 세상에 그게 무슨 대수인가 싶네요."

"이소이."

"게다가 난 불임이에요. 할아버님께선 증손자를 원하시잖아요. 가진 거라곤 '좋은 혈통' 뿐인 나를 손자며느리로 받아들이셨을 때에는, 그만큼 증손자를 바라는 마음이 간절하지 않았을까요?"

"……."

"돌아가세요. 할아버님을 생각해서 이젠 포기해요. 가서, 당신한테 어울리는 여자를 찾아봐요. 누구든 나보다는 나을 거예요."

"웃기는군."

그는 냉소했다. 커다란 보폭으로 성큼 다가섰다. 두 사람 사이의 간격이 훌쩍 좁아졌다. 그의 뜨거운 체열과 가쁜 호흡이 느껴질 만큼 가까워졌다. 주책없이 심장이 발끈한다. 주인을 알아보는 애완동물처럼 그녀는 벌써 그를 느끼고 반응하고 있었다. 절망적인 마음으로 소이는 입술을 지그시 깨물었다.

"방금 내게 말하지 않았나? 요즘 같은 세상에 공주가 무슨 대수냐고. 되묻고 싶군. 요즘 같은 세상에 자식이 무슨 대수지?"

"그야, 할아버님께서……."

"개수작 떨지 마!"

가까스로 찾아낸 핑계를 벼락같은 그의 외침이 집어삼켰다. 비상구 통로가 쩌렁쩌렁 울렸다. 찔끔, 눈을 감았다가 떴다. 현규는 석고상처럼 선 채로 그녀를 노려보고 있었다. 차갑고도 넌덜머리 나는 눈빛이었다. 죽이지도 못하고 살리지도 못하는 애물단지 바라보듯.

"자꾸 할아버지 들먹이며 핑계대지 마란 말이야."

"현규 씨."

"당신은 내 인생을 망쳤어. '지현규가 삼류 모델과 사랑의 도피행각을 벌여 비밀 결혼식을 올렸다' 는 소문이 회사뿐 아니라 지인들 사이에까지 파다해. 사교계가 어떤 덴 줄 알아? 말 한마디로 목숨이 왔다 갔다 하는 곳이야. 처신 한번 잘못했다가는 영원히 매장될 수도 있는 세계라고. 난 그런 살벌한 사교계 한복판에 내동댕이쳐졌어. 그런 '개 같은' 상황에 나만 남겨두고 당신 혼자 빠져

나가게 둘 순 없지."

"하지만 당신은 지현규잖아요."

"그게 뭐."

"파티에서 알게 됐어요. 당신이 사교계라는 곳에서 어떤 위치에 있는지. 신뢰가 두텁더군요. 모두들 한목소리로 '지현규는 허튼소리 하지 않는다' 고 했어요. 당신이 팥으로 메주를 쑨대도 믿을 거라더군요. 사람들한테 가서 소문이 틀렸다고 말하세요. 당신의 주장이라면 믿어줄 거예요."

"소문은 틀림없는 사실이야. 지금 나더러 거짓말이라도 하라는 거야?"

"혼인신고 절차를 밟지 않았으니 거짓말은 아니에요. 주민등록등본을 떼서 친구들한테 보여줘요. 결혼한 게 아니라 결혼을 전제로 몇 번 만난 게 다라고 해요. '결혼하고 싶은 여자다' 는 말이 와전되어서 '결혼했다' 가 된 것뿐이라고 말해요."

"그걸 지금 아이디어라고 낸 거야? 당신이 내 아파트에서 살았다는 걸 내 비서가 알고 있어."

"그건……."

"여자와 동거했다고 하면 사람들이 퍽이나 날 믿을 만하다고 생각하겠군. 평판이 생명이오, 인맥이자 돈줄인 사교계에서 자알 살아남겠어."

"……."

"잘 들어, 이소이."

그는 소름 끼치도록 부드럽게 속삭였다.

"이대로라면 내 인생은 막장이 될 거야. 당신에 대한 관심이 한껏 증폭된 지금. 당신이 나타나지 않으면 사람들은 이유를 알아내려 할 테고, 막장 냄새만큼은 기막히게 맡는 우리의 기레기 님들께선 내 뒤를 샅샅이 캐겠지. 세상에 비밀은 없어. 아무리 철저히 보안해 두어도 결국은 누군가에 의해 낱낱이 밝혀지겠지. 노친네와 당신의 비밀스러운 계약."

"……!"

"사람들은 노친네를 욕할 거야. '씨받이'는 여성의 인권이 철저히 외면된 비정하고 반인륜적인 짓이잖아. 사회가 금지한 범죄행위. 한데 한국사회를 이끌어가는 오피니언 리더가 그런 짓을 저질렀다? 과연 조용히 묻힐까? 〈증손자 욕심에 한 여자를 돈으로 산 대기업 총수!〉 내 귀엔 매스미디어가 터트릴 수 있는 최상급 이슈로 들리는데."

"내가 상관없다고 하면……."

"당신이 나서는 건 최악을 최최악으로 만드는 것뿐 도움이 되지 않아. 당신이 아무리 해명해도 사람들은 믿지 않을 테니까. 그들은 당신이 뭐라 하든 '돈에 매수된 거짓 증언'이라고 생각할 거야. 딱히 반박할 수도 없지. 당신은 처음부터 노친네의 돈에 매수되어 내 인생에 무단 침입한 것이니까. 어느 누가 당신 말이 진심이라고 믿어주겠어?"

"하지만……."

이런 결말을 원했던 것이 아니다. 그녀가 바랐던 건 그의 행복이었다. 그가 잘살길 바랐다. 모든 것을 완벽하게 갖춘 여성을 아내로 맞이하여 행복하게 살아가길 진심으로 기원했다. 자신 때문에 세상 사람들로부터 돌팔매질당하고 배척당하길 바랐던 건 절대로, 절대로 아니었다.

"아무도 날 사람 취급하지 않을 거야. 나를 볼 때마다 손가락질을 하겠지. 여자를 돈으로 유혹했다가 쓴물 단물 다 빨아먹고 가혹하게 내다 버린 인간 말종. 돈만 있으면 한 사람의 인간성 따위 마구 짓밟아도 상관없다고 여기는 재벌 쓰레기. 나와 어울리는 여자를 찾으라고? 인간 말종 쓰레기한테 시집올 여자가 지구상에 있긴 할까? 응?"

"……."

"나를 책임질 수 있는 여자는 당신뿐이야, 이소이."

그가 천천히 다가오며 중얼거렸다. 저절로 뒷걸음질이 쳐졌다. 하지만 두어 걸음 만에 차가운 벽과 부딪쳤다. 눈을 휘둥그레 뜨고 그를 올려다보았다.

그는 삐뚜름한 표정과 이글거리는 시선으로 그녀를 뚫어져라 바라보고 있었다. 허튼소리 할라 치면 곧장 그 입을 막아버리겠다는 듯하다. 갑자기 갈급증이 일었다. 그녀는 혀로 아랫입술을 핥으며 더듬더듬 물었다.

"내, 내가 어떻게 하면 되는데요?"

"내 말대로 해."

세상에서 이보다 더 쉬운 일은 없다는 듯 그가 말했다.

"나와 정식으로 결혼해. 아무 일도 없다는 듯 돌아오는 거지. 일단 약속했던 1년 기한을 채우도록 해. 무조건 1년 동안은 내 아파트에서 내 아내로 지내는 거야."

"그다음에는요?"

"당연히 '기한 연장' 이지. 당신이 공주가 아니라는 증거가 나올 때까지. 조금이라도 의심의 불씨를 남겨서는 안 되니까 철저히 완벽한 부부로 살아야겠지. 친척들에게도 소개하고, 친구들과의 모임에도 데려갈 거야. 회사와 재계 모임은 물론, 필요하다면 매스컴을 이용해서라도 우리 사이를 만방에 알리겠어. 나와 노친네의 대외적 신임도와 대중적 이미지를 위해."

"……."

"서서히 익숙해질 거야. 제대로 체험해 보지 않아서 아직은 실감나지 않겠지만 내 아내로 사는 건 '끝내주는 일' 일 거거든. 당신한텐 절대 이익이지. 수많은 혜택을 누릴 수 있어. 우선 플래티늄 카드가 주어질 거야. 한…… 석 장쯤? 필요하면 더 만들어줄 수도 있어. 말만 해."

"저기……."

"최고급 헬스클럽 연간 회원권을 끊어주지. 스파, 몸매 관리, 네일아트, 피부관리실 이용권은 덤. 전담 미용사, 전직 국가대표 골프 선수, 볼링 코치도 붙여줄게. 당신, 스쿼시는 젬병이었지만 골프와 볼링에는 꽤 소질 있어 보였어. 배워둬. 다음 휴가 때 테스트해 볼 테니 열심히. 그리고 모델 일은 그만둬야 할 거야. 내 아내라는 이름값 때문에 다들 부담스러워할 테니까."

"현규 씨."

"대신 에이전시를 직접 운영해 보는 게 어떨까 해. 그쪽 분야에 관심 많잖아. 몇 년 동안 직접 필드에서 보고 느꼈던 경험도 있고. 초기 자본과 똘똘한 비서 한 명 붙여줄게. 경영에 대해 풀기 어려운 문제들이 생기면, 뭐, 내가 도움을 줄 테니 아무 걱정하지 마."

"……."

"창업이 썩 내키지 않으면 고영만의 〈선샤인〉 에이전시에 자금을 투자하는 방안도 있어. 기존의 B급 회사라는 이미지를 개선해야 한다는 문제점이 따르겠지만, 투자에 대한 리스크는 확실히 덜할 거야. 잘 생각해 보고 당신이 결정해. 창업인지 투자인지. 곧바로 다음 단계로 들어가지."

"싫어요."

소이는 빠르게 고개를 가로저었다. 이제는 조금 길어버린 금발 머리가 찰랑찰랑 흔들렸다.

"못해요, 난."

현규는 눈살을 찌푸렸다. 이해가 되지 않았다. 하루하루 수천만 원을 써도 마르지 않을 플래티늄카드는 모든 여자들의 로망 아닌가. 사촌 동생 정규도, 이모 혜원도, 외조모인 강영심 여사도 모두 '고맙게 잘 쓰겠다' 며 받아 챙겼었다. 제정신인지 의심스러울 만큼 멍청하기 짝이 없는 이소이만이 이토록 단번에 거절한 것이다. 납득될 만한 해명을 요구하는 건 당연했다.

"왜?"

"못하니까요. 당신과 계속 함께할 수는 없어요."

"그러니까 그 이유가 뭐냔 말이야. 왜 나와는 못살아? 그새 남자라도 생겼어?"

"……."

대답이 없었다. 즉각적인 부인을 기대했건만 소이는 입을 다물고만 있었다. 현규는 차가운 벽에 두 손을 탁, 거칠게 짚었다. 잠시 움찔하긴 했지만 소이는 꼼짝하지 않았다. 그저 맑고 깊은 눈으로 그를 뚫어져라 바라볼 뿐이었다. 눈 속에는 보고만 있어도 아릿한 슬픔과 절절함이 들어 있었다. 마치 '나를 놓아줘요' 라고 말하는 듯.

현규는 매서운 눈초리로 쏘아보며 저돌적으로 물었다.

"누구야? 어떤 놈이야?"

"……."

아예 말하지 않기로 작정한 걸까.

소이는 한층 다부지게 입을 다물고서 힘없이 고개를 가로저었다. 어여쁜 눈망울이 눈꺼풀 밑으로 사라지는가 싶더니 고개가 떨궈졌다. 언뜻 희미하게 떨리는 입술이 보였다. 턱이 흔들리는 것도 같았다. 속이 뒤집어졌다. 꼭지가 확 돌았다. 그녀가 다른 남자를 원한다는 생각에 살기가 뻗쳤고, 협박이든 회유든 동원할 수 있는 모든 수단을 이용해 상황을 되돌려야 한다는 절박함이 밀려들었다. 그녀의 양팔을 거세게 움켜쥐며 다그쳤다.

"그 자식이 당신한테 무슨 짓을 했어? 어떤 말로 꼬드겼어? 왜 내게 돌아오지 않겠다는 거냐고."

"나한테 이러지 말아요, 제발."

소이는 힘겹게 고개를 들며 울먹였다. 당장이라도 눈물을 쏟을 듯 안면에는 괴로움이 역력했다. 그녀의 충격적인 반응에 현규는 얼어붙어 버렸다.

"날 좀 내버려 둬요. 정말 죽을 것 같단 말이에요. 숨이 막혀서, 여기가 너무 아파서요."

그녀는 틀어쥔 주먹으로 쿵쿵 가슴을 내려쳤다. 현규는 가슴 한 켠이 우지끈 무너져 내리는 것을 느꼈다. 그녀가 끝내 거부할 거라는, 그러고 말 것이라는 불길한 예감이 들었다.

믿을 수 없었다. 받아들일 수 없는 일이었다. 그녀가 떠나려 한다는 사실이, 자신을 이토록 완강히 거부한다는 사실이 너무도 비현실적으로 느껴졌다.

"사람들한테 당신 아내라고 떠들어서 미안해요. 진창 같은 사교계에서 나만 빠져나와 미안해요. 할아버님과 당신을 위험한 상황에 빠뜨려서, 그러면서도 아무 보탬이 되어줄 수 없어서, 너무너무 미안해요. 근데요. 난 정말로 당신의 아내가 될 수는 없어요. 나도…… 나도 살아야죠, 현규 씨."

"……."

"당신 곁에 있다가는 죽을 것 같아요. 죽어가는 줄도 모르고 마냥 좋아하다가, 죽는 줄도 모르고 죽어버릴 것만 같아."

소이는 가슴이 찢어지는 듯한 통증을 느끼며 눈을 감았다. 눈앞이 캄캄해지고, 아무것도 보이지 않았지만 그를 분명하게 느낄 수 있었다. 그의 냄새, 손길, 시선…….

그에 대한 모든 감각이 모든 감각기관을 통해 생생히 되살아났다. 어쩌면 영원히 그를 잊지 못할지도 모른다는 막연한 두려움이 찾아들었다. 그럼에도 그를 받아들여서는 안 된다는 현실도 일깨

워졌다. 코끝이 찡해지고 눈시울이 뜨거워졌다.

"하루하루 피가 마르는 기분일 거예요. 언제 끝날지도 모르는 결혼 생활을 하루라도 연장하기 위해 안간힘을 쓰겠죠. 당신 마음을 붙잡기 위해 애쓸 테고, 공주가 아님이 발각되지 않도록 갖은 술수와 속임수를 동원할 거예요. 당신을 잃지 않기 위해 나락으로 뛰어드는 일도 서슴지 않겠죠. 양심을 팔고, 자존심을 던지고, 점점 더 타락해질 거예요. 현규 씨, 난요……."

"……."

"나는 그러고 싶지 않아요. 그렇게 바닥으로 살진 않을 거예요."

"왜?"

내내 목메어 말할 수 없었던 현규는 겨우 목구멍을 열었다. 다 죽어가는, 몹시도 바스락거리는 목소리로 속삭였다.

"왜 그렇게 될 거라고 생각하지?"

희미하게 떨려오는 손을 뻗어 소이의 두 볼을 감쌌다. 소이는 안쓰러울 정도로 하얗게 질린 채 두 눈을 꼭 감고 있었다. 파들파들 입술이 흔들렸다. 잘게 떨리는 눈꺼풀 아래로는 주룩, 눈물 한 줄기가 흘러내렸다. 가슴이 미어졌다.

"왜 날 잃을 거라고 생각해?"

발그레해진 소이의 볼을 엄지 끝으로 부드럽게 애무했다. 너무도 섬세하고 다정한 터치에 소이의 입에서 한숨과도 같은 신음이 흘러나왔다.

"대체 무슨 근거로 애써야지만 내 곁에 머무를 수 있다고 생각하는 거야?"

"공주가 아니니까요."

"……."

"당신이 날 찾아와 이렇게 매달리는 거, 내가 공주라서잖아요. 공주일지도 모르니까."

"……."

"난 평범한 가정에서 평범한 사람으로 자랐어요. 당신이 기대하는 왕족의 혈통 같은 건 이어받지 않았다고요. 혹시라도 내가 전에 얘기했던 '아버지의 옛날이야기' 때문에 이러는 거라면 잘못 짚었어요. 잘못 짚어도, 한참 잘못 짚은 거예요. 우리 아버진 그저 동화를 꿈꾸는 딸에게 환상을 심어주었던 것뿐이에요. 누구든 그런 동화 하나쯤은 들으면서 자라잖아요. 나도……."

소이는 자신의 말을 끝맺지 못했다. 쓸데없는 말을 늘어놓는 그녀의 입술을 그가 틀어막아 버렸기 때문이다. 비상구 통로에서는 한참 동안 말소리가 들리지 않았다. 쫍쫍, 쫀득하고 찰진 소리만이 그들의 곤두선 감각을 자극할 뿐이었다.

"잘못 짚은 건 당신이야."

겨우 입술을 떼고 현규가 선언했다. 소이는 가쁜 숨을 내뱉으며 커다란 눈망울로 그를 올려다보았다. 그 눈에는 두려움과 함께 욕망이 자리하고 있었다. 그는 소이가 욕망을 품었다는 사실이 마음에 들었다. 이제는 그 대상이 누구인지 명확하게 드러났으니 더할 나위 없이 만족스러웠다. 하지만 두려움은 아니다. 이소이가 버림받을까 봐 전전긍긍해하는 건 결코 바라는 바가 아니다.

이제는 정말로 그가 나설 차례이다. 그만이 소이의 두려움을 없앨 수 있었다.

현규는 다분히 탐욕적이며 음탕한 키스를 시작하기 직전, 진실에 입각한 고백을 털어냈다. 그녀가 떠났음을 알고서 제일 먼저 깨달았던 사실이었다.

"내가 당신을 원하는 이유는 사랑하기 때문이야, 이소이."

제13장 남편. 섹시. 탐욕적.

"어디로 가는 거예요?"

소이는 키스 도중 갑자기 계단을 내려가는 그에게 다급히 행선지를 물었다. 그에게 팔목이 잡힌 채 그녀는 속수무책으로 끌려가고 있었다.

"어디긴 어디야? 집이지."

"그럼 위로 올라가야죠. 왜 출구를 향해 뛰는 거예요?"

"거긴 당신 집이 아니야. 출가외인이란 말 몰라? 결혼을 했으면 남편과 신접살림을 차린 곳이 당신 집이지, 친정집이 아니라."

"무슨 말도 안 되는 소리예요?"

소이는 생뚱맞은 그의 주장에 두 눈을 부릅떴다. '친정' 이란 부모나 형제가 사는 곳을 말하며, 그녀는 부모 형제 없는 천애 고아이니 당연히 이곳은 '친정'이 아니다. 친정이 없으니 '출가외인(出嫁外人)'이란 말도 성립될 수가 없는 것이다. 소이는 사실을 항변하기 위해 성급히 입을 벌렸다. 하나 곧 현규의 야비한 협박을 듣고서는 합죽이가 되는 수밖에 없었다.

"아무 소리 말고 잠자코 따라와. 안 그러면, 모든 걸 인정할 때까지 키스해 버릴 테니까."

"……."

"좋아, 잘 생각했어."

그는 눈썹을 씰룩거리며 만족스레 미소를 띠었다. 그대로 대로변까지 내달렸다. 소이는 정말로 입을 꾹 다물고 그를 따라왔다. 순함 뒤에 강한 독립적 기질을 품은 이소이로서는 놀라울 정도의 인내심을 발휘한 것이었다. 그녀가 입을 뗀 것은 재규어 검정색 전면 유리에서 주정차 위반 딱지를 발견했을 때였다.

"이 차, 당신 거였어요?"

"왜? 처음 봐?"

딱지를 잡아떼며 건조하게 물었다. 소이는 입을 떡 벌린 채로 새빨개진 두 볼을 부여잡았다. 이소이가 이렇게 쩔쩔맨다는 건 어마어마한 실수를 저질렀다는 뜻이다. 현규는 수상쩍은 시선으로 소이를 꼬나보았다. 소이는 입술을 꼬물거리며 우물쭈물 웅얼거렸다.

"난, 어…… 당신 차는 BMW랑 페라리뿐인 줄 알았어요."

"남편이 재벌이라는 사실을 종종 잊어버리는 모양인데, 이소이, 난 8개사 20여 종의 자동차를 소유하고 있어. 한때 자동차를 수집했었지. 아주 잠깐 열을 올리다가 곧 시들해졌지만."

"아아."

"대부분은 본가에 처박혀 있고 주로 이용하는 두세 대만 아파트에 있어. 당신이 보았던 BMW와 페라리가 그것이겠지. 이건 오랜만에 만난 초등학교 시절 동창이 외제차 판매업에 종사한다기에 최근에 구입한 거야. 원래 타던 거만 타는 습관이 있어서 쭉 방치해 뒀다가, 협소한 당신 동네를 드나들기엔 그나마 제일 적당할 것 같아서 타기 시작했어."

"이 동네가 좀 비좁긴 하죠. 택시도 겨우 들어오니까요."

"그래서 할 말이 뭐야?"

"네?"

"하고 싶은 말이 있는 거 아니야?"

"아…… 네, 사실은……."

맑디맑은 눈망울을 위로 한껏 치켜뜬 채 그녀가 초조하게 아랫입술을 적셨다. 주저주저하며 눈치를 살피는 이소이는 내부에 불을 지폈다. 아드레날린과 테스토스테론의 앙상블은 이미 시작되었기에, 그들의 난립을 억제하기 위해서는 엄청난 자제력이 요구되고 있었다.

"사실은?"

내부의 혼란이야 어찌 되었든, 겉으론 느긋하고 태연하게 대꾸했다. 이제는 외기도 지친 반야심경 구절을 마음속으로 되뇌었다. 심호흡으로 뇌에 신선한 공기를 공급하면서 이소이의 입술이나 눈동자와 같은, 이성을 마비시키는 특정 부위에 시선을 두지 않기 위해 노력을 기울였다.

"이 차를 주차 위반으로 경찰에 신고한 사람이, 바로 나예요."

하지만 강력한 이소이의 큐트함은 그의 모든 노력들을 단번에 무위로 만들어 버렸다.

현규는 재빨리 그녀를 자동차 조수석에 밀어 넣었다. 달리듯 빠른 걸음으로 차체를 돌아 반대쪽 운전석에 들어섰다. 소이는 약간은 겁먹은 얼굴로 그가 자동차에 들어앉는 모습을 지켜보았다. 맹함과 순수함의 경계 선상 어디쯤에 걸쳐진 이소이 특유의 표정은 그를 더욱 맹렬히 타오르게 했다.

거머쥐듯 팔을 뻗어 그녀를 붙당겼다. 격하게 키스를 퍼부었다. 언제 머금어도 감칠맛 나는, 쫄깃쫄깃한 식감의 입술을 입술로 물어뜯었다. 혀를 넣어 연약한 핑크빛 속살을 흡착했다. 빨고 빨자 이소이로부터 달콤한 타액과 그보다 더 달콤한 신음이 흘러나왔다.

"아응, 응……."

예쁜 숨소리가 말초신경을 자극했다. 그녀가 지닌 감미로운 향취가, 따뜻하고 축축한 혀의 감촉이 그를 충동질했다. 간신히 입술을 떼고 그녀의 좌석을 뒤로 눕혔다. 그녀가 훽 뒤로 넘어가며 '아……!' 했다. 섹시한 신음 소리는 그의 불길을 불기둥으로 만들었다.

덮치듯 그녀의 위에 올라탔다. 옷가지를 사이에 두고 두 사람은 완전히 포개졌다. 뜨거운 불쏘시개가 쾌기(快氣)로 득시글거리는 여인의 화로를 들쑤셨다. 거친 웨이브로 그곳을 비비고 눌렀다.

이미 습기가 흥건히 올라온 흐물흐물한 꽃송이는 격렬히 짓뭉개고 비벼지면서 달콤하고 저릿한 감각을 만들어냈다. 소이는 연신 쾌음(快吟)했다. 그의 양복 재킷 자락을 움켜쥐고 쥐어짜듯 비틀어 댔다.

"당신은 마녀야, 이소이. 도저히 사랑하지 않을 수 없게 만드는 마녀."

거칠게 속삭이며, 어금니를 앙다문 소이의 턱을 덥석 움켜쥐었다. 손가락에 힘을 주니 입이 벌어졌다. 안식처를 찾아들어 가는 부랑아처럼 그는 기꺼이 그곳에 혀를 묻었다. 다급하고 열정적인 키스로 그녀의 숨을 앗았다. 열망에 취한 소이는 새하얀 허벅지를 들어 허리를 감고서 다급하게 허리를 들썩였다. 접촉과 마찰이 주는 쾌감이 단번에 두 사람을 에워쌌다.

"빌어먹을, 키스만 하려고 했는데."

현규는 고개를 오른쪽으로 꺾어 소이를 사탕처럼 쫍쫍, 빨며 중얼거렸다. 왼쪽으로 꺾으며 그녀의 혀를 붙당겼다.

"대로변에서 이게 무슨 무모한 짓이람."

거의 넋을 잃은 듯한 그의 혼잣말에 그제야 정신이 번쩍 들었는지, 소이가 '우읍' 하며 고개를 좌우로 흔들었다. 눈 깜짝할 새에 두 입술은 떨어졌다. '근사한 질척임'이 혀끝에서 사라지자 엄청난 좌절감이 찾아왔다. 현규는 눈살을 찌푸리며 다그쳤다.

"왜? 뭐?"

"바, 밖에 사람이 있어요."

소이는 말까지 더듬으며 손가락으로 차창을 가리켰다. 순간 놀라 자빠질 뻔했다. 웬 남자가 두 눈을 부릅뜬 채 그들을 들여다보고 있었다. 물론 진짜 그럴 수 있을 리는 없었다. 이 자동차의 모든 유리는 밖에서 볼 수 없게 처리되어 있었다. 동네 분위기와 어울리지 않는 고급차의 출현이 신기하여 구경하는 것이리라. 아니면 뒤뚱뒤뚱, 출렁출렁하는 자동차의 수상쩍은(?) 무브먼트 때문인지도.

다행히 구경꾼은 금세 자리를 떴다. 현규는 서둘러 운전대를 잡았다. 미친놈처럼 차를 몰았다. 며칠째 그녀를 가지지 못했기에 키스와 애무만으로도 폭발 직전에 와 있었다. 빠른 시간 안에 아파트에 도달하지 못하면, 이대로 혼자 터져 버리는 참사가 발생할지도 몰랐다.

"현규 씨! 조, 조금만 천천히……."

겨우 안전벨트까지 착용한 소이가 더듬거리며 제안한다. 음성의 떨림은 욕구 때문이었다. 그녀도 그를 간절히 원하고 있었다. 현규는 거칠게 손을 뻗어 소이의 손을 잡아끌었다.

"나를 제어할 수 있는 사람은 당신뿐이야, 이소이."

중얼거리고선 그녀의 손을 가져다가 불룩 튀어나온 신체 부위를 꾹 덮게 했다. 만족감이 찾아왔다. 이제야 살 것 같은, 퍼펙트한 기분이었다. 하지만 그건 아주 잠시뿐, 곧이어 한층 더한 급박함에 내몰렸다. 침투와 공격과 압살에의 강렬한 욕구가 전신에 휘몰아쳤다!

휘리릭, 핸들을 급하게 꺾었다.

끼이익— 타이어가 아스팔트 위로 미끄러졌다. 마찰과 원심력으로 두 사람의 몸은 반대편으로 기울어졌다가 바로 섰다. 차는 반대편 도로를 달리기 시작했다. 소이는 휘둥그레진 눈짓으로 '무슨 일이냐'는 무언의 질문을 날렸다. 현규는 제어능력을 상실한 스스로에 냉소함으로써 자신에 대한 혐오감을 마음껏 드러내며, 거칠게 대답했다.

"행선지가 바뀌었어."

"아파트로 안 갈 거예요?"

"거긴 너무 멀어. 시간이 없어."

현규는 액셀러레이터를 지그시 밟았다. 부앙—

차는 속력을 높였다.

30분도 안 돼 회사 주차장에 도달했다. 그는 벼락처럼 차에서 뛰어내려 그녀를 다급하게 끌어 내렸다. 그녀를 이끌고 탱크처럼 돌진해 눈 깜짝할 새에 전용 엘리베이터로 탑승했다. 엘리베이터 문이 느려 터졌다고 느끼는 듯 주먹으로 '닫힘' 버튼을 쿵쿵쿵쿵, 연타로 두들겼다.

문이 닫히자마자 화들짝 불에 덴 듯 그녀의 손을 내팽개쳤다. 소이는 웃음이 터지는 걸 꾸욱 참았다. 전이었다면 일련의 행동들로 상처 아닌 상처를 받았겠지만 이제는 아니었다. 조금씩 그의 행동 패턴이 이해되기 시작했다. 왜 이런 해괴한 행동을 하는지도 알 것 같았다. 엘리베이터에 들어서자마자 천장 구석을 힐끔거린 것과 무관하지 않을 것이다.

그는 자기 자신과 싸우고 있다. CCTV가 설치된 엘리베이터 안에서 아내를 갖지 않기 위해. 그토록 충동적이고 비상식적인 행위로 아내와 자신의 명예를 동반 실추시키는 일이 없도록 정말로 무던히도 참아내고 있었다.

소이는 넌지시 말을 걸었다.

"나는요, 현규 씨, 당신을 영원히 묶어둘 생각은 없어요."

"걱정 마. 내가 당신을 묶어둘 테니까."

그녀의 말을 듣는 둥 마는 둥 하며 현규가 즉각 대답했다. 몹시도 지현규다운 거칠 것 없는 답이라서 웃음이 터졌다. 그는 욕구를 참는 데에만 몰두하느라 말뜻을 제대로 헤아리지 못하고 있었다.

"할아버님께선 증손자를 몹시 기다리고 계세요. 당신이 날 버리지 않으면, 회장님이 당신을 버릴지도 몰라요."

"제발 그랬으면 좋겠군. 간섭 좀 안 받게."

숫자판을 맹렬히 노려보며 그는 심드렁한 체 중얼거렸다. 하지만 아랫입술을 깨물거나 발뿌리를 톡톡 탭하는 모습에서는 여전히 초조함과 다급함을 엿볼 수 있었다.

"이제부턴 당신이 시키는 대로 할게요. 1년간만 곁에 있으라면 1년간만 있을게요. 영원히 있으라면 영원히 있을 거예요. 당신이 떠나라면 떠날 거고요."

"내가 떠나라기 전엔 한 발자국도 움직이지 않겠다는 말씀이시군. 그렇게 해. 그게 바로 내가 원하는 바이니 동의 못할 것도 없어."

"대신 약속해 줘요. 내가 싫어지면 곧장 말해주기로."

"뭐?"

숫자판에만 박혀 있던 그의 시선이 휙 꺾였다. 검고 섹시한 악마의 눈빛이 그녀의 안면에 꽂혔다.

"혹시 다른 여자가 생기면, 그때도 말해줘요. 할아버님께서 '후계자를 낳아야 한다, 이소이를 버려라, 다른 여자를 취하지 않으면 회사는 꿈도 꾸지 마라' 고 푸시해도 내게 얘기해 줘야 해요."

"마조히스트야? 그걸 뭣 하러 알려고 들어?"

"나한테는 양심이란 게 있거든요. 합리적인 사고와 판단을 내릴 이성도요. 주제 파악도 완전 잘해요. 욕심이 많으면 화가 따른다는 진리도 잘 알죠. 난 당신한테 욕심 없어요. 앞으로 얼마나 더 곁에 머물 수 있을지 모르겠지만, 그걸로 만족할 거예요. 깔끔하게 딱 내게 허락된 한도까지만 함께하려고요."

"내가 플래티늄카드 준다고 하지 않았던가? 한 번도 안 써봐서 모르나 본데, 내 플래티늄카드는 한도가 없어."

"그런 말이 아니잖아요. 내가 하고 싶은 말은……."

"다른 여자 같은 건 안 만들어."

현규가 단호하게 말을 끊었다.

"난 지극히 전략적인 인간이거든. 매사에 확실한 '선택과 집중'으로 정력을 낭비하지 않지. 결혼도 마찬가지. 한 여자만 선택해 평생 공략한다는 게 내 원칙이야. 원칙이 뭔지는 알지? 변하지 않는 것, 신념, 무슨 일이 있어도 일관되게 지켜내는 기본적인 법칙."

"……."

"노친네 때문이라면 걱정하지 마. 그 양반은 날 버리지 못해. 말로만 그러시는 거야. 날 협박하려고. 난 그분의 피를 이어받은 유일한 손자야. 사촌들이 몇 명 있지만 다들 개차반이거든. 지적 능력이 현저히 떨어져. 명지그룹을 운영할 만한 재목이 못 돼. 가문의 종자를 개량할 '씨앗'은 결국 나뿐인 셈이지. 그래서 내가 당신의 상대가 된 거야."

"……."

"내가 없으면 회사는 지탱이 안 돼. 아무 대비도 없이 나를 내치진 못하실 거야. 무엇보다 명분이 없잖아? 난 지금까지 그분이 시키는 대로 다 했어. 당신과 결혼했고, 당신을 사랑하게 됐어. 이제 우린 그분이 처음에 바랐던 대로, 서로의 반려로서 영원히 함께할 거야. 그분이 받아들이셔야 할 현실이지."

"할아버님께선 후사를 원하세요. 난 불임이고요."

"자식은 됐어."

현규가 인상을 팍 쓰며 허공으로 손을 휙휙 내저었다.

"무자식이 상팔자란 말도 있잖아. 있어봤자 속만 썩일 거야. 둘 사이에 방해만 된다고."

"현규 씨."

"난 원래 아이들을 싫어해. 시끄럽고 이기적이잖아. 욕심이 많은데다가 배려란 걸 모르는 떼쟁이들이야. 그런 귀찮은 존재들은 차라리 없는 게 낫다고 생각해. 정말이야. 평소에도 딩크족 친구들을 엄청 부러워했다니까."

거짓말.

지현규는 아이들을 싫어하지 않는다. 딩크족을 부러워한 적도 없을 거다. 정말로 자식이란 존재를 이기적인 떼쟁이 정도로 여겼다면, 그의 성격상, 그렇다는 뜻을 진즉 확고히 했을 테다. 결혼과 자식 생산을 강요하는 조부에 맞서 싸웠을 거고, 원하는 바를 쟁취했을 것이다. 하지만 그는 조부의 뜻에 따라 결혼도 했고, 자식도 낳을 예정이었다.

염치없게도 넙죽 받아들이고픈 욕망이 고개를 쳐들었다. 마냥 '당신만 믿어요' 하며 행복해하고만 싶었다. 지원호의 근심일랑 나와는 상관없는 일이라고, 명지그룹의 미래 같은 건 아무래도 좋다고, 눈 귀 막고 모르쇠하고 싶었다. 내 인생의 즐거움만 생각하고 싶었다. 현규는 나만 있으면 행복할 거라고, 나만으로도 만족할 거라고 부득부득 우겨대며 '정신 승리' 하고 싶었다. 하지만 그건 말 그대로 '정신 승리' 일 뿐, 현실은 녹록지 않았다.

남자들의 종족 번식 의무감은 본능에 가깝다. 특히나 지현규는 가문의 적법한 후계자로서 혈통을 이어야 할 책임을 가졌다. 어려서부터 그를 지척에서 훈육해 왔던 사람은 지원호. 그는 증손자의 모계 혈통을 위해 대한민국을 샅샅이 뒤져 조선 최고 가문의 후예인 소이를 찾아냈을 정도로 손(孫)에 대한 집착이 강한 사람이었다. 알게 모르게 지원호로부터 많은 영향을 받아왔을 지현규가 과연, 자식 없는 결혼 생활에 만족할까?

지금은 눈에 콩깍지가 씌어 괜찮다지만 나중에는?

책임감으로 똘똘 뭉친 지현규가 가문이 몰락해 가는 꼴을 보고만 있을까? 고작 여자 하나 때문에?

'아니…….'

언젠가는 떠날 것이다. 다른 여자를 만나고 자식을 볼 것이다. 그것을 탓할 수는 없다. 불임이 그녀의 잘못이 아니듯, 자식을 바라는 것 역시 그의 잘못이 아니다. 그렇기에 그와의 이별도 담담히 받아들일 수 있었다. 잠시나마 그를 마음껏 사랑할 수 있는 시간이 있어서, 그나마 다행이라고 생각했다.

"이봐, 이소이."

"네?"

현규가 혼자만의 생각에 빠져 있던 그녀를 소환했다. 소이는 반짝 눈뜨고 말갛게 미소 지었다. 그는 잠시 그녀를 빤히 바라보더니 불쑥, 손을 내밀었다. 허공에 떠 있는 그의 손바닥을 멀뚱멀뚱 내려다보았다. 무슨 의미일까 생각해 보았지만 '내 손을 잡아줘' 이외에는 떠오르는 게 없었다. 머뭇거리며 손을 내밀었다.

살과 살이 맞닿았다.

온기와 온기가 이어지고, 뜨거운 감정과 감정이 뒤엉켰다.

울컥 감정이 쏠렸다. 주책없이 이런 곳에서 눈물을 보일 순 없었기에 눈을 부릅뜨고 버텼다. 하지만 얼마 버티지도 못하고 주르륵 짠물을 흘리고 말았다.

지현규의 속삭임은 너무도 감미로웠다.

"당신이 날 얼마나 '개자식' 이라고 생각하는지 모르겠지만, 내게도 사랑은 하나야."

"현규 씨……."

"그래서 절대로 못 버리는 거야. '안' 버리는 게 아니라 '못' 버리는 거라고, 이소이."

현규는 가볍게 쥔 그녀의 손을 조심스럽게 잡아당겼다.

거부할 수 없는 초대.

응할 수밖에 없는 초대였다. 양심도 있고, 합리적인 사고와 결정을 내릴 지각도 있지만, 현규를 따를 수밖에 없었다. 그를 욕심내고, 그를 차지할밖에 다른 방법이 없었다. 세상 사람들로부터 지탄받고 지원호로부터 원망을 듣는다 해도 어쩔 수 없다. 오만하고 까칠하고, 무뚝뚝한데다 지독한 다혈질인 지현규를 이제는 너무나도 사랑하게 되어버렸으니까.

"나도 살아야 하잖아?"

현규는 '살아야 하기에 받아들일 수 없다' 라던 소이의 논리를 점잖게 골리며, 품 안에 안겨오는 소이를 꼭 끌어안았다.

❖

"그래서?"

따사로운 오후, 도로변에 서서 전화를 받던 현규는 상대를 거칠게 다그쳤다.

운전 중에 굳이 정차해 가며 받아야 했던 통화의 주인공은 황기주, 그들 부부의 러브 브레이커(Love—breaker)였다. 녀석은 키스할 때, 섹스할 때, 와인을 마시며 시선을 교환할 때 등등, 온갖 중요한 순간에 산통을 깨는 어마어마한 신기(神技)의 소유자였다. 이번에도 현규가 아내에게 감동적인 멘트를 건네려는 찰나, 귀신처럼 뽀르르 전화가 걸려왔다.

[그래서긴 뭘 그래서야. 더 알아봐야 한다는 거지.]

"장난해? 그럼 더 알아봤어야지, 전화질은 왜 해?"

[원래 이런 뒷조사는 수시로 보고 띄우는 거야. 너도 특별히 지시했었잖아. 진행 상황을 상세히 보고하라고. '엄청나게 중요한 사안이니까 단 하나의 단서도 흘리지 말고, 조그마한 실마리라도 알아내면 즉각 알려라' 라고 하지 않았냐? 난 네 명령에 따른 것뿐이야.]

"내가 찾는 인물과 동일인으로 추정되는 신상을 120명이나 찾았다며. 앞으로 추리고 추려서 10명 이내로 좁힐 거라며. 그럼 좁혀! 좁힌 다음에 연락해. 아무것도 해놓은 게 없으면서 무슨 보고를 한다는 거야?"

[오늘따라 왜 이렇게 신경질이실까? 왜? 또 제수씨랑 알콩달콩 깨 볶고 계셨어? 이번엔 뭐? 키스? 샤워? 아니면 본…… 게임…… 중이셨나?]

기주가 '얼레리 꼴레리' 의 뉘앙스로 목소리를 뒤틀며 키득거린다. 현규는 대차게 코웃음을 쳐주는 것으로 '네 녀석이 진정 유능한 변호사가 맞는지 상당히 의문스럽다' 는 의견을 밝히며, 흘낏 뒤를 돌아보았다. 자동차 조수석에 얌전히 앉아 있는 아내는 눈이 마주치자마자 특유의 초승달 눈웃음을 지으며 손을 흔들었다.

가슴에 따스함이 찡하게 번졌다. 사춘기 시절에도 해보지 않았던 수줍은 미소와 수줍은 손 인사가 자동 발사되었다.

"시답잖은 소리 말고 내달까지 찾아내. 꼭. 무슨 일이 있어도."

아내의 시야에서 자유로워지자마자 현규는 계산적이고 매정한 원래의 모습으로 되돌아왔다. 즉각 친구의 앓는 소리가 날아왔다. 도저히 한 달 내로는 찾아낼 수 없다, 불가능한 일이다, 날 죽여라, 별의별 곡소리가 들려왔지만 현규는 눈썹 하나 까딱하지 않았다.

"난 인내심이 부족한 인간이다. '내 사람'이다 싶으면 웬만한 실수 정돈 눈감아주는 할아버지와는 결이 달라. 아무리 친구라도 능력 없으면 끝이야. 서슴없이 해고할 거야. 그러니 알아서 잘해라, 응?"

[이 자식! 야! 내가 여기까지 능력 하나로 버텨온 사람이야. 지금껏 회장님한테 충성하면서 수백 번도 더 많은 검증을 받아온 인재라고. 뭘 더 어떻게 인증하라는 거냐?]

"할아버지한테 검증받은 건 할아버지한테나 유용하지. '내' 인정을 받고 싶으면, 그럴 만한 자질이 있음을 '내' 게 입증해 보여. 얼마든지 인정해 줄 테니까."

[솔직히 말해. 너, 백일 기념 이벤트 준비하는 거지? '사랑하는 그녀와 결혼한 지 벌써 백일, 아내를 위한 깜짝 선물 공개, 그것은 바로바로—' 뭐 이딴 서프라이징 멘트 준비해서 쇼할 생각인 거지? 그래서 어떻게든 한 달 안에 그분을 찾아내려는 거잖아. 그분이 선물이라서. 맞지?]

"소설 쓰냐?"

핀잔을 날렸지만 뜨끔했다. 백일 기념으로 뭔가를 계획하고 있는 건 사실이니까. 이벤트라면 이벤트랄 수 있고, 서프라이징이라면 서프라이징이랄 수 있었다. 깜짝 선물이 '그분' 인 것도 사실이다. 하지만 메인쇼가 서프라이징 파티인 것은 아니다. 그는 아주 특별한 이벤트를 계획 중이었다.

[이제 보니 이 자식, 엄청나게 닭살스러운 녀석일세! 내가 사랑에 빠져서 해롱대는 녀석들을 수없이 많이 봐왔지만, 너처럼 눈꼴사나운 놈은 처음 본다. 1주년이면 1주년이지. 백일이 뭐냐? 하여간 유난을 떨어요. 결혼 저 혼자 했나. 안 그래도 옆구리 시려서 죽겠구만. 넌 외로운 친구 생각은 눈곱만큼도 안 하지?]

"누가 결혼하지 말랬어? 웬 신경질이야?"

[됐고! 시간이나 더 줘. 나 진짜 일 많아. 대형 소송 준비만으로도 머리가 빠개질 것 같다고. 내가 그깟, 사람 하나 찾자고 쌓여있는 일감들을 뒷전으로 미뤄둬야겠냐? 네놈한테 해고당할까 봐 전전긍긍해야겠냔 말이야.]

"그깟 사람이라니! 말조심해. 그분이 누군지나 알아?"

[친척이겠지. 고아원에서 자란 제수씨한테 가족을 찾아주고 싶다며. 고아라면 부모님이 살아 계시진 않을 거고, 친척밖에 더 돼?]

"살아 계실 수도 있지. 어려서 헤어졌으니까."

[뭐?!]

수화기 저편에서 기주가 우레와 같은 고함을 내질렀다. 곧장 투덜거림과 항의가 쏟아졌다. 대체 왜 그런 중요한 정보를 알려주지 않았냐, 그랬더라면 좀 더 빨리 찾아낼 수도 있었다, 친구를 바보 만들어서 기분 좋냐, 아주 난리를 쳐댔다. 현규는 꿈쩍하지 않고

작별 인사와 경고, 비아냥거림을 동시에 건네는 비정함을 선보였다.

"앞으로 좀 더 가시적인 성과를 기대해 보죠, 황 변호사님. 아! 다음번에는 꼭 회사로 연락을 주시겠습니까? 시시때때로 휴대폰으로 방해받는 거, 더 이상은 참을 수가 없어서요. 아니꼬우면 네 놈도 어서어서 여자친구 만드세요. 독수리 오형제 중 여친 없는 놈은 이제 네놈 딱 하나 남았습니다."

친구의 대답은 개와 새가 난무하는 비속어들이었지만 산뜻하게 무시하고 통화를 종료했다.

"무슨 전화예요?"

자동차에 오르자 예쁘고 상냥하고 귀엽고 섹시한, 여성의 미덕이란 미덕은 모두 갖춘 천하의 팔색조, 이소이가 사랑스러운 얼굴을 들이밀고 깜찍하게 물었다. 도저히 방앗간만은 지나칠 수 없는 참새의 심경으로다가 현규는 쪽쪽, 그 입술에 입술을 찍었다.

"변호사. 일 때문에."

"기주 씨? 무슨 일인데요? 혹시 소비자로부터 집단소송 걸린 그 문제?"

"그건 MJ텔레콤 소관. 나와는 상관없어."

"명지그룹 산하 회사잖아요. 앞으로 관리해야 할지도 모르는데 왜 상관이 없어요?"

"그건 그때 가서 생각하면 돼. 난 명지개발건설 하나 꾸리기도 벅차. 요새 경기가 얼마나 나쁜지 알아?"

"그래도 잘해 나가면서. 이번 서울시 개발, 명지가 따낼 확률이

높대요. 신문에 나왔어요."

이소이는 남편을 마치 영웅 보듯 바라보며 가느다란 팔을 목에 휘감았다. 현규는 갑자기 어깨가 으쓱으쓱, 가슴이 쫙 펴졌다. 늘 느끼는 거지만 이소이의 칭찬에는 아무리 시크하고 냉소적인 그도 배겨날 재간이 없었다. 푸힛푸힛, 환소를 터트리고 푼수처럼 제 자랑을 마구마구 늘어놓다가, 마지막에 가서는 얼른 칭찬 스티커를 붙여달라고 어린애처럼 조르게 된다.

여기서 칭찬 스티커란, 둘만의 비밀 언어로 '오피스 섹스'를 뜻한다.

갑작스런 테스토스테론의 활성화로 사무실을 급습, 관계를 가졌던 이후, 현규는 하루에도 몇 번씩 이소이 금단증세에 시달리고 있었다. 사무실 책상만 보면 이소이의 뽀얀 엉덩이와 긴 다리, 그를 머금었던 붉고 예민한 꽃송이가 떠오르니 집중력이 유지될 턱이 없었다. 참다못한 결국 소이를 불러내 그날의 환희를 재현하고야 말았다. 다음 날도, 또 다음 날도.

시도 때도 없이 아내를 호출하는 것을 알고, 기주는 급기야 '아예 옆자리에 책상을 하나 만들지 그러냐' 하고 비아냥댔지만 그도 어쩔 수가 없었다. 그나마 '일주일에 두 번'으로 점점 그 횟수를 줄여가는 중이라는 점에서 불행 중 다행이었다.

"그 점에 대해서라면 당신한테 무척 고맙다고 해야겠지. 당신의 절친인 양양이 아버지를 잘 설득한 덕분이잖아?"

엄청나게 점잔을 떨며 대꾸했다. 그가 '양양'이라 명명한 양효주가 평소 마르고 닳도록 읊던 '우리 소이한테 잘해, 안 그러면 개발사업권은 물 건너갈 줄 아시라곳!' 이란 협박을 은근슬쩍 비꼰 것이었다.

사실 현규는 양양만 생각하면 기분이 다운된다. 도대체 어떻게 했기에 소이의 절친이 될 수 있었는지, 아무리 생각해 봐도 미스터리였다. 한 남자를 사이에 둔 두 여자의 암투가 어찌 이런 결말을 맺었는지 도저히 이해 불가였다. 심지어 양양은 그를 혐오하기까지 한다. 이소이를 차지할 자격이 없다는 이유로. 그런 양양을 위해 소이는 오만 가지 나물과 밑반찬을 해 먹였다. 그럴 때마다 질투는 현규의 몫이 되었다.

"그렇게 따지면 문석 씨 덕택이죠. 당신에 대한 효주 언니의 평가가 후해진 게 문석 씨를 소개받고 나서부터이니까."

"내 직감과 통찰력이 좀 뛰어나긴 하지. 양양이 김문석을 입에 올리는 순간 느낌이 왔으니까. 둘 다 철딱서니 없는 게 딱 천생연분이잖아? 김문석 짝이 요기 있네, 싶더라고."

"둘이 조만간 결혼하겠죠? 얘기 들어보니 효주 언니네에선 문석 씨를 상당히 마음에 들어해하는 눈치예요. 올해 안으로 두 사람 짝지어줬으면 하는 것 같아요."

"문석이야 단점이라곤 파혼 경력뿐이니까. 워낙 전 국민적으로 떠들썩했던 약혼이었잖아. 상대는 이후에 스타덤에 올랐고, 그다음 행보도 워낙 파격적이었던 터라서 대중들 다수의 뇌리에 선명하게 박혀 있어. 녀석에겐 잊으려야 잊을 수 없는 이력인 거지."

"아아."

"게다가 문석인 그 여잘 진심으로 사랑했었어. 그래서 배신당한 후유증이 이루 말할 수가 없었지. 한동안 여자를 못 만날 지경이었으니까. 최근엔 종종 데이트하긴 하던데. 이상하게 깊은 관계로는 좀체 발전시키지 못하더라고. 웬일로 양양과는 별 탈이 없네?"

"당신 말대로 천생연분이라서 그런 거죠. 고마워요, 현규 씨. 효주 언니한테 좋은 사람 소개시켜 줘서. 언니가 행복해서 너무 좋아요."

소이는 '이보다 더 사랑스런 생명체가 있을까'의 시선으로 남편을 바라보고서 버들가지처럼 낭창낭창한 몸매를 그의 품에 쏘옥 맡기었다. 현규는 아내의 허리를 휘감았다. 오통통한 엉덩이 살을 쥐락펴락하는 유혹의 손기술을 시전했다. 소이는 금세 발그레해져서 펄떡펄떡 맥동하는 그의 목줄기에 입술을 대고 이렇게 속삭였다.

"근데요. 나, 진짜 엄청 긴장돼요."

"왜?"

"할아버님 때문에요. 날 부르셨잖아요. 무슨 얘길 들을지 걱정돼요."

"잡아먹기라도 할까 봐 겁나?"

"음, 아주 조금?"

"진짜 그렇게 생각해? 노친네가 당신을 혼낼 셈으로 부른 거라고?"

놀란 눈을 휘둥그레 뜨고 아내를 내려다보았다. 세상에서 가장 용감무쌍한 이소이가 무언가를 두려워하고 주저하는 것도 놀라운 일이지만, 그 대상이 지원호라는 건 정말로 의외였다. 불임 문제가 불거지기 전까지 그들의 사이는 꽤 원만했으니까.

비록 돈으로 '관계'를 사고파는 각박한 사이였지만 지원호는 소이를 존중했고 소이도 지원호를 좋아했다. 얼마 전에는 소이가 '증손자를 향한 노인의 노력이 너무도 처절하게 느껴져서 어떻게든 임신하기 위해 노력했었다'고 고백하지 않았던가. 인간적으로 그들은 서로를 이해하는 사이였다.

그걸 알기에 지원호의 태도가 더 가혹하게 느껴졌었다. 단지 불임이라는 이유로 소이를 단호히 거부하는 지원호를 도무지 이해할 수 없었다. 아무리 친조부라지만, 아내가 있는 자신에게 온갖 여인들의 사진과 연락처를 건네면서 새장가 들기를 권하고, 사업 모임을 가장한 선 자리로 유인하는 그를 어떻게 받아들을 수 있을까. 치 떨리게 혐오스러운 적이 한두 번이 아니었다. 아내에게 끝없이 상처를 주는 조부와 집안을 등지고 싶은 충동이 하루에도 열두 번씩 솟았다. 그럴 때마다 아내는 말했다.

"할아버님께 그러면 안 돼요. 그분께 마음 정리할 시간을 주도록 해요, 우리."

별수 없이 참았다. 이소이와의 혼인신고서를 상시 휴대하고, 혹시라도 갑작스레 선 자리에 불려 나가면 상대에게 그것을 들이밀어 맞불을 놓았다. 그러기를 수차례. 결국 지원호는 항복을 선언하고야 말았다.

현규는 3일 전, 지원호와의 독대를 떠올렸다.

“그 아일 만나야겠다. 내 앞에 데려와.”

“왜요? 무슨 말씀하시게요? ‘내 손자 옆에서 물러나지 않으면 가만두지 않겠다’, 뭐 이런 삼류 드라마에서나 나올 법한 멘트 날리시게요?”

“얘기가 잘 안 통한다 싶으면, 뭐, 못할 것도 없지.”

“됐습니다. 그 여자한테 하실 말씀 있으시면 그냥 제게 하세요. 전해는 줄게요.”

“직접 만나서 해야 할 말이야. 너 빼고 단둘이.”

“쓸데없이 기운 빼지 마세요, 할아버지. 이소이를 협박해도 원하시는 대로 되지 않아요. 그 여잔 저한테 아무 미련이 없습니다. 지금도 저와 헤어지길 원해요. 제가 억지로 붙잡고 있는 겁니다. 이소이가 저한테 들러붙은 게 아니라, 제가 이소이를 포기 못하는 거라고요. 그러니까 괜히 엄한 여자 불러다가 족칠 생각 마십시오. 정력 낭비십니다.”

“쯧쯧쯧! 한심스러운 놈 같으니. 그 아이 때문에 집안의 대가 끊기게 생겼는데, 지금 그런 소리가 나와?”

“이소이 데려다가 집안, 임신, 아이, 이혼에 관한 어떤 말이라도 꺼낼 시에는! 저도 제가 무슨 짓을 할지 모릅니다, 할아버지.”

“어허! 종손이라는 놈이, 이 판국에 겨우 마누라 눈에서 눈물 뺄까 전전긍긍이라니! 망조가 든 게다. 우리 집안에 망조가 든 게야!”

“안사람 눈에서 눈물 뽑는 것보다 더 쪽팔리는 일은 없다고 말씀하신 분, 할아버지십니다.”

"아주 열부(烈夫) 났구나. 열부 났어. 부끄러운 줄도 모르고 따박따박 말대꾸나 해대고. 그렇게도 그 아이가 좋냐?"

"어쩔 수 없잖습니까. 그게 지씨 집안 내력인데."

"뭐야?"

"할아버지께서도 할머니한테 꼼짝 못하셨잖아요. 아버지는 두말하면 잔소리고."

"그거야……!"

돌아가신 할머니를 언급하자 지원호는 꿀 먹은 벙어리가 되었다. 지씨 집안 내력이 '마누라 바보' 라는 건 아무리 독불장군 지원호라도 부인할 수 없었던 것이다.

"큼큼! 좌우지당간, 그 아일 내 앞에 당장 대령하도록 해라. 내 집안 사람으로 받아들일지 말지 결정하기 전에 꼭 해둘 말이 있으니. 조금이라도 꾸물댔다가는 국물도 없을 줄 알아!"

붉으락푸르락 성질 자랑하면서도 지원호는 입술 양쪽 언저리를 히쭉 끌어 올렸다. 추상같은 모습과는 어울리지 않는 유쾌한 꿈틀거림이었다. 언제 그랬냐는 듯 곧장 근엄해졌지만, 현규는 이미 그 찰나의 입꼬리를 목격한 후였다.

그는 확신했다. 지원호는 이소이를 받아들였다. 오늘 소이를 불러들인 것은 그 사실을 공식적으로 공포하기 위함이다.

"겁먹지 마, 이소이."

그는 커다란 손으로 소이의 작은 뒤통수를 감쌌다. 정수리 한가운데에 노란 머리카락이 새싹처럼 뾰족 솟아올라 있었다. 마치 마음속에 피어난 작은 불안감인 양. 그는 다정한 손길로 그것을 어루만지며 쪽, 입술을 찍었다.

"내가 항상 당신 곁에 있을 테니까."

그 시각, 본가에서는 지원호가 방 안을 서성이고 있었다. 초조함에 한시도 앉아 있지 못하고 오락가락 안방을 누빈 것이 벌써 30분째. 도착 예정 시간이 10분이나 지났는데도 손자 내외는 감감무소식이었다. 대체 뭐 하느라 이렇게 늦는 것일까.

현규 녀석 때문일 게다. 지원호가 직접 겪어본바, 이소이는 어른과의 약속을 가벼이 여길 처자가 아니었다. 어려서 혼자가 되었는데도 반듯하게 자란 아가씨였다. 예의라곤 국 말아먹은 현규 놈과는 비교할 바가 아니다. 물론 현규도 시간 약속 하나는 철두철미하게 지키는 녀석이다. 하지만 고 녀석은 마누라 치마폭에 휩싸여 헤헤거리는 걸 더 좋아할 놈이다. 이불 속에서 꼼지락대며 늑장을 부렸을 것이 틀림없었다.

누굴 탓하겠나. 녀석 말대로 집안 내력인 것을.

"쯧쯧!"

원호는 혀를 차며 두 꼴통들을 떠올려 보았다. 사랑하는 사람을 위해 명지그룹조차 걷어차 버렸던 아들, 그 DNA를 그대로 물려받았지만 선대보다 더한 꼴통인 손자. 그 둘에게 '한 여자만을 지극정성으로 사랑하는 유전자'를 물려준 사람은, 다름 아닌 바로 자신이었다.

"여보, 마누라, 우리 현규가 드디어 임자를 만났나 보오."

원호는 벽에 붙은 사진 액자를 바라보며 흐뭇하게 미소했다.

아내의 사진이다. 꽃다운 16세에 시집와서 남편과 자식 뒷바라지하느라 고생했던 아내. 떵떵거리고 살 만하니 시름시름 앓다가 숨을 놓아버린 아내. 아내를 생각하면 지금도 마음이 아팠다. 처음 만난 순간을 떠올리면 지금도 가슴이 설레었다. 이런 자신이 현규더러 멀쩡히 살아 있는 아내를 잊으라고 강요했다는 게, 애초에 말이 안 되는 짓이긴 했다.

"조금만 기다리시게. 내, 얼른 자네 뒤따라감세."

〈우리 현규 쓸쓸해서 안 돼요. 현규가 아들딸 낳고 행복하게 잘사는 것까지 보고 오세요. 그때까지 기다릴게요.〉

곱고 단아했던 아내의 음성이 들리는 듯했다. 가슴이 찡해지고 눈가에 눈물이 맺혔다.

원호는 마치 눈앞에 아내가 서 있는 양 혼잣말을 했다.

"내 보기엔 아가씨가 괜찮아. 똑똑하고 현명해. 탱크 같은 우리 현규를 뒤에서 잘 조절해 줄 거야. 한 가지 흠이라면 임신을 못한다는 것이었는데……."

'불임'은 이소이를 반대했던 유일한 이유였다. 혈통에 목숨을 건 지원호로서는 어쩔 수 없었다. 대를 잇지 못하는 손자며느리는 제아무리 공주래도 아무 소용 없다고 생각했으니까. 하지만 손자는 좀체 뜻을 굽히지 않았다. 오히려 강력하게 밀어붙였다. 소이를 받아들이라 요구하며, 그렇지 않으면 명지그룹을 포기하겠다는 역공까지 펼쳤다. 옛말에 자식 이기는 부모 없다 했던가. 원호는 두 손 두 발 들어버렸다.

당장에 김 박사를 찾아갔다. 산부인과 전문의이자 소이의 건강 상태를 체크했던 담당 의사였다. 어쩔 수 없이 소이를 받아들이긴 했으나, 후사를 포기할 수는 없었다. 인공수정이든 시험관아기든, 할 수 있는 모든 방법을 동원해 소이에게서 증손자를 볼 결심이었다. 한데 김 박사는 몹시도 뜻밖의 말을 해주었다.

"불임이라고요? 그럴 리가요. '다낭성 난소 증후군'만으론 절대 영구 불임이 될 수 없습니다. 걱정하실 것 전혀 없습니다, 회장님."

"다낭성 난소 증후군이라?"

"가임기 여성들이 흔히들 겪는 내분비 질환이죠. 5~10 퍼센트의 발병률을 보이고 있습니다. 그것만으로 불임 판정을 내린다면 대한민국 대다수 여성들이 불임인 거예요. '다낭성 난소 증후군'은 난임의 원인이 되는 대표적인 질환일 뿐입니다. 무배란, 무월경, 불규칙한 배란 주기 등의 증상을 동반하기 때문이죠. 하지만 손자며느님께선 월경주기도 꽤 규칙적인 편이셨습니다."

"내 손자며느리가 불임이 아니란 말인가?"

"요컨대 확률상의 문제라는 겁니다. 치료를 받으시면 난소가 스스로 정상 배란하고 호르몬을 조절할 수 있게 될 겁니다. 임신 확률이 지금보다 월등히 높아지게 되겠죠. 그 말은, 지금도 임신이 아예 안 된다고 단언할 수는 없다는 얘깁니다."

"내 손자며느리한테도 그렇게 얘기해 주었나?"

"물론입니다, 회장님. 아주 상세히 설명해 드렸고, 치료를 위해 차후 내원해 달라는 말씀까지 덧붙였었습니다. 한데 어째서 일이 이렇게 된 것인지……?"

시기상, 소이가 김 박사를 만난 것은 강원도 여행 직후였다.

계약에 대해 알아낸 현규는 소이에게 온갖 비난을 퍼부었을 것이다. 원호와의 계약은 여전히 유효한 상태였기에 소이는 어떠한 변명도 하지 못한 채 심장을 난도질당해야 했다. 떠날 수도 없고, 남아 있을 수도 없는 상태로 서울로 올라왔을 때 그 마음은 찢어질 듯 아팠을 것이다. 이미 평정심이 무너진 상태였겠지. 그때에 '검사 결과 다낭성 난소 증후군입니다. 임신이 어려울 수도 있고……' 와 같은 말을 들었을 테니 다 내려놓을밖에 없었을 것이다. 극도의 체념 상태였기에 의사의 그 어떤 말도 들리지 않았을 것이고.

"쯧쯧쯧, 짠한 것. 얼마나 마음고생이 심했을꼬."

〈영감이 많이 예뻐해 주세요. 착한 아이라면서요. 우리 현규한테 잘할 아이라면서요. 지금부터 노력하셔서, 그동안 못되게 굴었던 것까지 만회하세요.〉

"여부가 있나, 이제 내 손자며느리인 것을. 많이 아껴줌세. 사내아이든 계집아이든 낳아만 준다면 내가 뭔들 못해주겠나. 업고 뛸 수도 있네."

〈아서요. 그러다 허리 부러지세요. 업고 뛰는 건 현규한테 맡겨둬요.〉

"그럴까?"

생각만 해도 재미나서 원호는 껄껄 웃어재꼈다. 막 현규 내외가 도착했음을 알리기 위해 부리나케 안방으로 달려온 주방 찬모는 깜짝 놀랐다. 귀신과 애기하는 듯, 연신 혼잣말을 중얼거리며 껄껄거리는 영감님이 너무도 이상하였기 때문이다.

제14장 Life is so beautiful

"소이!"

현규는 로비에 들어서는 아내를 불렀다. 비교적 조그마한 목소리였으나 소이는 귀신처럼 알아듣고 뒤를 돌아보았다. 남편을 발견하자 예쁜 얼굴이 활짝 편다. 그가 손가락을 까딱하니 주인 찾아오는 강아지마냥 쫄래쫄래 달려왔다.

검정색으로 물들인 단발머리에 빨간 스틸레토 힐, 검은 스타킹, 미니스커트를 차려입은 이소이는 남자라면 누구든 홀딱 반할 만큼 예뻤다. 난잡함을 연상케 할 만큼 에로틱하지만 어쩐지 함부로 대하면 안 될 것 같은, 고품격의 고혹함이랄까. 쉬워 보이면서도 선뜻 다가서기 힘든 미묘한 매력이 있었다.

외출할 땐 부대자루를 뒤집어쓰라고 그리도 말했거늘. 하여간 말을 안 들어요.

눈살을 찌푸리며 퉁명스럽게 지적했다.

"너무 차려입은 거 아니야?"

"신경 좀 썼죠. 투자자 미팅이잖아요. 명색이 전직 모델인데 대충 차려입을 수 있나요?"

"너무 튀어. 모델로서 참석하는 게 아니라 투자자로서 참석하는 거잖아. 바지 정장을 입었어야지. 사업가처럼 보이게."

"당신도 알다시피 나한테 바지는 스키니랑 핫팬츠뿐이잖아요. 어쩔 수 없었다고요."

"의자에 앉을 때 조심해. 속옷 보일라."

"그 정도로 짧진 않거든요."

콧잔등을 찡긋, 입술을 삐쭉거리며 소이는 냉큼 그의 팔에 팔짱을 꼈다. 현규는 '뒤로 돌앗! 집에 되돌아가 바지로 갈아입고 온다. 실시!' 호령하고 싶은 마음을 꾹 참고, 마지못해 걷기 시작했다.

서둘러야 했다. 현재 그의 집무실에는 지인 및 회사 직원들 20명이 1시간째 소이를 기다리고 있었다. 투자자 미팅 때문은 아니었다. 사실 미팅이 있다는 건 거짓말이었다. 소이를 회사로 불러내기 위한 핑계다. 그들이 모인 것은 프러포즈 이벤트 때문이었다.

현규는 돌아오는 결혼 1주년을 맞이하여 리마인드 결혼식을 계획했다.

원래는 결혼 백일 기념 이벤트로 준비했었는데, 재결합 선물로 생각해 뒀던 '장인어른'을 찾아내지 못해 아쉽게도 무산되었었다. 황기주와 명지그룹 법무팀은 이소이의 친부로 추정 가능한 인물들을 무려 120명이나 추려냈지만 진짜 친부를 찾아내지 못했다. 1년이 지난 지금도 그건 마찬가지였다. 언제 찾아낼 수 있을지 장담할 수 없는 상태였기에, 부득이하게 '친부' 선물 없이 결혼식을 강행하게 되었다.

결론만 말하자면, 오늘은 두 번째 결혼식을 위한 '프러포즈의 날'이다. 깜짝 이벤트이므로 소이에겐 비밀이다. 아마 그의 고백을 받으면 감동할 것이다. 눈물을 터트릴지도 모른다. '당신은 이런 이벤트, 끔찍하게 싫어하잖아요. 너무 싫어서 작년엔 잠수까지 탔으면서!' 라고 할지도. 그러면 현규는 이렇게 말할 생각이다.

"당신을 기쁘게 해주기 위해서라면 난 뭐든 해. 아무리 끔찍한 일도 다 감수할 수 있어. 사랑해, 이소이."

사람들 앞에서 읊기에는 몹시 낯간지러운 멘트지만, 평생에 한 번밖에 없을 프러포즈이니만큼 꾹 참고 시도하기로 했다.

"근데 도대체 어떻게 된 거예요? 왜 미팅이 나도 모르게 결정된 거예요? 투자자는 나잖아요. 미팅을 잡으려면 나한테 연락했어야죠."

"어…… 아무 연락도 못 받았어?"

"아무도요. 심지어 아저씨도 귀띔해 주지 않았어요. 당신한테 연락받고 내가 얼마나 황당했게요. 어떻게 아저씨도 연락을 안 해주냐. 배신감 드는 거 있죠. 잔소리 좀 해보려고 전화했는데 아예 받지도 않으세요. 잘못한 건 아셔가지고. 아저씨, 진짜 저 위에 있는 거 맞죠?"

로비의 높은 천장을 손가락으로 가리키며 소이가 콧잔등을 심술궂게 찡그렸다.

맞다. 고영만은 정확히 저 위, 그의 사무실에 있다. 투자자 미팅이 아닌 이벤트 들러리를 위해. 아마도 머리에는 고깔모자를, 손에는 폭죽을 들고 있을 것이다. 상상만으로도 웃음이 터질 것 같아 어금니를 사리물고, 천연덕스럽게 거짓말을 늘어놓았다.

"미팅 끝나면 함께 식사하기로 했어. 같이 먹자. 괜찮지?"

"안 괜찮아요. 아저씨한테 따질 거예요. '〈선샤인〉 에이전시의 투자자는 지현규가 아니라 이소이이다! 그러니 업무 관련 상의는 지현규가 아닌 이소이와 상의해야 한다!' 라는 걸 이번 기회에 확실히 못 박아둘 거예요."

"당신이 백억대의 재산가라는 걸 몰라서 그런 거야. 당신이 투자를 한다니까 다들 그 돈줄이 나라고 여긴 거지."

지나가던 여직원이 사장 내외를 알아보고 냉큼 허리를 굽혔다. 현규는 걸음을 멈추지 않고 고개만 까딱했다. 반면 이소이는 여직원과 똑같이 허리를 깊이 숙였다. 여직원은 사모님의 충격적인 맞절에 깜짝 놀라 입을 쩍 벌렸다.

"생각해 봐. 그 깐깐한 노친네가 손자며느리한테 백억이라는 큰돈을 턱, 것도 아무 이유 없이 무상 증여했을 거라고 누군들 상상했겠어? 나조차도 사실을 알고 깜짝 놀랐는데."

"그렇긴 하죠? 받지 말았어야 했는데. 미리 알았다면 고사했을 거예요."

"할아버지께선 당신이 그렇게 나올 거란 걸 이미 예측하셨어. 그래서 당신 몰래 법적 절차를 마무리한 후 뒤늦게 알리신 거지."

"굳이 그렇게까지 할 필요가 있었을까요? 그 돈이 뭐라고."

"당신한테 후안무치한 일을 제안한 게 부끄럽고 후회되셨던 거야. 그렇게라도 사죄하지 않으면 죄책감 때문에 괴로우셨을 거라고. 그러니까 받아도 돼, 그 돈. 아무리 어른이시라도 당신 마음 아프게 한 대가는 치르셔야지."

"그런 말하지 말아요, 대가는 무슨. 난 할아버님께서 명지재단을 맡겨주신 것만으로도 눈물 나게 감사해요. 내가 평생 꿈꿔왔던 일을 할 수 있게 해주셨잖아요."

낯익은 데스크 여직원이 지나치다가 걸음을 멈추었다. 하트가 뿅뿅 박힌 눈으로 소이를 바라보더니, 사장은 아랑곳하지 않고, 소이를 향해 꾸벅 인사를 했다. 이번에도 소이는 걸음을 멈추고 똑같이 맞절하고선 눈알이 튀어나올 만큼 화사하고, 친절하고, 아름다운 눈웃음으로 상대를 기절하기 직전까지 만들어놓았다.

현규는 당장이라도 고주파 비명을 발사할 것 같은, 아이돌 팬 모드의 여직원을 쿨하게 지나치며 중얼거렸다.

"걸 크러쉬(Girl Crush)."

"걸…… 뭐요? 그게 무슨 뜻이에요?"

"나도 잘은 몰라. 사내 게시판에 당신 얘기가 올라오면 그런 댓글들이 주르륵 달린다는 것 외에는. 훈훈한 분위기로 보아 좋은 의미인 것만은 분명해."

"사내 게시판에 내 얘기가 올라와요?"

"언젠가부터. 어쩌다 누군가 한 번 올렸는데, 그 뒤로는 너도 나도 경쟁적으로 올린다더군. 지금은 사내 게시판이 아니라 이소이 팬카페 게시판 같아. 당신에 대한 기사와 목격담, 사진들이 하루에도 수십 개씩 올라와. 거기 댓글 다는 여직원들이 말하길, 당신이 자기들 롤모델이래."

"내가요? 말도 안 돼. 왜요?"

"당신이 '걸 크러쉬' 니까."

"그게 대체 무슨 소리예요?"

이 무슨 밑도 끝도 없는 말이냐는 듯 소이가 푸훗, 웃음을 터트렸다. 앙증맞은 주먹으로 그의 팔을 콩 찍기도 한다. 그가 거짓말을 하거나 사실을 과대 포장했다고 생각한 것이다.

하나, 이소이의 인기는 결코 과장이 아니다. 그는 요새 출근하자마자 제일 먼저 '게시판 연어하기' 를 했다. '연어하기' 란 뒤 페이지로 되돌아가 밤새 읽지 못한 글들을 꼼꼼히 체크하는 것을 말한다. 여직원들의 이소이 찬양이 게시판 지분율 90퍼센트에 육박하기에 전혀 힘들지 않은 일이었다.

"당신! 지난주에 회사 근처 대로에서 소매치기를 잡았다며? 지난달에는 로비에서 우리 여직원을 구해줬고. 헤어진 남자친구가 찾아와서 주먹까지 휘두르는데, 당신이 캣우먼처럼 짜잔 등장했다며. 그러고선 '또다시 이 여자 앞에 나타나면 절대로 가만두지 않겠다!' 며 놈의 턱주가리를 날려줬다던데. 목격한 사람이 한둘이 아니야."

"어…… 턱주가리를 날려준 건 맞는데요. 그렇게 유치한 말은 안 했어요."

"언젠가는 엘리베이터에서 임산부 여직원이 과중 센서에 걸리자 당신이 대신 하차했다고? 멀뚱하니 보고만 있던 남자 직원들이 부랴부랴 대신 내리려 하자, '괜찮아요, 일들 하셔야죠' 라고 말해서 꿀 먹은 벙어리로 만들어주었다던데. 그걸 목격한 여직원이 통쾌했었대. 평소 남녀평등의 미명하에 여자를 조금도 배려하지 않는 남직원들에게 결정타를 날려주었다면서 당신더러 '이 시대의 진정한 페미니스트' 래."

"딱히 그럴 의도는 없었는데. 난 그냥, 급한 분 먼저 올라가게 한 것뿐이에요. 그분께서 만삭이었거든요. 다음 엘리베이터까지 기다리자면 얼마나 힘들겠어요. 덜 바쁜 사람들이 양보하고 두루두루 배려하며 사는 거죠."

"당신이 이래서 '걸 크러쉬' 라는 거야. 여자들도 좋아할 수밖에 없는 여자. 근데 턱주가리는 얼마나 세게 날린 거야? 그 자식이 한 방에 뒤로 넘어갔다던데."

"심하게 다치진 않았을 거예요. 치료비 청구하라고 명함을 남겼는데, 아직까지 연락이 없거든요."

"경찰을 불렀어야지. 아니면 날 호출하든지. 그 자식이 그대로 물러났으니 망정이지, 앙심 품고 못된 짓이라도 저질렀으면 어쩔 뻔했어?"

"이런저런 생각해 볼 여유가 없었어요. 상황이 너무 급박해서 당장 누군가가 나섰어야 했거든요. 나라도 나서지 않았다면 그 직원은 다쳤을 거예요. 신체적 상해뿐 아니라 마음의 상처도 함께 입었겠죠. 그게 얼마나 고통스러운 일인지, 극복하기 힘든 일인지, 난 누구보다도 더 잘 알아요. 그래서 도저히 그냥 지나칠 수가 없었어요."

세상에는 상처를 간직한 사람이 참 많다. 그중에는 고도의 정신력으로 극복한 사람도 있다. 하지만 자신의 경험과 트라우마를 밑거름 삼아 타인을 위해 노력, 헌신하는 것은 누구나 할 수 있는 일이 아니다. 천성이 고결한 자여야만 가능하다. 바로 이소이처럼.

소이는 타인을 원망하지 않았다. 남 탓하지 않는다. 불의를 보고 지나치지도, 양심을 거스르지도 않는다. 그녀는 완벽한 선(善)이다. 인간미라곤 찾아보래야 찾아볼 수 없는 지현규마저도 감동시킬 만큼.

물론 현규는 아내와 같은 선인(仙人)이 될 생각이 추호도 없었다. 그럴 자질도 안 될뿐더러 그렇게 되고 싶지도 않다. 그는 눈에는 눈 이에는 이, 받은 만큼 돌려주는 방식이 좋다. 현대사회에서 착하게 사는 건 무조건 손해이며, 그런 삶은 그의 인생관과는 거리가 멀었다. 그래서였다. 기주가 찾아낸 소이의 양아버지를 작살내 주었던 것은.

'자비란 없다'는 인생의 모토대로, 현규는 아내에게 씻을 수 없는 상처를 주었으면서도 잘 먹고, 잘살아온 그 추잡한 '돼지 새끼'를 정의의 이름으로 심판받게 했다. 비리를 까발려 시의원의 자리에서 끌어내렸고, 가진 재산을 도박으로 모조리 탕진하게 만들었으며, 다시는 재기하지 못하도록 사회에서 매장시켰다. 그는 결국 검찰에 구속되었다.

인생은 참 아름답다!

"그나저나 되게 신기하지 않아요?"

"뭐가?"

"일련의 일들 말이에요. 사실 난 내 꿈에 대해 아무한테도 말하지 않았거든요. 당신이 유일해요, 내 꿈에 대해 아는 사람."

그녀의 꿈은 폭력 피해 여성을 위한 보호시설을 짓는 것이었다. 지원호가 사례금으로 제시한 백억에 혹했던 것은 그 꿈을 이룰 거라는 희망 때문이었다. 소이는 자신의 인생을 희생시켜 타인을 도우려 했던 것이다. 자초지종을 듣고 현규는 깨달았다. 인간의 '꿈'이 일신의 영달과 하등 관계가 없을 수도 있다는 걸. 더불어 이소이가 평범한 인간은 감히 범접할 수 없는 숭고한 희생정신을 지녔다는 사실도.

"근데 어느 날 갑자기 할아버님께서 여성복지 재단을 설립하시고, 그 책임을 내게 맡기셨어요. 마치 평소의 내 생각을 다 아는 분처럼요."

"결혼 전, 당신 뒤를 캐셨던 분이잖아. 당신이 그 허름한 동네에 거주하며, 이웃 여성들이 고통당할 때마다 도왔던 사실을 아셨던 거지. 단언컨대 재단을 맡기기에 당신보다 더 적합한 인물은 없었어. 노친네 주위에는 재단을 자금 세탁 통로로 이용하려는 자들뿐이거든."

"아아."

입에 침도 안 바르고 거짓말을 줄줄 뱉았지만 소이는 추호도 의심하지 않는 것 같았다. 현규는 자신의 번드르르한 말솜씨에 뿌듯한 자부심을 느끼며 싱긋, 매력적인 미소를 흩뿌렸다.

아내를 속이는 게 몹시 마음에 걸리긴 했지만, 사실을 밝힐 수는 없었다. 그가 조부를 압박하여 백억을 증여케 하고, 재단 설립과 이사장 선임에 강력히 개입했다는 것을 알면 아내는 절대로 가만있지 않을 테니까. 원래 왼손이 하는 일은 오른손이 모르게 해야 하는 것 아니겠는가.

"자, 그럼 올라가실까요, 공주마마?"

엘리베이터 문이 열리자 현규는 거창한 손동작으로 허공에 주단을 깔았다.

소이는 몸을 부르르 떨며 웃음을 터트렸다. '공주님' 이란 호칭은 남편과 살면서 수없이 듣는 단어였지만 들을 때마다 닭살이었다. 어떨 땐 너무 느끼해서 남편의 입술을 마구 때려주고 싶기도 했었다. 하지만 이것도 자주 들으니 이골이 생겼다. 이제는 '공주님' 이란 말에 저절로 공주 행세를 하게 되었다. 치맛단을 슬쩍 올리고 고개를 까딱하면서 몹시도 고고하게 대꾸했다.

"그러시죠."

이소이는 영국 여왕 못지않은 도도함으로 고개를 번쩍 추켜들었다.

그 시각, 지현규의 사무실에서는 김문석이 고깔모자를 쓴 채 '나 같은 고인력자가 어째서 한창 일할 시간에 남의 프러포즈 들러리나 서고 있는 거냐!' 며 맹렬히 분통을 터트리고 있었다.

문석은 현규 자식이 아내를 얼마나 사랑하는지 알고 싶지 않았다. 결혼 생활이 너무도 쫄깃하여 지난 1년간 모임이란 모임에 모조리 불참했다는 사실도, 그러한 놈의 수상한 행적 때문에 사람들이 한입으로 '지현규가 진실한 사랑을 찾은 거야' 라고 논하는 것도, 전혀 관심 없었다. 녀석이 아내를 감동시키기 위해 이벤트를 하든 말든 자신과는 아무 관련이 없는 것이다!

'이 여자 외에는.'

문석은 자신에게 이 빌어먹을 놈의 알록달록 고깔모자를 씌워준 장본인, 양효주를 째려보았다. 그녀는 폭죽을 터트릴 만발의 준비를 다한 채 출입문만을 노려보고 있었다. 간간이 옆에 서 있는 기주와 대화를 나누며.

"왜 이렇게 안 오는 걸까요?"

"글쎄요. 올 때가 됐는데. 딴 데로 샜나?"

"이렇게 중요한 이벤트를 설계해 놓고서?"

"그 자식이라면 그러고도 남죠. 전화해 볼까요? 어디쯤인지."

"해볼까요?"

쿡, 양효주가 문석의 옆구리를 찌르며 물어왔다. 문석은 인상을 팍 찡그림으로써 '기주와 시시콜콜 상의할 땐 언제고, 나한테는 왜 물어?' 의 뜻을 전했다. 효주는 어깨를 으쓱하는 것으로 '그냥 그림상 해야 할 것 같아서 한 것뿐이에요, 알다시피 우린 쇼윈도 연인이잖아요?' 의 의사를 표했다. 문석은 이를 빠드득 갈았다. 출입문을 살인적으로 노려보았다.

정말 어처구니없게도 질투가 솟구쳤다. 양효주가 기주와 귓속말을 하거나 함께 키득키득 웃을 때면, 당장 달려들어 둘 사이를 떼어놓고 싶은 충동이 일었다.

진짜 연인도 아닌데도 말이다!

둘만 아는 사실이지만 그들은 가짜 연인이다. 현규 & 소이 내외의 소개로 처음 만난 이래 쭉 앙숙처럼 지내다가, 어느 날 우연히 술자리에 합석하게 되었고, 쓸데없이 '누가 누가 (음주를) 잘하나' 로 자존심 대결을 펼치다 동시에 필름이 끊기는 대참사가 벌어진 직후부터였다.

술집에서 목격했던 자의 진술에 의하면, 두 사람은 서로 불운했던 애정사를 동정했다고 했다. 그녀는 엉엉 울어대면서 '어쩌다가 그런 여자를 만났나요' 했고, 그는 그녀를 토닥거리며 '그만 자식은 잊어버려, 세상에 널린 게 남자야' 했단다. 그러고선 자기 집에 엄청 맛있는 와인이 있다며 그녀를 꼬셔서 데리고 나갔다는 거다. 난감하게도 그의 기억 창고는 깨끗하다. 아무것도 기억나지 않았다. 그러나 다음 날 눈을 떴을 때, 그가 직면했던 상황들을 떠올려보자면 얼추 맞는 정황이었다. 집에서 와인을 마신 게 아니라, 호텔에서 섹스했다는 것만 빼면.

그들은 깨어나자마자 꺄아아악, 아아아악, 비명을 질러대며 현실을 부정했다. 효주는 자신이 여자 연예인들이나 후리는 색마와 원나잇이란 걸 했다는 사실에 충격받은 나머지 거의 기절 직전이었다. 그나마 조금 더 이성적인 문석이 서둘러 정신을 수습하고 사태를 진정시키기 시작했고, 그 와중에 나온 수습책이 바로 이

것, 가짜 연인 연극이었다.

“가짜 연인? 사귀는 ‘척’ 하자고요?”

“일종의 전략적 동맹이지. 우리 둘 다 주위의 시선과 관심이 지긋지긋한 사람들이잖아? 과거를 깨끗하게 청산하고 부디 새 출발하길 바란다는 어쭙잖은 동정 때문에 돌아버릴 지경이기도 하고. 당신과 내가 정식으로 사귄다면, 난 전 약혼녀를 잊지 못해 한 여자에게 정착하지 못한다는 사람들의 억지 추측에서 자유로워질 수가 있지.”

“난 두 번이나 남자에게 걷어차였다는 불명예를 씻을 수가 있겠군요.”

“어느 한쪽이 이 관계를 청산하고 싶어질 때까지. 어때?”

“우리 아버지, 되게 까다로운데. 마음에 들 자신 있어요?”

“당신이 인정하든 인정하지 않든, 난 꽤 괜찮은 배경을 가졌어. 주판깨나 튕기는 어른이시라면 날 반대하시진 않을 거야.”

그리하여 시작된 불편한 동맹은 벌써 9개월째 지속되고 있었다. 양가 부모들은 어서 빨리 그들이 결혼하기를 바랐다. 특히 그의 어머니는 하루가 멀다 하고 어서 결혼 날짜 잡자, 이러다가 효주의 마음이 변하면 어쩌니, 올해를 넘기면 삼 년 동안 결혼을 못한다더라, 등등 온갖 잔소리를 해대셨다. 이런 식으로 가다가는 진짜 양효주와 결혼해야 할지도 몰랐다.

“대답 좀 해봐요. 연락해요, 말아요?”

양효주가 또다시 옆구리를 찔렀다. 마음대로 하라며 막 신경질을 내려는데, 효주를 향해 생글거리는 기주의 잘생긴 면상이 눈에 들어왔다. 부글부글 끓고 있던 부아가 그 순간 빵 폭발했다. 눈에 불똥이 튀었다. 믿을 수 없을 만큼 커다란 질투심과 소유욕이 버섯구름이 되었다.

"기다려."

이를 갈며 말을 뱉었다. 그리곤 그녀를 잡아끌어 기주와 뚝 떨어뜨려 놓고선 '여기서' 라고 귓속말을 덧붙였다. 그러자 효주가 그를 빤히 바라보기 시작했다. 분명 '왜 날 기주 씨와 떨어뜨려 놓은 거예요?' 의 눈빛이었지만 못 본 척 싹 무시했다. 기주의 시선도 느껴졌다. 조롱기와 흥미진진함이 배어 있는, 몹시도 기분 나쁜 시선이었다.

좌기주 우효주, 아주 환상적이로군.

"왔어요, 왔어!"

그때다.

하영신이 펄쩍 뛰었다. 손에 들린 휴대폰이 진동하고 있었다. 현규가 엘리베이터에서 내리자마자 약속했던 큐사인을 내린 것이다. 엘리베이터와 사무실 간의 거리를 고려하면 적어도 2~3분 내로 이소이가 저 출입문을 통과할 것이다. 머슴 같은 남편 지현규를 대동하고.

그들이 등장하면, 미리 대기하고 있던 고영만이 프러포즈용 커다란 꽃다발을 현규에게 제공할 것이다. 현규는 수많은 사람들의 축하 박수와 환호 속에서 꽃과 다이아몬드를 바치며 '사랑하오, 나와 다시 결혼해 주겠소?' 와 같은 소름 끼치는 고백을 하겠지.

이소이가 감격해하면, 하영신과 고준혁이 사무실 뒤편에 준비해 두었던 커다란 6단 케이크를 중앙으로 밀고 나올 거다. 때를 맞춰 현규의 비서진들이 일렬로 늘어서서 '나랑 결혼해 줄래—' 로 시작하는 축가를 부를 것이고, 기주와 효주, 문석은 빵빵빵, 축포를 쏘며 축하의 대미를 장식할 것이다.

"뭐 해요? 준비하지 않고."

효주가 또다시 팔꿈치로 옆구리를 가격하며 그의 바지 호주머니를 찌릿 노려보았다. 주머니 속에 양손을 집어넣고 '이벤트에 동참하는 건 죽기보다도 더 싫음' 을 여실히 드러내는 문석이 몹시도 못마땅한 듯했다. 이소이를 끔찍하게 좋아하는 여자이니 오죽하겠냐.

어쩐지 뱃이 무진장 꼬이는지라 문석은 인상을 팍팍 구겨대며 마지못해 손을 빼냈다. 그의 오른손에 축포가 들려 있는 걸 확인하고서야 효주는 인상을 풀었다. 그녀는 소녀처럼 잔뜩 상기된 얼굴로 천천히 숫자를 세기 시작했다.

"하나, 둘……."

셋!

드디어 공주님이 납시었다. 빠밤!

❖

강원도 별장. 현관문을 조심히 닫자마자 익숙한 목소리가 들려왔다.

"새벽부터 어딜 다녀와?"

살금살금 숙소로 들어서던 소이는 일순 석고상이 되었다. 가슴이 철렁 내려앉았다. 제일 먼저 든 의문은 '저녁 내내 서울서 강원도까지 운전하고, 저녁 식사도 거르고, 기진맥진이 될 때까지 밤새 섹스라는 중노동을 한 지현규가 어떻게 이렇게 일찍 일어날 수가 있는가?' 였다. 지금은 새벽 6시가 조금 넘은 시각이었다. 마라톤 섹스에 지쳐 곯아떨어진 시간이 새벽 3시였으니 현규는 딱 세 시간밖에 안 잔 것이었다.

소이는 행여나 들킬세라 점퍼 주머니에 넣어두었던 물건을 움켜쥐며 슬그머니 고개를 들었다. 낯익은 실루엣이 코앞에 떡하니 버티고 서 있었다. 오만하고 까칠하고, 그럼에도 불구하고 사랑하지 않을 수 없는 그녀의 남편이었다.

그는 한 손에 머그컵을 든 채 새벽 마실을 다녀온 수상한 아내를 물끄러미 바라보고 있었다. 이제 막 일어난 듯 몸에 걸친 것은 겨우 청바지뿐이었다. 부스스하게 올라선 머리카락과 벌거벗은 상체, 그리고 속옷을 안 입은 게 분명한, 단추조차 채워지지 않은 바지 앞섶이 소이를 후끈 달아오르게 했다.

소이는 자신이 어젯밤 얼마나 열정적으로 남편을 탐했었는지를 생각했다. 밤 10시쯤 콘도 숙소에 도착해서 여장을 푼 후 새벽 3시까지 얼마나 화끈하고 기절할 만큼 환상적인, 단둘만의 시간을 보냈는지 열심히 떠올려 보았다. 스스로에게 '그 정도 했으면 이제 질릴 때도 된 거 아니니, 이소이?' 따위의 이성적인 지적도 해보았다. 하지만…….

현규는 너무 섹시했다.

여전히.

"어, 아, 음, 그……."

"어, 아, 음?"

현규는 눈썹을 끌어 올리며 아내의 말을 따라했다. 평소 아르테미스처럼 당당하고 씩씩한 이소이의 입에서 나올 법한 단어들은 아니었다. 현규는 흘낏 눈동자를 굴려 아내의 점퍼 호주머니를 보았다. 그녀가 즉시 몸을 움츠린다. 부스럭부스럭, 비닐 소재의 무언가가 구겨지는 소리가 들렸다.

"산책이요. 새벽에 일찍 깼거든요."

"일찍 깼다고?"

"몸도 찌뿌둥하고 기분도 꿀꿀해서…… 알잖아요, 내가 요새 얼마나 피곤한지. 바람 좀 쐬고 싶었어요."

거짓말이었다. 그들은 새벽 3시까지 깨어 있었고, 찌뿌둥해질 새 없이 몸을 굴렸었다. 잠들기 직전까지 한껏 만족해 있었기 때문에 기분이 꿀꿀했다는 말도 믿을 수 없었다. 하지만 그녀가 요즘 몹시 지쳐 있었다는 건 인정했다. 어찌나 일을 열심히 하는지. 독립운동가의 자손 아니랄까 봐 일을 거의 투쟁적으로 해대었다. 피는 못 속인다는 조부의 말을 실로 이상한 지점에서 실감하고 있다.

아내가 일중독자가 된 덕분에 가장 문제가 된 것은 건강이었다. 요새 그녀는 통 먹질 못했다. 자주 소화불량에 시달리고 금세 녹초가 되었다. 체력이 바닥을 본 거라 판단하여 온갖 영양제와 보약을 먹이고는 있으나, 그것보다 더 시급한 것은 일감을 줄이는 거다. 소이에겐 실무에도 능하고 그녀의 스케줄까지 관리해 줄 유능한 비서가 필요했다.

최근, 건너건너 지인들을 통해 한 사람을 추천받았다. 한때 대한민국 최대 로펌, 최고 변호사의 비서로 일한 적 있는 베테랑 여비서란다. 그는 철두철미한 성격답게, 그녀와 일했다는 변호사 '유진헌'과 연락을 취해 그녀에 대해 꼬치꼬치 물어보았다. 다행히 '일솜씨가 끝내줄 뿐만 아니라 믿을 만한 사람'이라는 꽤 준수한 추천사를 들었다. 현재는 이곳 강원도 지역시민단체에서 사무를 보지만 조만간 남편이 직장을 서울로 옮기면 그만둘 예정이라니 시의적절, 안성맞춤이지 싶었다.

"차 키를 들고 나갔던데. 혼자서 드라이브를 즐겼단 말이야?"

"그럼요. 드라이브가 기분 전환에 얼마나 좋은데요. 덕분에 상쾌해졌어요."

"그래? 다행이군."

못 미더웠지만 내색하지 않고 조용히 중얼거리며 커피를 홀짝였다. 소이는 기어들어 가는 목소리로 '네……' 하고서 눈동자를 불안하게 이리저리 휙휙 굴렸다. 발가락을 가운데로 모으고 꼼지락거린다. 메마른 입술을 혓바닥으로 쓱싹 연신 적시기도.

그러고 보니 맨발에 맨얼굴, 후줄근한 점퍼에 트레이닝복 바지 차림이다. 맨얼굴이 화장을 한 것만큼이나 예쁘고, 귀엽고, 섹시하다 보니 눈치채질 못했다. 뭘 입어도 아무것도 걸치지 않은 알몸보다 못하니 옷차림이 눈에 안 들어왔다. 솔직히 말하자면, 이소이는 지금처럼 대충 입고 부스스한 모습이 훨씬 퇴폐적이고 관능적으로 보인다.

자동으로 입안에 침이 고인다.

"커피 줄까?"

"네, 아……! 아니에요. 됐어요."

"웬일이지? 아침에 커피를 마다하고."

"그냥요. 밖에 나갔다 왔더니 잠이 싹 달아났어요. 신선한 공기를 마셨으니 커피는 필요 없어요."

이것도 거짓말이다. 소이는 그의 머그컵에서 시선을 떼지 못하고 있었다.

"샌드위치는 어때? 배가 아주 많이 고플 텐데. 어제 저녁도 제대로 못 먹었잖아."

"아……."

소이는 말문이 턱 막히는 것을 느꼈다. 커피를 고사한 것까지는 어찌어찌 성공했지만, 샌드위치는 대체 어떻게 처리해야 할지 모르겠어서다. 먹고 싶었다. 그의 말대로 배가 너무 고프니까. 하지만 또다시 음식을 게워낼까 봐 두려웠다.

어제저녁, 그들은 강원도에 도착하자마자 저녁 식사를 위해 레스토랑에 들렀다. 오는 동안 멀미를 한 탓에 아무것도 입에 대지 않았더니 배가 너무 고팠었다. 근래엔 거의 처음이라 할 만큼 식욕이 부쩍 솟구쳐 양껏 먹으리라 마음먹었건만, 핏물이 흐르는 스테이크 조각을 보는 순간 욱, 하고 화장실로 달음질쳐야만 했다. 그때까지만 해도 정말 멀미나 소화불량인 줄로만 알았다. 하지만 새벽녘 화장실에 갔다가 뜬금없이 깨달았다. 지난달 생리를 건너뛰었다는 사실을.

환호성 치고 싶을 걸 꾹 참고 침대에 다시 누웠다. 아침에 일어나서 제일 먼저 약국으로 달려가겠노라 결심하고 눈을 감았다. 하지만 잠이 오질 않았다. 1분 만에 벌떡 일어나 몰래 숙소를 빠져나왔다. 차를 몰고 시내로 갔다. 24시간 영업 약국을 찾아내 임신테스트기를 사고 나서야 집에 돌아왔다.

"먹어볼게요, 그건."

어쨌든 임신이라면 아기를 위해서 뭐든 먹어야 한다. 커피는 당분간 끊어야겠지. 아무리 좋아하는 기호품이라도 끊을 수 있다. 아기를 위해서라면.

"어디 있어요?"

"주방에. 들어와."

현규는 가볍게 고갯짓하고선 슬쩍 비켜주었다. 건장하고 탄탄한 식스팩을 탐욕스러운 시선으로 훑어보며 주방으로 들어섰다. 식탁에 정말 샌드위치 네 조각이 담긴 커다란 접시가 놓여 있었다. 그리 놀랄 일은 아니다. 현규는 원래 요리하는 걸 즐겼다. 맛이 별로라서 그렇지.

이에 대해 절친 양효주는 이렇게 코멘트했다.

"잔말 말고 그냥 받아먹어. 안 하는 것보단 나으니까. 하여간 복에 겨웠어, 아주. 누군 남친이 주방 근처에도 오지 않으려 해서 죽을 맛이구만, 누군 허구한 날 들락날락한다고 불만이라니. 세상 이렇게 불공평해서야 되겠니?"

효주의 남친은 '요리는 여자의 몫' 이라는 구시대적 사고가 머릿속에 콱 박힌 마초 중의 마초였다. 그의 집안 분위기 자체가 지극히 가부장적이라서, 자유롭고 조금은 제멋대로인 효주로서는 적응하기가 쉽지 않다고 했다. 결혼이 지체되는 것도 그런 이유가 크다니 문제라면 문제였다. 어쨌든 사시사철 한복 차림의 고매하고도 고매하신 예비 시어머니의 성화에 울며 겨자 먹기로 요리 학원을 다니는 효주였다.

"재료는 어디서 났어요? 냉장고에 아무것도 없었을 텐데."

"새벽같이 나가서 사왔지. 수산시장에 들러 싱싱한 해산물도 샀어. 낮에 해물탕 끓여줄게."

"정말요?"

그나마 그가 제일 맛나게 하는 게 해물탕이시다. 원래 해물을 좋아해서 소이는 늘 그가 끓인 해물탕에 밥 한 공기 뚝딱 해치우곤 했었다. 냉큼 달려가 냉장고 문을 열었다. 얼마나 싱싱한 것들로 구입했는지 점검해 볼 작정이었다. 하지만 비닐봉지에 돌돌 말린 무언가를 꺼내는 즉시, 또다시 속이 메슥거리기 시작했다.

"우욱!"

당장 손으로 입을 틀어막았다. 휘둥그레 뜬 눈으로 그를 돌아보았다. 현규는 놀람과 걱정이 가득한 얼굴로 '왜 그래?' 했다. 두 번 생각지 않고 뛰었다. 다가오는 현규를 피해 욕실로 달음박질쳤다.

"이소이! 무슨 일이야?"

문을 잠그고 변기 앞에서 우욱, 우욱, 토악질을 했다. 문 너머에서 현규가 다급하게 소리쳤다. 멀쩡해 보이던 아내가 갑자기 구역질을 하니 놀라서 펄쩍 뛴 거다. 손잡이를 덜컹덜컹 흔들었다. 문짝도 쿵쾅쿵쾅 두드려댔다. 덜컹덜컹, 쿵쾅쿵쾅을 동시에 하기도 했다. 머리가 터질 듯 아파와 질끈 눈을 감았다.

"난 괜찮아요! 아무렇지도 않아요."

"거짓말하는 거 다 알아. 어서 문 열어. 병원 가자."

메스꺼움과 두통 때문에 죽을 맛인데, 유난을 떨어대는 남편 때문에 웃음이 터졌다. 소이는 떨리는 손으로 점퍼 호주머니를 뒤졌다. 비닐봉지에 담긴 임신테스트기를 손바닥 위에 올려놓고 한참 동안 바라보았다. 제발 임신이기를 바라면서.

제발…….

간절히 기원하며 테스트기를 개봉하였다.

한편, 문밖의 현규는 속이 새까맣게 타고 있었다. 아내가 요새 입맛이 없다며 끼니를 거르던 모습, 고속도로에서 멀미하던 모습, 음식점에서 구토하던 모습 등이 선명하게 뇌리를 스쳐 지나갔다. 도대체 뭐가 문제인 걸까. 어제 분명 소화제도 먹이고 손끝도 땄는데 왜 아직도 아픈 것일까. 단단히 탈이 난 게 틀림없다.

"소이야, 제발 이 문 좀 열어. 병원에 가자. 응?"

미친 듯이 욕실 문을 두드리는데 청바지 뒷주머니에서 휴대폰 벨이 울리기 시작했다. 무시했다. 한 차례 끊긴 벨소리는 또다시 울리기 시작했다. 끊어질 기미가 보이지 않자 어쩔 수 없이 휴대폰을 꺼내 들었다. 발신자, 황기주. 이를 바득 갈았다.

"뭐야. 또."

[어쭈구리? 목소리가 영 심상치 않네. 내가 또 달콤한 순간을 방해했냐?]

"지금 전화 받을 상황이 아니야. 용건만 간단히 말하고 끊어."

[혹시 어마무시하게 결정적인 바로 그 순간이냐? 메이킹 베이비 중?]

"황기주!"

인내심의 한계를 느끼며 소리쳤다. 단전 아래서부터 끓어오르는 울분이 복식호흡과 함께 터져 나왔다. 그제야 사태의 중대함을 파악한 기주가 즉각 태세 전환, 언제 그랬냐는 듯 정색을 했다.

[그분을 찾았어.]

"뭐?"

[이효(李曉). 나이 56세. 현재 경기도 모처 요양병원에 장기 입원 중이야. 우울증과 알츠하이머 증상을 겪고 있어.]

"알츠하이머?"

[사채 빚에 시달리다 도망길에 오른 후, 노숙자 생활을 했던 것 같아. 그러다가 발병한 거지. 7년 전, 경찰에 의해 발견되었을 당시 자신의 이름조차도 기억하지 못했대. 심지어 경찰이 신분 조회를 했는데도 정보가 나오지 않았다고 해. 노숙자들 중엔 주민등록이 말소돼 그런 일을 겪는 사람들이 종종 있대.]

"주민등록이 말소되었었다고?"

[대한민국을 이 잡듯이 뒤져도 그분을 찾을 수 없었던 게 그래

서였던 거야.]

"거기가…… 어디라고? 경기도 어디?]

기주가 요양병원의 주소를 읊었다. 한 글자라도 놓칠세라 메모지에 받아 적었다. 인사를 하는 둥 마는 둥, 전화를 끊었다. 그리고선 한참 동안 메모를 내려다보았다. 종이 위에 자신이 휘갈긴 주소지를 믿을 수 없는 심정으로 응시했다. 가슴이 벅찼다. 2년 동안 찾아 헤매던 그분이 살아 계시다니, 너무도 감격스러웠다.

소이는 늘 살아 계시는지 돌아가셨는지 소식만이라도 알고 싶다고 했었다. 돌아가셨다면 묻히신 곳만이라도 알고 싶다며 마음 아파했었다. 한데 그분은 살아 계셨다. 아프지만, 딸을 알아보지는 못하겠지만, 어쨌든 목숨을 부지하고 계신다. 소이는 그것만으로도 기뻐할 것이다. 이 사실을 빨리 알리고 싶었다.

"소이……!"

소이를 부르며 몸을 틀다가 욕실 앞에 우두커니 서 있는 소이와 마주쳤다. 그녀는 손에 무언가를 꼭 쥔 채 눈물을 글썽이고 있었다. 얼굴에 잔뜩 주름을 잡고, 가늘게 어깨를 떨었지만 입술은 환하게 웃고 있었다. 현규는 두 팔을 뻗으며 성큼성큼 다가갔다.

"이소이! 굉장한 소식이야."

"네……."

울음기가 섞인 목소리로 그녀가 대답했다.

"깜짝 놀랄걸. 이보다 더 기쁜 소식은 없을 거야."

"맞아요, 그래요."

소이가 고개를 끄덕이며 맞장구쳤다. 한달음에 다가선 현규는 소이를 와락 끌어안았다. 자그맣고 풍만한, 그의 안식처이자 보금자리, 이소이가 품 안에 쏙 들어왔다.

행복감이 밀려왔다. 그녀를 안을 때마다, 아니, 보고만 있어도 느낄 수 있는 평화롭고 달콤하고 낫낫한 기분이다. 현규는 그녀의 탐스러운 입술을 부드럽게 머금으며 속삭였다.

"당신한테 선물할 수 있어서 얼마나 다행인지 몰라."

"아오오(나도요)……."

그의 입안에서 그녀가 웅얼거렸다. 그 사랑스런 옹알거림이 너무도 짜릿하여 그는 길고도 진한 키스를 퍼부었다.

창밖에 아침 해가 밝게 떠올랐다.

햇살이 눈부시게 빛났다. 마치 현규와 소이의 인생에 그린라이트를 켜는 듯, 찬란한 레드카펫을 깔아주는 듯. 쏟아지는 밝음은 그들에게 말하고 있었다. 앞으로 슬픈 일은 없을 거라고. 늘 웃을 일만, 행복한 기분만 느끼게 될 것이라고. 서로가 서로를 사랑하고, 믿고, 아끼는 한은 영원히 그럴 것이라고.

프린세스가 프린스를 만났을 때처럼 말이다.

에필로그

똑똑!

무덤처럼 고요한 사무실에 노크가 울렸다. 조심스러우면서도 당찬 울림이 일에 몰두해 있던 현규의 주의를 사로잡았다. 아내였다. 아내가 분명하다. 머릿속이 온통 아내로 꽉 차 있는 애처가답게 그는 노크 소리만으로도 아내의 특징을 잡아낼 수 있었다.

입가에 함박웃음을 띤 채 고개를 들었다.

끼익, 천천히 사무실 문이 열리더니 노란 머리가 빠끔히 고개를 디밀었다. 지난달 아내와 딸이 나란히 머리카락을 노란 빛깔로 물들인 채 사무실을 급습, 그의 혼을 홀라당 빼놓았던 일이 떠올랐다. 자신에게는 전부이자, 목숨을 내놓아도 전혀 아깝지 않을 사랑하는 아내와 다섯 살짜리 귀염둥이를 떠올리니 격무로 지쳤던 육체와 정신이 단박에 화해졌다.

"어서 와."

느긋하게 아내를 맞았다. 펜을 책상 위에 던지듯 내려놓고, 회전의자 등받이에 여유 있게 몸을 기대자니 아내가 모습을 드러냈다. 언제 봐도 사랑스럽고 아름다운 그의 공주님, 이소이.

"내가 방해했어요?"

"보다시피."

"미안해요. 난 그냥 당신이 출출할까 봐."

소이는 보자기에 싸인 찬합 세트를 들고 있었다. 한 번 일에 집중하면 식사를 밥 먹듯 거르는 남편의 나쁜 버릇을 알기에, 그녀는 그가 야근할 때면 늘 이렇게 도시락을 챙겼다. 여건이 안 되면 전화를 걸어서 식사를 챙겼다. 지난주 밤샘 작업 땐 어찌나 잔소리를 해대던지, 전화로 지시받으며 식당엘 가고, 밥을 먹고, 계산까지 마쳤다.

아바타인 줄.

"방해할 생각은 없었어요. 이거, 여기 놓고 갈게요."

"어딜 가. 거기 앉아."

"그래도 돼요?"

나왔다! 이소이 전매특허 '난 아무것도 몰라요' 표 표정.

하지만 이소이는 모든 것을 안다. 남편이 이 순간을 얼마나 사랑하는지, 얼마나 고대했는지. 그녀가 직접 만들어주는 음식을 얼마나 좋아하는지도. 아주 껌뻑 죽는다. 그걸 알면서도 모르는 척 시치미를 떼는 거다. 영락없이 요부다. 남자를 한 손에 쥐고 좌지

우지하는 팜므파탈. 기껍게 현규는 아내의 손아귀에서 얼마든지 좌지우지될 용의가 있었다.

"앉으시라고요. 혼자 무슨 맛으로 밥을 먹으라고."

아이처럼 투덜거리며 자리에서 일어났다. 소이는 그럴 줄 알았다는 듯 할짝 웃었다. 묵직한 찬합 세트는 탁자 위에 사뿐히, 소이는 소파에 살포시 자리를 잡았다. 사무실에 맛있는 냄새가 한가득 맴돌았다. 코를 킁킁거리며 소이의 옆자리에 털썩 주저앉았다. 아내의 향수 냄새와 따스한 체온이 유혹하듯 그의 감각을 범람했다. 이끌리듯 손을 뻗어 유혹에 답했다.

"식사해야죠."

"애피타이저가 필요해."

결혼 7년 차 유부녀답지 않게 날씬한 아내의 허리를 두 팔로 휘감고, 아내의 목덜미에 코를 박았다. 깊게 숨을 들이쉬니 아내의 체취와 따스함과 관능이 폐부로 흘러들었다. 기분이 몹시 좋아졌다. 입술을 어깨선에 묻은 채로 빙그레 미소를 지었다.

"점심은 먹었어요?"

"응."

"뭐요? 설마 샌드위치 따위로 대충 때운 건 아니죠?"

"제대로 먹었어."

거짓말을 했다. 샌드위치 따위로 대충 때운 게 맞지만, 사실을 얘기하면 잔소리 폭탄이 떨어질 것이기에.

아내는 보기완 달리 몹시 집요했다. 남편이 '잘못했다, 다신 그러지 않을게' 라 다짐할 때까지 조목조목 잘못된 점을 짚고 훈계하고 교화시키려 했다. 그래 봤자 타락천사 루시퍼 같은 지현규가 천사 가브리엘이 되는 일은 절대로 없을 텐데도, 결코 포기하지 않았다.

어쨌든 그는 아내 앞에선 순한 양이다. '나를 당신 마음대로 해' 라고 선언한 순간부터 그는 자신의 운명을 소이에게 맡겼다. 한 번도 후회한 적 없다. 그녀에게 쥐락펴락되어지는 것도, 날이면 날마다 성녀와도 같은 공주님에게 교화당하는 것도.

사실 아내의 훈계를 은근히 이용하는 측면도 있다. 관심이 멀어진다 싶을 땐 일부러 사고를 쳐서 훈계거리를 양산해 내니까. 그럴 때는 자신이 심각한 관심 종자가 아닐까 의문스러워졌다. 조부는 그의 이런 증상을 두고 '애정 결핍이야, 쯧쯧! 어려서 부모를 잃어서 그래' 하셨다.

"메뉴를 대봐요. 백반? 해장국? 스테이크? 설마 편의점에서 도시락 같은 거 사먹은 건 아니죠?"

"든든히 잘 먹었다니까. 그러는 당신은? 어디서 누구랑 뭘 먹었어?"

"난 우리 딸이랑 돈가스 먹었죠. 오늘 비번이었잖아요."

"아아, 갑자기 배가 아파지는걸. 눈에 진물이 날 것 같아. 우리 딸이 너무 보고 싶어서."

"겨우 하루 못 봤으면서. 내일은 퇴근할 거잖아요. 맞죠?"

"당연하지. 무슨 일이 있어도 오늘까진 일을 마쳐야 해. 내주부턴 본사에서 일해야 되니까."

월요일 부로 정식 발령을 받았다. 명지개발건설 사장직에서 그룹 부회장직으로. 다음 주부터는 본사로 출근해야 한다. 그룹을 총괄 지휘하던 부회장 이성혁이 정계 진출을 선언하자 명예회장 지원호가 그 자리에 손자를 불러 앉힌 것이다.

누구도 그 결정에 반기를 들지 않았다. 젊은 나이에 이미 많은 것을 증명해 보였던 만큼, 현규가 그룹을 잘 이끌어갈 것이라는 데에 그 누구도 이견을 달지 않았다. 오로지 현규 자신만 불만이었다. 안 그래도 일복이 터져 죽을 지경인데, 본사로 들어가면 더 많은 일에 치여 살아야 할 것임을 너무도 잘 알았기 때문이리라. 그는 일보다 아내와 딸, 가족들과 더 많은 시간을 보내고 싶었다.

"내일은 무슨 일이 있어도 칼퇴할 거야."

다짐하듯 결연히 말했다. 소이는 킥킥 웃으며 경고했다.

"그래야 할 걸요. 당신 딸이 단단히 벼르고 있어요. 내일도 늦으면 아빠직에서 해고하겠대요."

"그게 무슨 소리야? 난 정규직이라고. 함부로 해고할 수 없지."

"우리 딸은 그렇게 생각하지 않는가 보죠. 어제 할아버님 뵈러 기주 씨가 왔었는데, 서경이가 글쎄, 뭐랬는지 알아요? 기주 씨가 아빠였으면 좋겠대요."

"뭐?"

이게 무슨 귀신 씻나락 까먹는 소리?

"그 자식을 어서 장가보내 버려야겠군. 아무리 다섯 살이래도 '타인에 의해 점유된 재화를 절대로 탐해서는 안 된다'는 것 정도는 금세 이해하겠지?"

"글쎄요. 그건 장담 못하겠는데요. 당신 닮아서 워낙 안하무인이잖아요.”

“왜 날 디스하는 것처럼 들릴까.”

나지막이 웅얼거리며 부드러운 입술로 아내의 새하얀 목선에서부터 귓불까지 잘근잘근 씹어 올라갔다. 하늘거리는 시폰 블라우스가 턱을 간질였다. 손길을 미끄러뜨려 허리를 끌어당기자 소이가 나긋하게 안겨왔다.

“걱정 말아요. 안하무인이라도 내 눈엔 멋져 보이니까.”

“그거 듣던 중 반가운 소리로군. 그래, 우리 딸은 지금 뭐 해?”

차가운 귓불을 혀로 핥다가 입안에 넣고 굴렸다. 그의 등을 꼭 껴안은 소이의 팔에 힘이 들어갔다. 쪽쪽 빨아먹다가 혓바닥으로 희롱하니 소이에게서 얕은 신음이 흘러나왔다. 허벅지에서 맴돌던 손길로 치맛자락을 끌어 올리자 찰싹 붙어 있던 그녀의 다리 사이가 스르르 열렸다.

“아버지랑 놀아드리고 있어요.”

“설마 또 인형 놀이?”

“또 인형 놀이. 너무 좋아하셔서, 지칠 줄 모르는 서경이랑 딱 맞아요.”

가볍게 헐떡이며 소이가 답했다.

저절로 머릿속에 두 사람의 다정하고 따스한 뒷모습이 그려졌다. 두툼한 카펫이 깔린 넓은 거실. 그 위에 지어진 공주님과 왕자님의 아름다운 궁전. 그 앞에서 곰질곰질 공주님 놀이를 하는 아버지와 딸. 너무도 가슴 따뜻해지는 그림이었다.

극심한 치매와 우울증으로 딸조차도 못 알아보던 친정아버지는 서경이 태어나면서부터 급격히 차도를 보였다. 우울증도 사라지고 치매 증상도 완화되었다. 이제는 가끔씩 소이를 알아보기도 한다. 서경을 '우리 소이 공주님' 이라며 딸처럼 대하시지만, 그럼으로써 행복감을 느끼시기에 전혀 문제가 되지 않았다. 어쩌면 그 옛날 어린 딸과 함께했던 추억 속을 노니는 게 아버지에겐 훨씬 기쁜 일인지도 모른다.

"아빠 사무실에 놀러 오는 대신 외할아버지와 노는 것을 선택하다니. 섭섭한걸."

"서경이 입장에선 여기 와봤자 심심할 거예요. 소파에서 통통 뛰어대는 것 빼곤 재미있는 게 하나도 없잖아요."

"아빠는 자꾸 엄마랑 엄한 짓만 하려 하고. 응?"

통 좁은 H라인 스커트 자락을 단숨에 허리까지 끌어 올리며 그가 속삭였다. 킥킥 웃음을 터트렸다. 명지그룹이라는 제국의 황태자로서 어마어마한 권력을 누리는 남편이지만 딸에게만큼은 절대적 약자였다. 딸의 말이라면 껌뻑 넘어가고 쩔쩔맨다. 어떨 땐 너무 버르장머리 없이 키우는 거 아닐까 걱정이 될 정도였는데, 그런 우려를 표명하면 현규는 반드시 이렇게 얘기한다.

"내 딸은 절대로 그렇게 자라지 않아. 당신 딸이니까. 핏줄은 못 속이는 법이지. 걔가 날 닮은 것 같지만, 두고 봐. 나중에 크면 당신 판박이가 될 테니까. 불의를 보면 못 참고, 남이 어려운 지경에 처하면 결단코 도와줘야 되고. 정신 상태 불량한 놈이 걸렸다 하면, 완전히 심장을 박살내 새 인간으로 개조해 버리겠지. 당신이 나한테 했던 것처럼."

"허리가 얇아진 것 같네. 요새 충청도에서 공모하는 '여성복지' 사업계획 준비하느라 정신없이 바쁘다며. 너무 무리하는 거 아니야?"

제 것인 양 그녀의 온몸을 더듬으며 그가 묻는다. 손 하나가 벌써 팬티스타킹 속에 있었다. 붉은 실크 팬티를 옆으로 걷어내고, 이미 촉촉해진 꽃봉오리를 부드럽게 애무했다. 귓불을 게걸스레 빨아대던 입술이 어느새 쇄골에 묻혔다.

소이는 목을 뒤로 젖히고 가슴을 한껏 앞으로 내미는 것으로 남편의 탐식에 협조했다. 현규는 블라우스 단추를 끄르고 브래지어 안에서 탐스런 살덩이를 끄집어냈다.

"그건…… 음, 현재 다른 파트에서 준비 중이에요. 지금은 장애여성복지재단 건립 문제에 집중하려고요. 근데, 자금도 넉넉지 않은데 단기간에 너무 사업을 확장시키는 것 아닌가 걱정이에요. 알다시피 적은 인원이라도 탄탄하게 뒷받침해 주자는 게 평소 나의 모토잖아요. 많은 사람들에게 두루두루 혜택을 나누자는 취지는 좋지만 이러다가 죽도 밥도 아니게 될까 봐 겁나요."

"왜 겁을 내? 대한민국에서 제일 돈 많은 남자를 남편으로 둔 여자가. 내 아내로 있는 한 명지재단이 망하는 일은 절대로 없어. 후원금이 부족하면 나한테 말만 해. 얼마든지 낼 용의 있으니까."

"저희 재단에 기부해 주신다면 사양하지 않겠습니다만, 사장님, 그건 별 의미가 없을 것 같네요. 사장님 통장이 화수분은 아니잖아요. 언제까지나 사장님 개인 돈으로 충당할 수는 없어요."

"그것도 걱정하지 마. 내 친구들 몇 명만 쪼아도 몇십억은 금세 만들어질 거니까."

"내 말은요, 많은 사람들의 도움이 필요하다는 거예요. 몇 사람이 만들어낸 거액보다는 소액일지라도 많은 사람들이 도와줬으면 좋겠어요. 냄비처럼 끓어올랐다가 사라지는 한순간의 관심이 아니라 계속되는 관심이었으면 좋겠다고요. 우리 사회에 가장 절실한 게 바로 그거예요. 약자에 대한 배려와 관심. 사는 게 팍팍해져서 그런지 점점 인심이 각박해지는 것 같아요. 정말 슬픈 현실이죠."

"도대체 부족한 돈이 얼만데 그래?"

현규가 통통한 젖가슴을 양손에 하나씩 움켜쥐며 거만하게 묻는다. 당장이라도 부족한 돈을 통장에 꽂아주겠다는 듯이.

돈에 관해서라면 늘 관대했고, 그녀가 원하는 일이라면 물불 가리지 않는 남편이니만큼 분명히 그러려고 할 것이다. 이 어렵고 근본적인 문제를 돈으로 쉽게 해결할 생각이 없으니 마땅히 남편의 제안을 거절해야 했다. 하지만 좋은 의도로 돕겠다는 그에게 매몰차게 굴 수는 없었다.

현규는 언어라는 수단으로 마음을 표현하는 데에 무척 서툰 남자다. 간직한 사랑을 어떻게 효과적으로 드러낼지, 어떤 식으로 표현해야 상대에게 제 마음을 정확히 전달할 수 있을지, 잘 모른다. 그래서 본의 아니게 상대에게 상처 주고 만다.

소이에게도 '당신의 혈통에 관심이 생겼으니 이혼하지 않아' 따위의 발언으로 생채기 낸 전적이 있었다. 지금 생각해도 발끈하게 되는 그 오만한 발언은, 사실 이러한 의미를 담고 있었다.

"혈통이고 자시고, 난 그딴 것에 관심 없어. 당신을 놓아주지 않을 거야. 내 뒤에서 할아버지와 몰래 작당한 게 너무도 분하고 화나지만, 그래서 치 떨리게 당신이 혐오스럽지만, 그럼에도 불구하고 당신을 포기 못하겠어. 당신 없으면 살 수가 없을 것 같아. 당신을 미친 듯이 사랑해. 그러니 절대로 못 놓아줘. 포기하고 내게로 와. 평생 내 여자로 살아. 내 옆에서 떠나지 마. 제발……."

이런 애원을 명령으로 바꿔 주절댔으니 그녀가 어떻게 받아줄 수 있었겠나!

요즘 그는 자신의 부족한 언어 전달력을 '돈'으로 메꾸기 시작했다. 생일 선물로 비싼 외제차를 선물하거나, 기념일마다 보석을 왕창 안겨주거나, 시시때때로 엄청 유치하고 뻑적지근한 이벤트(지난달에는 거대한 공연장을 대여해 피아노 연주와 노래를 선물했다)로 그녀를 놀라게 하는 식이었다.

처음에는 지극히 속물적인 그다운 발상에 눈살을 찌푸렸다. '나를 사랑하면 그냥 진심을 전달하세요'라며, 돈 낭비의 천박함에 대해 무한 설교를 했었다. 하지만 이젠 관뒀다. 언젠가부터 그의 돈 낭비가 천박함이 아닌 사랑스러움으로 느껴졌기 때문이다. 그는 사랑하는 사람에게 어필하고자 처절히 몸부림치는 것뿐이었다.

소이는 남편의 머리카락을 쓰다듬으며 가만히 속삭여 주었다.

"당신이 채워줄 곳은 내 통장이 아니에요, 지현규 씨."

"……."

가슴골에 얼굴을 묻고 눈처럼 새하얀 피부를 연신 맛보던 현규가 순간, 우뚝 행동을 멈추었다. 천천히 눈을 치켜떴다. 여전히 열매를 입에 머금은 채 그녀와 눈을 마주했다. 아득한 심연의 빛처럼 검고 어둡게 소용돌이치는 그의 눈동자에 야만의 섬광이 스쳐갔다. 소이는 침을 꿀꺽였다. 그리고선 그를 유혹할 때면 늘 하던 대로, 아랫입술을 나른하게 핥아 올렸다.

통통하고 쫄깃쫄깃한 입술에 타액이 얇게 도포된다. 야시시하게 번들거리는 그 입술을 토끼 앞니로 콕 찍었다. 슬며시 긁어 올리니 그가 눈을 번뜩였다.

"그럼 뭘 채워주길 바라지?"

작게 중얼거리며 그는 입술을 벌려 유륜과 가슴살을 입속 깊이 머금었다. 뜨끈한 온천에 몸을 담근 것처럼 그녀의 온몸이 달아올랐다. 그의 입술이 예민해진 젖꼭지를 천천히, 아주 부드럽게, 잘근거렸다. 혀로 세차게 굴렸다. 입천장에 올려붙이고 힘차게 흡착했다. 갓난아이가 젖을 빨 듯 쭉쭉. 아이에게 빨리는 것과는 다른, 관능의 감각이 휘몰아쳤다. 쾌감이 젖꼭지서부터 다리 사이까지 꿰뚫고 지나갔다.

소이는 급하게 숨을 들이켜며 가죽 소파를 쥐어뜯었다.

목구멍까지 신음이 차올랐다.

"으, 으읏……."

"설마 여길 말하는 건 아니지, 공주님?"

그가 벌어진 다리 사이에 손을 댔다. 쾌감의 진원지에 그의 중지가 닿았다. 소이는 어느새 몸을 흔들었다. 허리를 들썩이고 엉덩이를 빙글거렸다. 그가 그곳을 꾸욱 눌러 온몸이 저릿저릿해질 때까지 쉬지 않고 움직였다.

"자제했는데."

현규는 가녀린 그녀의 몸을 완전히 짓누르듯 덮치며 속삭였다. 순식간에 무방비 상태의 이소이를 접수했다. 한 손으로 가슴을 주무르고, 다른 한 손으로는 팬티스타킹의 앞부분을 찢었다. 입술로는 달작지근한 아내의 입술을 맛보는 중이었다. 향긋한 레몬 맛이 났다.

"당신도 잘 알잖아. 내가 얼마나 독한 놈인지. 거의 3년 동안이나 끊었다고."

"벌써 그렇게나 되었어요?"

그의 와이셔츠 단추를 하나씩 풀어내며 그녀는 싱긋 웃었다. 모처럼 그가 소이의 충고를 받아들여 '소문이 날 수 있으니 사무실에서는 섹스를 자제하겠다'고 다짐했던 게 엊그제 같은데 그새 3년이나 지났던 모양이다. 당시에는 정말 눈이 무서웠었다. 혹시라도 부하직원들에게 들키면 어쩌나, 그래서 남편의 얼굴에 먹칠하면 어쩌나, 몹시 노심초사했었다.

하지만 요즘은…….

가끔 그 시절 철없던 행각들이 그리울 때가 있었다. 남의 눈치를 전혀 보지 않던, 저돌적이고 뜨거운 지현규가 더 좋았다는 생각도 들고.

"다시는 이곳에서 당신을 갖지 않으리라 다짐했었어."

"그럼 지금이라도 그만둘까요?"

와이셔츠에서 손을 떼며 새침하게 물었다. 그는 즉각 험악해졌다.

"장난하셔? 여기서 멈추면 재미없을 줄 알아. 계속해. 나도 그럴 테니까."

"하지만 당신은 독한 남자잖아요. 의지력 하나만큼은 세상 그 누구보다도 탁월한 남자. 다짐을 무너뜨려서야 되겠어요?"

"의지력 따위 개나 주라지. 어차피 그딴 거 당신한테는 통하지 않아. 당신이 날 천하의 잡놈 취급하니 어떻게든 고상해 보이려고 꿋꿋이 견뎌냈던 것뿐, 애초에 효력 따위 없었다고."

"내가 언제 당신을 그렇게 대했어요?"

소이는 말도 안 되는 소리라는 듯 파핫, 웃음을 터트리며 부인했다. 현규는 그녀의 자분자분한 말투가, 사려 깊은 눈빛이, 그가 짜증낼 때마다 따뜻하게 감싸는 손길이, 그 모든 것이 사랑스럽고 우아하여 그의 머슴 콤플렉스를 제대로 건든다는 사실을 고백하기 위해 입을 열었다. 크게 숨도 들이켰다. 하지만 초롱초롱 맑디맑은 아내의 눈망울과 두 눈이 짠, 마주치자마자 머릿속의 수많은 자음과 모음들이 단번에 흩어져 버렸다. 대뇌가 새하얗게 표백되었다. 무(無), 텅 비어버렸다.

오로지 사랑밖에는 없었다.

"결혼한 지 7년 차인데도 이 모양 이 꼴이라니."

그는 허탈하게 혼잣말을 중얼거렸다.

"도대체 난 언제쯤 당신한테서 헤어날 수 있을까?"

"영원히 그럴 일은 없을 거예요, 지현규 씨."

소이가 손가락 끝으로 그의 입술을 톡, 건들며 얄미울 정도로 깜찍하게 말했다.

"내가 허락하지 않을 테니까. 당신은 '내 거' 예요."

단번에 짐승이 고개를 쳐들었다. 아내처럼 우아하지도 다정하지도 은근하지도 않은, 짐승처럼 포악하고 거칠고 격정적인 몸짓으로 덮쳤다. 거추장스러운 옷가지를 대충 걷어내고서 촉촉한 아내의 몸에 서둘러 자신을 담가 넣었다. 그녀에게서 아릿한 신음이 흘러나온다. 그를 더욱 후끈하게 만드는, 몹시도 달뜬 신음이. 욕망이 단번에 위험수위까지 치고 올라갔다.

"내가 올해 사랑한다고 말했던가."

격렬히 숨을 몰아쉬며 아내의 허벅지를 어깨에 걸었다. 역시 가쁘게 헐떡이며 그녀가 대답한다.

"아마 안 했을걸요. 당신은 결혼기념일에만 연례행사로 말해주잖아요."

"좋아, 선심 썼다. 사랑해, 공주."

"진짜 공주가 아닌데도 사랑해요?"

질문하는 그녀는 무척 해맑았다. 그가 그딴 것에 집착하지 않음을, 처음부터 안중에도 없었음을 뻔히 알면서도 묻는 것이다. 그녀가 떠나려 했을 때, '공주와 부마' 운운하며 매달렸던 그를 골려먹기 위해 그녀가 종종 써먹는 수작이었다. 워낙 뻔뻔한 현규라, 이럴 때는 늘 능글맞게 맞받아치곤 했다.

"진짜 공주인지 아닌지는 아무도 모르는 일이야. 아직 아무것도 밝혀진 게 없잖아."

"밝히고 싶으면, 나랑 같이 국통맥 부회장님 만나러 가시든지요."

"미안. 내가 너무 바빠서 그런 구닥다리 노친네들 면담할 시간이 없네."

"밝혀지지 않길 바라는 건 아니고요?"

"노코멘트."

짐짓 거만하게 들리는 대답이었으나 그것이 '예스(Yes)'의 의미라는 걸 그녀가 모를 리 없다. 공주가 아니라고 확신하지만, 혹시라도 그녀가 진짜 공주면 어쩌나, 그래서 그녀를 잃게 되면 어쩌나, 내심 두려워한다는 것도 모를 리 없었다. 그녀는 다 안다. 그에 대해서라면 말하지 않아도 뭐든지 다. 그래서 더 사랑스러운 거다.

"어차피 상관없어, 공주."

립스틱이 다 지워졌는데도, 단정했던 머리가 헝클어지고 블라우스가 난잡하게 벗겨졌으며 브래지어 밖으로는 젖가슴이 흘러넘치는데도, 그녀는 전혀 음탕해 뵈지 않았다. 외려 성스럽게만 느껴진다. 아무래도 정말 눈이 삐었나 보다.

상관없다. 평생 이렇게 삔 채로 사는 게 꿈이니까.

현규는 천천히 허리를 쑤석거리며 한없이 진지하게 속삭였다.

"당신이 진짜 공주든 아니든, 내 사랑이라는 건 영원불변하니까."

본격적인 애피타이저 타임이 시작되었다.

★ — THE END — ★

·작·가·후·기·

여러모로 힘든 작업이었습니다. 몰입이 쉽지 않았어요. 힘을 받고 올라가야 할 타이밍에서 매번 외부요인으로 꺼꾸러지다 보니, 작품을 구상하면서 느꼈던 재기발랄한 실마리와 감각이 점점 사그라지더군요. '느낌'을 잃고부터는 오로지 정신력으로 달렸던 것 같습니다. 실로 오래간만에 '꾸역꾸역' 모드로 썼습니다. 운명의 훼방을 뚫고 탄생한 기적의『모던 프린세스』에 심심한 경의를 표하는 바입니다.

로맨스에서 가장 재미있고 일반적인 소재를 꼽을 때 빠뜨릴 수 없는 것이 '왕가 스토리'일 것입니다. 천성적으로 낭만인자를 품은 우리 여인네들은 살면서 한 번쯤 왕자님과의 로맨스를 꿈꿔보았을 것입니다. 이러한 취향을 저격해서 만든 결과물이 로맨스의 고전 '로마의 휴일'이나 '왕과 나'이겠지요. 현대판 프린세스 이야기 또한 흔히 차용되는 소재라고 생각합니다.

저 또한 기발표된 많은 작품들로부터 영감을 받았습니다. 원래 구상했던 건 '왕녀와 재벌의 사돈계약 체결'이었습니다만, 이에 따른 구체적 시놉시스가 나오기 전, 기존 아이디어에서 새 줄기가 뻗치는 바람에 다른 차원의 왕녀 얘기가 나오게 된 것입니다.

현대사회는 신분제가 존재하던 과거와는 분명히 달라야 합니다. 하지만 보이지 않는 무언가를 기준으로 계층화되어 있는 게 현실이지요.

과거 '머슴' 집안의 자손 지현규는 현재 사회계층 최상단에 랭크되어 있습니다. 과거 훌륭한 집안의 자손 이소이는 누가 뭐래도 하단에 위치한 처지이지요. 현규는 소이에게 천박하다고 비난합니다. 그러나 현미경을 대보면 현규야말로 속물, 천민자본주의의 상징입니다. 재산과 배경만으로 결혼 상대를 결정하고, 그것을 '사랑'이라고 믿는 무지몽매한 인간이죠. 반면 소이는 사랑을 순수하게 받아들일 줄 알고, 자신의 경험을 밑거름 삼아 이타주의를 실천합니다.

글 쓰는 내내 두 사람의 대비되는 모습에 초점을 맞췄던 것 같습니다.

그 때문에 한없이 멋있어도 모자랄 남자주인공이 조금은 쪼잔하게도, 비열하게도, 얄밉게도 보일 것입니다. 하지만 그에게는 모든 단점을 만회할 만한 비장의 매력이 있어요. 소이의 고귀함을 알아보는(뒤늦게나마) 선구안과 아내를 존경할 줄 아는 남자다움이 그것이죠. 바라건대, 세상의 모든 남자들이 지현규처럼 아내에게 존경심을 표하는 걸 주저하지 마시길!

항상 긍정적인 말씀으로 영감을 불어넣어 주시는 유경화 팀장님, 예원북스 관계자 여러분, 애써주셔서 감사드립니다. 로맨스에 대한 열정으로 충만하신 동료 작가님들, 올해도 다양하고 흥미진진한 작품들로 만나요. 런닝메이트가 되어주셨던 독자님들, 복 많이 받으실 겁니다. 감사드려요.

우울하다고 징징대는 조카 녀석, 20대 청춘이잖아. 힘내라. 퍽퍽한 인생일지라도 한 번 살아볼 만은 해. 여든을 넘기면서부터 마치 미아가 돼버리는 듯한 우리 부모님, 너무 걱정 마세요. 자식들이 있잖아요. 저랑 손 꼭 잡고 힘차게 남은 인생 즐기십시다. 막내딸이 사는 게 즐겁게 만들어 드릴게요!

마지막으로 지면을 통해 인사드리는 우리 독자님들, 늘 건강하시고 해피하세요. 저는 또 다른 이야기로 찾아뵙겠습니다.

Interstate Love Song이 흐르는 따사로운 봄날,

홍윤정 드림